岩　波　文　庫

32-222-8

マンスフィールド・パーク

(下)

ジェイン・オースティン 作

新井潤美
宮丸裕二 訳

岩波書店

Jane Austen

MANSFIELD PARK

1814

目次

〔上巻目次〕

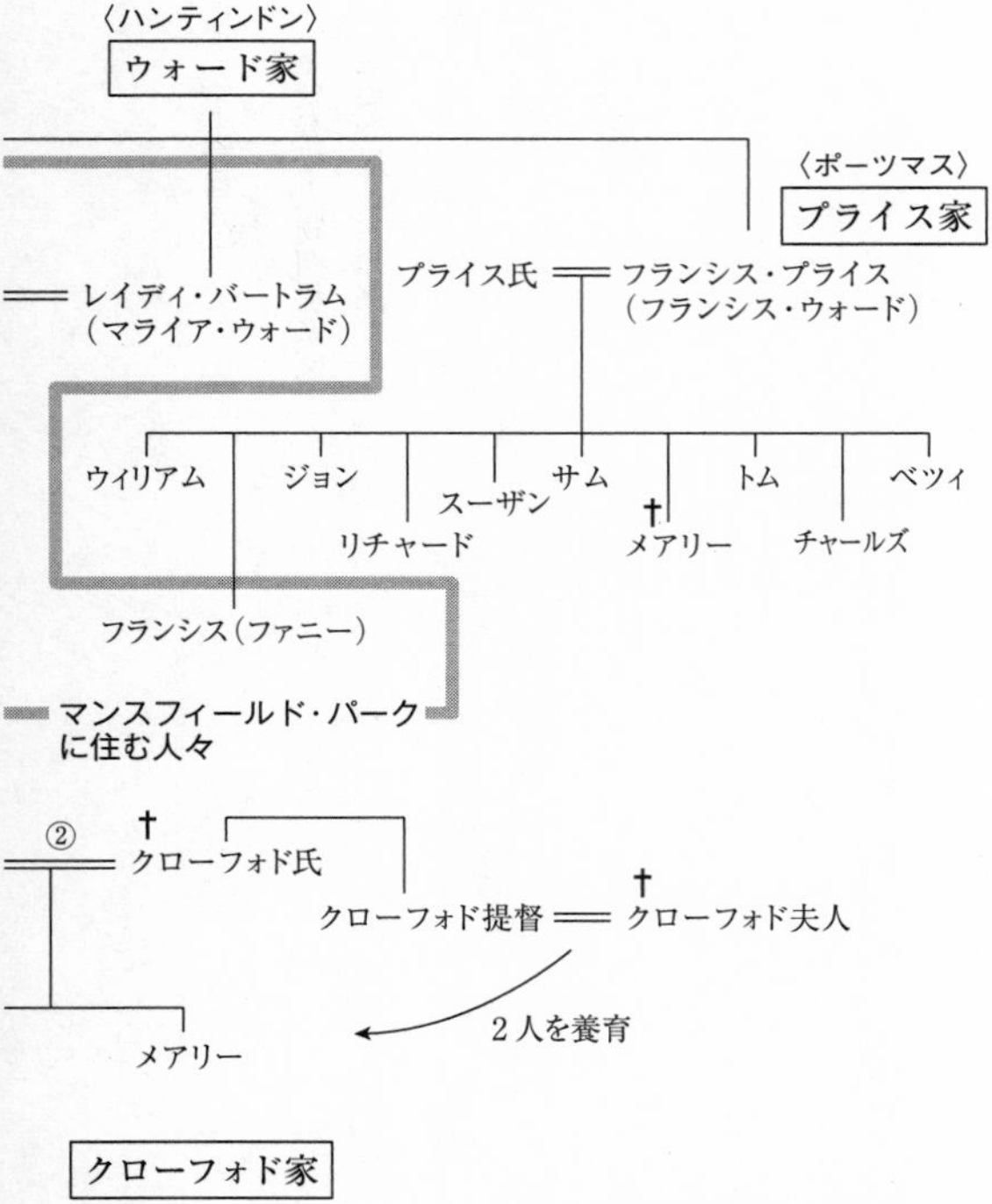
〈ハンティンドン〉
ウォード家
〈ポーツマス〉
プライス家
レイディ・バートラム
(マライア・ウォード)
プライス氏
フランシス・プライス
(フランシス・ウォード)
ウィリアム
ジョン
リチャード
スーザン
サム
メアリー
トム
チャールズ
ベツィ
フランシス(ファニー)
マンスフィールド・パーク
に住む人々
②
クローフォド氏
クローフォド提督
クローフォド夫人
2人を養育
メアリー
クローフォド家

主要登場人物関係系図

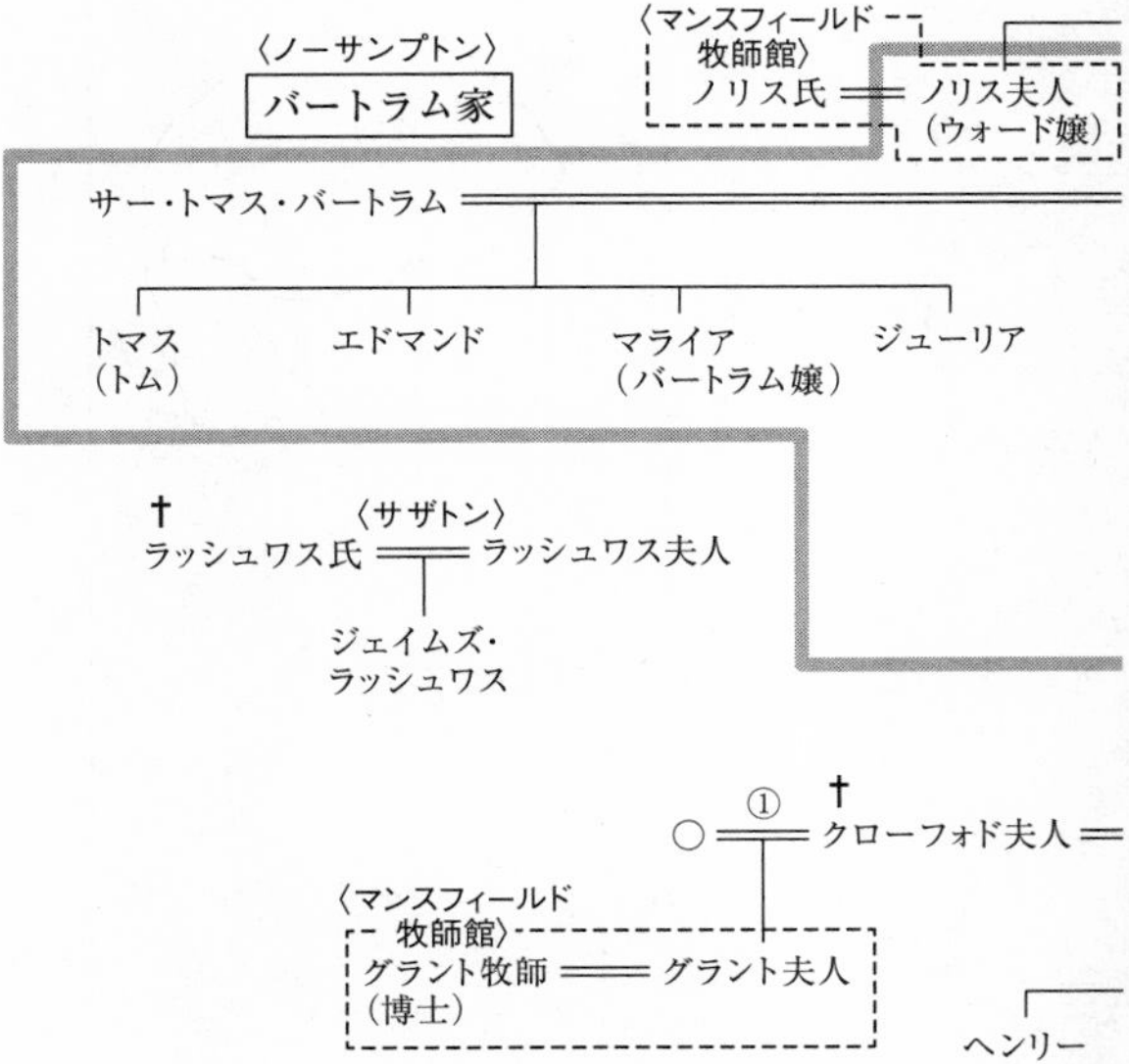
〈ノーサンプトン〉
バートラム家
〈マンスフィールド牧師館〉
ノリス氏
ノリス夫人（ウォード嬢）
サー・トマス・バートラム
トマス（トム）
エドマンド
マライア（バートラム嬢）
ジューリア
†
〈サザトン〉
ラッシュワス氏
ラッシュワス夫人
ジェイムズ・ラッシュワス
①
†
○
クローフォド夫人
〈マンスフィールド牧師館〉
グラント牧師（博士）
グラント夫人
ヘンリー

ノーフォーク
ノーサンプトンシャー
バーミンガム
ピーターバラ
ハンティンドン
ノーサンプトン
ニューマーケット
バンベリー
オックスフォード
リッチモンド
ロンドン
ニューベリー
トゥイッケナム
タンブリッジ
ポーツマス
ブライトン
ワイト島

主要登場地名地図

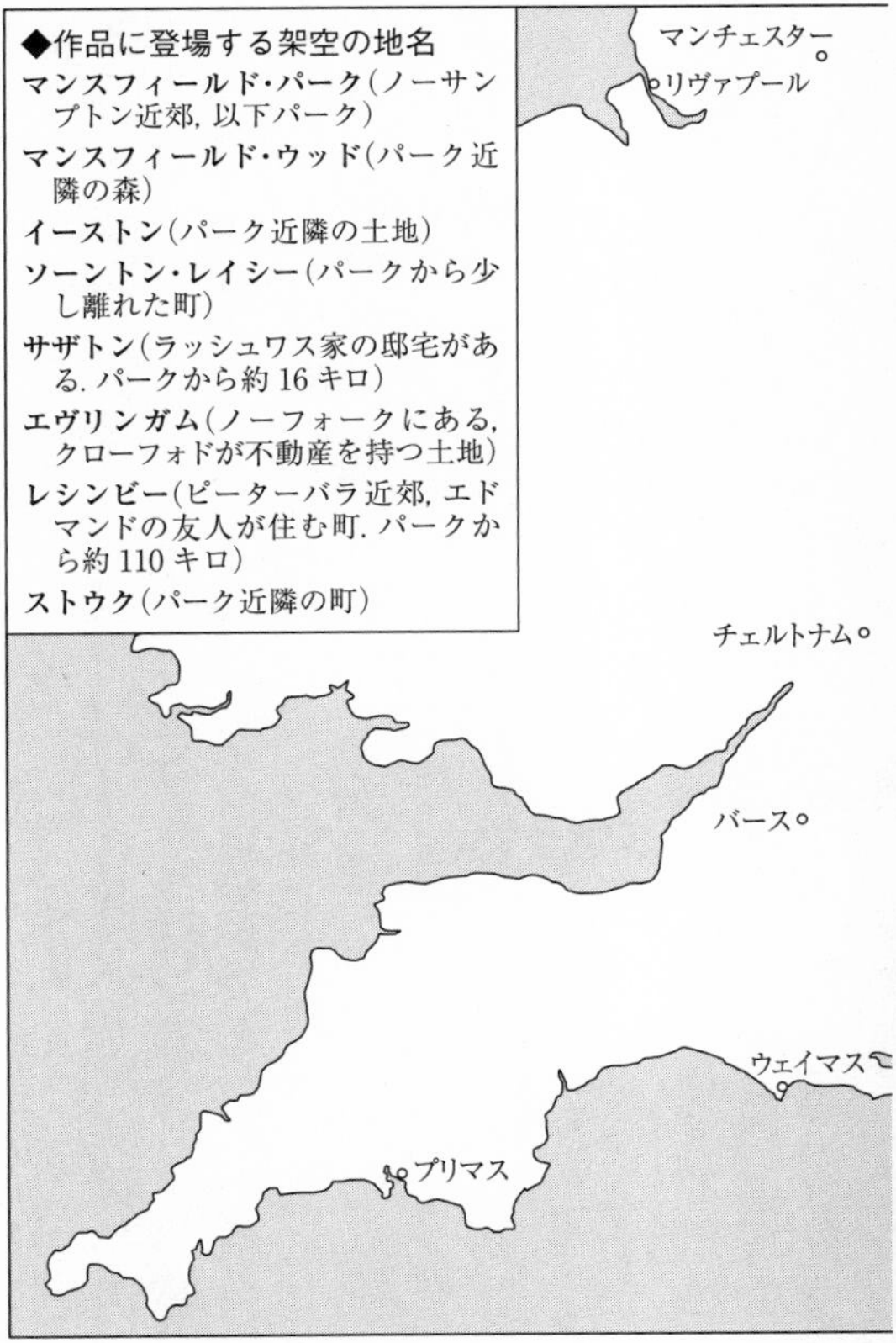
◆作品に登場する架空の地名
マンスフィールド・パーク(ノーサンプトン近郊, 以下パーク)
マンスフィールド・ウッド(パーク近隣の森)
イーストン(パーク近隣の土地)
ソーントン・レイシー(パークから少し離れた町)
サザトン(ラッシュワス家の邸宅がある. パークから約 16 キロ)
エヴリンガム(ノーフォークにある, クローフォドが不動産を持つ土地)
レシンビー(ピーターバラ近郊, エドマンドの友人が住む町. パークから約 110 キロ)
ストウク(パーク近隣の町)
マンチェスター
リヴァプール
チェルトナム
バース
ウェイマス
プリマス

マンスフィールド・パーク（下）

第三巻

第一章

ファニーが翌朝目を覚ましたときも、クローフォド氏のことはまったく頭から消えていなかった。しかし、自分が書いた手紙の内容も覚えており、それがもたらす効果については、昨夜に劣らず楽観視していた。それにしても、クローフォド氏さえいなくなってくれたなら。心の底からそれを望んでいた。最初の予定どおり、マンスフィールドに戻ってきた目的どおりに、妹を連れていなくなってほしかった。それなのになぜとっくにそうしてくれていないのか、理解に苦しんだ。クローフォド嬢は確かに早く去りたがっていたのだから。ファニーは昨日クローフォド氏が来たときに、出発がいつなのかを聞けると思っていた。しかしクローフォド氏は、もうそろそろここを発つとしか言わなかったのである。

ファニーはてっきり自分の手紙が期待する効果をもたらすとばかり思い込んでいたので、クローフォド氏が、昨日と同じくらい早い時間に家にやって来るのを、偶然ながら見かけたときには非常に驚いた。自分とは関係のない用事で来たのかも知れないが、できれば顔を合わせたくなかった。ファニーはちょうど自分の部屋に上がって行くところだったので、特に呼ばれないかぎり、そこから出ないことにした。ノリス夫人がまだ家にいたので、自分が何かの用で呼ばれる危険は少ないだろうと思われた。

しばらくの間ファニーはかなり気を動転させて、聞き耳を立て、震えながら、今にも自分が呼ばれることを恐れながらそこに座っていた。しかし束の間に近づく足音も聞こえてこなかったので次第に落ち着きを取り戻し、そこに座ったまま自分が何かをしている内に、知らぬ間にクローフォド氏が来ていて、もう帰ってしまったというかたちになってくれればと考えた。

三十分近く経ちファニーがかなり落ち着いてきたところに、突然、近づいてくる規則的な足音が聞こえた。それは重い足音で、この部屋の近くではめったに聞かない足音だった。それは伯父の足音だった。伯父の声と同じくらいよく分かっていた。その音を聞いてよく震えていたものだが、今も用事がなんであれ伯父が自分の部屋までやって来ているることを考えると、また震え始めた。それは確かにサー・トマスであり、ドアを開け、ファニーはいるかと尋ね、入ってもいいかと訊いたのだった。伯父が以前、たまたまこの部屋にやって来たときの怖い思いがすべてよみがえってくるようで、ファニーはまたここでフランス語と英語のテストをされるような気持ちになった。

それでも伯父のために椅子を用意し、部屋に来てもらって嬉しい様子を見せようとする間も、一生懸命だった。あまりに動揺していたため、自分の部屋に何が足りないかについても頭になかったのだが、伯父は部屋に入ると急に立ち止まり、驚いた様子で言った。「おや、どうして火を起こしていないのかね」。

外には雪が積もっていて、ファニーはショールをかけて座っていた。ファニーは答えに窮した。

「私は寒くないんです、伯父様。それにこの季節にはそんなに長くここにはいませんから」。

「でも、普段は暖炉の火はつけているのだろう」。

「いいえ、伯父様」。

「いったいどういうことだ。これは何かの間違いなのか。おまえにこの部屋を与えたのは、ここで問題なく快適に過ごせるようにということだったはずだよ。おまえの寝室には火を入れることができないからね。これは大きな勘違いが起きていたようだが、なんとかしないといけないな。たとえ一日に三十分でも、暖炉に火を入れずにこんなところに座っているのは問題だ。おまえは体力がないのだから。元々寒さにも弱いのだし。伯母様はこのことをご存じないのだろう」。

ファニーは黙っていたかったが、何か言わなければならず、愛する方の伯母が不当に非難されないためにも、「ノリス伯母様が」という言葉を出さないわけにはいかなくなった。

「なるほど」と伯父はすぐに気づいて、それ以上聞かなくて済むよう声を上げた。「なるほど、ノリス伯母様は、昔から子どもは必要以上の贅沢をしないで育てるべきだとおっしゃっていたし、それは実際正しいことだ。でも何にでも限度というものがあるだろう。それに伯母様ご自身はとてもお丈夫で、もちろんそれを基準にして、他の人たちに何が必要かを判断なさるからね。それにまた別の点でも、よく理解できるよ。伯母様が昔からどう思っていたかは分かっている。その方針そのものはいいのだが、おまえの件では少し行き過ぎがあったかも知れない、いや、行き過ぎだったと思うよ。時には区別をつけすぎていたところがあったかも知れない。ただ、ファニー、このことで恨みを抱くなどということは、おまえに限ってはないだろうと思っているよ。おまえには判断力があるから、一部分だけを見て、一つの事柄だけで、ものごとの判断を下してしまうことはないだろう。過去の出来事を全体として理解して、あの頃、そのときの人々、そして当時起こり得たことを考慮に入れて考えてくれることだろう。おまえが将来つましい生活に入っていくことになるだろうという当時の予測に沿って、おまえを教育して、準備してくれようとした人々に、決して悪気はなかったことを分かってくれるね。その人たちの配慮は結果的には必要なかったということになるかも知れないが、おまえのためを思ってのことだったんだよ。そしてこれは間違いなく言えるが、裕福な生活を送るようになったら、その幸せは、それまでちょっとした不自由や制約があったおかげで、倍になることだろう。私の期待を裏切らずに、いつだってノリス伯母様に相応しい敬意を払い、尊重してくれるね。しかし、この話はもう充分だな。いいから、座りなさい。数分ばかりおまえに話があるが、そう長くはかからないよ」。

ファニーは目を伏せ、顔を赤らめながら、その言葉に従った。一瞬の沈黙の後に、サー・トマスは微笑を抑えつつ言葉を続けた。

「おまえは気づかなかったかも知れないがね、今朝訪問客があったんだよ。朝食後におまえが部屋に帰ったらすぐに、クローフォド氏がお越しになったんだ。用件は大方分かるだろう」。

ファニーは顔をいっそう赤らめた。姪が、話すのも顔を上げるのも無理なほど恥ずかしがっているのを見てとると、サー・トマスはファニーから目を逸らし、これ以上間をおかずに、クローフォド氏の訪問の話を続けた。

クローフォド氏の用事とは、ファニーのことが好きだと告白し、結婚の申し込みをし、ファニーの両親の代理の立場にいると思われるファニーの伯父の承認を得ることだった。そして氏はこれを誠にうまく、堂々と、裏表なく、また適切にやってのけた上に、サー・トマスは自分の返答や言葉がきわめて適切だったと感じていたので、二人でした会話の細部まで是非再現してやろうと思っていた。そして、姪が何を考えているのかまったく分かっていなかったので、このような細かなところまで教えてやることで、姪は自分以上に喜ぶと思っていた。そういうわけで、ファニーが口をはさむ勇気を出せずにいる間にも、サー・トマスは何分間も話し続けた。ファニーは気後れして口をはさもうという余裕もなかった。頭があまりにも混乱していたからである。姿勢を変えて窓の一つをずっと見据えて、最大の不安と落胆の中で、伯父の言葉を聞いていた。伯父は一瞬言葉を止めた。しかしファニーがそのことに気づく間もない内に、椅子から立ち上がって言った。「さあファニー、私の役目の前半はこれで完了だ。すべてきわめて確かで満足な状態だと伝えたし、あとは残りを片づけるだけだ。つまり、一緒に下に来てくれるようにおまえに頼まなくてはならないのだが。私の話もそう悪くはないと思いたいが、今下にいるお方の話の方がおまえは聞きたいだろうからな。もう分かっているだろうが、クロフォードさんはまだここにいらっしゃるんだ。私の部屋で待ちながら、おまえに会いたがっておられる」。

これを聞いてファニーの顔色が変わり、はっとして声を上げて、サー・トマスを驚かせた。さらに驚いたことには、こう叫んだのである。「まあ、それはできませんわ、伯父様。下に降りて行くことはできません。クローフォドさんはもうお分かりのはず、もう分かって下さらなければ。昨日納得していただいたと思ったのに。昨日、その件についてお話しになったんです。でも私は率直に、それは私にとってとても不愉快であって、あの方のご好意にお応えすることはできないと申し上げました」。

「言っていることが分からないな」と、サー・トマスは再び腰を下ろしながら言った。「お応えすることはできないだって。いったいどういうことなんだ。あの方が昨日おまえと話をしたことは聞いているし――私が理解したかぎりでは――慎みある若い女性に許される範囲で、申し出を受け入れたそうではないか。そのときのおまえの振る舞い方を聞いて、とても嬉しかったたよ。大変望ましい慎みを示したのだからね。それなのに、あの方からあんなにも立派な態度でお申し出をいただいたことに、今さら、いったい何をためらっているのかね」。

「伯父様は思い違いをしていらっしゃいますわ」とファニーは、あまりに大きな不安に駆られたため、伯父が間違っていると言うことになってしまうのもためらわずに叫んだ。「本当に思い違いをしていらっしゃるんです。クローフォドさんも、なぜそんなことをおっしゃるのでしょう。私は昨日、あの方のお申し出を受け入れたりなどしていません。それどころか、私が申し上げましたのは——正確になんと申し上げたかは忘れましたが——でも、あの方のおっしゃることは聞きたくないことも、あらゆる面で私には不快であることも申し上げましたし、あのようなことはもう二度とおっしゃらないようにお願いしたのは間違いなく確かです。確かにそのように、いえ、それ以上に申し上げましたわ。もしあの方が本気でそういうことをおっしゃっていると思ったなら、さらにもっと申し上げるべきでしたが、でもあの方のおっしゃることを深読みしたくはありませんでしたし、そんなこと、考えたくもなかったものですから。こんなこと、あの方にとっては、とるに足らない問題でしょうから」。

ファニーはそれ以上言葉が出なかった。ほとんど息を切らしていた。

「ならば確認するが」とサー・トマスは、少しの沈黙の後に言った。「おまえはクローフォド氏のお申し出をお断りすると言うのかね」。

「ええ、そうです、伯父様」。

「お断りすると」。

「ええ、そういうことです」。

「クローフォド氏をお断りするとは。いったいどういう事情で。どういう理由で」。

「私は、私は、あの方を結婚したいほど好きになることなど、とてもできません」。

「なんとも妙なことだ」と、サー・トマスは冷静だが不快感を露わにした声で言った。

「ちょっと、私には理解の届かないところがあるのだが。あらゆる点で申し分のない若者が、こうしておまえに好意を表そうとして下さっているのだ。単に社会的地位や財産や評判だけでなく、人一倍物腰がよくて、誰にも好感を抱かれるような態度と話し方をなさる。それに昨日今日の知り合いではなくて、お知り合いになってからもうかなり長いだろう。その上、あの人の妹さんはおまえと仲の良い友達なのだし、おまえの兄にもあれほどのことをして下さっている。他のことを別にして、そのことだけ考えたとしても、おまえにとって、充分にいい話だと思うがな。私の力だけでは、ウィリアムをどこまで昇進させてやれたかは非常に心許ないよ。でも、あの方はそれをやってのけたのだからな」。

「はい」とファニーはか細い声で言い、さらに恥じ入りながら下を向いた。伯父にこうして現状を改めて示されてみると、クローフォド氏を好きになれない自分を恥じるような気にさえなっていたのだ。

「おまえにも分かったはずだよ」と、サー・トマスは少しの沈黙の後に言葉を続けた。

「ここしばらく、クローフォド氏がおまえに対して特別な態度を見せていたことは分かっていただろう。今回のことが唐突だったとは言えまい。あの人がおまえに好意を向けていたことは分かっていただろうし、おまえの態度も申し分ないものだったが(その点では私はなんら非難することはないんだよ)、おまえがそれを嫌がっているなどとは一度として考えなかった。自分で自分の気持ちをよく理解していないのではないか、ファニー」。

「いいえ、伯父様、そんなことはありません。あの方のご好意にはいつだって――私は、困っておりました」。

サー・トマスはさらに驚いてファニーを見た。「私にはまったく分からない」と言った。「説明してくれないか。その若さで、他の誰ともほとんど出会ってはいないのだから、とても他に好意を持つ相手など――」。

サー・トマスは言葉を止めると、ファニーをじっと見つめた。声では聞こえず、唇の形だけが「いいえ」という言葉を示していたが、しかし、顔は真っ赤だった。とはいえ、このような慎み深い娘の場合は、顔を赤らめていても真実を語っていることは充分あり得た。せめて得心がいったというふりだけでもしなければと、サー・トマスはすぐに言葉を継いだ。「いや、いや、そんなことは訊くまでもないことだった。あり得ないことだ。そうすると、もう他に言うことはないな」。

そして数分間何も言わなかった。深く考え込んでいた。姪もまた同様に考え込み、さらなる質問に備えて身構え、心の準備をしていた。本当のことを言うくらいなら死んだ方がましだ。本心を漏らさず自分を抑え込むために、少しの間、考え事に没頭したのである。

「クローフォドさんの人を選ぶ目がきわめて正しいものであっただけではなく」とサー・トマスは、落ち着き払って再び言葉を続けた。「あんなに若い内から結婚を望んでいるということ自体が私にとっては好感の持てることだね。それなりの財産がある場合は、早目の結婚を大いに奨励したいし、充分な収入のある若者なら誰でも、二十四歳を過ぎればなるべく早く身を固めてほしいものだと思うからね。これは私の常からの持論なものだから、我が家の長男、つまりおまえの従兄がなかなか結婚しそうもないのを非常に残念に思っているんだ。でも今のところ、私が判断し得るかぎりでは、結婚の予定も、結婚しようという考えもないようでね。自分から身を固めてくれるような性格ならよかったのだが」と言いながら、ファニーにちらと目をやった。「エドマンドは、あの性格からいっても、生活習慣からいっても、兄よりは早く結婚をしそうだね。あの子に関しては、どうやら愛する女性が見つかったのだと、この頃思うようになったが、兄の方は駄目だ。私の言ってることは正しいかね。そう思うかね、ファニー」。

「はい、伯父様」。

弱々しくも、落ち着いた口調で返事があったので、サー・トマスも、ファニーの従兄たちとの関係についての不安は解消された。しかし、その点で心配がなくなったからといって、姪の立場がよくなるわけでもなし、姪の言動の理由が分からないために、サー・トマスのいらだちは募るばかりだった。腰を上げて部屋を歩きまわっているので、ファニーはうつむいたままでありながら、伯父が顔をしかめているのが想像できた。そして少ししてから有無を言わさぬ口調で「クローフォドさんの性格に何か気に入らないところでもあるのかね、ファニー」と尋ねた。

「いいえ、伯父様」。

ファニーは、「でも、あの方の良識に関しては、気になるところがあります」とつけ加えたかった。しかし、その後の話し合いと、説明と、そして恐らくは納得させるのに失敗するだろうという、ぞっとするような展開を考えると、そう発言するのに怖じ気づいた。クローフォドをよく思えないのは、自分の観察から分かったことばかりであり、従姉たちがどんな振る舞い方をしていたかも合わせて話さなければならなくなることを考えると、その父親にそのまま伝えるのははばかられた。マライアとジューリア、そして特にマライアはあまりにもクローフォド氏の問題ある行動と密接に関係していたので、氏の人格について自分の思うところを述べようとすれば、マライアとジューリアを裏切ることになってしまうのであった。伯父のように洞察力があり、人格も立派で、道徳的な人にとっては、自分の側に、相手をはっきりと嫌う気持ちがあるということだけ伝えればそれで足りてくれるといいがと期待した。しかし、ファニーにとってこの上なくつらいことに、その説明では充分ではなかったのだ。

サー・トマスは、ファニーが悲嘆にくれて震えながら座っているテーブルまでやって来ると、きわめて冷ややかで厳しい態度を示して、言った。「おまえと話をするのは無駄なようだね。もうこんな話し合いは不愉快だからやめにしよう。クローフォドさんをこれ以上待たせるわけにはいかないからね。だから、ただ一言だけ言っておくことにする。おまえの振る舞いを私がどう考えるかを言っておくのが私の義務だと考えるからね。おまえは私の期待をすべて裏切ったし、私が思うのとは正反対の人間だということを見せてくれたよ。私の態度からも分かったと思うが、イングランドに戻ってきてから、おまえのことを非常によく思っていたからね。強情さやうぬぼれ、それに最近あちこちで見かける独りよがりを、おまえだけは持ち合わせていないと思っていた。ああいった独りよがりは若い女性であっても陥りがちだし、若い女性が持つとことさら他の欠点よりも気に障るし、嫌悪すべきものだがね。でも今おまえは、強情で意固地で、人の意見を聞く気もなく、実際に聞きもしないし、おまえに助言する権利があるはずの人々に遠慮したり配慮したり、意見を聞くこともせずに、自分で勝手にものごとを決めてしまうということが分かったよ。私が想像していたのとは、本当にまったく違った人間だった。おまえの家族、ご両親や兄妹にとって何がよくて何が悪いか慮る気などまったくないんだね。おまえの家族にどのような利点があるか、おまえがこうした結婚をすればどんなに喜ぶかなどということは、おまえにはどうでもいいことなのだろう。おまえは自分のことしか考えていない。若くて舞い上がった想像力が描くような愛をクローフォドさんに対して抱けないというだけで、少しも考える間もなく、すぐにあの人を断ろうと決めてしまう。もう少し、冷静に考えてみるとか、自分の気持ちをきちんと確かめるということもしないで。そしてばかげた気まぐれのために、適した相手と、立派な、社会的にも高い地位で一生安定した暮らしを送る機会を捨ててしまおうとしているのだ。こんな機会は二度とないだろうに。相手は分別があって、人格、気質、身の振る舞い、財産共に申し分なくて、おまえに非常に好意を寄せていて、きちんとした、下心とは無縁の姿勢で結婚を申し込んできている。言っておくがね。ファニー、おまえがこれからさらに十八年間この世に生きても、クローフォド氏の条件の半分も、あるいは長所の十分の一も持ち合わせた男性に言い寄られることはないんだよ。うちの娘のどちらでも、喜んであの人にくれてやっただろう。マライアは立派な嫁ぎ先に落ち着いたが、もしクローフォドさんがジューリアに結婚を申し込んだならば、マライアをラッシュワス氏に嫁にやるよりももっと大きな、心からの満足を感じながら、許可を与えただろう」。そして一瞬間をおくと、言葉を続けた。「それに娘のどちらかでも、いつだって、この半分の条件であっても、結婚の申し込みを受けたとして、それをすぐに、有無を言わさぬ態度で、私に一言相談するといった敬意を払うことなしに退けたりしたら非常に驚いただろう。そんなことをされたらとても驚くし、こちらの気持ちも傷つく。私に対する義務や敬意をまったく否定しているとみなすだろうからね。おまえの場合は別だがね。おまえは私に、親に対する義務を果たす必要がないのだから。だけどファニー、恩といったことをおまえの心が感じないのだとすれば――」。

サー・トマスは言葉をとぎらせた。この頃にはファニーはあまりにも激しく泣いていたので、サー・トマスは怒りを感じながらも、この件についてはもうこれ以上言うつもりはなかった。ファニーは、自分が伯父にどう映っているのかを考えると胸が張り裂けんばかりだった。このような激しい、畳みかけるような、どんどん酷くなっていく非難を浴びるとは。意固地で強情で、独りよがりで恩知らずなどと。伯父に自分がこのように思われているのだ。自分は伯父の期待を裏切り、伯父からの評価を失ってしまったのだ。この先自分はどうなるのだろう。

「本当に申し訳ないと思っています」と、涙で声を曇らせながら言った。「本当に、本当に申し訳ないと思っています」。

「申し訳ないか。ああ、そう思ってほしいものだね。それに、今日のことは長く悔やむことになるだろう」。

「できることならばこんなお答えはしたくないのですが」とファニーは、さらになんとかして言葉を発した。「でもあの方を幸せにすることはできませんし、私自身も不幸になることを確信しているのです」。

ここでまたさらに泣き崩れたが、この新たな涙、そしてそれを引き起こした、「不幸」という重たい言葉にもかかわらず、サー・トマスはこれはひょっとしたら、ファニーが少し後悔し、気が変わり始めたことの証かも知れないと思い始めた。そして、件の若者が直接懇願したら、事態は好転するのではないかと考えた。ファニーがきわめて内気で、大変気が小さいことは分かっていた。少し時間をおき、少し圧力をかけ、少し待ってから、いらだって見せる——これらのことを相手がうまく組み合わせれば、それが然るべき結果をもたらし得るような精神状態に今ファニーがいたとしても不思議はないと思ったのである。もし相手の紳士が頑張ってくれれば、頑張るだけの愛を持っていてくれれば。サー・トマスは希望を抱き始めた。こうしたことを考えている内に、機嫌もよくなってきた。「さあ」と、持ち前の重々しい、しかし前ほど怒気を含まない口調で言った。「さあ、いいから涙を拭きなさい。泣いてもしかたがないだろう。泣いたっていいことはない。これから一緒に下に来なさい。もうすでにクローフォドさんを長くお待たせしすぎたからね。自分で直接返事をしなければいけないよ。あの方だってそうでないと納得しないだろう。お気の毒なことに、あの方がおまえの気持ちを誤解したことを説明できるのは、おまえだけなんだからね。私にはそれは無理なのだから」。

しかしファニーはクローフォド氏のところに行くことにあまりにも尻込みし、苦痛を示したので、少し考えた末、サー・トマスは好きにさせることにした。その結果、例の紳士とこの淑女に対して先ほど抱いた少しばかりの期待は、またそがれた。しかし姪に目をやり、泣いた後、表情も顔色もどんな状態になっているかを見ると、今すぐ相手に会わせるのは百害あって一利なしと考えた。結局、たわいないことを二、三言口にすると、サー・トマスは一人で部屋を出て行き、あとに残された哀れな姪はそこに座ったまま、今起こったことを思い返して涙にくれ、きわめてみじめな気持ちになっていた。

ファニーの心の中は大いに混乱していた。過去、現在、未来、すべてがつらかった。その中でも最も苦痛だったのは、伯父の怒りだった。独りよがりで恩知らずとは。そんな風に伯父に思われるとは。自分はもうこのまま一生みじめであり続けるだろう。味方もいなければ、相談相手もおらず、かばってくれる者もいなかった。唯一の友達は不在だった。エドマンドがいれば、父親をなだめてくれたかも知れない。しかし皆が、ひょっとしたら全員が自分のことを独りよがりで恩知らずだと思うかも知れない。繰り返し非難されるのに耐えなければならないかも知れない。自分への非難を耳にするか、目にするか、あるいは自分に関するあらゆる事柄が永遠に非難の対象となり得ると知りながら生きていかなければならないかも知れないのだ。クローフォド氏に対して恨みを感じずにはいられなかった。でも、もしクローフォドさんが本当に自分を愛していて、あの人もやはり不幸だったとしたら。何もかもがみじめだった。

十五分ほどで伯父が戻ってきた。その姿を見てファニーはほとんど気絶せんばかりだった。しかし伯父が静かに、穏やかに、そして非難を口にせずに話すので、ファニーは少し気をとり直した。また、話し方だけでなく、話す言葉にも慰めを見出すことができた。というのも伯父の最初の言葉は次のとおりだったからだ。「クローフォドさんはお帰りになったよ。たった今出たところだ。どんなことを話したかを繰り返す必要はないだろう。あの人のお気持ちを話して、おまえの気持ちをさらに動揺させたくないからな。あの人がきわめて紳士的で度量の大きいところを見せたと言っておけば充分だな。あの人の振る舞いを見て、分別も心根も気質も申し分ないということを確信したよ。おまえの気持ちを説明したら、すぐに、そして非常に細やかな思いやりを見せて、今はおまえに会うのを諦めると言っておられた」。

それまで顔を上げていたファニーは、ここで顔を伏せた。「もちろん」と伯父は言葉を続けた。「たとえ五分でもいいからおまえと二人で話をしたいとは言ってくるだろう。それはあまりにも自然で当然のことなので、断ることはできない。でも特に日時は定めていないから、ひょっとしたら明日か、おまえの気持ちが落ち着いたときでいい。今はただ気を落ち着けなさい。泣くのはやめなさい。体力を消耗するだけだ。私の言うことに耳を傾ける気があるのならば――おまえがそのつもりだと私も思うことにするが――こんな風に感情に身を任せることはせずに、もっと強い精神を保てるように、理性を働かせなさい。外に出た方がいい。新鮮な空気を吸いなさい。砂利道を一時間くらい散歩すればよい。植え込みには誰もいないし、外の空気と運動で気分がよくなるだろう。それからファニー（と、もう一度向き直りながら）このことについては誰にも言わないことにする。バートラム伯母様にさえ何も言わないつもりだ。他の人までがっかりさせることはないからな。おまえも何も言う必要はないよ」。

この命令には喜んで従うことができた。ファニーは伯父の配慮に心から感謝した。ノリス伯母のいつ果てるとも知れない非難を聞かなくて済むのだ。有難さを嚙みしめているファニーを残して、伯父は出て行った。ノリス伯母の非難さえ聞かなくて済むのであれば、何にだって耐えられるかも知れない。クローフォドさんに会うことさえ、まだ我慢ができた。

伯父が勧めたとおり、すぐに外に出て行き、できるかぎり伯父の提案に従ってみた。涙を止めて、自分の気持ちを落ち着け、精神を強く持とうと真剣に努めたのだった。自分が本当に伯父を喜ばせ、伯父によく思ってもらいたいのだということを態度で示したかった。そしてこの件に関して伯母たちには黙っていてくれるということで、ファニーはさらに努力を重ねなければならないと思った。表情や言動から何か悟られないようにするのが、今や目指すところだった。そして、ノリス伯母から自分を守ってくれることならば、どんなことでもできる気にさえなっていた。

散歩から帰って、東の間に戻って最初に、暖炉の火が燃えているのを見たときには、驚きに心を打たれた。この暖炉に火がくべられているなんて。なんということだろう。こんなときにこんなに親切にしてもらって、痛いほどの感謝の気持ちを感じていた。こんな些細なことをサー・トマスが思い出す暇があったのかと驚いたが、火の様子を見にきたハウス・メイドが自分から言った言葉で、これから毎日暖炉に火が焚かれることになったのだと知った。サー・トマスがそう命じたのだった。

「これが本当に恩知らずなことならば、自分はとんでもなく酷いことをしていることになってしまう」とファニーは独り言を言った。「どうか、これが恩知らずな行いにはなりませんよう」。

ディナーに集まるまでファニーは伯父の姿も、ノリス伯母の姿も見なかった。伯父の自分に対する態度は、それまでとほとんど変わらなかった。伯父が意識して態度を変えようとしているとは思えなかったし、何か違うと思うのは、自分の良心の呵責のせいなのだと思った。しかし伯母の方は、すぐに文句を言い始めた。伯母に知らせずに自分が散歩に出かけたことが、どんなに大仰に、不愉快なかたちで問題にされるかを目の当りにすると、もっとずっと大きな事柄において、同じ調子で非難されるのをまぬがれるようにしてくれた伯父の親切をひときわ有難く思わないではいられなかった。

「外に出るのだと分かっていたら、家まで行って、ナニーに伝えてもらいたいことがあったのに」と伯母は言った。「おかげで、自分で行かなければなりませんでしたよ。大変な思いをして行かなきゃならなかったんですけどね。本当はそんな暇はなかったんだから、あなたが外出するって一言言ってくれさえすれば、手間が省けたのに。植え込みまで散歩に行くのも、うちまで行くのも一緒だったでしょう」。

「私がファニーに植え込みを勧めたんですよ。一番湿気がありませんからね」とサー・トマスが言った。

「あら」とノリス夫人は一瞬たじろいだ。「サー・トマス、それは大変なご親切でしたけれども、うちまでの道がどんなに乾いているかご存じないでしょう。ファニーはうちまで行ったって同じように快適な散歩ができたんですよ。その上に、伯母の役に立って、喜ばせることだってできたんですから。なのに、みんなあの子のせいで。もし外出すると一言私たちに言ってくれれば。でもファニーにはそういうところがありますからね。何度も見てきましたけど、この子は自分の思いどおりにしたいのよね。人からあれこれ指図されたくないんですよ。好きなときに、勝手に散歩に行ってしまうんですからね。この子にはどこか秘密主義で、独りよがりで、感心できないところがあるんですよ。そういうところはなんとかするべきだと思いますけどね」。

自分がついさっきまで同じような意見を表明していたのを棚に上げて、ファニーの一般的な評価としてこれほど不当なものはないと思ったサー・トマスは、話題を変えようとした。話題変更が成功するまでには、何度も試みなければならなかった。というのもノリス夫人は、サー・トマスがどんなに姪を高く評価しているか、そしてファニーをけなすことで自分の子どもをほめてほしいなどと少しも思っていないことに気づくほどの洞察力を、今も、また過去にも持ち合わせたことはなかったのである。ノリス夫人はディナーの間ずっと、ファニーに聞こえよがしに、この秘密の散歩の文句を言い続けた。

ようやくディナーも終わった。そして、その日の様々な出来事を考えると、とても期待はできなかったような落ち着いた、そして元気な気持ちで、ファニーはその晩を過ごすことができそうだった。まず第一に自分が正しかったこと、自分の判断が間違っていなかったことを確信していた。自分の動機が純粋であることは確かだった。そして第二に、伯父の怒りがおさまってきているのではないかと期待することができた。そして、伯父が冷静になってこの件を考えたら、善良な人間ならば感じずにおれないことだが、愛情のない結婚がいかに不幸で、許し難く、絶望的で邪悪かということを分かってくれるのではないかと思うようになったのである。

言われていたように、クロフォード氏ともう一度会うことを翌朝にでも済ませてしまえば、この件には決着がつくだろうと期待しないではいられなかったし、クロフォード氏がマンスフィールドから去ってしまえば、この件はまるでなかったかのように、すっかり忘れ去られるだろう。クロフォード氏が自分への好意に長く苦しむとは思いたくなかったし、そうなるとも思えなかった。そういう人間ではないのだ。ロンドンがすぐに癒してくれるだろう。ロンドンに行けば、一時の気の迷いを不思議に思うようになるだ

ろうし、ファニーの分別によって、悪い結果に陥ることをまぬがれたのを感謝すること
だろう。

ファニーの頭の中をこのような期待が駆けめぐっているとき、伯父はお茶を飲んだ後、間もなく呼ばれて部屋の外に出て行った。こんなことはよくあるので特に気に留めなかったが、十分後に執事が戻ってきて、ファニーの方に向かって歩いて来ると言った。「サー・トマスが、ご自分のお部屋でお話ししたいとおっしゃっています」。そのときファニーは、何が起こっているか悟った。ある嫌な予感が心に浮かび、顔から血の気が引いた。とはいえ、すぐに立ち上がって、言われたとおりにしようとしたときに、ノリス夫人が声を上げた。「待ちなさい、ファニー。何をしているの。どこに行こうというの。そんなに慌てるんじゃありませんよ。あなたが呼ばれるわけがないでしょう。私に決まっているわよね(と執事を見ながら)。なのに、あなたはいつだってそうやって出しゃばるんですから。サー・トマスがあなたに話があるわけがないのよ。私ですよ。バドリー、私のことよね。今すぐ行きますよ。バドリー、サー・トマスがお呼びなのは私に決まっていますよ、プライス様じゃなくってね」。

しかしバドリーは頑なだった。「いいえ奥様、プライス様です。確かにプライス様をお呼びでした」と言いながら、「あなた様だったらお話にならないんですよ」と言わん

ばかりの小さな微笑を浮かべていた。

ノリス夫人はきわめて不満そうだったが、気を落ち着けてまた縫い物を取り上げるしかなくなった。そしてファニーはこれから何が起こるかを想像して、動揺しながら部屋を出たが、一分後には予想どおり、クローフォド氏と二人だけになっていた。

第二章

二人の会見は、ご婦人の側で見込んでいたほど短くもなかったし、また、決定的なものにもならなかった。紳士の方がそう簡単には引き下がらなかったのだ。サー・トマスが期待していただけの粘りを備えていた。うぬぼれがあって、第一に、相手が本当はこちらを愛しているのに自分でそのことに気づいていないだけなのだと思い込む傾向にあった。第二に、ファニーが自分で自分の気持ちをちゃんと分かっているのだとやむなしに認めたとしても、これもそのうぬぼれからその気持ちをいつか自分の思い通りにできるはずだと信じ込んでしまうのである。

クローフォド氏は恋をしていた。激しく恋をしていた。そしてこの恋は、活発で、楽観的で、繊細というよりも情熱的な人柄とあいまって、相手が好意を示さないとわかると、ますます手に入れたくなるのだった。相手が自分に恋をするよう仕向けるということが至福であるだけでなく勝利でもあると考え、必ず手に入れると決意した。

クローフォド氏は諦めようとしなかったし、身を引くこともなかった。固く愛情を貫くだけの充分な理由があったのだ。ファニーが備えている美徳をもってすれば、生涯幸せが続くだろうと確信していた。今回のファニーの行動も、私心がなく、気遣いに溢れる性格が表に出たものであり(それはきわめて得難いものに思われた)、そのことでクロフォードの願いは強まり、決意はさらに固まったのだ。攻めている相手の心が、すでに別の人のものだということは知らなかった。その点に関しては、微塵も頭になかった。むしろ恋愛のことなど今まで考えたこともないだろうから、そういう危険もないと考えていたのだ。相手はそれまで若さによって守られていて、その若さは、容姿に劣らず美しい精神の若さだった。そしてその控えめさゆえに、今まで自分の態度を理解しなかったのだし、まったくもって予期していなかった申し出と、それまで想像だにしなかった新たな状況に、未だに圧倒されているということなのである。

そうであれば当然のこととして、気持ちが相手に伝われば、受け入れられるのではないだろうか。クロフォードは完全にそう信じ込んでいたのである。このような愛情は、しかも自分のような男からの愛情は、粘りさえすれば、そう遠くない将来に報われるはずだ。そしてきわめて短い時間で相手の愛を勝ちとってみせるのだという自分の思いに、とてもわくわくしていたので、今のところ向こうが自分に愛情を抱いていないこともさして残念に思わないほどだった。ヘンリー・クロフォードにとって、ちょっとした困難を乗り越えるのはなんということはなかった。むしろ、それで奮起した。これまでは、自分への愛をあまりにもたやすく手に入れてしまう方だったのだ。今の状況は、新鮮で、刺激的だった。

しかし、生まれてこのかた常になんらかの困難な境遇に置かれていて、それを乗り越えることに何の面白さも見出せないファニーにとっては、このことは理解不能だった。相手が粘るつもりであることは確かに分かった。しかし、自分の口から言うほかなかったあのような言葉を聞いた後でも、相手が納得してくれないのは理解を超えていた。相手を愛していないし、愛せないし、これからも愛することはないと言ったのだった。そんな風に自分の状況を変えるなどということはまず無理であり、この話は自分にとって大変な苦痛であり、もう二度とこの話をしてほしくないこと、今すぐこの場を離れたいし、この件についてはもう永遠に決着がついたものと思ってほしいということを伝えた。そしてさらに相手が食い下がると、二人の気質があまりにも違うので、互いに愛情を抱くのは不可能だと思うともつけ加えた。性格、教育、そして生活習慣のどれをとっても、互いに合わないのだとも言った。これだけのことをすべて、しかも心から真剣に言ったのだった。しかしそれでも充分ではなかった。というのも、相手は即座に、二人の性格が合わないと言われたこと、置かれている状況が不釣り合いだと言われたのを否定し、自分は愛し続け、希望を抱き続けるからと、はっきりと宣言したのである。

ファニーには自分の気持ちは分かっていたが、自分の態度が相手にどう映るのかを分かっていなかった。その言動はどうしても優しいものになってしまって、断固とした決意を覆い隠してしまっていることに自分で気づかなかったのだ。その遠慮がちな様子、感謝の気持ちの表明、そして穏やかな調子から、その気がないと言ってみてもファニーが遠慮しているだけだと思われてしまうのだ。少なくとも、ファニーは相手に与えている苦痛を同じだけ自分の方も味わっているようにクローフォド氏には映っていた。ファニーにとっても、もはや現在のクローフォド氏は、マライア・バートラムにこっそりと、巧みに、かつずるがしこく言い寄ったとき、いやでいやでたまらなく、会いたくも話したくもない、美点など一切見つけられず、親しみやすい人物であることさえ認めたくなかった、あのときのクローフォド氏とは別人であった。事実、今のクローフォド氏は自分に情熱のこもった、純粋な愛を示していた。清く正しい感情を備え持っているように見え、愛情ある結婚に幸せを見出そうとしていた。ファニーがどれほどの価値を持っているのかを夢中で口にし、何度も何度も自分の抱く愛情を語り、言葉で表せる限りを尽くして、また才能豊かな人物ならではの言葉、口調、熱意をもって、ファニーの優しさと善良さに惹かれたのだと証明しようとしていた。おまけに今となっては、この人はウィリアムの昇進をもたらしてくれたクローフォド氏でもあるのだ。

このことはちょっとした変化だった。そして、度外視するわけにはいかないことだった。サザトンの敷地内や、マンスフィールド・パークの「劇場」では、道徳的な憤りに駆られていて、この人物を堂々と嫌うことができた。しかし今では、別の接し方を要求するだけの権利を相手が備えていた。こちらとしても、礼儀正しく、思いやりをもって接しなければならないだけの義理が生まれてしまった。自分に向けられた好意を光栄と思い、自分のことを考えても、兄のことを考えても、これに深い感謝の気持ちを抱かなければならなかった。こうしたことがあってファニーは、同情に溢れ、動揺した様子を見せ、相手を断る言葉にも感謝と思いやりを込めていたので、クローフォドのようなうぬぼれと楽観から成る人物にとっては、冷淡さも演技か、あるいは大したものではないと思われてしまうのである。したがってクローフォドが、自分は引き下がらないし、努力を続けるし、諦めないと言って会見を締めくくったことも、ファニーが思うほど強引なことではなかったのである。

ファニーがその場を離れるのをしぶしぶ見送ったクローフォドは、その最後の言葉を裏切るような絶望的な表情は見せなかったし、かといって、さっき自分で言っていたほど聞き分けがないわけではないとファニーに期待を持たせてくれることもなかった。

ファニーは今や怒りを覚えた。あのように利己的で、こちらの好みなどお構いなしにしつこくすることに、腹が立ってきた。以前あれだけあくが強く、嫌悪をもよおした、あの鈍感さ、思いやりのなさが、またもや表れ出ていた。以前あんなにもいやだったあのクローフォド氏が再びそこにいた。自分が満足するためならば、思いやりも、人の気持ちを慮るところもないのは目に見えていた。そして残念ながら、精神や人間味の部分で欠けているところを義務で補わねばと命じてくれる道徳的信念も持ち合わせていなかったのである。もしファニーの心が誰のものでもなかったとしても――本来ならばそうであるはずなのかも知れないが――クローフォドがその心を勝ちとることはあり得なかった。

あまりにも大変な恩恵かつ贅沢である暖炉にあたりながら、ファニーは深刻に、そして静かな悲しみの中で考えていた。過去と現在に思いを馳せ、これから何が起こるかを思った。混乱して舞い上がって、何一つはっきりしない中で、それでも分かっているのは、どんな状況にあっても自分はクローフォド氏を愛することができないということ、そしてそう考えながら暖炉にあたっていられるのが幸せだということだけであった。

サー・トマスは、若い二人の間で何が起こったのかを耳にするのに翌朝まで待たなければならなかった。もしくは、自ら待つことを選んだ。翌朝になってクローフォド氏に会い、話を聞いてみた。最初に感じたのは失望だった。もう少しましな結果を期待していたのだった。ファニーのようなおとなしい性格ならば、クローフォドのような若者から一時間懇願されて、ここまで効果がないものとは思っていなかった。しかしこの恋する若者の決意と、楽観的で不屈な精神にすぐに安心した。本人がこのように成功を信じているのを見て、サー・トマスもじきに同じように思えるようになったのだ。

この話を成功させるためには、サー・トマスは礼節、愛想、親切を惜しまなかった。クローフォド氏の一途さをたたえ、ファニーをほめ上げ、今もってなお、両家の縁は世界で最も望ましいものだと語った。マンスフィールド・パークではクローフォド氏はいつでも歓迎だった。今も、これからも、お好きなときに気持ちの赴くままに、いつでも来てほしいということだった。姪の家族と友人の間では、このことについての見解、希望は一致している。ファニーを愛する者たちが、ファニーにどうしてもらいたいかは決まっていると。

一方はあらゆる励ましの言葉を投げかけ、他方はそのすべてを喜びと感謝をもって聞き、二人の紳士はきわめて友好的に別れた。

今やこの件が正式な筋を通すもので、見通しも明るいことに満足し、サー・トマスはこれ以上姪を追い詰めることをやめ、表立った干渉はしないことに決めた。あのような性格には、優しさで応ずるのが最も効果があると考えたのだった。強く押すのは一人がやれば充分だ。ファニーは、自分の家族が望んでいるところを分かっているはずであり、その家族がその点に関して寛容な姿勢を見せることが、ファニーに家族の望みどおりの行動をとらせる最も確実な方法なのだ。この方針に従い、サー・トマスは最初の機会が訪れると、相手の心をとらえるつもりで、優しさを交えた重々しい口調で言った。「ファニー、先ほどまたクローフォドさんにお会いして、おまえたちの関係が今どうなっているのかをお聞きしたよ。あの方はまれに見る見上げた若者だ。結果がどうであろうと、おまえにかなり特別な好意を抱いていらっしゃるのは分かるだろう。おまえはまだ若いし、恋というものが一般的にはいかに一時的で、うつろいやすく、不安定なものなのかをまだ知らないだろうから、拒否されてもこうして一途に想い続けていることがどんなにすごいことなのか、私のようには分からないだろう。あの方にとって、これはまったくもってお気持ち一つの問題だ。このことで評価されたいと思っているわけではないし、評価されるべきことではないのかも知れない。しかし、あの人は相手を正しく選んだのだから、それを貫いていることも立派だと言えるだろう。もしあの人が想う相手がそれほどほめられる人間でなかったのならば、一途に想い続けること自体を非難されてしまうのだからね」。

「まあ、伯父様」と、ファニーは言った。「とても残念に思います、クロークォードさんがこのようにご自分の思いを――。私にとってとても名誉なことだと分かっていますし、まったく身にあまる光栄なのですが、私にはよく分かっていますし、そのことはあの方にも申し上げたのですが、あの方に対する私の気持ちは……」。

「いや、ファニー」と、サー・トマスはさえぎって言った。「それ以上言う必要はない。おまえの気持ちはよく分かっているよ。おまえだって、私の望みと、残念な気持ちであることも分かっているだろう。もうこれ以上何も言わなくても、何もしなくてもいい。今後この件に関しては一切触れないことにしよう。おまえは何も恐れる必要もなければ、心配することもない。私が、意志に反した結婚を強要するわけなどないことは、分かっているね。私はおまえの幸せ、おまえのためを思っているだけなのだから。だからおまえに求めるとしたら、クロークォードさんが、おまえの幸せとご自分の幸せが相容れないものではないんだとおまえを説得しようとなさるのを我慢して許可して差し上げることくらいなのだ。クロークォードさんは失敗を承知でやっていることだ。おまえは安全なところにいるんだ。クロークォードさんが訪問にいらしたらいつでもおまえに面会させると言っておいた。まるでこういうことがなかったかのようにね。私たちと一緒に、いつもどおりにあの方にお会いして、できるだけいやな記憶を忘れなさい。あの方はもう間もなくノーサンプトンシャーを離れられるのだから、その程度の煩わしさだってそう何度も感じる必要はないだろうしね。これからどうなるかはまったく分からないが。さあファニー、これでもうこの話もおしまいだ」。

相手がここから去るという見込みだけが、ファニーにとって喜ばしいことだった。しかし、伯父の優しい言葉と寛容な態度は有難く感じた。そして伯父が実際のことをどれほど分かっていないかを思うと、伯父の振る舞いも不思議はなかった。なにしろ伯父は娘をラッシュワス氏に嫁がせたくらいだ。恋愛に関する機微など、伯父に期待しても無駄だろう。今は自分の義務を果たし、時が経てば、その義務を果たすのが今よりも楽になることを願うしかない。

ファニーはまだ十八歳ではあったが、クローフォド氏の愛が一生続くとは思えなかった。自分が揺らぐことなく拒否し続ければ、そのうちに過ぎ去ってくれるだろうとしか考えなかった。それがいつになるとファニーが考えているかはまた別の話である。若い娘というものが、自分の魅力をどれくらいに評価しているのかという問題をここで探るのはやめにしておくことにしよう。

この件についてもう何も言わないという意思にもかかわらず、サー・トマスは、もう一度だけ、姪の前でこの話を持ち出すはめになった。伯母たちにこのことを知らせなければならないと伝えるためである。今でもできるならこれは避けたかったが、クローフォド氏がまったく逆の理由から、この件を伏せていたくはないと言ったからだった。クローフォド氏はこの件を隠しておく気などさらさらなかった。牧師館ではこのことはすっかり知られており、クローフォドは夢中で姉妹を相手に将来の話をしていたのだった。成功までの道程を、事情が分かっている人々に見守ってほしかったのである。サー・トマスがこのことを知ると、自分の妻や義姉にもこの話をすぐにする必要を感じた。ファニーの立場を考えると、ノリス夫人にこの話をするのがファニーと同じくらいサー・トマスも怖かったのだが。ノリス夫人の、見当違いではあるが、善意からくる情熱というものに、辟易していたのだ。実際この頃にはサー・トマスはノリス夫人を、悪気はないが、常に見当違いできわめて不愉快な行いに出る種類の人間とみなすところまではきていたのである。

しかしノリス夫人のことなら心配はいらなかった。サー・トマスは、ノリス夫人が姪に対して寛容になるように、そして口を出さないように求めた。夫人はそれを約束しただけでなく、なんと守ってしまったのだった。ただただ、募る悪意を表情にむき出しにするだけだった。夫人はひどく怒っていた。大変に腹を立てていた。しかし怒っていたのは、ファニーがこのような申し込みを断ったからというよりも、そもそもこのような申し込みが来たことについてなのであった。これは、クローフォド氏に一番に選ばれるはずであったジューリアに対する侵害であり、侮辱なのであった。また、それを別にしても、夫人はファニーを嫌っていた。自分がファニーをないがしろにしていたからこそ嫌っていたのである。自分が常におとしめようとしていた人間がこのような栄誉を与えられるとは、なんとも面白くなかったのである。

サー・トマスは、これはノリス夫人がこの件に関して慎みを見せているのだという風に受けとってしまった。そしてファニーは、夫人がその不愉快な思いを表情に出すだけにして、口には出さないことを、大いに有難く思っていた。

レイディ・バートラムはまた別の受け取り方をした。夫人はずっと美人として生きてきたし、それも裕福な美人としてだった。そのため美と富というものについてだけは、その有難さが分かっていた。だから、ファニーが財産のある男性から結婚を申し込まれていると知ると、夫人の中でファニーの株はかなり上がったのだった。それまではファニーがとても魅力的な方に入るのかどうか疑わしいと思っていたのだが、その点についての疑問は晴れ、いい条件の結婚をできる娘なのだと分かると、ファニーを姪と呼べることは自分も鼻が高いような気がしてきたのである。

「ねえ、ファニー」と、その後二人きりになるとレイディ・バートラムは言った。「ファニーと二人きりになるのを待ち遠しく思っていたし、その声にはいつにない活気があった。「ねえファニー、今朝はあの嬉しい知らせにずいぶん驚いたわ。一度だけはこの話をしなければとサー・トマスにも言ったのよ。一度きりで、もう済むんだから。おめでとう」。そしてファニーを満足げに眺めると、つけ足した。「ふうん、本当に器量良しの一族よね」。

ファニーは顔を赤らめ、最初は何を言っていいか分からなかった。伯母の弱いところを突くことができればと思いつき、こう答えてみた。

「伯母様、私の選択には反対なさいませんよね。伯母様は、私に結婚してほしいとは思いませんよね。私がいないと本当にお困りになってしまうでしょうから」。

「いいえ、このような申し込みのお話があるのなら、あなたがいなくて困るなんてことはどうでもいいのよ。クローフォドさんのような立派な財産をお持ちの方と結婚するのなら、私はあなたがいなくても問題なくやっていけるわ。それに、ファニー、こんなに条件のいいお申し出をお受けするのは、若い女性であれば義務だということも分かっているわよね」。

どう振る舞うべきかという提言、こうしなさいというほんの一言の忠告であっても、そんなものが伯母から出たのは、この八年半の間で今が初めてといってもよかった。ファニーはもう何も言うことができなかった。反論するだけ無駄だと感じていた。伯母の感情がファニーの側についていてくれていないのならば、理性に訴えかけても無駄であった。今日のレイディ・バートラムは実に饒舌と言ってよかった。

「そうだわ、ファニー」と夫人は言った。「きっとあの方は舞踏会であなたをお気に召したのね。あの晩にことが起こったんだわ。あなたは本当に素敵でしたからね。皆さんそうおっしゃっていたわ。サー・トマスもそうおっしゃいましたよ。それにチャップマンが支度を手伝ったのよね。チャップマンをあなたのところにやって本当によかったわ。まさにその晩のことだったとサー・トマスに言っておくわ」。そしてこの楽しい思いにふけりながらも、すぐにまたつけ加えた。「それからね、ファニー、こんなことはマライアにもしてあげてないんだけれど――次にパグが子犬を産んだら、あなたに一匹あげるわ」。

第三章

エドマンドが帰省すると、大変な知らせが待ち受けていた。驚くべきことが沢山あった。最初の驚きだけをとっても、エドマンドの興味を大いに引くものだった。馬に乗って村に入ってきたときに、ヘンリー・クローフォドとその妹が一緒に歩いているのが目に入ってきたのだった。二人ははるか遠くにいるものと思っていたし、そうであってほしかった。向こうでの滞在を二週間以上も延ばしたのはクローフォド嬢を避けるためだった。寂しい思い出と甘い瞑想に浸るつもりでマンスフィールドに戻ってきてみたら、その美しい人が兄の腕に寄りかかって、目の前に現れたのだった。そしてついさっきまでは、七十マイル離れたところにいると思い、気持ちの上ではもっと遠く、計り知れない距離にいると思っていた女性に、間違いようもない、親しげな様子で迎えられたのである。

相手が自分に対してとってくれた態度は、たとえ相手に会えることを期待していたとしても、とても望めないだろうと諦めていた種類のものだった。家を離れなければならない用事が何だったかを考えてみても、そこから戻ってきたときに、満足げな表情と、素直で感じのよい言葉に迎えられるとはまさか思わなかったのである。それだけでも心が温まり、家に着いたときには、他の喜ばしく驚くべきことを充分に実感できるような状態になっていた。

ウィリアムの昇進のことは、詳しいこととあわせて、すぐに聞かされた。そして自分の胸のうちに密かに抱いている嬉しい思いも手伝って、この知らせをきわめて喜ばしく思い、ディナーの間中ずっと元気の源となった。

ディナーが終わり、父と二人きりになったときに、ファニーの件について知らされた。そして、この二週間の大きな出来事と、マンスフィールドにおける現在の状況を知ったのである。

ファニーは、何が起こっているか勘づいていた。二人がいつもよりもずっと長く食堂に籠もっていたので、自分のことを話しているのはどうやら間違いなかった。そしてお茶の時間になってようやく二人がこちらにやってきて、エドマンドと同席したときには、大変な罪悪感に駆られた。エドマンドはこちらにやってきて隣に座り、手を取り優しく握った。その瞬間ファニーは、お茶の準備や、目の前の茶器がなかったら、とんでもなく過剰な感情を露わにしてしまうところだったと思った。

しかし、エドマンドはこうすることで、特にファニーが期待したような、自分の行動への文句なしの賛同と激励を伝えようとしているわけでもなかった。単に、ファニーに関する話ならば全部自分にだって関係があること、そして今知ったばかりのこのことが、ファニーへの愛情を多くの点で駆り立てたことを本人に伝えたいだけだったのだ。実際、エドマンドはこの問題に関しては完全に父親と同意見に立っていた。ファニーがクローフォドを断ったことに関しては、父ほど驚いてはいなかった。というのも、ファニーがクローフォドに好意らしきものを抱いているどころか、むしろその逆だろうとずっと考えていたからであり、ファニーからしたらまったく不意を突かれたのだろうと推測した。しかし、クローフォドとの結婚を望む気持ちではサー・トマスに劣らなかった。エドマンドにはこの結婚はいいことずくめに映った。そして、ファニーが今のところクローフォドに対して何も感じないことからとった行動を評価し、サー・トマスがとてもではないが同意しかねるほどファニーの行動を賞賛しながらも、二人が最終的に結婚することを強く望み、そうなるだろうと楽観視した。互いへの好意で結ばれれば、二人の性格はぴったりと合って、互いを幸福にできることが明らかになるだろうと思ったし、そうであることを真剣に信じ始めていた。クローフォドは性急過ぎた。ファニーが好意を抱く時間を与えなかったのだ。順序が逆だったのだ。しかし、クローフォドの魅力とファニーの性格を考えると、しまいにはすべてうまくいくだろうとエドマンドは信じていた。ファニーの恥じらうさまを見ると、それまでのしばらくの間は、自分の言葉や表情やしぐさによって、ファニーを恥じ入らせることが二度とないように、細心の注意を払っていこうと考えた。

クロフォドは翌日訪問に来た。そしてエドマンドが帰省したのを理由に、サー・トマスは氏をディナーに招くことはまったく問題ないだろうと考えた。否、むしろ、そうすることこそが礼儀に適っていた。クロフォドはもちろん招待に応じたので、エドマンドは、クロフォドがファニーとどれだけうまくいっていて、どれだけ期待を持てるのか、ファニーの言動から実際に見て判断することにした。その結果、ほとんど希望はないように思えたので――ほんの少し、わずかでも希望があるとすれば、それはファニーの恥じらいの中に見出せるくらいであった。ファニーの困惑に希望を見ることができないとしたら、希望はまったくないのだった――エドマンドには、自分の友人がそんなにも根気強いことを不思議に思えるほどだった。たしかにファニーにはそれだけの価値がある。どんなに忍耐を強いられようと、精神力が必要であろうと、ファニーはそれに値するとエドマンドは思っていた。しかし自分だったら、どんな女性であれ、今ファニーの目に表れている以上の温かい励ましを見てとれなければ、諦めているだろうと思った。自分に見えないことがクローフォドには見えているのだと思いたかった。そしてこれが、ディナーの前、最中、そして後の様子をずっと眺めていたエドマンドが、友人のためを思って考えてやれる精一杯のことだった。

その晩には、もう少し先の期待につながりそうなことがいくつか起こった。クローフォドと共に応接間に入ると、母親とファニーが、まるで他になにごとも考えられないといった風に、黙々と夢中で裁縫をしていた。エドマンドは二人の静かな様子について何か言わずにはいられなかった。

「私たちはずっと静かにしていたわけではないのよ」と母親が答えた。「ファニーが本を読んでくれていたんだけど、あなた方がいらっしゃる音がしたので本を閉じたところなのよ」。たしかにテーブルの上に、たった今閉じましたとばかりシェイクスピアが一冊置いてあった。「よくあの中から一作を読んでくれるの。あなた方の足音が聞こえたときにはちょうど、あの男の人の、とても立派な台詞の途中だったのよ。ファニー、あの人のお名前はなんていったかしら」。

クローフォドは本を手に取り、「レイディ・バートラム、その台詞を是非最後までお聞かせしたいと思います」と言った。「すぐにその箇所を見つけますから」。そしてページが自然に開くところを探すと、ちょうどその台詞の箇所、あるいはその付近二、三ページの辺りに至った。レイディ・バートラムにはそれで充分であり、クローフォドが「ウルジー枢機卿」(1)という名前を口にしただけなのに、まさにその台詞だと言い切ってしまった。この間、ファニーはそちらに目もやらず、手伝いを申し出ることもなかった。賛成も反対もしなかった。全神経は縫い物に集中していた。他の何にも興味を持つまいと意を決しているかのようだった。しかし感性の力には抗えなかった。ものの五分と、注意を逸らし続けていることができなかった。どうしても耳を傾けてしまうのだった。クローフォドの読み方は絶品であり、ファニーはその上手な朗読に大いに喜びを見出したのである。しかし、上手な朗読というものにはファニーはこれまで長いこと触れてきていた。伯父は読むのが上手かったし、従兄姉も全員上手かったし、エドマンドはとりわけ上手に読んだ。ただクローフォド氏の読み方には、ファニーがそれまで体験したことのない多彩な魅力があった。王、女王、バッキンガム、ウルジー、クロムウェル、それぞれの台詞を読んで聞かせた（いずれも『ヘンリー八世』に出てくる登場人物）。それもきわめて巧みに、次にどこに飛ぶかを実にうまく推測しながら、それぞれの人物の最も優れた場面、あるいは最も優れた台詞を常に選ぶことができるのであった。そして、威厳であれプライドであれ、優しさであれ悔恨であれ、どんな感情でもとても魅力的に表現することができたのだ。それはまさにドラマティックなものだった。あのときクローフォドの演技を見て、ファニーは初めて芝居の楽しさを知ったのだが、この朗読で、ファニーは再びその演技を思い起こした。いや、前のときよりも楽しめたのだろう。というのも、これは予期していなかったことだったし、バートラム嬢と共に舞台に立っているときに感じたような苦痛が伴わなかったからである。

エドマンドは、ファニーが徐々に集中してゆく様子を見つめ、最初は全神経を注いでいたかに思われた縫い物の方が次第に疎かになっていくさまが見ていて面白かったし、嬉しくもあった。縫い物を手から離し、じっと動かずにいて、そして最後には、それまでひたすら目をそむけていたクローフォドに目を向けてその姿を見つめ始め、やがて何分間も見つめ続けたので、クローフォドが視線に気づいてファニーを見つめながら本を閉じ、そこで魔力が途切れたのであった。ファニーは再び目を逸らして身を縮め、顔を赤らめると、一層熱心に縫い物に取りかかった。しかし、これだけでもエドマンドからすると、自分の友人に充分な希望を持たせるだろうと思ったが、心からの感謝の言葉を述べるとき、それでファニーの密かな気持ちをも代弁することになればと思った。

「今の芝居は君のお気に入りなんだろうね」とエドマンドは言った。「ずいぶんよく知っているような読み方だったよ」。

「今日からは、これが僕の一番のお気に入りになったよ」とクローフォドは答えた。

「だけどシェイクスピアは、十五歳のとき以来手に取っていないからなあ。一度、『ヘンリー八世』の舞台なら観たよ。それとも、観た奴から話を聞いたんだったかな。どっちだったか覚えていないけれども。でもシェイクスピアは知らず知らずの内に親しんでしまうものだね。英国人の身体の一部なのだから。シェイクスピアの思想や魅力はあまりにも広く知れ渡っているから、どこにいても触れることができるし、本能で分かっていくことができるんだ。少しでも脳みそがある人間ならば、シェイクスピアの芝居のいい箇所を開いたら、すぐにその流れに乗ってしまうからね」。

「確かに、年少の頃からみんなシェイクスピアにはだんだんと慣れ親しんでいくものだね」とエドマンドは言った。「有名な箇所はよく引用されるし、本を開けばその半分には登場するし、誰もがシェイクスピアのことを語り、シェイクスピアの比喩を借りる、シェイクスピアの言葉でものごとを描写する。でもそういったこととは別なかたちで、今、君はシェイクスピアに意味を与えたと言っていいね。シェイクスピアを少しずつ引用できる人はよくいるし、シェイクスピアを読み込んでいる人もそう珍しくはないだろう。でもその作品をうまく朗読するというのはそう簡単なことではないからね」。

「おほめにあずかり光栄に存じます」と、クローフォドは答え、真面目くさってお辞儀をした。

二人の紳士はここで、ファニーから同様の賛辞が贈られるかも知れないと、ちらと見はしたが、同時に、二人ともそれは望めないと感じてもいた。ファニーが注意を向けたことが賞賛であり、ここはそれで満足しなければならないのだ。

レイディ・バートラムの方は賞賛の言葉を口にした。しかもかなり強い賞賛だった。「まるでお芝居を観ているようでしたわ」と言ったのである。「サー・トマスもいらっしゃればよかったのに」。

クローフォドはひどく喜んだ。感性が鈍く、無気力なレイディ・バートラムがここまで感銘を受けることがあるのならば、敏感で聡明なその姪がどう感じたのかを推測すると心がはずんだ。

「クローフォドさんは本当に演技の才能があるのね」と、夫人は間もなく言葉を続けた。「こうしたらいかが。ノーフォークのお宅でいつか劇場をお作りになれば。ご自宅に落ち着いてからということですけどね。きっとそうなさるわよね。ノーフォークのお宅にきっと劇場をお作りになるわよね」。

「奥様はそうお思いですか」と、クローフォドはすぐさま答えた。「いえ、いえ、それはあり得ませんよ。奥様は勘違いしていらっしゃる。エヴリンガムに劇場は作りませんよ。それはないですね」。そう言いながら意味ありげな微笑を浮かべてファニーに目をやったが、それは明らかに、「エヴリンガムに劇場を置くことは、こちらのご婦人が絶対に許しませんよ」と伝えていた。

エドマンドはこのことに気づいていた。そして、ファニーがそれをあまりにも見ないようにしているのを見て、クローフォドの声の感じだけで、その真意が充分に伝わったことが見て取れた。そして自分に向けられた敬意にファニーが素早く気づき、裏に込められた意味をただちに理解したのは、どちらかというとよい兆しだと思われたのである。

朗読の話は続いた。話しているのは二人の若者だけだったが、二人は暖炉のところに立ち、一般的な少年の学校教育において、朗読ができるような教育がなされていない、それどころかまったく顧みられていないことを話した。その結果、感性も知性もある男性がいきなり朗読をするはめになったときに、それが自然なことながら、いや時には不自然と言えるほどのこともあるが、無知で粗野な姿をさらすことになるものである。二人は今まで見てきた例を挙げながら、そういうへまや失敗の原因として、発声がきちんとできていないこと、抑揚と強調ができていないこと、先を考える力と判断力がなってないこと、そしてそれらの要因が、早い内からそういうことに注意を払い、習慣としなかったという第一原因から生じる第二原因であることを議論した。ファニーはと言えば、この話も非常に楽しんで耳を傾けていた。

「僕の職業でさえ」と、エドマンドは微笑を浮かべながら言った。「朗読の技術については、ほとんど学ぶ機会がないんだ。明断に、そして上手に声を出して読むことに注意を払うことがない。と言っても、今というよりは昔の話かも知れない。今はいい方に向かっているからね。でも二十年、三十年、四十年前に聖職に就いた人たちは大半が、その話し方から判断するに、朗読は朗読、説教は説教で、別物だと思っていたようだね。今は違うよ。この件について、もっときちんとした考え方になっている。どんなに確固たる真実でも、明瞭で生き生きと話すに越したことはないと考えるようになってきた。それに、以前に比べて多くの人がそれに気づき、趣味のよさと批判する力を持つようになっているんだ。どの教会にも、この件についてなんらかの知識を持ち、判断、批評できる人が増えてきたからね」。

エドマンドは聖職に就いてから一度だけ礼拝を手がけていた。クローフォドはそのことを知ると、そのときどう思ったか、結果はどうだったかと、様々な質問を投げかけた。これらの質問を、友人としての興味と活発な感性とともに陽気に投げかけながらも、ファニーが最も嫌うような、からかうような調子や軽薄さがまったくなかったので、エドマンドは答えるのが心から楽しかった。そしてクローフォドは礼拝のいくつかの箇所をどのように発話するのがよいのかとエドマンドの意見を聞き、自分の意見をも口にしたが、その言葉からクローフォドがこの事柄について以前から考えており、しかも真面目に、判断力をもって考えていたことが分かったので、エドマンドはさらに喜んだ。ファニーの心をつかむにはうってつけだった。そつのなさ、機知、気立てのよさのすべてを合わせたってファニーの愛を勝ちとることはできない。少なくとも、それに細やかな感情、感性、そして宗教的な事柄を真面目に考えることで、ずっと早くファニーの好意を得られる可能性があったのだ。

「我々の教会の礼拝式文は、無頓着でいい加減な読み方をしていても破綻はないし、美しさがあるんだ」とクローフォドは評した。「でも一方で、余計なことや反復もあって、それを隠すためには、上手に読むことが必要になってくる。実は正直言うと、いつも完全に集中しているとは言えないので(とファニーをちらと見ながら)、二十回のうち十九回までは、このお祈りはこう読んでくれないといとか考えてしまって、いっそ自分に読ませてもらえたらと思ってしまうんだ。あれ、今、何か言いましたか」とファニーのところへいそいそと行き、少し声を落として話しかけた。そして相手が「いいえ」と言うと、さらに言葉を続けた。「本当に何か言いませんでしたか。お口元が動いたような気がしたんですが。僕が教会ではもっと集中するべきで、上の空でいてはいけないとおっしゃろうとしたんではありませんか。そうおっしゃりたいんでしょう」。

「いいえ、そんな。そんなことを私が申し上げるなんて、たとえ私が――」。

ここでファニーは混乱して口を閉じ、続く何分もの間、相手がそれを言ってくれるようお願いしたり、待ってみたりしても、もう口を開かなかった。クロフォドは元の場所に戻ると、そのような愛すべき中断などなかったかのように、言葉を続けた。

「上手い説教ができる牧師は、祈りを読むのが上手な牧師よりもさらに珍しいね。いい説教そのものは別に珍しいわけじゃない。上手く書くことより、上手く語る方が難しいんだ。つまり上手く書くためのルールやコツのほうがよく研究されているからね。非常によく書かれていて、なおかつ上手く語られる説教というのは、至福の喜びだね。そんなのに出くわすと、実に感心し、その人を尊敬せずにはいられなくなるし、自分でも聖職に就いて説教をしたいという気に少しなるくらいだよ。雄弁な説教というものには、それが本当に雄弁である場合は、最高の賞賛と栄誉に値するものがある。あんなにも多種多様な人々の心に触れ、感動を与えられるなんて、しかも話の題材は限られていて、凡庸な人々によって使い古されていると思うと、なおさらだ。聞いている人たちの不興を買うこともなく、飽きさせることもなく、新しいこと、印象に残ることを言うことができる男は、――その仕事の領域において――どんなに敬意を払っても足りない。僕もそんな男になりたいものだよ」。

エドマンドは笑った。

「いや、本当にそうだよ。立派な説教師の話を聞くと僕はいつだって、一種の羨ましさを感じずにはいられないんだ。ただし僕がやるなら、ロンドンの聴衆相手でいきたいものだね。教育のある人たち相手にしか説教することは無理だよ。つまり、こちらの書いたものを評価できるような人たちだね。それに、そうしょっちゅう説教するのもごめんだね。ほんの時たま、半年ほど期待を持たせてから、春に一度か二度っていうところだね。でも常にというのはいやだね、常にというんでは参ってしまうよ」。

話を聞かずにはいられなかったファニーが、ここで思わず頭を振ったので、クローフォドはすぐにまたファニーのところに飛んで行き、どういう意味なのかと尋ね始めた。そして、椅子を引き寄せ、隣に座り込んだので、今度はクローフォドがちょっとやそっとでは諦めそうもなく、たっぷりと表情や声色を使って攻めるつもりでいると見たエドマンドは、できるだけ目立たないように部屋の隅に引っこみ、二人に背を向けると、新聞を取り上げた。そして可愛いファニーがどうして頭を振ったのか、熱心な求愛者を満足させるだけの説明をしてくれたらと心から願った。そしてその会話をなるべく聞かなくて済むように、掲載されている「南ウェイルズ、優良地所物件」、「お子さんをお持ちの方々へ」、「優秀で年季の入った狩猟用の馬」といった広告を小声で読み始めた（十九世紀の新聞は最初のページが広告で埋め尽くされている場合も少なくなかった。「お子さんをお持ちの方々へ」は、丁稚奉公の募集をする広告）。

一方ファニーは、言葉を発するどころか、身動きすら控えるべきだったのだと分かって自分に腹を立て、エドマンドの配慮を心から嘆きながら、控えめで優しい性格の及ぶかぎりクローフォド氏を退け、その視線と質問を避けようとしていた。相手は視線においても会話においてもその拒絶を受け付けず、引き下がろうとしなかった。

「先ほど首をお振りになったのはどういうわけがあったのですか」とクローフォドは尋ねた。「どういうお気持ちの表れなのでしょう。非難なのではありませんか。それにしても、何に対する非難なのでしょうか。何かご機嫌を損ねてしまうようなことを言いましたか。僕が不適切なことを言っているとお考えでしょうか。あのことについて軽薄で不敬な話し方をしたと思われましたか。そうならば、そうおっしゃって下さい。僕が間違っていたら、言って下さい。正しく振る舞いたいと思っているのですから。いや、お願いします。どうぞ一瞬でいいですから、縫い物を置いて下さい。首をお振りになったのはなぜなのですか」。

ファニーが「どうか、クローフォドさん、どうか」と二度繰り返しても無駄だった。相手から離れようとしたのも無駄だった。相変わらず低くて熱心な口調で、そして隣にぴったりとついて、同じ質問を繰り返した。ファニーは、さらに動揺し、不快を覚えた。

「なぜこんなことをなさるんでしょうか。ちょっと驚いてしまいます。どうしてそんなに――」。

「僕はあなたを驚かせてしまっているのですか」とクローフォドは言った。「不思議に思いますか。今の僕のお願いで、お分かりにならないことがあるんですか。こんなにもあなたにお願いするのがなぜなのか、あなたの表情やしぐさになぜこれほどの関心を抱くのか、今みたいに僕の好奇心を掻き立てるのか、すぐに説明できますよ。不思議に思うことなどありませんよ」。

ファニーは思わずちょっと微笑んだが、何も言わなかった。

「僕が牧師の仕事を、ずっと年がら年中やるのはごめんだと言ったときに首を振ったんですよね。そう、あの言葉ですよね。「常に」という言葉に。僕はこの言葉に何の畏れも抱いていないんですよ。誰に対しても、この言葉の綴りが言えるし、読むのも、書くのも平気です。僕はこの言葉をちっとも怖いと思いません。畏れを抱くべきだとお考えですか」。

「ひょっとしたら、私は」とファニーはとうとう根負けして口を開いた。「ひょっとしたら、いつもあのように正確にご自分のことを理解していらっしゃればいいのにと思ったのかも知れません」。

クローフォドは少なくともファニーが口をきいてくれたことを大いに喜び、これを止めないことに躍起になった。ファニーは、かわいそうに、このような厳しい批判をすれば相手が黙ってくれるというつもりだったのだが、完全にあてが外れ、一つの関心事やものの言い方からまた別の話題に移っていっただけとなった。クローフォドは常になにがしかの説明を求めようとした。こんな機会を逃す手はなかったのだ。ファニーの伯父の部屋でファニーと会ったとき以来、こんな絶好の機会はなかったし、これからマンスフィールドを去るまで、二度とこんな機会はめぐってきそうもなかった。レイディ・バートラムはテーブルの向こう側に座っていたが、常に半分眠っているような人なので、気にする必要もなかったし、エドマンドが読んでいる広告はまだ充分にその機能を果たしていた。

「まあ」とクローフォドは、矢継ぎ早の質問と、それに対する不承不承の答えが続いた後で言った。「さっきよりは楽な気持ちになれましたよ。あなたが僕をどう思っているか、今までよりはっきり分かりましたからね。あなたは僕がふらふらしていると思っていらっしゃる。その時どきの気まぐれで動きやすくて、誘惑に弱くて、飽きっぽい。そんな風に思っていらっしゃるのならば、確かにそれは無理もない――いや、そのことはまあ、追い追いで。僕は誤解されてしまっているんだと、言葉で訴えようとは思いません。僕の気持ちが変わらないと、口に出して言おうとは思いません。僕は行動で示そうと思います。あなたのそばにいなくても、遠くに行っていても、時間が経っても変わらないんだということを。もしもあなたを勝ちとる資格があると言う人がいるとすれば、僕こそその人間だと、その行動で証明してみせます。あなたが僕よりもはるかに素晴らしい人間であることなら分かっています。僕は今まで、一人の人間にこれほど美点が備わることがあるなんて信じられませんでしたが、あなたはまさにそういう方です。あなたには天使の資質があります。目に見える以上にと言いたいところですが、そんなものを目にすることはあり得ませんから、想像する以上に――でも、それでも僕は恐れはしません。あなたを勝ちとるには、あなたと同じくらいの美点を備えていなければならないとは思っていません。そんなことは不可能ですから。あなたの美点を最もよく分かっていて、崇拝している者、あなたを最も強く愛している者があなたに愛される資格があるのです。その点こそ、まさに僕が自信を持っているところです。その意味では僕はあなたを手に入れる権利があるし、手に入れるつもりです。そして僕の気持ちが言葉どおりのものだとあなたが納得したら、あなたをよく知っている僕としては、大きな希望を抱かずにはいられません。そうです、愛しい、可愛いファニーさん、いや(相手が不愉快そうに尻込みするのを見て)、お許し下さい。まだそんな権利など――。でもそれならなんとお呼びしたらよいでしょう。僕の想像の中ではあなたが他の名前で立ち現れるとお思いですか。いいえ、僕が一日中考えて、そして一晩中夢見るのは「ファニーさん」なんです。あなたの存在がこの名前にあまりにも美しさを与えたので、もう他にあなたを表現できるような名前はないのです」。

ファニーはもはやこのまま座っていられないところまできていた。あるいは、先方はあからさまに自分を制するだろうけれど、なんとかその場を立ち去ることをともかく試みないではいられなかっただろう。しかしそのときちょうどファニーがずっと心待ちにし、なぜこうも遅いのかと思っていた、その嬉しい物音がしたのである。

執事のバドリーに率いられて、お盆、茶器、そしてケーキなどを持った使用人が入ってきたので（茶器などを台車で運び入れている。これは、夕方に軽食をとっていることを意味する）、ファニーは精神と肉体のつらい抑圧から解放された。クローフォド氏はそこをどかざるを得なかった。ファニーは自由になり、忙しげに動きまわり、安全になった。

エドマンドはようやく、自ら声を出し、人の声を聞くことが許される状況になったのでほっとした。二人の話し合いは自分にとっては非常に長いものに思えたし、ファニーに目をやると、むしろいらだって顔を紅潮させているように見えはしたが、それでもこれだけの間ずっと話していたのだから、話し手にとってなにかしら得るところがあったならいいがと考えた。

（1）トマス・ウルジー（一四七三―一五三〇）のこと。本作は、現在ではジョン・フレッチャー（一五七九―一六二五）との共作であるとの見方が強いが、当時はシェイクスピア単独による作品と考えられていた。十八世紀から十九世紀にかけて人気があった作品。

第四章

クローフォドとのなりゆきについて話すかどうかはファニーの選択に全面的に任せようとエドマンドは決めていた。もしファニーが切り出さないなら、こちらからは絶対に触れないつもりでいた。しかしその話を互いに出さない内に一、二日経ったところで、エドマンドは父親に説得されて、自分の友人のためにと、ファニーに働きかけてみようと思い始めたのだった。

クローフォド兄妹が出発する日がとうとう決まり、それもかなり早い日程だった。そしてサー・トマスは、あの若者がマンスフィールドを去る前にもう一度だけ何かしてやろうと考えた。自分の気持ちが変わることがないというあれだけの約束、そして宣言がなるべく長いこと続くよう、希望だけは与えてやりたかったのである。

サー・トマスはこの点においてクローフォド氏の人格が完璧であることを心から願っていた。恋をする人の鑑であってほしく、それには相手にあまり無理をさせないことが最善の策だと思っていた。

エドマンドは説得され、この件に関わることにやぶさかではなかった。ファニーの方ではどう思っているかが知りたかったのだ。これまでは何か悩みがあれば必ず相談してきていたのに、今になって相談相手から外されるのは、ファニーを愛おしく思うだけに、耐えられなかった。ファニーの役に立ちたかったたし、きっと役に立てると思っていた。自分の他に相談できる者などいようか。もし助言が必要でないとしても、話し相手なら欲しいに違いなかった。ファニーが自分との間に距離を置き、沈黙して打ち解けないなどというのは不自然な状況だった。この事態を打破しなければならないし、相手も打破してもらいたがっているという結論に難なくたどりついた。

こう考えた結果、「ファニーに話をしますよ、お父様。できるだけ早く、二人だけで話をする機会を見つけます」と伝えることにし、今ちょうどファニーが庭の木々の間を一人で散歩しているとサー・トマスから聞かされるや、すぐに合流した。

「一緒に散歩をしようよ、ファニー」とエドマンドは言った。「いいかな」と相手の腕を取って「しばらく、こうして楽しく散歩をすることもなかったね」。

ファニーは言葉よりも表情で同意を示した。元気のない様子だった。

「でもね、ファニー」とエドマンドはしばらくすると言葉を継いだ。「楽しく散歩をするには、この砂利の上をただ歩くだけでは不足だね。僕に何かの話をしてくれなきゃ。

何か気がかりなことがあるんだろう。何を考えているか分かるよ。僕が何も知らないと思うかい。ファニー以外の誰かからしか、話は聞けないものなのかな」。

ファニーには動揺と落胆が同時に押し寄せ、こう答えた。「もし他の方々から聞いているのなら、エドマンド、私から話すことはないでしょう」。

「事実報告に関してはそうかも知れないよ、でもファニー、君の気持ちについてはどうだい。それは君以外の人からは聞けないことだからね。でも無理強いするつもりはないよ。もし君がいやならばこれ以上は話さないことにする。君の気持ちが楽になるかなと思っただけだから」。

「私たちはこのことについては考えが違いすぎるでしょうから、私の気持ちを話しても気が楽になったりはしないと思うわ」。

「考えが違うだって。僕は全然そうは思わなかったけれど。互いの意見を比べてみれば、今回も大して変わらないってことが分かるんだと思うよ。要するに、クローフォドの申し出は君にとって非常にいいことだし、望ましいことだと思うよ。君があいつの気持ちに応えられるかぎりはね。家族のみんなが、君が気持ちに応えられればと望んでいるのはとても自然なことだと思うよ。でもそうじゃないのだから、申し出を断るのはまったく正解だと思う。ここまでで何か意見の違いはあるかい」。

「いいえ、全然。でも、私を咎めているものとばかり思っていました。私を非難しているものと。安心したわ」。

「ファニー、君さえ望むなら、とっくに安心が得られていたのに。しかし、なんでまた、君を非難しているだなんて考えるのかね。僕が愛のない結婚を勧めるだなんて考えられないだろう。たとえ普段こういうことに関して無頓着だったとしても、ほかならぬ君の幸せがかかっているのに、そんなことができると思うのかい」。

「伯父様は私が間違っていると思っていらっしゃるし、あなたは伯父様とお話をなさったでしょう」。

「ファニー、ここまでに関しては、君のやったことはまったく正しいと思うよ。僕はこれを残念に思ったかも知れないし、驚いたかも知れない。いや、それはないか。だって、相手に好意を抱くような時間も与えられていなかったからね。ただ、君はまったく正しいよ。疑問の余地はない。疑問を抱く方がどうかしているんだよ。君は相手を愛していない。そんな相手の申し出を受け入れるのは許されないことだ」。

ファニーはようやく、実に何日かぶりに、ほっとしたのだった。

「これまでのところ、君の行動には何の落ち度もないんだし、別の行動を期待する人たちの方が間違っているよ。でもこの件はこれで終わりではないんだ。クローフォードの想いは、ちょっとやそっとのものじゃない。簡単には諦めないし、ここまで得ることのできなかった君の好意を得たいと願っている。それには時間がかかるのは分かっている。でもね(愛おしげな微笑を浮かべながら言った)、最終的には願いを叶えてあげられないかな、ファニー、最終的にはさ。君は正しくて、欲など持っていないことが証明されたから、今度は情が厚くて優しいことを証明してみようよ。そうしたら君はまさに女性の鑑となるよ。僕はいつだって君にはその素質があることを信じていたからね」。

「まあ、絶対に、絶対に、絶対にないわ。あの方の願いが実現することは絶対にありません」。ファニーの激しい口調に、エドマンドは啞然とした。そしてエドマンドの表情を見て返事を聞くと、我に返って顔を赤らめた。「絶対にというのは、ファニー。そんなに頑なに、決めつけてしまっていいのかい。君らしくないね。いつもの理性はどこへいったんだい」。

「私が言いたかったのは」とファニーは悲しそうに言い直した。「私が思うには、絶対にあり得ないでしょうということです。未来のことになにがしかのことを言えるとしても、それだけは絶対にないと思います」。

「僕としてはもっといい結果を期待したいね。僕に分かっているのは、少なくともクローフォドよりは分かっているつもりだが、君の愛を勝ち得ようとしている男は――自分の気持ちを君にきちんと知らせた上で――、かなり苦労を背負い込むということだ。というのも君が幼い頃から抱いていた愛情と習慣を敵に回して闘わなければならないからね。相手が君の愛を勝ちとるためには、これまでその愛が向いていたあらゆるもの、生物と無生物の両方から君の愛を奪いとらなければならないんだ。それは何年も培われて強固なものになっているから、いよいよそれと決別せねばという段になってなおさら強まってしまうんだ。しばらくの間は、マンスフィールドを去らなければならないという恐れが、相手を退ける武器となることだろう。何を望んでいるか、奴が君に伝えたりしなければよかったと思っているんだよ。ファニー、あいつが僕くらいに君のことをよく分かっている人物だったらと思う。二人で協力したら君の愛を勝ちとることはできただろう。僕が理論面での知識、奴が実践面での知識を提供したら、失敗することもなかっただろう。僕が計画を立てて、それをもとに奴が行動するべきだったんだ。でもあの男が君に向ける愛情が不変で――そう確信しているが――、そのことによって君に相応しい人物だと証明されたら、その褒美を手に入れることができるのではないかとは期待しているんだよ。君があの男を好きになりたくないとは思えないからね。感謝の気持ちがあれば、当然気持ちを返したいと思うだろうからね。君もそう思っているだろう。奴を好きになってやれないのが本当は残念なんだろう」。

「私たちはあまりにも違っているんですもの」とファニーはその問いに直接答えることをせずに言った。「私たちは好みや習慣が、とても、とても、違っているので、もしあの人を好きになることができたとしても、普通に幸せに暮らすことはできないと思います。こんなに似たところのない二人はいないくらいです。一つも合うところがないんですもの。不幸になりますわ」。

「それは違うよ、ファニー。二人がそんなに違っているということはないだろう。充分似ているさ。合うところだってあるし。道徳観も文学の趣味も合っているよ。二人とも温かい心と優しい気持ちがあるし。それにファニー、この間の晩、奴がシェイクスピアを読んで君が聞いていただろう。あれを見たら誰だって二人がお似合いだと思うよ。自分ではピンと来ていないようだね。確かに君たちの性格には全然違うところがある。奴は快活だし、君は真面目だからね。でもかえっていいことじゃないか。あの快活さが君をも元気にしてくれるだろう。君はすぐに気落ちして、ものごとを深刻に考えすぎてしまいがちだからね。あいつの明るい性格が君にちょうどいいんだ。決して難しく考えたりしない奴だからね。あの楽しい、陽気な性格は常に君を支えてくれるよ。ファニー、このくらい違うからといって、二人が幸せになれないなんてことは一切ないよ。そんな風に考えるからいけないんだ。僕自身、それはむしろいいことだと思う。性格というのは違っている方がいいんだと僕は思うな。快活さ、振る舞い方、大勢の人といることが好きかそうでないか、話し好きか、無口か、真面目か、陽気かという点でね。こういった違いがあると夫婦は幸せになれるのは間違いないね。もちろん極端な場合は別だよ。そしてこれらの点でかなり似通っているということこそ、むしろ極端を生み出す可能性がある。穏やかで常に続いている反作用こそが振る舞いや言動をいいものにしてくれるのさ」。

エドマンドが今何を考えているか、ファニーには充分推測できた。クローフォド嬢の影響力が戻ってきているのだ。帰宅したときからクローフォド嬢について楽しげに語っていた。避けようと思っていたのも、もうやめにしたらしい。前日も牧師館へ食事に呼ばれて行ったばかりだった。

何分かエドマンドを楽しい思いに浸らせてあげた後、ファニーはもう話を自分とクローフォド氏に戻してもよいだろうと思って言った。「あの方と私がまったく合わないと思うのは性格の問題だけではないんです。ただ、その点でも私たちはかけ離れているし、あまりにも違いすぎると思います。あの方の快活さは私にはしばしばうっとうしいくらいなんです。でももっと反感を覚えることだってあります。エドマンド、私はあの方の人格を好きになれないの。あのお芝居のときからあの方をよく思えないわ。あのときのあの方の振る舞いは、私にはきわめて不適当で残酷に思われたのです。もうすべて終わったことなので今は話せますが。ラッシュワスさん、かわいそうに、あの方を平気で笑いものにしたり傷つけたりしているように見えましたし、マライアに対する態度だって――いえ、つまりあのお芝居のときに私は、一生拭い去れないような印象を受けたんです」。

「ファニー」と、エドマンドは、ファニーが最後まで言い終えないうちに答えた。「あの、みんなが愚かだった頃の振る舞いをもとにして評価したりするのはやめようじゃないか。あの芝居のときのことは思い出すのもいやだよ。マライアは間違っていたし、クローフォドも間違っていたし、我々はみんな間違っていた。でもなかでも一番間違っていたのは僕だ。僕と比べると他の奴らは悪くない。僕は自分が何をしているか分かっていながら、ばかなことをやっていたんだ」。

「私は傍観者として、あなたよりもっと多くのものを見ていたかも知れません」とファニーは言った。「ラッシュワスさんは時にはとても嫉妬していらしたように思います」。

「確かにそうかも知れないね。それも不思議はないよ。あの一件は本当に不適切だった。マライアがあのような役をしたことを考えただけでも衝撃的だ。でもマライアがあの役柄を引き受けたのなら、他のみんなのことなど驚くに値しないよ」。

「お芝居の前は、ジューリアが、自分があの方のお気に召したと思っていたようよ」。

「ジューリアか。以前、あいつがジューリアに恋をしていると誰かから聞いたが、僕にはまるでそうは思えなかったよ。それにファニー、僕は妹たちのいいところは分かっているつもりだが、二人のどちらか、あるいは両方とも、クローフォドに気に入られたいと思っていて、とても賢明とは言えないような様子で、その思いを軽率に表していたということは充分考えられる。あの二人が明らかにクローフォドと一緒にいたがっていたのを覚えているよ。そしてあんなに露骨に好意を見せつけられたら、クローフォドのような陽気で、まあ、いささか思慮が足りないかも知れない男ならばつい――つまりそれは特にどうということにはならなかったはずだ。なにしろ奴には明らかになんの意図もなかったんだからね。心は君のためにとってあったんだ。そしてこれは言っておきたいが、心が君のものになっていることで、僕の中で奴の株は非常に上がったんだ。奴の最高の手柄だ。家庭的な幸せ、そして純粋な愛情の喜びを評価していることが、それで分かるからね。奴が叔父さんの悪い影響を受けていないことが分かる。つまりこのことからは、奴がこういう人間だったらいいのにと信じたかったけど恐らく違うだろうと思っていたような、そういう人間であることが証明されているんだ」。

「あの方は、深刻な話に関してはきちんと考えていらっしゃらないと思います」。

「というよりも、深刻な事柄に関してはまったく考えたことがないと言うべきだろう。その方が正しいと思う。あんな人に育てられ、指導を仰いできたんだから、無理もないさ。あの二人が置かれてきた酷い状況を思えば、二人があんな人間になり得たことの方がむしろ奇跡だと思うだろう。クローフォドはこれまで感情に従いすぎていたことは確かに認めなきゃいけないね。ただ、幸い、そういうときの感情も、ほとんどは質《たち》の悪いものじゃなかったんだ。あいつに欠けているものは君が持っている。そして君のような人間を愛せる男は幸運だよ。石のように固い信念があって、なおかつ性格が優しいから、その信念がさらに魅力になっている。確かにあの男はとてもうまく伴侶となる人を選んだものだ。奴は君を幸せにするよ、ファニー。君を幸せにするのは分かっている。それに君は奴にすべてを与えることができる」。

「私にそんな責任は負えません」と、ファニーは尻込みした口調で声を上げた。「そんな責任重大なことは」。

「いつものように、自分にはすべて無理だと思ってしまうんだね。すべてのことが君には手に負えないと思い込んでしまう。考えを変えるように君を説得することは無理かも知れないが、君はいずれは考えが変わるだろうと信じているよ。君がそうなることを僕は心から望むよ。クローフォドの幸せを僕は強く望んでいるんだ。君の幸せが一番だけど、次に望むのはクロームフォドの幸せだ。僕がそっちもとても強く願っているのは分かっているだろう」。

ファニーにはそのことが分かりすぎるほど分かっていたので、何も言えなかった。そして二人はそれぞれ黙って、考えにふけりながら五十ヤードほど一緒に歩いて行った。エドマンドが先に再び口を開いた。

「僕はあいつの妹さんがこの件について話すのを聞いてとても嬉しかった。特に嬉しかったのは、あの人がこの件についてあんなに正当な見方をするとは、とても期待していなかったからなんだ。あの人が君のことをとても気に入っているのは分かっていたけれども、自分の兄にとって君がどれだけ価値のある人間だか評価できないのではないかと心配だったんだ。お兄さんが地位か財産のある女性を選ばなかったことを悔やんでやしないかってね。いつもあの人が聞き慣れていたあの世俗的な処世術の影響が出てしまっているんじゃないかと思っていたんだ。ところが、全然違っていたんだ。あの人はね、ファニー、君について実に適切なものの言い方をしたよ。二人の縁組みを君の伯父や僕と同じくらい強く望んでいるんだ。あの人と、このことで長く話してみたんだ。あの人の考えを聞きたかったけれども、その話を自分の方から切り出すつもりはなかった。でも部屋に入って五分も経たない内にあの人の方から話を切り出したんだ。あの人らしく、くったくなく、独特の魅力があって、快活で率直だったよ。グラント夫人はそんなに慌てなくてもと、笑っていらしたがね」。

「では、グラント夫人もそのときお部屋にいらしたのね」。

「ああ、ちょうど姉妹二人でいたところに入って行ったんだ。そしてファニー、いったん君の話を始めたらクローフォドとグラント博士が入ってくるまでやまなかったよ」。

「クローフォドさんの妹さんには、もう一週間以上お会いしていないわ」。

「そうだね、あの人は残念がっていたよ。でもその方がよいだろうともおっしゃっていた。でもあの人がここを去る前に一度会うだろう。あの人は君にとても腹を立てているんだよ、ファニー。覚悟した方がいい。とても腹を立てていると言ったのは、でも、それがどういう意味かは想像できるだろう。自分の兄が何かを欲しがって、その欲しがった瞬間から手に入れる権利があると思っているものだから、妹として無念と失望を抱いているということなんだ。もしもウィリアムの場合だったら君も同じことを感じるだろうね。そうした傷ついた気持ちでいるんだよ。でも君のことは心から好いているし、評価しているんだよ」。

「あの方はとても怒ってらっしゃるだろうと思っていました」。

「いいかい、ファニー」と、エドマンドはファニーの腕をしっかりと抱え込みながら言った。「あの人が怒っているということを気にしてはいけないよ。怒りを本当に心に抱いているというよりは、怒りを口に出してみているだけなんだよ。あの人は、恨みを感じる心ではなくて、愛と優しさを感じられる心をお持ちなんだ。あの人が口にする称賛の言葉を、是非立ち聞きしてほしかったよ。君がヘンリーの妻になるべきだとあの人が言ったときの表情を見せたかったよ。それに気づいたんだけど、君のことを「ファニー」って呼んでいたよ。今までと違ってね。まるで姉妹のような親しい響きだった」。

「それでグラント夫人は、あの方はなんて――何かおっしゃったの。そのままその後もずっとその場にいらしたんですか」。

「ああ、妹さんとまったくの同意見だったよ。君が断ったことでこの上なく驚いていた。ヘンリー・クローフォドのような男を断るだなんて、あの二人の理解を超えてしまっているんだよ。僕はできるだけ君を弁護したよ。でもまったくもって、あの二人に言わせると――まあ、できるだけ早く行動を改めて、君の気が確かだと示さなければ。そうじゃないと納得しないからね。でも、もう君を困らせるのはやめよう。もうこの話は終わりにしよう。僕から逃げないでくれよ」。

ファニーはしばし気を落ち着かせ、頑張って口を開いた。「どんなに魅力溢れる男性でも、その人を好きになれない、愛することができないと思う女性が一人はいるものです。それくらいのことは、女性ならば誰でも分かるのではないかと思っていたわ。たとえ世の中で最も完璧な男性であっても、ある男性が、自分が好意を持った女性すべてに受け入れられるとは、お考えになるべきではありません。でも、仮にそうであったとしても、仮にクローフォドさんが、妹さんがおっしゃるだけの人物であったとしても、あの方のお気持ちに私がどうやって応えられるでしょう。まったくの意表を突かれたんですよ。私に対するあの方の振る舞いに何か意味があるとは思ってもいなかったわ。あの方の気まぐれと私には思えたけれど、私に目を留めていらしたからといって私があの方を好きになる努力をしなければいけないんでしょうか。私の置かれている状況を考えると、クローフォドさんに関してなんらかの期待を抱くなどということはあまりにもおこがましいことです。クローフォドさんのお姉様も妹さんも、あの方をあれだけ評価なさっているのですから、もしあの方がなんのおつもりもないのであれば、私を不遜と思われたことでしょう。それでしたら、あの方が私を好きだとおっしゃったその瞬間に、あの方を好きになるなんてことができるわけがないわ。下さいとおっしゃったその瞬間に、あの方に愛を差し出すことなんてできるでしょうか。お姉様も妹さんも、あの方のことだけではなくて、私のことも考えていただきたいわ。あの方が立派な方であればあるほど、私があの方に思いを寄せることはますます不適切でしょう。それに――それに、女性がそんなに簡単に好意を抱かれた相手に好意を返せると思っていらっしゃるならば、女性というのがどんなものなのか、私たちはまったく違う考え方をしているということになるわね」。

「そうか、ファニー、そうか、これで真実が分かったよ。それが本当の気持ちだと分かったし、そういう気持ちは非常に君らしいね。前から君がそういう風に考えるだろうとは思っていたんだ。僕なら君のことを理解できると思っていたからね。今君が言ったのと同じ説明を、僕は君のお友達とグラント夫人にしてきたんだよ。二人ともそれで少しは満足したものの、情の厚い君の友達は、ヘンリーの気持ちを思うと、まだ少し君を許せない部分があるようだけれどね。君は世界でも一番習慣に支配されていて、新しいものに気を引かれない人間なんだと言っておいたよ。だからクローフォドから好意を寄せられるということなど君には思いがけないことで、それがクローフォドからすると厄介なんだ。つい最近起こったばかりのことで、君は自分が慣れていないことには耐えられないんだとね。二人に君の性格を分かってもらうために、こういう説明を山ほどしてきたよ。妹さんはお兄さんを励ます計画を立てて僕たちを笑わせてくれたよ。いつかは君の愛を勝ちとることができる、十年ほど幸せな結婚生活を送った後にお兄さんの愛を君が受けとめてくれる希望を持って粘りなさいと言うってね」。

ファニーはここで期待されている微笑みを、やっとの思いで浮かべてみせた。心の中は大きく乱れていた。自分が今したことは間違っていた、多くをしゃべりすぎた、用心深いところを見せるべきだと思っていたが、それを強調しすぎたあまり、一つの危険から自分を守るつもりだったのが、かえって、別の危険に身をさらしてしまったのではないかと心配していた。そしてこのようなときに、このような話題に関してクローフォド嬢の快活な言葉を聞かされるのは、あまりにもつらいことだった。

エドマンドはファニーの表情に疲れと沈鬱を読みとったので、即座に、もうこの話はこれ以上続けないことに決めた。今後はクローフォドの名前さえも、明らかにファニーを喜ばせる関係のことでないかぎりは口にしないことにした。したがってその方針に則して、こうもつけ加えた。「クローフォド兄妹は月曜日に出発するよ。だからお友達には明日か日曜日には必ず会うことになるだろう。本当に月曜日に行ってしまうんだ。でも、僕はちょうどその日までレシンビーにいるつもりだったんだ。危うくそう約束してしまうところだったよ。そんなことをしたら、ずいぶん事情が変わってきてしまうところだった。レシンビーにあと五、六日いたら、一生悔やんでいたかも知れない」。

「滞在を延ばすところだったんですか」。

「ああ、もう少しのところでね。ずいぶん親切に勧められて、そうしようかと思っていたんだ。マンスフィールドの様子を知らせる手紙が来ていたら、間違いなくそうしていただろう。でも二週間もここで何が起こっているか知らされていなかったから、そろそろ帰る頃だと感じたんだよ」。

「楽しかったのね」。

「ああ、というか、楽しくないなら僕の精神状態のせいだよ。一緒にいてとても楽しい人たちだった。でもあの人たちにとって僕はそう思えなかったかも知れない。不安を抱えて行ってしまったので、マンスフィールドに戻るまでは、それを振り払うことができなかったんだ」。

「オウウェンさんのお嬢様たちは――いい方たちだったのね」。

「ああ、とてもね。感じがよくて、快活で、気取ったところがなくて。でもファニー、僕はもう普通の女性じゃ満足できなくなってしまったんだ。快活で気取りのないお嬢さんというだけでは、知性のある女性に慣れてしまった男には物足りないんだ。まったく別の種類の人間だからね。君とクローフォドさんは僕の好みを難しくしてしまったよ」。

ファニーはまだ気持ちが晴れず、疲れていた。エドマンドはファニーの表情からそれを察し、これ以上話をしても改善は見込めないと判断し、もう話をやめにして、保護者の特権といった風にファニーを家に導き入れた。

第五章

エドマンドは、もはやファニーが自分の気持ちについて語って聞かせたこと、あるいはこちらから推測できることはすべて把握したと思って、満足した。前から思っていたとおり、クローフォドが性急すぎたのだ。このことにファニーがまずは慣れるまで、そして次には嬉しいと思うまでには、もっと時間がかかるのだ。クローフォドが自分を愛しているという認識がファニーにとって突飛なことでなくなれば、その愛に応える日もそう遠くはないだろう。

二人で話した結果として、エドマンドはこの考えを父親に話した。そして、これ以上はファニーに何も言わない方がいいだろう、そして、圧力をかけたり説得しようとしたりもしない方がいいだろうと提案した。あとはすべてをクローフォドの努力と、ファニーの自然な気持ちの流れに任せるべきだろうと。

サー・トマスは、ならばそうすることにしようと約束した。ファニーの性格に関しては、エドマンドの見解は正しいように思われた。ファニーは確かにそういう感受性を持ち合わせているだろう。しかし、それは随分と厄介かも知れない。というのも、息子ほどは先行きを楽観視できないので、慣れるまでにそんなに長い時間をかけねばならないならば、相手の好意をきちんと受けとめる心の準備が整う頃には、若者の側にその気がなくなってしまうのではないかという懸念があったのである。とはいえ、状況を静かに受けとめ、いい結果を願うしかなかった。

エドマンドの呼ぶところの「お友達」であるクローフォド嬢の訪問予定はファニーを脅かせ、ファニーはずっとそれを怖がっていた。妹という偏った立場から、腹を立て、歯に衣着せぬ存在であり、別の観点から見ると、勝利に安住できる立場にも立っており——どんな立場に立っていようと、相手は苦痛と恐れを運んでくるのだった。向こうが抱く怒り、洞察力、あるいは幸せ——どれをとっても直面するのが怖かった。そして二人が会うときに、第三者がそばにいてくれるはずだという見込みだけが、ファニーの支えだった。意表を突かれるのを避けようと、なるべくレイディ・バートラムのそばを離れず、東の間にも寄りつかず、植え込みを一人で散歩することもしなかった。

ファニーはその点、うまくやり過ごした。クローフォド嬢がとうとうやって来てしまったが、そのときには伯母と共に朝食室にいた。そして最初の苦痛を乗り越え、当初恐れていたほどクローフォド嬢が含みのあることを言わなかったので、ファニーはこの相当にどきどきする時間は三十分ほど耐えれば済むのではないかと思い始めた。しかしそれはうまくはいかなかった。というのは、クローフォド嬢は、なりゆきに身を任せるタイプではなかったのだ。ファニーと二人だけで会うことに決めていたので、比較的早い段階で低い声で切り出した。「どこかでちょっとお話ししましょう」。この言葉はファニーの体中を駆けめぐり、脈打ち、神経の先端にまで届いた。拒否することなどできなかった。それどころか、言われたことに従順に従う習慣のせいで、ほぼ即座に立ち上がって、先に立って部屋の外に出た。みじめな気持ちではあったが、しかたがなかったのだ。

通路に出ると、とたんにクローフォド嬢の態度に遠慮がまったく見られなくなった。ファニーに向かっていたずらっぽく、かつ優しげに、恨みの込もった風に頭を振って、その手を取ると、すぐに本題に入らずにいられないようだった。しかし、それでも口にしたのは「いけない子ね、いけない子だわ。どのくらい叱っても足りないくらいよ」だけで、あとの言葉は、部屋に二人きりになるまで控えるくらいの分別は見せた。ファニーは当然のように階段を上り、今やいつだって居心地よくいられるはずのあの部屋へと客を導いた。しかし、戸を開けながらも心はずきずきと痛み、未だかつてこの部屋が目撃したことのないほどのつらい光景が繰り広げられるのだと感じていた。しかし今にも襲いかからんばかりの苦悩は、クローフォド嬢の思考に急な変化が現れたことで、少なくともちょっとの間だけ押し留められた。自分が再び東の間に来ているのだということで強い感慨が生じたのである。

「まあ、またここに来られたのね」と、クローフォド嬢はすぐさま活気を帯びた声を上げた。「東の間ね。前に、一度だけここに来たわね」。そしてしゃべるのをやめて辺りを見まわし、そのときに起こった諸々を記憶の中でたどっているようだった。その後、こうつけ加えた。「前に一度だけ。覚えていらっしゃるかしら。芝居のお稽古に来たのよね。あなたの従兄もいらっしゃって。一緒にお稽古をしたんだわ。あなたは私たちの観客をしながら、ところどころ台詞を教えてくれたわね。とても楽しいお稽古だった。決して忘れないわ。この部屋の、ちょうどこの辺りにいたのよね。あなたの従兄がここで、私がここで、ここに椅子があったんだわ。ねえ、なぜああいうことは、どれもいつかは終わってしまうのかしらね」。

クローフォド嬢が答えを求めていなかったのは、相手にとって幸いだった。完全にこの想い出に気をとられていた。頭の中は楽しい記憶でいっぱいだったのだ。

「私たちがお稽古していた場面は本当に特別なところだったのよね。内容がとても、なんて言ったらいいかしら、とても――。あの方は私に結婚について語って、さらにそれを勧めるというところだったわ。今だってあの方が見えるようだわ。あの二つの長い台詞を、アンハルトらしく、落ち着き払って冷静におっしゃろうとしていらして。「もし二人の気の合った人間が結婚というかたちで結ばれたら、結婚生活は幸せなものだと言っていいでしょう」(『恋人たちの誓い』第三幕第二場。本書三六九頁参照)。この言葉を言うときのあの方の表情と声から受けた印象は、どんなに時間が経っても薄れないわ。あんな場面を私たち二人が演じることになったのは不思議、とても不思議よね。今まで生きてきた中で一週間分のことだけ思い出してもいいと言われたら、思い出すのはあの一週間、まさにお芝居をしていたあの一週間だわ。ファニー、あなたがなんと言おうと、あの一週間よ。あんなに最高に楽しかった一週間は他にないもの。あの方の頑強な精神があのように折れてしまうだなんて。言葉に表せないほど嬉しかったわ。でも、なんてことでしょう。あの晩ですべておしまいになってしまったのよね。あの晩、あなたの困った伯父様がお戻りになられたんだもの。サー・トマスのお気の毒なこと、誰一人、ご帰宅を喜ばなかったわ。でもね、ファニー、私が今サー・トマスについて失礼な言い方をしたと思わないでね。何週間にもわたってあの方のことを嫌いだったのは確かだけれども。でも、今となってはあの方を正しく評価できるわ。こうした一家のご主人としてはああでなければいけないんだわ。ええ、本当に真面目に言って、私は今はあなたたち全員のことが好きになっていると思うわ」。そしてそれまでファニーが見たことのないような、そしてそれを目にしている今、極めて魅力的としか言えない、優しく繊細な様子でそう言うと、一瞬顔をそむけて心を落ち着かせた。「お分かりね、この部屋に入ったところからしばらく、ちょっとした発作を起こしてしまったわ」と、間もなくいたずらっぽい笑みを浮かべて言葉を続けた。「発作はもう治まったわ。さあ、腰を下ろして楽にしましょう。だってファニー、あなたを叱ろうと思ってここに来たのだけれども、いざとなるとそんな気がまったくなくなってしまうんですもの」。そして大いに愛情を込めてファニーを抱きしめて、言った。「優しくて善良なファニー。これがあなたにお会いする最後だと思うと――次にいつお会いできるか分からないし――あなたを愛しているっていう以外、何もできないの」。

ファニーは胸を打たれた。こんなことはまったく予期していなかったし、その感受性は「最後」という言葉の、もの悲しい響きに弱かったのである。まるでクローフォド嬢のことを最大限に好きですと言わんばかりに涙を流した。クローフォド嬢はというと、このような感情の表れにさらに心を和らげ、愛情を込めて抱きしめながら言った。「お別れするのが残念だわ。私がこれから行くところにはあなたほど愛しい人はいないの。私たちがこれから姉妹の関係にならないとも言えないでしょう。きっとなれるわ。私たちは家族になるべくして生まれてきたのよ。そしてその涙を見ると、あなたも同じ気持ちだと分かっているわ、ファニー」。

ファニーは気をとり直し、訊かれたことの一部にしか答えずに言った。「でも、あなたはこちらのおつき合いから、また別のおつき合いへと移られるのでしょう。とても仲の良いお友達のところに行かれるのですよね」。

「ええ、確かにそうよ。フレイザー夫人とはもう何年も仲良くしているわ。でもちっとも行きたくないの。これからお別れする友人のことしか考えられないわ。私の素晴らしいお姉様とあなたと、バートラムご一家の方々よ。あなた方には、世間一般には珍しい、「心」というものがあるわ。あなた方全員が信頼できるし、気の置けない雰囲気をお持ちなのよ。世間では、そんなおつき合いにはまずお目にかかれないものよ。フレイザー夫人には復活祭《イースター》が終わってから行くと言っておけばよかったわ。その方が訪問には好都合な時期ですもの。でも今から予定を延期させてもらうわけにはいかないわ。フレイザー夫人への訪問が終わったら、その後は妹のレイディ・ストーナウェイのところに行かなくてはならないのよ。どちらかといえば、そちらの方が仲良くしていたんですもの。まあ、そうは言っても、ここ三年ほどはそちらとも疎遠になっていたんですけどね」。

この言葉の後、二人とも何分間も物思いにふけり、黙り込んでいた。ファニーは世間に見られる幾種類もの友情に思いを馳せていたが、メアリーの思いはそこまで哲学的と言えるほどのものではなかった。その後、先に口をきいたのはメアリーの方だった。

「上の階まであなたを探しに行こうと思ったときのことをありありと思い出すわ。東の間がどこにあるかも知らずに上がっていったのよ。こちらに向かうとき、頭の中で何を思っていたかもよく覚えているわ。そして部屋を覗いたらあなたがここにいて、このテーブルに座って縫い物をしていたわ。そしてあなたの従兄がドアを開けて、ここに私がいるのを見て驚いたのよね。そして、まさにあの晩に伯父様がお戻りになるなんて。あんなこと初めてだわ」。

そしてまたしばらく感慨にふけっていた。そんな中、急に思いを振り払うように相手に矛先を向けた。

「まあ、ファニー、あなたは完全に空想に浸っているのね。いつもあなたのことを思っている人のことを考えているんだと願いたいところだわ。ほんの短い時間でも、あなたをロンドンの私たちの交際仲間の中に連れて行ければいいのに。一緒に来て下されば、あなたがヘンリーに及ぼした影響力がどう思われているのか、ご自分で分かるのに。何十人もの人たちが羨み妬むんだわ。あなたのことを聞いて不思議に思い、信じられない気持ちでいるでしょう。ヘンリーときたら、ロマンスのヒーローと同じで、秘密にしているどころか、虜になっていることを誇っているんですから。ロンドンに来てみればあなたの力がどれだけのものなのか分かるでしょう。ヘンリーがどれだけもてるか、そして兄のおかげで私までどれだけごきげん取りをされるか、あなたに見せてあげたいわ。あなたと兄の関係が知れたら、フレイザー夫人のところでは今までの半分も歓迎されなくなることは間違いないわ。もし本当のことを知ったら、あの人は私がノーサンプトンシャーに帰ってくれればいいのにと思うことでしょう。というのも、フレイザーさんには先妻との間にお嬢さんがいて、私の友達はそのお嬢さんを結婚させたくて必死で、ヘンリーに目をつけていたのよ。そう、どんなに必死になっていたか。あなたはここで何も知らず、無邪気に座っていらっしゃるけど、あなたが火種になってどんな騒ぎになっているか、みんなどんなにあなたを見てみたがっていることか、私が質問に答えるのがどれだけ大変か、想像もつかないでしょう。マーガレット・フレイザーはお気の毒に、さぞあなたの瞳や歯並びがどんなか、どんな髪型なのか、靴はどこのを履いているかと、立て続けに訊いてくるでしょうね。私の友達のためにも、マーガレットに結婚してもらいたいわ。フレイザー夫妻は不幸だということでは、普通の夫婦と変わらないんですもの。それでも当時のジャネットにはとても良縁だったのよ。私たちはみんな喜んだわ。でも相手はお金持ちで、ジャネットは一文なしだったから断る手はなかったのよね。でも相手は不機嫌で口うるさい人だったのよ。若い女性、二十五歳の若くて美しい女性に、自分と同じ堅実さを要求するの。それに私の友達は夫の扱いが下手なのよね。うまく切り抜ける方法を知らないみたいなのよ。相手はいつもいらだっていて、それは少なくともとても不作法よね。あの人たちのお宅にいると、マンスフィールド牧師館での夫婦のあり方を思い出しては尊敬してしまうわ。グラント博士さえ私の姉には完全に信頼をおいているし、その判断にもある程度従っているからどこかに愛情はあると思えるけど、フレイザー夫妻にはそんなことはまったく見られないわ。私の心は常にマンスフィールドよ、ファニー。妻としての私の姉、そして夫としてのサー・トマス・バートラムは私にしたら完璧なお手本ね。お気の毒に、貧乏くじを引かされたのはジャネットというわけ。でもあの人の側に落ち度があったわけじゃないのよ。なにも軽はずみで結婚に踏み切ったわけではないし、何も考えていなかったわけでもないのに。申し込まれてから丸三日間は検討したのだし、その三日間というもの、話を聞いておきたい親戚や知り合いには片っ端から聞いてまわったのよ。とりわけ私の亡くなった叔母様に相談していたわ。叔母様はよく世間をご存じだったから、若い人はどなたも当然のように叔母様のご意見を尊重していたわ。そして、その叔母様がフレイザーさんとの結婚に賛成していらしたのよ。そんな風だから、所詮は正解な結婚をできる保証なんてどこにもないんだわ。また別の友人のフローラは、あのあまりお近づきになりたくないストーナウェイ卿の方をとって、英国近衛騎兵隊にいるとても素敵な若者を振ってしまったけれど、こちらについてはもう何も言えないわね。ストーナウェイ卿はね、ファニー、ラッシュワスさんくらいの頭しかないというのに、不格好だし、品行だってよろしくはないのよ。あの当時で言っても、フローラの決断が正しいかどうかとっても疑わしかったわ。だって相手は紳士の風貌にさえ欠けているんだから。今なら断言できるけど、やはりフローラが間違っていたわ。そういえば、フローラ・ロスは社交界にデビューしたての頃はヘンリーにぞっこんだったのよ。でもヘンリーに惹かれたことのある人を全部あなたに話していたら、きりがないわ。あなたったら無頓着だから、ファニー、ヘンリーに見向きもしないで平気でいるのはあなただけなのね。ただあなたはご自分で言うほど、本当に無頓着なのかしら。いいえ、違うわ。見ていて分かるわ」。

確かにそのときのファニーはあまりにも顔を赤らめていたので、最初からこうと決めている人間からするとそうした疑いを抱くのも不思議はなかった。

「いい子ね。いじめるのはやめておきましょう。すべてなるようになるんだわ。でも、ファニー、あなたの従兄が思っているように、あの申し出がまったくの不意打ちだったわけではないということ、これは認めるわよね。あの件に関してなんらかの考えがおありだったのでしょう。何が起こるか、少しは読めていたわよね。あなたに気に入られるように、ヘンリーがあらゆる手を尽くしていたのは分かっていたでしょう。舞踏会でもあなたにつきっきりじゃなかったこと。そして舞踏会の前は、あの首飾り。そう、こちらが予測したまさにそのとおりにあなたはそれを受け取ったわ。こちらが願ったまさにそのとおりに、意識するようになってしまって。とてもよく覚えているわ」。

「では、お兄様は首飾りのことを前もってご存じだったとおっしゃるんですか。クロフォードさん、そんなやり方はずるいわ」。

「ご存じですって。あれは完全に兄の計らいだわ。兄が考えたことなの。恥ずかしながら私には全然思いつかなかったわ。でもあなた方二人のためを思って兄の提案どおりに行動したのよ」。

「実を言うとあのときだって」と、ファニーは答えた。「ひょっとしたらそうではないかと少しは思っていたんです。だってあなたの表情には私を怖じ気づかせるものがありましたもの。でも最初は違うわ。最初はまったく思いもよりませんでした。本当に、本当にそうだったんです。誓って言いますわ。それに、もしそんなことを思ったら何があろうと首飾りは受け取っていませんでした。お兄様に関して言えば、確かにどこか気になるところがありました。少し前から、ここ二、三週間というもの、気になっていました。でも特に意味はないのだろうと思っていました。お兄様がそういう方だというだけで、私のことを真剣に考えていらっしゃるなんて思いませんでしたし、そうであることを望んでもいませんでした。夏から秋にかけて、お兄様と、この家族の何人かの間で起こっていることも気づいていなかったわけではありません、クローフォドさん。私は何も言いませんでしたけど、見えていなかったわけではありません。クローフォド氏が意味のない戯れに興じていらしたことを目にせずにはいられませんでした」。

「ええ、それは否定できないわ。兄は時にはご婦人方とひどく戯れて、若いお嬢さんの気持ちをどんなに掻き乱しているか、気にも留めないことがあるのは確かです。私は何度もたしなめたけれども、それが兄の唯一の欠点なのよ。それにこれだけは言えるけれども、世の中にはお気持ちを慮ってあげる必要のある若いお嬢さんなんてほとんどいないのよ。それにファニー、あんなに沢山の人から狙い撃ちされる男性を射止める栄光といったら。今までの女性たちの借りを自分が代表してたっぷりと返してあげられるのよ。こんな誇らしいことを拒否できる女性なんているかしら」。

ファニーは頭を振った。「女性の気持ちをもてあそぶ男性をよく思うことはできません。それに傍観者の目に見える以上の苦しみがあるかも知れませんし」。

「兄をかばうことはできないわ。あなたにすべてお任せします。あなたが無事にエヴリンガムに行ってくれるなら、どれだけ兄にお説教をなさっても構わないわ。ただこれだけは言わせてね。お嬢さん方を少しばかり自分に惚れさせてしまうという兄の欠点なんかよりも、妻の立場からすると、夫が他の女性に惚れ込んでしまうことの方がずっと危ないのよ。その危険性なら兄にはないわ。今までのどんな女性にも感じなかったほどの愛情をあなたに抱いていると、真面目に、心から思うわ。兄は心からあなたを愛しているし、可能なかぎり永遠にあなたを愛し続けるでしょう。仮に男が女を永遠に愛することができるものならば、兄はきっとあなたを愛し続けることでしょう」。

ファニーは、やむなく薄い笑みを浮かべたが、何も言わなかった。

「お兄さんが昇進したときはもう」と、メアリーはじきに言葉を続けた、「これまで見た中でも兄は一番幸せそうでしたわ」。

メアリーは、ここでファニーの琴線に触れたのだった。

「ええ、本当に。あのときは本当にご親切にして下さって」。

「働きかけなければならない相手が相手ですから、兄は本当に頑張ったと思うわ。提督は面倒なことがお嫌いで、人に頼み事をするのを嫌がるのよ。それにご自分が面倒を見なきゃならない若者が多すぎるので、こちらがよほどの覇気と友情でかからなければ後回しにされてしまうのよ。ウィリアムはなんて恵まれているのかしら。またお会いしたいわ」。

哀れなファニーの心はこれまでで最も大きな苦悩の中にあった。ウィリアムのために何をしてくれたかを考えると、それは常にクローフォド氏を退ける決断をことごとく揺り動かすほどの威力があった。しばらくそのことを考え込んでいたが、最初はその様子を見て満足していたメアリーがまた別のことを思いつき、唐突にファニーに対して話しかけた。「一日中こうしてあなたとお話をしていたいけれども、階下のご婦人方を忘れてはいけないわ。だから、大好きな、優しい、素敵なファニー、またね。正式にお別れするのは、朝食室になるけれど、まずはここでお別れね。お別れだけれど、また楽しくお会いできるのを心から願っているわ。そしてまたお会いするときにはお互いになんの遠慮も残らずに、その影もないように祈っています」。

こう言いながら、強い愛情を込めてファニーを抱きしめたが、心が乱れているのも見てとれた。

「あなたの従兄には近い内にロンドンでお会いできるでしょう。割合に近い内にいらっしゃるとおっしゃっていましたから。そして、サー・トマスには春にお目にかかるでしょう。それにあなたの上の従兄とラッシュワス夫妻とジューリアにだって何度もお会いできるでしょうね。あなた以外の全員と。ファニー、二つお願いがあるの。一つはお手紙よ。お手紙を下さいね。それからもう一つはグラント夫人のところにちょくちょく行って、私がいないことの埋め合わせをしてちょうだいね」。

この二つのお願いの内、少なくとも一つ目はファニーにとってあまり有難いものではなかった。しかしこの文通を断ってしまうことはできなかった。それどころか、自分の判断力に照らすとこんなに喜んでしまっていいのかと疑念が生まれるほど、喜んで同意をしてしまった。このような愛情の表れを止めることは不可能だったのだ。ファニーの性格は、特に愛情の込もった態度を有難く思うものであり、それまであまりそういう扱いを受けてこなかったので、それだけクローフォド嬢の言動に圧倒されたのである。その上、この密談を、自分が恐れたよりもずっと楽なものにしてくれたことについては、相手には感謝の気持ちを抱いていた。

密談は終わり、ファニーは責められることもなく、気持ちを悟られることもなく、やり過ごしたのだった。自分の秘密が暴かれないかぎりは、何にだって耐えられると思っていたのだ。

その晩はまた別の別れがあった。ヘンリー・クローフォドがやって来て、しばらく過ごした。ファニーの精神はいささかもろい状態にあったので、少しの間はヘンリーに対しても心を許した。相手は本当に多くを感じとっているようであったのだ。普段とはかなり違う様子で、ほとんど口をきかなかった。見るからに気持ちが沈んでいたので、ファニーはそれを見て同情せずにいられなかったが、それでも相手が他の女性の夫になるまでは会わないで済むように願っていた。

別れのときがやって来るとヘンリーはファニーの手を取った。有無を言わさぬ勢いだった。しかし何も言わなかった。あるいはファニーの耳には言葉は特に入ってこなかった。そして相手が部屋を出ていくと、ファニーはこのような友情の印が示されたことに満足した。

明くる日、クローフォド兄妹は去って行った。

第六章

クローフォド氏がいなくなった今、サー・トマスの次のねらいは、クローフォド氏の不在がしかるべく惜しまれることにあった。姪が一時は迷惑だと感じたり、少なくともそう思い込んでいた、かの求愛が、いざなくなってみると物足りなく感じることを大いに期待した。最も虚栄心がくすぐられるような扱いを経験したのに、それがなくなり、再びとるに足らない存在に戻ることによって、きわめて真っ当な後悔がその心に芽生えてくれることを望んでいた。そう思いながら姪を観察していた。しかし、そのとおりの成果があったかどうか判断できなかった。姪の精神のどこかしらに変化が出てきているのかどうか、分からなかった。いつもあまりにもの静かで、遠慮深いので、その感情を見極めることができなかったのである。姪のことが分からなかった。分からないと感じた。したがってエドマンドに、目下の状況を姪がどう感じているか、前よりも楽しそうかそうでないのか、教えてくれないかと頼んでみた。

エドマンドはファニーが後悔をしている兆しをなんら見出すことはできず、最初の

三、四日くらいでそれが表れるだろうと考える父親を少々理不尽だと思った。

エドマンドが一番驚いたのは、ファニーにとってあんなにも大事な友人であり話し相手であったクローフォドの妹がいなくなったのを、存外寂しがる様子もなかったことだった。その人についてファニーがほとんど話さないこと、その人と離れればなれになったことについても、自分からはほとんど話を持ち出さないことを不思議に思った。

それにしても、なんとまったく分かっていないことか。友人にして話し相手であるこの妹こそ、今やファニーの心の平安を乱す元凶だったのだ。クローフォドの未来はマンスフィールドと無関係のところに展開されるようにと心に決めていた。自分の気持ちを軽くするには、それと同じようにメアリーの未来もマンスフィールドと無縁のものであってほしかった。あるいは、メアリーが再びここに戻るのが、その兄と同じく、遠い日のことであるものと思い込みたい気持ちだった。しかしよく考えれば考えるほど、観察すればするほど、クローフォド嬢とエドマンドの結婚は、前よりもずっとありそうなことに思えてくるのだった。エドマンドの側ではその望みをより強めており、相手の側でもためらう気持ちはなくなってきているようだった。エドマンドの側ではメアリーとの結婚を見合わせる気持ちや、それが道徳的に正しい選択かどうかを疑うような気持ちが、もうすっかり吹き飛んでしまっているらしい。どうしてそうなったのかはよく分からない。そしてクローフォド嬢は野心があるだけに疑念や躊躇を持っていたが、それも同じように消え去ってしまったようだ。これもやはり、理由は謎だったが。原因としては、愛情が深まったからという以外には思い浮かばなかった。エドマンドのよい感情とクローフォド嬢の悪い感情は共に愛に屈してしまったのであり、そのような愛はきっと二人を引き寄せるに違いない。エドマンドはロンドンに行くことになっていた。ソーントン・レイシーがらみの仕事が終わったらすぐにでも。ひょっとしたら二週間以内に行けるかも知れないとエドマンドは言っていたが、なにしろ好んでその話をしていた。そしていったんクローフォド嬢のもとを訪れたならば、ファニーにはその後の展開が見えていた。エドマンドは間違いなく求婚するであろうし、相手がそれを快諾することも分かっていた。しかしクローフォド嬢については今なおよくない印象が残っており、自分とは直接関係ない理由から――少なくともファニーはそう思っていたのだが――二人が結婚するだろうというこの見込みは、非常に悲しいことだったのだ。

二人の間の最後の会話でもクローフォド嬢は、気立てのいいところを見せ、ファニーに対して大変優しかったが、それでもクローフォド嬢はクローフォド嬢であった。未だにその考え方は正しい道を外れ迷子になっていたが、本人はまったくそれを意識していなかった。自分こそが光だと思っていたが、実のところ心は闇の中にあったのである。

人を愛することならできるかも知れないが、愛情以外の感情においてはエドマンドに見合う人間などではない。互いに愛情を持っていること以外には、二人の間にはほとんど共通点などないようにファニーには思えた。そして、クローフォド嬢という人物がこの先改善される見込みはほぼないとファニーは思った。二人の愛情が絶頂である今の時期であってさえエドマンドがそれほど相手の判断に影響を与えることがなく、その考え方を左右することもないのならば、今後何年にわたる結婚生活を送ろうとも、エドマンドはクローフォド嬢にはもったいないと考えても、きっと昔の賢人たちにファニーが咎められることはなかろう。

もう少し経験を積んだ人なら、今のような関係にある若い二人にもっと期待を持ったかも知れないし、偏見のない人なら、一般的な女性の例に違わずクローフォド嬢だって自分が愛し尊敬する男性の意見に合わせる面も持っていることは否定しなかっただろう。しかしファニーにはそうは思えず、そのせいで非常に心を痛め、クローフォド嬢のことを話題にするのは苦痛になっていた。

一方、サー・トマスは希望を保持し、観察も怠らなかった。人間というものに関して自分が知っているところに従えば、姪はそろそろ相手への影響力と存在感が消えてしまったことを嘆いている頃であり、恋い焦がれ、ちやほやしてくれる人がいなくなった今となっては、逆に自分の方からその人に恋い焦がれるようになるはずだと思っていた。そしてまだ今のところこのような現象を思ったとおりのかたちではっきりと観察するには至っていない理由を考えてみた。別の訪問客が来ることになっていて、その客がいれば、今自分が注意深く見守っているこの姪が元気を出してくれることは、よく了解していた。ウィリアムは十日間の休暇をノーサンプトンシャーで過ごすことになっていて、一番の新米だからこそ一番幸せな大尉として、その喜びを伝え、どんな制服なのか語るためにやって来ることになっていたのだ。

ウィリアムがやって来た。そして、できることなら制服も披露したくてたまらなかったのだが、なんとも残酷なことに、慣習によって勤務時間外の制服着用は禁じられていたのだった。したがって、制服はポーツマスに残されることとなり、ファニーがそれを目にする機会がやって来る頃には、その制服の新鮮さ、それを身に着ける者の新鮮な感情もすっかり薄れてしまうのだろうと、エドマンドは推測した。むしろ、時が経てばそれは不名誉の印にだってなっているだろう。大尉になって一年か二年経って、他の者が自分より先に中佐になってゆくのを指をくわえて見ている大尉の着る制服ほど、見るに耐えず、価値のないものはないからだ。エドマンドはそんなことを思っていたが、父親からある計画を打ち明けられると、誇らしげに制服をまとった軍艦スラッシュ号の大尉をファニーが見るチャンスについて、また違った可能性が見えてきた。

計画というのはこうだった。ウィリアムがポーツマスに帰るのと一緒にファニーがついて行き、家族と一緒にしばしの時を過ごすというものだ。サー・トマスがものものしく思索をした結果として、好都合で好ましい計画として思い浮かんだものであった。しかし完全に結論を出してしまう前に、息子に相談してみた。エドマンドはあらゆる角度から検討した結果、それがまさに万事うまく収まると結論した。この計画そのものがまさによき行いであると言えるし、まさにタイミングとしても絶妙であった。そしてファニーにとっては、疑問の余地もなく、大変嬉しいはずであった。それだけで、サー・トマスが決断する材料としては充分だった。「では、そうしよう」という決定的な一言で計画は定まった。サー・トマスは満足感を胸に、息子に話した内容以上のいい結果を期待して部屋を出て行った。というのも、ファニーを家に帰すことの第一の目的は、ファニーが両親に会えるようにということではほとんどなく、ましてやファニーが喜ぶからなどということではまったくなかった。確かに喜んで帰るのは結構なことであったが、その滞在中につくづく実家がいやになってくれればと思っているのも間違いなかった。優雅にして至れり尽くせりのマンスフィールド・パークからしばしの間距離を置くことで、思い直し、今自分が申し出を受けている、より永続的な暮らしを有難いと思うように期待していたのである。

今は病んだ状態にあるとしか考えられない姪の判断力を治癒する策のつもりだった。富と財に囲まれて何不自由なく八、九年暮らしてきたことが、ものごとを比較して判断する能力を損ねてしまったのだ。父親の家に帰れば、身入りが多いことは有難いことなのだということを分かってくれるだろうと大いに期待し得る。自分のこの実験によって、ファニーがこの先の人生において、より賢明になり、その結果、幸せになる術を分かってくれるはずだと信じていた。

もし、ファニーが喜びを大げさに表現する性格であったならば、大いに喜びを表したことであろう。どういう計画になったのかを聞かされ、これまでの人生の半分あまりを別々に暮らしてきた両親と弟妹に会いに行き、子ども時代を過ごした場所に二ヶ月ばかり帰れることを聞かされ、しかもウィリアムが保護者として付き添ってくれること、そしてウィリアムが陸にいられる時間の最後の最後まで一緒に過ごせることを最初に聞かされたとき、大いに喜びを表したことであろう。もし、ファニーが嬉しい気持ちを派手に表す性格であったら、今こそそうしたことだろう。とても嬉しかったからだ。しかし実際にはそういう性格ではないため、ファニーの喜びは、静かで、深く、胸を膨らませるようなものとなった。そして、普段からあまり口をきく方ではないものの、こうして強い感情に襲われたときほど、いよいよ静かになる質なのだった。そのときできたことといえば、ただお礼を言い、承諾するだけだった。後になってから、突然こうして目の前に開けた嬉しい計画に慣れてくると、自分が感じていることをウィリアムやエドマンドにもっと口に出して言うことができるようになってきた。しかし、それでもまだ言葉にならない繊細な思いが残っていた。幼い頃の楽しい思い出の一つひとつ、そして家族から引き離された苦しみが改めて鮮やかによみがえり、再び家に戻れるならあのときの離別の苦しみが一つ残らず癒されるのではないかと思われた。あの家族の輪の真ん中にいられる。あれだけ多くの者から愛してもらえる。かつてなかったほど、みんなに愛してもらえる。恐れることも、自分を抑えることもなく、愛情を感じることができる。自分の周りの人々と同等だと思える。クローフォド兄妹の名前など耳に入れないで済む。それに、あの兄妹に関することでの自分に対する非難めいたと思われるような眼差しや面持ちから、自由になることができる。そんなことを思うと、やはりその喜びは半分も言葉にすることができなかったのだった。

そしてエドマンドのことについても——エドマンドから二ヶ月間離れることはいいことに違いない(それにひょっとしたら、三ヶ月あちらに滞在してもいいことになるかも知れなかった)。エドマンドの顔も見られず優しさも届かないところにいて、エドマンドの心の内が察せられていらだってしまうことも回避できるし、エドマンドが自分に相談しようとするのを避けなければならないという事情だってなくなって、ファニーは自分自身落ち着いてもっとまともな精神状態でいられることだろう。エドマンドがロンドンにいて、そこで着々と準備を進めている様子を想像しては、みじめな気持ちになったりせずに済むだろう。マンスフィールドにいたら耐え難いほどのことでも、ポーツマスではちょっといやな気持ちになるくらいで済むだろう。

唯一の難点は、伯母のバートラムが自分がいないとやっていけないだろうということだった。他の誰の役にも立てない自分だったが、この点にかけては伯母にどれほどの不便をかけるだろうと思うといたたまれなかった。そしてこの計画の中でもこの部分こそ、サー・トマスにとって解決するのが最も困難なところでもあり、サー・トマスでなければ解決できないことでもあったのだ。

しかし、サー・トマスはマンスフィールド・パークの主人である。いったん何かすると決めたら、必ず解決することができた。そしてこの件について長々と話し、ファニーにはときには自分の家族と会う義務もあるのだということを説明し、これを力説することによって、妻にファニーを手放すことを承諾させることができた。ただ、この説得は相手の理解による説得というよりは、屈服させることによる説得だった。というのも、レイディ・バートラムが理解したことといえば、サー・トマスがファニーを行かせるべきだというのだから、それなら行かせなければならないのだろうということだけなのだった。静かな化粧室に戻り、自分だけで考え込んでみて、自分の考えを乱すような夫の言葉から離れると、ファニーがこれだけ長いこと一緒にいなくても平気だった父親と母親のもとにどうしても行かなければならない理由が、やはり分からなかった。自分にはこれほどファニーが必要だというのに。ファニーがいなくてもどうということはないということを特にノリス夫人が立証しようとしていたのだが、レイディ・バートラムはそんなことは絶対に納得できないと言い張った。

サー・トマスは、妻の理性と良心、そして自尊心に訴えかけたのだった。これに犠牲という名前を与え、妻の人徳と自制心に働きかけてみた。しかし、ノリス夫人はファニーがいなくても困らない（必要なときには自分がいつでも時間を提供する用意があるのだから）、いる必要もないし、いなくてもいいのだと説き伏せようとした。

「そうかも知れないわね、お姉様」と、レイディ・バートラムは答えるだけだった。「お姉様の言うことが正しいんでしょうけれども、ファニーがいないととても困るわ」。

次の段取りはポーツマスに連絡することだった。ファニーは家に帰りたいと手紙を書いた。そして母親の返事は短いものではあったが優しかった。数行の簡素な文章は、子どもに会える母親の喜びが自然に伝わってくるもので、娘自身も母親のもとで幸せな時を過ごせるのだという思いを確かめた。「お母様」と再会したら、間違いなく温かく、愛情溢れる様子で迎えてくれる。確かに今まではこれといって特に愛情を示してくれたということはなかった。しかしファニーは、いとも簡単にそれは自分のせいなのだと思ってしまうのだった。あるいは自分の思い違いだったのだと。自分が気が小さいために、いじいじとし、おどおどしているがために、人の愛情を遠ざけてしまうのだろう。そうでないなら、愛すべき人があんなに沢山いる中で、より大きな愛を自分に向けてほしいと、ないものねだりをしているからなのではないか。今は、自分も前よりも人の役に立つようになり、我慢を覚えたし、母親も小さな子どもの溢れる家の雑事から解放されて、落ち着いて楽しい時間やお互いを支え合う時間も持てるようになるだろう。そして、お互いに本来の母と娘らしい関係になれるだろう。

ウィリアムは妹と同じくらいこの計画を喜んでいた。出航する直前まで妹と一緒にいられること、そしてひょっとしたら、最初の航海から帰ってきても、まだ妹が家にいてくれるかも知れないのだ。それだけでなく、港を出る前に是非スラッシュ号を妹に見てほしかったのだ(スラッシュ号が海軍で最も優れた船であることは疑いもなかった)。それに海軍造船所も数ヶ所改修されており、それも見てほしかったのである。

ファニーがしばらく家に帰ってくればみんなが助かるのだと、遠慮せずつけ加えて言った。

「なぜなんだろう」とウィリアムは言った。「父のところは、この家のようにきちんと、整然としていないんだ。うちはいつもごたごたしている。ファニーがいたらもっとよくなるよ、間違いなくね。お母様にはどうすればいいのか言ってあげられるし、スーザンの助けになってくれるだろうし、ベツィにいろいろ教えてあげられるし、弟たちだってファニーのことを好きになって言うことを聞くようにしてくれるだろう。すべてがきちんとして、居心地よくなるに決まっているよ」。

プライス夫人の返事が到着した頃、マンスフィールドを発つまであと数日だけとなっていた。そしてこの数日間の内の何日かは、この若い旅人たちはこれから出かける旅行にかなりの不安を抱いて過ごした。というのも、旅の移動手段の話になって、義弟のお金を節約させてあげようとノリス夫人が心配りをした甲斐もなく、またファニーにはもっともっと安い交通手段があっているのではないかという直接間接の夫人による提言にもかかわらず、二人が郵便馬車を使って行くことに決まってしまうと、そして馬車の運賃としてサー・トマスがウィリアムに何枚もの紙幣(1)を与えるのを目にすると、夫人はその馬車にもう一人乗れることに気づき、突然、是非とも同行したいという思いが湧き上がってきたのである。一緒に行って、不遇な妹のプライス夫人に会いたいという思いが。夫人は思いを口にした。「若い人たちと一緒に行こうかしら。私だって時には楽しい思いがしたいじゃない。あの気の毒な私の妹にはもう二十年も会っていないし。それに年長者の知恵があれば、若い人たちも旅で苦労せずに済むでしょう。こんな機会を逃したら、あの気の毒な妹は私のことを酷い姉だと思ってしまうんじゃないかしら」。

ウィリアムとファニーはこれを聞いて背筋が寒くなった。

そんなことになったら、二人旅が台なしになる。悲嘆にくれた表情で二人は顔を見合わせた。二人の不安は一、二時間続いた。誰一人、賛成も反対も表明しなかった。ノリス夫人自身の決断に託されたのだ。そして兄妹が大いに喜んだことに、夫人は、今は自分がマンスフィールド・パークを留守にすることなど到底できやしないと思い直したのだった。サー・トマスとレイディ・バートラムにとって、自分は、とてもではないが、いなくては立ちゆかない人物なので、一週間たりとも留守にすることはできない。したがって、二人の役に立つためには、他のどんなに楽しいことでも犠牲にしなければならないと言うのだ。

実際のところをいえば、夫人は、ポーツマスには無料で行くことができても、帰りの旅費は自分で払わないわけにはいかないだろうということに気づいたのだった。というわけで、妹のプライスは、気の毒に、このたびの機会を逸したことを無念に思わねばならない立場に置かれることとなり、ひょっとしたら、これから先もう二十年間は会えないことが見込まれるのだった。

エドマンドの予定も、こうしてファニーがポーツマスへと旅して不在となることで影響を受けた。伯母と一緒で、エドマンドもまたマンスフィールド・パークのために犠牲を払わねばならないのだった。ちょうどこの時期にロンドンに行く予定だったのだが、両親にとって大事な人がすべていなくなってしまうのに、自分まで留守にしてしまうわけにはいかない。そしてつらいと感じはしたが口には出さず、心待ちにしていた自分の旅、自分に永遠の幸せをもたらしてくれると期待していたあの旅を、一、二週間遅らせることにしたのだった。

エドマンドはそのことをファニーに話した。すでに沢山話してきたのだから、いっそすべてを打ち明けてしまいたかったのだ。このことが、クローフォド嬢に関するいま一度の打ち明け話の大部分を占めた。そしてファニーは、これが二人の間で特に遠慮するところなくクローフォド嬢の名前を出す最後なのではないかと考えると、胸がいっぱいになった。その後にもう一度、エドマンドの口からその名前が出た。レイディ・バートラムはその晩、姪に間を空けずにそして頻繁に自分に手紙を出すように言い、自分も何度も手紙を書くからと約束していた。そしてエドマンドは手頃な間を見計らって、こうささやいた。「僕も手紙を書くよ、ファニー。書くようなことができたらね。君の聞きたいこと、他の人からそう早くは耳に入らないような何かが起こったらね」。たとえこの言葉を聞いて意味がよく分からなかったとしても、エドマンドの上気した顔を見ればすぐに分かっただろう。

この手紙を受け取ることを覚悟しておかなければならなかった。まさか、エドマンドからの手紙が恐怖をもたらすことがあるとは。まだ自分は、この世の中で時間と状況が変わることで起こる考えや気持ちの移ろいを、すべて経験してはいないのではないかと思い始めた。人間の精神の浮き沈みを、自分はまだまだ経験し尽くしていないのだ。

かわいそうなファニー。喜び、自ら望んで出かけるのではあるが、マンスフィールド・パークの最後の晩はそれでもどうしても悲しいものになってしまった。別れに際して、その心はとても痛んだ。家のどの部屋でも涙を流し、愛する住人のためにはさらなる涙を流した。伯母は自分がいないことでさびしがることが分かっているので、強く抱きしめた。伯父の機嫌を損ねたことも分かっているので、むせび泣きを抑えようとしつつ、その手にキスした。そしてエドマンドに至っては、いざ別れのときがきてみると、話すことも、その顔を見ることも、頭の中で考えることもできなかった。そして別れのときが過ぎてから初めて、エドマンドが兄のように愛情を込めて別れを告げてくれていたことが分かってきた。

こうしたことはすべて、前の晩に行われた。出発は朝のかなり早い時間だったからである。そして朝食に、数のかなり減った家族が揃ったときの話題は、ウィリアムとファニーはもう今頃最初の駅に着いているかしらといったことであった。

（1）紙幣は当初イングランド銀行が発行する手形として普及したが、やがて額面を固定したものが発行されるようになり、一七九七年に法定通貨となった。したがって、当時、紙幣は比較的歴史の浅い存在である。

第七章

旅というものが目新しく、そしてウィリアムとも一緒にいられたので、ファニーの心はすっかり落ち着いた。マンスフィールド・パークをあとにし、最初の駅に着いてサー・トマスの馬車を降りる頃には、すっかり明るい表情になっていて、馴染みの御者に別れを告げ、留守の者への伝言を託した。

兄と妹の間の楽しい会話は尽きることがなかった。ウィリアムの快活な精神にとってはあらゆることが面白く、真面目な話題の合間合間にふざけては、冗談ばかり言っていた。真面目な話の説き起こしあるいは結論というのは必ず決まっていて、必ず、スラッシュ号の賛辞、ファニーの時間の過ごし方、手強い相手と一戦交え(艦長が邪魔しなければの話だが――それにウィリアムは艦長に対して情け容赦なかった)早く昇進すること、そして褒賞(兵員は自分たちが拿捕した敵の船とその積荷の価値に応じて褒賞を受けた。ただし、大佐以下、階級に応じて、階級が高い者から順に多く配分された)をもらって、家族にたっぷりと与え、ファニーと共に中年や晩年まで過ごせる小さな家を快適にするだけのお金を残すという計画、こういった話なのだった。

ファニーの当面の身の振り方についてであっても、クローフォド氏に関することになってしまうと、二人は何も話さなかった。ウィリアムは何が起きたのかを分かっていて、人間の中でも第一級と考えている人物に対して妹がそうした冷ややかな気持ちでしかいないのを心から嘆いていた。しかし、ウィリアム自身も愛こそがすべてという年頃だったので、妹を非難することができなかった。そしてこの件について妹の気持ちを知っていたので、このことに触れて傷つけることを少しでも避けたかったのだ。

ファニーには、自分がまだクローフォド氏から忘れてもらえていないと考える理由があった。兄妹がマンスフィールドを去ってからの三週間、妹の方から何度も手紙をもらい、どの手紙にも兄が数行を書き足していた。その言葉は、その書き手が話すときと同様、情熱的で決然としていた。この文通は、ファニーの懸念どおり、嬉しくないものであった。兄のペンになる部分をこうして読ませられることを別にしても、クローフォド嬢の快活で愛情の溢れた文体そのものが悩みの種だった。というのも、エドマンドはファニーが手紙の大部分を読み上げて聞かせないと承知せず、その後にエドマンドが書き手の言葉遣いや、愛情の深さをたたえるのも聞かなければならなかった。実際、どの手紙にもマンスフィールドへの伝言や言及、そして思い出があまりにも満載されているので、ファニーはこれが当然エドマンドの耳にも届くように書かれていると考えるしかなかった。そしてそのような目的に自分が利用されること、愛情を感じない相手からの求愛を口に出して読ませられ、自分が愛する人の情熱を盛り上げる片棒を担がされる、そうした文通を強いられるのは残酷な苦しみだった。ここでも今自分が留守にするのはいいことだった。エドマンドと同じ屋根の下にいないのであれば、クローフォド嬢からしても面倒をかけてわざわざ自分宛に手紙を書いて寄こす理由も消えるだろうと考え、ポーツマスでは二人の文通も自然に消滅するだろうと思った。

このような散々な思いにさいなまれながら、ファニーはぬかるみの多い二月であっても期待できるくらいには安全に、軽快に、そして急いで、旅を続けた。二人はオックスフォードに入ったが、エドマンドが学んだコレッジ(1)さえ通り過ぎがてら一瞥するだけで、ニューベリーに着くまでは停車することもなかった。ニューベリーではディナーと夜食(2)を兼ねたたっぷりの食事をとって、それをもってその日の楽しみと疲れが共に終わりを迎えたのだった(3)。

翌朝二人はまた早い時間に出発した。事故も遅れもなく順調に進んで行き、まだ陽の沈まぬ内にポーツマスの近郊に着いたので、ファニーは辺りを眺めることができて、新しくできた建物に目を見張ったのだった。二人ははね橋(4)を渡って町に入った。そして夕闇が訪れる頃には、ウィリアムの力強い声の指示に従って馬車は道をゴトゴトと進み、大通りから小さな道に折れ、プライス氏が現在住んでいる小さな家の玄関の前に停まった。

ファニーは胸が高鳴り、どきどきいっていた。希望と不安でいっぱいになった。馬車が停まった瞬間に、だらしない風をしたメイドが、ドアの前でずっと待ち構えていましたという様子で近づいてきて、手助けよりも伝言することに集中して、すぐさましゃべり始めた。「スラッシュ号が今朝沖へ出たそうです（港を出港したがポーツマスを離れたわけではなく、スピットヘッドで停留し、ここで他の船と小艦隊を編成してから大洋に出ていくことになる）。士官の方が先ほどまでいらしていて……」。そこまで言うと、十一歳の立派な体格の少年が家の中から走り出してきてこのメイドを押しのけた。ウィリアムが二人乗りの馬車の扉を自分で開ける間に、少年がしゃべり出した。「ああ、間に合ってくれた。もう三十分も待っていたんだよ。今朝スラッシュ号が港を出たよ。見てきたんだけれど、すごい迫力だった。それであと一日か二日で出航命令が出るんじゃないかって。それでキャンベルさんが四時に、お兄さんを探しに来たよ。スラッシュ号のボートを確保していて、六時に船に乗るから、それに間に合えばいいけどと言っていました」。

この弟は、ウィリアムがファニーを馬車から降ろしてあげているところを一、二度ちらと見ただけだった。とはいえ、ファニーがキスするのをいやがりはしなかった。ただ、その間もスラッシュ号の出港の様子を夢中で細かく話し続けていた。ちょうど今、スラッシュ号の船員となることが決まったばかりだったので、このことに非常に興味を持っていたのである。

次の瞬間にはファニーは家の狭い玄関に入り、母親の腕に抱きしめられていた。母は心からの優しさが溢れる面持ちでファニーを迎えたが、その顔つきはバートラム伯母を思い起こさせ、ファニーはより愛しく思うのだった。二人の妹もいた。スーザンは立派に成長した十四歳の少女で、末っ子のベッツィは五歳ほどになっていた。二人とも自分たちなりに姉に会うのは嬉しかったのだが、その迎え方は礼儀に適っているとは言い難いものだった。しかし、ファニーにとって礼儀などどうでもよかった。自分を愛してくれているならそれで充分だったのである。

やがてファニーは客間に案内されたが、それがあまりにも狭かったため、最初はもっと大きな部屋へと続く通路かと思い、奥へと案内されるのを待って立ち止まった。しかし奥に通じるドアが見当たらないこと、そしてそこで人がくつろいでいた形跡が目に入ったので、すぐに思い違いに気づいて体勢を整え、今の勘違いを気づかれたかも知れないと考えてひやひやした。しかし母はそんなことに気づくほどそこにじっとしてはいなかった。すぐにウィリアムを迎えるために玄関に戻って行った。「ウィリアム、お帰りなさい。スラッシュ号のことは聞いたかしら。もう港を出たのよ。私たちが思ってたのより三日も早く。それでサムの支度をどうすればいいか見当もつかないわ。どうしたって間に合わないもの。だって明日には出航命令が出るかも知れませんからね。本当に急のことなんだから。そしてあなたもスピットヘッドに行かなければならないのよね。キャンベルが来ていたのよ。あなたのことをとても心配していたわ。それでもう、どうすればいいのかしら。今晩はあなたたちとゆっくりしようと思っていたのに、もう何もかもがいっぺんにやって来るなんて」。

息子は、すべてがうまく収まるよと明るく答えた。こんなに早く出発するからといって大した不便じゃないと言った。

「スラッシュ号が港に留まってくれればここで何時間かゆっくりできてよかったのだけれども、もしボートがあったらやっぱりすぐ出発しなきゃならないから、しかたがないね。スラッシュ号はスピットヘッドのどの辺りにいるんだろう。キャノパス号の近くかな。まあ、いいや。ファニーは客間にいるし、こうして廊下に立っていてもしかたがない。さあ、お母様、せっかくファニーが戻ったのにゆっくり顔も見ていないでしょう」。

二人とも部屋に入り、プライス夫人は再び娘にキスをして、大きくなったことに少し触れた後、二人が旅の後で疲れているだろう、何をしてあげようと、母親らしく心配し始めた。

「まあ二人ともかわいそうに。とても疲れたでしょう。さあ、何が食べたいの。もう帰ってこないんじゃないかと思ったわよ。ベツィと二人でもう三十分間もずっと外を見ながら待っていたのよ。最後に食べたのはいつなの。今は何を食べたいのかしら。旅行の後はお肉がいいのか、お茶だけで充分なのか、よく分からなかったのよ。分かっていたら何か用意できたんだけど。もうすぐキャンベルが来てしまうから、ステーキの用意をする暇もないわ。それに近くにお肉屋さんがないのよ。この通りにお肉屋さんがないのはとても不便ね。前の家の方が便利だった。お茶がいいかしら。すぐに準備をするわ」。

二人ともまさにお茶が飲みたかったんだと答えた。「ベツィ、じゃあ、台所に走って行って、レベッカがちゃんとお湯を沸かしているかどうか見てきてちょうだい。そしてできるだけ早くお茶の道具を持ってくるように言って。呼び鈴を直さなきゃいけないんだけど、ベツィがお利口に使い走りをしてくれるのよ」。

ベツィは俊敏に走って行った。この新しい、素敵なお姉様に自分の能力を見せたかったのだ。

「あらまあ」と母親は心配そうに言った。「暖炉の火が寂しくなっちゃったわね。二人とも凍えそうじゃないの。椅子をもっと近くに引きなさい。まったく、レベッカは何をしてるのよ。三十分前に、石炭を持ってきてと頼んだのに。スーザン、あなたが暖炉をちゃんと見ていなければだめでしょう」。

「だってお母様、上にいて、私の物を別の部屋に移していたんだもん」とスーザンは言ったが、その恐れを知らぬ、自己弁護的な口調にファニーは驚いた。「ファニーお姉様と私があの部屋に入るってさっきお母様が決めたばかりでしょう。それにレベッカがちっとも手伝ってくれないんですもの」。

それからいろいろなことで慌ただしく、それ以上の会話はできなかった。まず御者に支払いをしなければならなかった。次にサムとレベッカの間に、姉のトランクをどうやって運ぶかということで口論があった。サムは自分のやり方でないと承知しなかったのだ。そして最後にプライス氏その人が現れた。まずその大きな声が聞こえた。なにか品を欠いた言葉で、通路に置かれた息子の旅行鞄と娘の衣装鞄が邪魔だと言って蹴飛ばし、ロウソクを持ってこいと叫んだ。しかし誰もロウソクを持ってこないので、プライス氏はそのまま部屋に入ってきた。

ファニーは父を迎えるために恐る恐る立ち上がってはみたが、暗闇の中ではそこにいることも分かってもらえず、思い出してももらえていないようだったので、再び椅子に沈み込んだ。息子と親しげに握手し、温かい声ですぐに言った。「おお、よく帰ったな。元気そうだ。聞いたか。今朝スラッシュ号が出港したんだ。油断もならないな。畜生め、まったくぎりぎりだったな。さっき船医(5)がおまえを探しに来たよ。ボートを一艘確保して、六時までにはスピットヘッドに向かうらしいから、おまえも一緒に行った方がいいだろう。おまえの支度のためにターナーの店（海軍兵が任務に就く前に生活用品から食事までを買いそろえるための店。ターナーという店がポーツマスに実在した）に行ってきたところだ。準備を進めているよ。明日には移動命令が出てもおかしくないが、この風向きだと西に行くのは無理だな。でもウォルシュ大佐によると、恐らく間違いなくエレファント号(6)と一緒に西に行くだろうということだ。こん畜生、そうだったらいいんだがな。でもスコウリーの奴は、さっきおまえたちが最初はテセル島（オランダの北の海に位置する西フリースラント諸島の島）へやられるんじゃないかと言っていたがな。まあ、何が起こっても準備はできてるよな。それにしても、畜生、今朝スラッシュ号が出港するところを見逃したのは惜しかったな。一千ポンドもらってもその場を動きたくなかったよ。あのスコウリーの奴が朝食のときにやって来て、船が停泊所から錨を上げて出て行くところだって言いやがったんだ。俺は跳び上がって、展望塔までひとっ飛びで向かったよ。完璧な船ってもんがあるとしたらあれだな。今スピットヘッドに停泊しているが、国中の奴がみんな、あれが二十八台の大砲を装備したフリゲイト艦(ウィリアムが乗るスループ艦よりも規模の大きな帆船で二十八―六十門ほどの大砲を搭載している)だと思うだろうさ。今日の午後は二時間桟橋にいて見ていたんだ。エンディミオン号の近くに泊まっていて、エンディミオン号とクレオパトラ号の間で、さすまた起重機船(7)のちょうど東側だ」。

「ああ」と、ウィリアムは声を上げた。「僕も自分ならまさにそこに泊めただろうね。スピットヘッドで最高の錨地だからね。でもそれよりも妹が帰ってきましたよ。お父さん、ファニーですよ」とそちらを向いて、前に連れてきた。「暗いから見えなかったでしょう」。

すっかり忘れていたと言ってプライス氏は娘を迎えた。そして親しみを込めて抱擁して、すっかり大人の女になったな、そろそろ夫が欲しい頃だろうと言った後は、またすぐ忘れてしまったのかというような様子だった。

ファニーはまた椅子の中に沈み込んでいったが、父の言葉遣いとアルコールの匂いに心を痛めていた。父は息子に対してしか話しかけないし、話題もスラッシュ号のことだけだった。ウィリアムはスラッシュ号の話題に深い興味を示しつつ、何度か父親にファニーのことや、ファニーの長かった不在、このたびの旅路のことに話を持って行こうとしていたのではあったが。

もうしばらくそこに座っていると、ロウソクが運ばれてきた。しかし、まだお茶の用意ができておらず、ベッツィが台所に行って聞いてきたところでは、まだまだ待たなければならないということだったので、ウィリアムはあとでゆっくりお茶を楽しむ時間を確保するべく、今すぐ着替えて乗船の準備を整えておくことにした。

ウィリアムが部屋を出て行くと、学校が終わった八歳と九歳かと思われるくらいのだらしなく汚い格好をした男の子が二人、顔を紅潮させて駆け込んできた。姉に早く会いたがって、またスラッシュ号が出港したことを一刻も早く伝えたがっていた。トムとチャールズである。チャールズはファニーがこの家を出てから生まれた子どもだったが、トムは幼い頃によくお守りをしたので、こうして再会する嬉しさはひとしおだった。二人に対して愛情を込めてキスしたが、特にトムは側に置いて、自分が愛しみ、よく話しかけた赤ん坊の面影、自分に一番なついていた赤ん坊の面影を見出したかったのである。しかし、トムはそんな扱いを歓迎していなかった。家に帰ってきたのはじっとして話したりするためではなく、走りまわって騒ぐためだった。そして二人の少年はすぐにファニーから逃げ出し、頭が痛くなるほどの音を立てて、居間のドアをバタンと閉めた。

ファニーはこれで、家にいる人にはもう全員会ったことになる。あとはスーザンと自分の間にいる二人の弟だが、その内の一人はロンドンの官庁の事務員であり、もう一人は東インド会社船の海軍士官候補生だった。しかし、ファニーは家族全員の顔を見はしたものの、これがどれほどの騒音を出す家族なのかはまだ分かっていなかった。十五分も経たない間にけたたましい音を耳にすることとなった。間もなくウィリアムが三階の踊り場から母親に、そしてレベッカに、何かを大声で尋ねるのが聞こえてきた。そこに置いておいていたものがないと言って困っているようだ。それに、鍵が見つからないのと、さらにベッツィが自分の新しい帽子を持って行ってしまったのではないか、そして制服のチョッキにわずかだが重要な仕立て直しを頼んでいたのにまったく手つかずだったというのだ。

プライス夫人、レベッカとベッツィは全員言い訳をしながら階段を上って行き、全員が同時に口を開いていたが、レベッカの声が最も大きかった。しかも大急ぎでやるべきことをやってのけなければならなかった。ウィリアムはベッツィを階下に追いやるか、せめて静かにさせようとしたが無駄だった。家中のほとんどのドアが開いていたので、この騒ぎは居間にもはっきりと聞こえてきた。それが聞こえないのは、サムとトムにチャールズが階段で鬼ごっこをして、そこら辺を転がっては大声を出すときだけなのだった。

ファニーは卒倒せんばかりだった。家が小さくて壁が薄いので、どの音も間近にあり、旅の疲れと、それまでの心の乱れが相俟って、もう我慢の限界に来ていたのである。この部屋の中については、じきにずいぶんと静かになった。スーザンが他の人たちと姿を消したので、あとは父と自分だけになったからだ。そして父親は、いつも隣人から借りている新聞を取り出すと熱心に読み始め、ファニーの存在を忘れたかのようだった。たった一本のロウソクを、ファニーの便宜をまったく考えずに、自分と新聞の間に置いていた。しかしファニーはすることがなかったので、頭が痛む中でも暗闇に座っていられることはまだ有難く、途方に暮れて、消耗して、悲しみに沈んで、もの思いにふけっていた。

自分は家に帰ってきた。しかしなんということだろう、こんな家、こんな歓迎のされ方というのは――ただ、これ以上は、ファニーは自分で自分を押し留めた。理不尽なことをしているのは自分の方なのだ。自分の存在が家族にとって大事にされねばならないなどと思う権利があるだろうか。こんなにも長くいなかったのだから、自分の存在がなんでもなくなっていたところで無理もない。ウィリアムに関することが最も大事なのは当然だし、いつだってそうであった。ウィリアムにはその権利があった。しかしこれほどまで自分に対して誰一人として話しかけもしなければ、様子を尋ねてもくれないとは――マンスフィールドでのこともろくに聞いてくれないとは。マンスフィールドが忘れられているのは悲しかった。あんなにもいろいろとやってくれた人々――愛しい、愛しい人々のことが。しかし、ここでは一つの事柄が他のすべての事柄を飲み込んでしまっていた。それで正しいのかも知れない。スラッシュ号の目的地が今では何よりも重要な事柄なのだろう。一日か二日経てば、様子は変わってくるかも知れない。いけないのは自分の方なのだ。しかし、マンスフィールドではこうではなかったろうとは考えた。伯父の家ではそのときそのときに相応しい振る舞いというものがあり、その場の状況に相応しい話題、適切さ、すべての人に対する思いやりといったものがあり、それがこの場所には欠けていた。

このようなことを考えながら三十分ほども経っていたが、その間も邪魔が入ったのは唯一、父親がいきなり大声を上げたときで、それは心の平穏をいささかももたらすものではなかった。廊下で尋常ではないほどのどすんどすんという音と大声が聞こえたので、自分も大声を上げたのだった。「あいつらまったく。なんて大声を出しやがるんだ。野郎、サムの声が一番でかいな。あいつは甲板長にでもなったらいいんだ。おーい、おまえらそのうるさいのをやめないと、一発お見舞いするぞ」。

この威嚇は無視されたようだった。というのも五分後には男の子三人が部屋になだれ込んできて座ったが、それは単に今はへとへとになったからというだけのことだとファニーには分かった。見るからに紅潮した顔と息を切らした様子がこのことを裏づけていた。特に、父親が見ている前でも相変わらず互いのすねを蹴飛ばしあっては、突然の大声を張り上げる様子を見て、やはりこれは一時休止だったのだと分かったのだった。

次にドアが開いたときにはもう少し歓迎すべきものがやって来た。ファニーがその晩はもう見ることがないのだろうかと案じていた茶器が運ばれて来たのである。スーザンと若いメイドだったが、その外見は、その前に見たメイドよりもさらに見劣りがして、ファニーは自分が前に見たのは、驚くべきことに、地位がまだ上にある使用人だったということに気づいた。二人はお茶に必要なものをすべて持ってきた。スーザンがやかんを火にかけて姉をちらっと見たのだが、それは、自分がこのようにてきぱきと役立っているのを見てもらえることが嬉しいのと、このように家事をしていることで下に見られるのではないかと心配なのと、その二つの思いからだった。「台所に行っていたの」とスーザンは言った。「サリーを急がせて、トーストを作って、パンにバターを塗る手伝いをしていたの。そうしないと、いつまで経ってもお茶にならないし、お姉様は長旅の後に何か召し上がりたいでしょうから」。

ファニーには非常に有難かった。お茶を少し飲めるというのがなんと有難いことなのかと認めないわけにはいかなかった。そしてスーザンは、自分がすべてを仕切ることが嬉しいようで、すぐに準備にとりかかった。そしてほんの少し大げさに振る舞ったり、また、弟たちを行儀よくさせようと無駄な努力を何度かしたりはしたが、全体的には非常に立派に振る舞ってみせた。ファニーの身体だけでなく、精神も息を吹き返した。このような、時を得た親切のおかげで、頭も心もすぐにいい状態になったのだ。スーザンは屈託のない、分別のある顔つきをしていた。ウィリアムに似ていた。そしてファニーは、その性格と自分への好意の面でもウィリアムに似ているといいなと思った。

こうして少し落ち着いたところにウィリアムが戻ってきて、その後すぐに母親とベッイも入ってきた。大尉の制服に身を包み、それゆえにいつもよりもさらに背が高く、勇ましく優雅に映えた様子で、これ以上ないほどの幸せそうな笑みをたたえてファニーのもとへまっすぐにやって来た。ファニーは椅子から立ち上がると一瞬言葉にならない称賛の様子で兄を見つめ、その首に腕を巻きつけて、苦痛と喜びの感情でむせび泣いた。悲しんでいると思われないように、ファニーはすぐに気をとり直した。涙をぬぐうと、兄の制服の目を引くあちこちのポイントを見ては、ほめてあげることができた。そして、出港する前に毎日何時間かは陸に上がることができるかも知れないという希望や、ファニーにスピットヘッドに来てもらって船を見せたいという話までしているのを聞いていると、次第に元気が戻ってきた。

これに続くひと騒動は、スラッシュ号の船医であるキャンベル氏の到来だった。これは非常に礼儀正しい若者で、友達を迎えにやって来たのだったが、ようやく椅子を見つけて座らせ、若き「お茶入れ係」が素早く洗いものをしたので、カップと受け皿も無事に出てきた。そして紳士方の間で十五分くらい熱心な話し合いをして、騒ぎに騒ぎが重なり、せわしなさにせわしなさが重なり、最後には大人の男たちと少年たちが一緒になっての大騒ぎに膨らむと、出発のときがやって来た。準備はすべて整い、ウィリアムは別れを告げ、みんな去って行った。というのも三人の少年は母親が止めるのも聞かずに、兄とキャンベル氏を裏門まで送って行き、プライス氏も同じときに、隣人に新聞を返すために出て行ったからである。

ようやく静寂と言えるものが訪れた。レベッカにお茶の道具をなんとか下げさせて、プライス夫人がシャツの袖はどこかと部屋へやって来てしばらく探しまわり、ベッツィがそれを台所の引き出しの中に探し当てると、この小さな女性の輪はなんとか落ち着きを取り戻した。そして母親が再びサムの支度が間に合いそうもないことをひとしきり嘆いた後、やっと長女に注意を向け、あとに残してきた人たちの様子を尋ねるだけの余裕が生まれたのだった。

そうしていくつか質問を発したが、その最初の方の問いは「バートラムお姉様は使用人のことをどうしているのかしら。まともな使用人がいなくて私のように困り果てているのかしら」だったのが、やがて頭の中はノーサンプトンシャーから離れて行き、自分の使用人に関する不満へと向いて行った。そしてここポーツマスの使用人のひどさ、特に自分の家に置いているのがそのポーツマスの中でも最悪の二人に違いないという話に完全に没頭した。レベッカの欠点を一つひとつ挙げている内にバートラム家のことはすっかり忘れられていくのだった。レベッカに関してはスーザンも大いに証言できることがあったし、幼いベッツィももっと沢山言うことがあり、レベッカには一つもいい点がなさそうだったので、一年が経過したら母はレベッカを手放すのでしょうね[8]と、ファニーは遠慮がちに合わせるしかなかった。

「一年ですって」とプライス夫人は叫んだ。「一年が経つ前に出て行ってもらうつもりよ。一年雇ってたら十一月になってしまうから。あのね、ポーツマスでは使用人があまりにひどいから、半年以上も置ければ奇跡のようなものなのよ。満足のいく使用人を手に入れることは、まあ期待できないの。レベッカを手放したとしても、もっと悪いのが来るだけでしょうから。私は決して悪い女主人ではないつもりなんだけど。それにここだって楽な職場のはずよ。下につく女の子が必ず一人いるし、仕事の半分くらいは私が自分でやることが多いんですから」。

ファニーは黙っていた。ただし、この悪い事態を収拾する術がないと思っていたからではなかった。ベツィのことを見ていると、もう一人の妹を思い出すのだった。とてもきれいな少女で、自分がノーサンプトンシャーへと出発したときにはベツィくらいの幼い子どもだったが、その数年後に亡くなってしまった。とても気立てのいい子だった。当時ファニーはその妹の方がスーザンよりも好きだった。死の知らせがようやくマンスフィールドにまで届いたときも、しばしの間、悲しみに打ちひしがれていた。ベツィを見ると幼いメアリーの姿が目に浮かんだが、母に苦痛を与えるだけなので、そのことを口にしようとは思わなかった。こうした思いとともに見ていたが、少し離れたところにいたベツィは何かを手に持って差し伸べて、ファニーの目に留まるようにしつつ、スーザンの視界には入れないようにしていた。

「あら、そこに何を持っているの」と、ファニーは聞いた。「ここに来て見せてちょうだい」。

それは銀のナイフだった。スーザンは飛び上がって、それが自分のだと言って取り返そうとした。すると幼い妹は母親のもとに逃げて行き、スーザンは口で抗議するしかなかったが、ここはファニーを味方につけようと思ったらしく、とても激しく言い立てた。「私のナイフなのに取るなんてひどいじゃない。私のなのに。妹のメアリーが死ぬときに私にくれたんだから、ずっと前から私のものだったはずなのに。お母様が私に渡してくれなくて、いつもベッィが自分のにしちゃうのよ。きっとその内にベッィが使い物にならなくして、結局、自分のものにしちゃうつもりだわ。お母様はベッィには持たせないってちゃんと約束したのに」。

ファニーはショックを受けていた。妹の言葉と母親の返事は、義務感や道徳心、思いやりといった感情をすべて損なうものだった。

「まあ、スーザン」とプライス夫人は愚痴っぽい様子で言った。「なんでそんなに怒っているの。あなたったら、いつもあのナイフのことで文句を言っているんだから。そんなに喧嘩しないでちょうだい。ベッィがかわいそうじゃない。ベッィ、スーザンはいつもあなたにつっかかってくるのよね。でも引き出しから物を持ってきてと言ったときに、そのナイフを持ってきたのがいけないのよ。スーザンがああやって怒るから触っちゃだめって言ったでしょう。今度はもう隠しておくわよ、ベッィ。メアリーがかわいそうに、亡くなってしまうわずか二時間前に私に預けたときには、あの子だってこんなにも喧嘩の種になると思わないわよ。かわいそうな子。やっと聞こえるくらいの声で、本当に美しい声で言ったのよ。「お母様、私が死んで埋葬された後に私のナイフをスーザンにあげて下さいね」。かわいい、かわいそうな子。ファニー、あの子はそのナイフがとても気に入っていて、病気の間中ずっと、ベッドの中に置いていたのよ。死ぬわずか六週間前に、あの名づけ親になってくれたマクスウェル提督夫人から贈られた物でね。本当にかわいそうに、優しい子だったのに。でも、あの子にはもうこれ以上悪いことが起こることはないわ。さあ、ベツィ(と抱きながら)、残念だけどあなたの名づけ親[9]はあんなに結構な方じゃないのよね。ノリス伯母様はあんなに遠くに住んでいらっしゃるし、あなたみたいな子どもなんかのことを考えている余裕はないのよね」。

確かにファニーはノリス伯母からは、自分の名づけ子に対して、お行儀よくして、お勉強をしっかりするようにという伝言以外は何も言づかっていなかった。マンスフィールド・パークの居間では、祈禱書を送ってみようかというようなことがちょっと提案されたときもあったが、それについてはそれ以上の話は出なかった。ノリス夫人はそれでもそのつもりで、家に帰って、夫の古い祈禱書を二冊棚から降ろしてみたが、よくよく検討している内に気前のよさもおさまってしまった。一冊は子どもが読むには活字が小さすぎたし、もう一冊は子どもが持ち運ぶにはちょっとかさばるのだ。

疲れ切ったファニーは、ベッドに行くようにと言われると、二つ返事で従った。そしてベツィが、お姉様が来たのだからあと一時間だけ起きていたいと泣いたが、その声も収まらない内にファニーは寝室に向かった。階下はまた混乱と騒音に溢れ、男の子たちはチーズ・トーストが食べたいと声を上げ、父はラム酒と水を持ってこいと叫び、レベッカは呼んだところでいつだっていないのだった。

スーザンと一緒の、狭くて、家具の少ない部屋の中に、ファニーを元気づけるものはなかった。上と下の階の部屋の小ささと、廊下と階段の狭さは想像を超えていた。マンスフィールド・パークの自分の小さな屋根裏部屋は誰もが狭すぎると思っていたが、あれだって立派なものだったと思うようになっていた。

(1) 聖職を得るにはオックスフォードかケンブリッジのいずれかにあるコレッジで学び学位を取得する必要があり、エドマンドはオックスフォードに学んだ。上巻解説五四五頁参照。

(2) 本来であれば、ディナーを昼下がりにとって、夕食に相当する時間にもう一食をとる(サパー)ことを前提としている。上巻解説五五八頁参照。

(3) ウィリアムとファニーの兄妹はこの旅で、ノーサンプトンシャーにあるマンスフィールドから、ロンドンを西へ避けるかたちで、ほぼ直線で南下するルートを通っている。オックスフォードを通りニューベリーで一泊、そこからポーツマスへ到着と、二百キロメートルほどを二日間で移動している。一日目はニューベリーまで百二十キロメートルほどなので、朝早く起きて止まることなく夜まで走っている。二日目もニューベリーを早くに出てポーツマスまで八十キロメートルを走り日没に到着している(二月は多少陽が長くなってきてはいるが日没は十七時頃)。この旅程における馬車の結果的な巡行速度はおよそ時速十二キロメートルほどと思われる。

（4）ポーツマスは、英国海軍の最大の軍港にして本拠地なので、要塞化しており、陸地部分も城壁で囲まれている。城壁の外にも町は広がっているため、その出入り口ではね橋を通るつくりになっている。また、馬車がゴトゴトと進むことから、当時にしては珍しく町の中の道が舗装されていることが分かる。

（5）先ほどから出てきている「キャンベル」氏のことであり、英国では外科医は内科医とは別の職業であるため、ドクターと便宜上は呼ばれているが正確ではなく、本来は「ミスター」と呼ばれる。外科医は内科医よりも社会的な地位は下になり、プロフェッションには含められていない（上巻解説五四三―四四頁参照）。一八〇八年以来、海軍では船医は大尉の階層に位置づけられている。また、英国海軍では相当小さな船にも船医を配していた。

（6）エレファント号は実在の戦艦で、オースティンの兄のフランクが乗船していた。オースティンは自分の小説に登場させてもいいかどうかフランクに手紙で尋ねている。その他、キャノパス号、エンディミオン号、クレオパトラ号はすべて海軍に実在した戦艦である。

（7）起重機船は廃船となった戦艦で、港に停泊したまま、戦艦の修繕場所や倉庫として再利用されている。また労働に従事する者の中には受刑者がいたため、そのまま囚人船となっている場合もあった。

（8）使用人は一年ごとの契約更新で、給金は四半期ごとに払うのが習慣であった。通常は契約書はない口約束だった。上巻解説五五六頁参照。

(9) 名づけ親とは、ゴッドペアレントのことで、日本語では代父母、教父母とも呼ばれ、親戚や、子の両親が親しくする友人などがこれを務める。その名のとおり実際にその子の命名を担うわけではなく、洗礼に立ち会い、成長を見届ける立場になる。しかし、建前上はそうであっても実際には疎遠になってしまう場合も少なくなく、ここにあるようにせめて誕生日に贈り物をしてくれるくらいのところがよき名づけ親に期待される条件になっている。

第八章

サー・トマスは、伯母に宛てた最初の手紙を書いて寄こしたとき、姪がどんな気持ちでいたのか、それが分かっていたならば希望を抱いただろう。ファニーは一晩寝て休息をとり、気持ちよい朝を迎え、またウィリアムに会えるという楽しみがあり、さらに、トムとチャールズが学校に行き、サムは自分の用事で忙しく、父はいつものように外をうろついていたため家は比較的静かだったので、明るい調子でこの家のことを手紙にしたためることができた。しかしファニー自身ははっきり自覚していたように、多くの欠点をおし隠して書いたものだった。もし一週間が過ぎるまでにファニーが感じたことの半分でもサー・トマスが知ることができたならば、クローフォド氏が勝利することに確信を持ち、自分の賢明な判断に喜びを見出していただろう。

一週間が終わる頃には何もかも残念なことばかりだった。まずウィリアムが去ってしまった。スラッシュ号に出航命令が下り、風向きも変わり、二人がポーツマスに着いてから四日も経たない内に出航した。その間にファニーがウィリアムに会えたのは二日間だけで、それも任務で上陸したときにほんの少しの時間、慌ただしく会えただけだった。自由に会話を楽しんだり、城壁のあたりを散歩したり、造船所を訪れたり、スラッシュ号を見学したりといった、二人で計画して楽しみにしていたことはどれもできずじまいだった。ファニーの期待はすべて裏切られてしまった。裏切らなかったのは、ウィリアムの愛情だけだった。出発するに及んでウィリアムが最後に考えたのはファニーのことだった。もう一度玄関に戻ってきて言ったのだった。「お母さん、ファニーをよろしく頼みます。繊細で、僕たちみたいにたくましくないんだから。どうかくれぐれもファニーをよろしく頼みますよ」。

ウィリアムはいなくなった。そしてウィリアムがファニーを残していった家はというと——ファニーはどうしても認めなくてはならなかったが——およそあらゆる面で、望んでいた家とはまったく反対のものだった。そこは喧噪と混乱と不作法で満たされた住まいだった。誰一人いるべき場所にいなかったし、何一つ正しく行われないのだった。当初考えていたようには、両親を尊敬することもできなかった。父親についてはそれほど期待していなかったが、それでも覚悟していた以上に、家族のことを顧みず、悪い習慣を持ち、立ち居振る舞いにも品がなかった。能力がないわけではなかったのだが、好奇心がなく、自分の職業以外のことは何も知らなかった。読むものは新聞と海軍要覧

（当時出版されていた月刊専門誌で、入隊者や退役者の一覧、軍艦の一覧などを載せていた）だけ、話すことといえば造船所と港、スピットヘッドとマザーバンク（マザーバンクも、スピットヘッドと同様、ポーツマス港の沖のエリアのことで、スピットヘッドの西側に位置し、天候が不順な際の船の停泊場所となっている）のことだけであり、不作法な言葉を使い、酒をあおり、不潔で下品だった。ファニーはこの父から優しくされた思い出は一切なかった。単に乱暴でやかましいという漠然とした印象が残っていただけだった。そして今もまた父はほとんど自分を無視するか、さもなくば粗野な冗談の種にした。

母に対する落胆はひとしおだった。母に対しては期待するところが大きかったのに、完全に裏切られたと言ってよかった。母親の役に立とうと、いろいろ計画を立てて楽しみにしていたのが、すべて無駄になってしまった。プライス夫人が不親切というわけではなかった。しかし母からの愛情と信頼を得ていよいよ親密になるどころか、ファニーは到着した日以上に母親から優しくされることはなかった。自然の本能がほどなく満たされてしまうと、プライス夫人にはもう愛情の源が他になかったのである。愛情も時間的余裕ももう精一杯であり、ファニーに与える暇も愛も尽きてしまったのだ。娘たちのことにさして関心がないのは昔からのことだった。息子たち、特にウィリアムを気に入っていたが、娘たちの中ではベツィは初めてかわいがった子だった。ベツィのことは見境なく甘やかしていた。ウィリアムは自分の誇りであり、ベツィはお気に入り、そして母親としての残りの関心はジョン、リチャード、サム、トムとチャールズに向けられていて、心配の種でもあり、喜びをもたらすものでもあった。こうしたことでプライス夫人の頭の中はいっぱいになっていた。そしてプライス夫人の時間は主に家事と使用人のために割かれていた。毎日がのろのろと、しかしせわしなく過ぎていった。常に忙しくしていたがほとんど何も終わらず、常に予定よりも遅れては嘆いていたが、やり方を変えようとはしなかった。倹約はしたいのだが、工夫もしなければ習慣づけようとすることもなかった。使用人のことが不満ではあっても、躾をする裁量もなく、手を貸しても、叱りつけても、甘やかしても、尊敬されることにはつながらなかった。

プライス夫人は、二人の姉の内ノリス夫人よりもレイディ・バートラムにはるかに似ていた。あれこれやりくりするのは必要あってのことで、ノリス夫人のように好きでやっているわけでも、活動的なわけでもなかった。レイディ・バートラムのように、生まれつきのんびりとしていて怠惰だったのだ。そしてレイディ・バートラムのような豊かで何もしなくてよい生活の方が、考えの浅い結婚によって身を置いた今の生活で要求される努力や我慢などよりも、ずっと性に合っていたのである。プライス夫人はレイディ・バートラムに負けないほどの、ひとかどのご婦人になっていたかも知れないが、わずかな収入で九人の子どもをきちんと育てるにはノリス夫人の方がより適性があっただろう。

こうした事情をファニーはおおかた察してしまった。このような言葉を使うことはためらったかも知れないが、母親がえこひいきをする、判断力に乏しい親であり、ぐずでだらしなく、子どもの教育も躾もなっていないこと、そしてその家も隅々まで管理がゆきとどいていない、居心地のよくない場所であり、母が能力もなく、ろくに人と会話もできず、自分に愛情を抱いてもいないことを感じないわけがなかったし、実際ファニーはそのように感じていた。そして、そうした思いを和らげてくれるような、母が自分をもっと知りたがっているという気持ち、もっと親しくなりたがっているという欲求、一緒にいたいという思いを感じることはなかった。

ファニーは役に立ちたくてしかたがなかった。実家を見下しているように思われたくはないし、よそで教育を受けたことで我が家のためになることができない、あるいはそうしたくないのだなどと思われたくなかったので、すぐにサムのために裁縫を始めた。そして朝早くから夜遅くまで精を出して大いに急いで縫い物をしたおかげでかなりの量を仕上げられたので、少年がついに出発することになったそのときには必要な衣服や敷布の半分以上準備ができていた。自分が役に立ったと思えるのは大変嬉しいことだったが、一方で、自分がいなかったらどうなっていたのかは見当もつかなかった。

サムはやかましくて横柄ではあったが、いなくなってしまうのはさすがに残念に思えた。賢くて聡明だったし、いつでも町中にお使いに行ってくれた。そしてスーザンの小言は、それ自体は非常に筋の通ったものであっても、間が悪い上にいたずらに激しい口調で話すので、サムは聞く耳を持たなかったのだが、ファニーの手助けや優しい説得の影響を受け始めていた。そしてサムがいなくなると、ファニーには小さな男の子三人の中で最もいい子がいなくなったように思われた。トムとチャールズはサムよりも歳の幼い分、感性や理性に関してもまだ未熟であり、ファニーと親しくなったり、悪い印象を与えないようにしようという気持ちもなかったのだ。ファニーは、じきにこの二人にはほんの少しの影響だって自分は与えられないだろうとすっかりとさじを投げてしまった。元気と時間が許すかぎり何かを言ってみても、二人を従順にさせることはできなかった。毎日午後になると二人が家中走りまわって騒がしい遊びを始めるので、ファニーはすぐに、毎週土曜日の半日の休みが近づくと溜息を吐《つ》くようになった。

ベッツィも甘やかされてしまって、アルファベットを最大の敵と思うように育てられ、好きなだけ使用人と一緒に時間を過ごしては、使用人の不行届きを親に言いつけるようにとさえ言われていた。ファニーはこの子に関しては愛情を注ぐことも、なんらかの役に立ってあげることもほとんど諦めかけていた。そしてスーザンの気性に関しても心配が多分にあった。いつだって母親とぶつかり、トムやチャールズとはすぐに喧嘩になり、ベツィに対しては横柄な態度をとるその様子にはそれなりの理由があるとは思うものの、ファニーは大いに心を痛め、そのような振る舞いをするならとても温厚な性格とは言えず、自分にとっても心の安まらないものだと気をもんでいた。

マンスフィールドを忘れ、従兄のエドマンドへの想いを冷ますために来たはずの我が家は、実のところこんなものだったのだ。今やファニーは逆に、マンスフィールドとその住人、楽しい生活のことで頭がいっぱいだった。今自分がいる場所とはあらゆるものがまったく対照的だった。マンスフィールドの優雅さ、礼節、規則正しい生活、調和、そしてひょっとしたらなによりも平和と静けさがひとときも頭から離れなかったのは、ここにある何もかもが正反対だったからだった。

ファニーのように心も身体も繊細で過敏な者にとって、絶えず騒がしい環境に暮らすことは、どんなに後から優雅さや調和がもたらされたとしても、解消できない弊害だった。それはまったくもって苦痛だった。マンスフィールドでは口論もなく、人が声を荒らげることもなく、突然の怒鳴り声やがさつな雑音も耳に入ることはなかった。なんでも朗らかに、規則正しく行っていた。みんなが互いを尊重し、どの人の気持ちに対しても思いやりがあった。仮に優しさが足りていないような場合でも、分別と育ちのよさがそれを埋め合わせた。また、時にノリス伯母が原因でちょっとしたいやなことがあっても、現在のこの住まいの絶え間ない騒音に比べたら、あれだって時間的には一瞬の、とるに足らないことであり、大洋の一滴に過ぎなかった。ここではすべての人が騒々しく、どの声も大きかった(ただ、母親の声は例外かも知れない。その声にはレイディ・バートラムの静かで単調な声の面影があったが、不満げな口調であるところが違っていた)。何か欲しいものがあれば大声で寄こせと言い、使用人たちは台所から大声で言い訳を並べる。ドアはいつだってバタンと閉め、階段はいつでも人が行ったり来たりし、何をするにもガタガタいう音が聞こえるし、誰一人じっと座ってはいないし、何か言ったところで誰にも耳を貸してもらえなかった。

一週間が過ぎて、この二つの家を比べてみると、ファニーは結婚と独身に関するジョンスン博士の有名な格言(サミュエル・ジョンスンの『ラセラス——アビシニアの王子の物語』(一七五九年)に、「結婚生活には多くの苦痛が伴うが、独身生活には喜びが欠けている」とある)をもじって、マンスフィールド・パークには欠点がいくらか伴うかも知れないが、ポーツマスには喜びが欠けているなどと言ってみたい気持ちになっていた。

第九章

そのうち文通を始めた頃ほど頻繁には、クロークォード嬢から手紙が来なくなるだろうという、ファニーの予想は的中した。メアリーからの次の手紙は、その前の手紙のときよりも間違いなく長く間隔が空いてから届いたが、そのように間が空いてほっとするだろうとファニーが思っていたのは間違いだった。奇妙なことにここでもまた考えが逆転していたのだった。ようやく手紙が来て、それがとても嬉しかったのだ。まともなつき合いの場から追放され、かつて興味を抱いたあらゆるものから遠く離れてしまった今、心を寄せている仲間内からの手紙、それも愛情やある種の優雅さをもって書かれたものは非常に有難かった。もっと早く手紙を書かなかったことについては、忙しくてというお定まりの言い訳が書いてあった。「そして書き始めたのはいいのですが」と言葉を続けていた。「この手紙は読む価値がないかも知れません。というのも最後に愛の言葉もなければ、あなたをこの世で最もお慕いしているH・Cからの情熱の言葉もありません。なにしろ、ヘンリーはノーフォークにいますので。十日前に仕事でエヴリンガムに向かいました。あるいは、あなたが旅をしている間に自分も旅に出たくて、仕事があるふりをしたのかも知れません。いずれにしても、兄はそちらに行っていて留守にしていたために、そのせいで私が筆無精になってしまったのかも知れません。というのも、「メアリー、ファニーに手紙を書くのはいつなんだい。そろそろファニーに手紙を書く頃じゃないか」と催促する人がいなかったのですから。それから、何度も計画した結果ようやくのことあなたの従姉たち、「愛しいジューリアと、最愛なるラッシュワス夫人」にお会いできました。昨日家にお越しいただけて、またお会いできたのは嬉しいことでした。お会いできてお互いにとても喜んでいるように見えましたし、実際少しは嬉しかったと思います。ずいぶんお話ししました。あなたのお名前が出たときにラッシュワス夫人がどんなお顔をなさったかお伝えしましょうか。普段は冷静さを失わない方だと思っていましたが、昨日は抑えておくのが少し難しかったようです。だいたいのところ、お二人の内ではジューリアの方がいい表情でした。少なくともあなたの名前が出た後には。私が「ファニー」という名前を出して、自分の妹のことのようにお話をしてからは、ラッシュワス夫人はとうとう顔がこわばったままでした。でもじきにお美しいお顔立ちを取り戻されることでしょう。二十八日に最初のパーティが開かれるということで、招待状を頂きましたから。そのときはさぞお美しいことでしょうね。ウィンポウル・ストリート（ロンドン中心部のマリルボン地区、オックスフォード・ストリートの北にあり南北に走る通り。当時、流行と豪奢を体現する地域）の一番いい家でおもてなしされるのですから。二年前に、レイディ・ラセルズがお住まいだった頃に行ったことがありますが、知っているロンドンのどの家よりも大好きになりましたから、俗な言い方をすれば、ラッシュワス夫人も充分元を取ったとお考えでしょうね。ヘンリーの経済力ではあのような邸宅はとても無理です。そのことに気づいて、宮殿の女王であることに満足してほしいものです。王様は裏方にいらした方がいいようですけどね。ラッシュワス夫人をいじめたくないので、もうあなたのことを無理に話題にはしません。だんだんとほとぼりも冷めてくるでしょう。私が聞いたところで推測するかぎりでは、ウィルデンハイム男爵（演じていたのはイェイツ氏）はジューリアにまだご執心のようですが、ジューリアはそれを真剣に受けとめてはいないようですね。もっといいお相手が見つかるでしょう。財産も称号もない貴族の息子は結婚相手としてはダメですし、愛情もないみたいです。お芝居での大声を奪われてしまうと、お気の毒に、あの男爵には何も残りませんからね。たった一文字変えるだけでずいぶん違ってしまうのね。あの方に、あの大声《ラント》と同じくらいのお家賃《レント》が集まればいいんですが。あなたの従兄のエドマンドさんはなかなかいらっしゃいません。教区のお仕事で引き留められてしまっているのかも知れません。きっとソーントン・レイシーに、改宗させなければならない老婦人でもいらっしゃるのでしょう。

若いご婦人を優先されているとは思いたくはありませんので。さようなら愛しいファニー。これはロンドンで書いたにしては長い手紙になりました。ヘンリーが戻ってきたら喜ぶような素敵なお返事を下さい。そしてヘンリーのためにあなたがつれなくしている、若くて格好のいい海軍大佐たちの話を聞かせてちょうだいね」。

この手紙にはかなり考えさせられる内容があり、それも大部分は不愉快なものだった。しかし、たとえずいぶんと不安の種をもたらしたとしても、それは遠くにいる人たちとのつながりであり、今一番気になっている人々について知らせてくれるものであり、このような手紙を毎週受け取れたらと思った。今のファニーにとってこれ以上に興味を持てるのは、バートラム伯母との文通だけだった。

実家の欠陥を埋め合わせるようなものがポーツマスの社交界にあるかといえば、父親の知り合いにも母親の知り合いにも、いささかも慰めをもたらしてくれそうな人は見当たらなかった。自分の人見知りや引っ込み思案を克服してまで親しくなりたいと思うような人がいないのである。男性は全員がさつに見えたし、女性はすべて生意気で、みんな育ちに問題があるようだった。そして新旧問わず知り合いに紹介されたときも、ファニーが相手に感じたのと同じくらい悪い印象を自分も持たれていた。最初は准男爵の家から来たということでファニーにいくらかの敬意を払っていた若い女性たちも、じきにファニーを「気取っている」と反感を示した。ピアノも弾けないし、豪華なマントもまとっていないファニーを見るかぎりでは、とても自分たちよりも優れているとは認められなかったのである。

いやなところの目につく実家だったが、ファニーにとって最初に慰めを見出すことができて、迷わずよいことと判断でき、この滞在が少しでも長続きすると思えた一番の理由は、スーザンと最初よりよく分かり合えたことで、その役に立ってやりたいと思うようになったことだった。スーザンはいつも自分には感じがよかったが、振る舞いが総じてひとりよがりなのにファニーは驚き、心を痛め、このように自分とまったく違う性格を理解し始めるのに少なくとも二週間はかかったのである。スーザンは自分の家の悪いところに気づいており、改善したがっていた。しかし、誰の助けも得ずに自分の判断力だけで行動している十四歳の少女が、何か改善しようとしてもうまくいかないのは無理からぬことだった。ファニーはすぐに、このように早い時期から正当な判断をすることができるという性質の方を評価することにし、その結果として出てくる間違った行動の方は非難しないようにした。スーザンの振る舞いや行いの基になっている考え方や感じ方は、自分と同じもので、自分だったら尻込みして縮こまり、とても行動に移せないだけなのだった。自分だったらその場から逃げて涙にくれるところを、スーザンは何かの役に立とうとしていた。そして事実スーザンが役立つことはよく分かった。実家の状態は荒《すさ》んでいたが、もしスーザンがこのように頑張らなければもっと悪くなっているだろうし、母親もベツィも、スーザンがいなければもっとずっと不愉快に、自分勝手で下品な振る舞いに身を任せていたであろうことが想像できた。

母親と話し合うときだって、いつでも理に適ったことを言うのはスーザンの方だし、母の愛情にほだされるということもまったくなかった。あちこちで悪い影響を与えている母の手放しの愛情は、スーザンには与えられたことがなかったのだ。過去にも現在にも、母から与えられた愛情に感謝するあまり、他の者に向けられた過剰な愛情にも我慢できるなどということはスーザンにはまったくなかったのである。

こうしたことが徐々に明らかになり、スーザンは姉のファニーからすると、次第に哀れむべき、尊重してあげるべき対象となっていった。その振る舞いがかんばしくなく、時には度を越えていることや、その判断もタイミングも誤っていて、許し難い表情や言葉遣いが多いことも変わらなかった。しかし、こうした点はこれから直すことができるのではないかと思えてきた。ファニーには、スーザンが自分を尊敬し、自分によく思われたがっていることが分かった。そしてファニーにとって、どんなものであれ人の上に立つという立場は初めてだったし、誰かを指導したり、教えたりしようなどということは考えたこともなかったけれども、ときにはスーザンにいくつかの心得を授け、自分自身がより恵まれた教育を受けたことから来る判断力をもとに、他の人に対してどう振舞い、どうするのが最も賢いやり方なのかを教えようとした。

影響力、あるいは少なくとも自分が影響力を持っていてそれが使えるのではないだろうかという意識が、スーザンに対して親切にしたことでファニーに芽生えてきた。それは何回も躊躇した挙げ句にようやく意を決して成し遂げたことだった。かなり早い段階から、毎日のように繰り返されてきた銀のナイフをめぐる争いも、ほんの小銭を使うだけで恒久の平和が訪れるのではないかと思っていた。別れるときに伯父から十ポンドもらって懐が暖かくなっていたので、惜しみなく与えたいという気持ちに加えて、その財力もあったのである。しかしファニーはそれまで、極端に貧しい人を除けば人にお金を与えたことはなかったし、自分と対等の立場の者たちとの間でも、何かのトラブルを解決したり、何かを分け与えたこともなく、実家にいるのをいいことに立派なレイディを気取っていると思われるのが心配だったので、このような贈り物をするのが適切なのかどうか判断するのにいくらか時間がかかってしまったのである。しかし、とうとう行動に移すことができた。ベツィのために銀のナイフを買ってあげると、大喜びだった。新しいということで、自分のものにしようとしていた元のナイフよりもその価値は大きかったのだ。スーザンは自分のナイフを取り戻し、ベッィはずっときれいなのをもらったから、そんなのはもういらないわと親切にも言い放った。その上、この行いが母親に対する非難だと取られてしまうことは間違いないと心配していたのだが、それはなく、母親も充分満足したようだった。この行動は完全に成功だった。家庭争議の一つがこれですっきりと解消し、その結果スーザンも自分に心を開き、愛情と関心を注ぐまた新たな対象ができたのである。スーザンが心遣いできることもこれで分かった。少なくとも二年間は争ってきたものをようやく手にしたことは嬉しくはあったが、同時に姉には嫌われたのではないかと心配し、また自分がこれほどまでにこだわったばかりに、家庭の平和のためにこんな買い物を必要としたことを非難されるのではないかと恐れていた。

スーザンは素直な性格だった。その心配を口に出して、あのように激して争っていたことを反省した。そしてそのときから、ファニーはスーザンの性格のよさを知り、いかにこの妹が自分によく思われたがっていて、自分を尊敬しているかを見ると、その愛情を改めて有難く思い、これほどまでに助けを必要とし、その助ける甲斐のある精神の役に立ちたいと思うのであった。ファニーは忠告を与えた。その忠告は賢明なものだったので、判断力を持つ者ならば反発しようとは思わないようなものであったし、優しく人を思いやった口調で言ったので、たとえ機嫌を損ねやすい者でもいらつくことはないような諭し方だった。そしてファニーは、その忠告がいい結果をもたらすのを見るというご褒美もしょっちゅう味わうことができた。これ以上を期待するのは贅沢というものだった。というのも、従順さと我慢強さこそが義務であり得策であることは分かっていても、スーザンのような娘にとって常にいらだつ原因に溢れた環境であることを、ファニーは同情心から敏感に感じとっていたのだ。この件に関してファニーがすぐに達した結論は、スーザンがその分別にもかかわらず、人に敬意を払わなかったりいらだったりすることが驚きなのではなく、そもそもあれだけの分別と良識を兼ね備えていたことこそが驚きなのだった。そして放任されて、間違った手本を見せられて育ったにもかかわらず、また、考え方を指導したり、信念を固めてくれる従兄のエドマンドなどいないにもかかわらず、何が正しいのかというしっかりとした意見を持っていることの方こそ驚嘆に値するのだった。

こうして始まった二人の親密さは、両方にとって実質的にいい結果をもたらした。二人で二階の部屋で座っていると、家の騒音をかなり避けることができた。ファニーは平和な時間を得ることができたし、スーザンも静かに用事を片づけることが別に嫌いではないことに気づくことができた。二人のいる部屋には火の気がなかった。しかしこのことにはファニーも慣れていたし、あの東の間を思い出すので大して苦にならなかったのである。二つの部屋の共通点はそれだけだった。部屋の広さ、明るさ、家具、見晴らし、どれをとっても似たところはなかった。あの部屋の本や物入れ、大事なものなどを思い出しては溜息を吐くのもたびたびだった。だんだんと二人の姉妹は昼下がりまでの大部分を階上の部屋で過ごすようになった。最初は縫い物をして話をするだけだったが、何日か経つと、ファニーにはなかでもその置いてきた本の思い出があまりにも強く激しくよみがえってきたので、どうしてもまた本を手に入れたくなった。父の家に本はなかった。しかし富というものは人を贅沢かつ大胆にさせてしまうもので、ファニーの富のいくらかは貸本屋(1)へと注ぎ込まれていった。ファニーは会員になった。自らこのような行動を起こしたことに驚き、またそんな自分の行動に一つひとつ驚いた。本を借りる人、本を選ぶ人になるとは。そして本を選ぶ際に、他の誰かの教育まで考えるようになるなどとは。しかし、事実そのとおりなのだった。スーザンは本を読んだことがなかった。ファニーは自分が最初に読書をした頃の喜びを分け与え、大好きな伝記や詩を好きになってほしかったのだった。

それだけではなく、ファニーはこうすることによって、指だけを動かしているとともすると頭に浮かんできてしまうマンスフィールドの思い出を抑えることができるならと願ってもいた。特に今この時、伯母の一番最近の手紙によるとロンドンに向かったらしいエドマンドに、思いを馳せてしまうのを防ぐことができればと思った。その先がどうなるかは疑いもなかった。必ず来る知らせを今か今かと恐れながら待っていた。毎日、近所で郵便配達人のノックが聞こえるたびにおびえていた。そして読書によって、たとえ三十分間でも気が紛れるのであれば、それは願わしいことだったのだ。

（1）十八世紀同様、十九世紀に入っても書籍は高価なので、相当の富裕層を除いては、あるいはどうしても手元に置きたい重要なものを除いては、多くは貸本屋で借りて調達するのが一般的だった。いわば私営の有料図書館で、一定の金額を支払って会員になると一冊を借りることができ、返却するとまた借りることができる。会費を倍払うと一時に二冊を借りることができた。十九世紀に分冊出版が広がり、単行本も廉価になるが、貸本屋利用による書籍提供は二十世紀まで続いていく。

第十章

エドマンドがロンドンに着いたと思われる頃から一週間経ったが、ファニーにはなんの知らせもなかった。この沈黙からは三つの違った結論を導くことが可能であり、ファニーの心はその三つの間で揺れ動いた。三つの内、一番可能性がありそうに思われるのは、その時々で違っていた。エドマンドの出発がまた遅れているか、あるいはまだクロフォード嬢と二人で会う機会がないのか、もしくは、幸せの絶頂にあって手紙を書く暇もないのか。

こんなことを毎日思いながら日数を数えて過ごしている内に、ファニーがマンスフィールドを出発してから四週間近くを数えることになったある日、スーザンと一緒にいつものように上の部屋に移ろうとしたところ、訪問者のノックが聴こえたために、立ち止まることになった。訪問者に応ずるという係をなにより好んで行うレベッカがドア口へ向かったので、ファニーは逃げ場を失った。

紳士の声がした。その声を聞いてファニーの顔がまさに青ざめてゆくところで、クローフォド氏が部屋の中に入ってきた。

ファニーのように正しい分別を持ち合わせている者は、それが本当に必要なときには、常に正しく働かせるものだ。ファニーは母親にクローフォド氏を紹介し、「ウィリアムのお友達」だと言ってあったことを首尾よく思い出させることができた。もしこんな状況に自分が置かれることになると前もって分かっていたら、むしろ一言も発することはできないだろうと考えただろうが。ここでは幸い、氏がウィリアムの友人としてしか知られておらず、それが頭にあったために強く出られたのだ。しかし紹介が済んで全員が再び腰を下ろすと、この訪問のために何が起こるのだろうかと恐怖に襲われ、ファニーは今にも自分が気を失うのではないかと思い始めた。

ファニーが気をとり直そうとしている間にも、訪問者は、最初は以前と変わらず表情を輝かせて近寄ってきたが、その後は賢明にも、そして親切にも、ファニーから視線を逸らし、ファニーが落ち着きを取り戻すのを待ちつつ、母親の方に完全に注意を向けた。母親に話しかけ、きわめて礼儀正しく、そして適切に振る舞いながらも、同時にある種の親しみ、あるいは少なくとも好意を示したが、その一連の言動は完璧なものと言ってよかった。

プライス夫人もまた最高のお行儀を示していた。息子のよき知人だということで心を開き、よい印象を与えたいという願いもあり、感謝の気持ち、飾りのない母親らしい感謝の気持ちを表したが、それはよい印象を与えないはずがなかった。夫が留守であることを非常に残念がっていた。ファニーは、少なくとも自分としては父の留守はちっとも残念じゃないと思えるほどには、気をとり直していた。というのも様々な不安の材料に加えて、自分の家が恥ずかしいというのが大きな不安の種だったからだ。こんな風に考える自分の情けなさを責めてはみたものの、責めてみたところでその恥ずかしさが消えるわけではなかった。確かに実家を恥じていたし、家族の誰よりも父親のことを恥ずかしく思っていた。

話題はウィリアムのことだったが、この話題にプライス夫人は飽きることがなかった。そしてクローフォド氏による称賛は、そのプライス夫人をも満足させるものだった。こんなに感じのいい男性には今まで会ったことがないと夫人は思った。ただ、こんなに立派で感じのいい人がポーツマスにやって来た理由が、海軍基地司令官や長官に会うためでもなく、島に渡るためでもなく、造船所を見るためでもないことに驚愕していた。夫人が常々偉い人、あるいは裕福な人の証だと思っているような用事でポーツマスに来たわけではなかったのである。クローフォド氏は前の晩遅くにポーツマスに到着し、一日か二日滞在する予定でクラウン亭に泊まっていて、その後偶然に知り合いの海軍士官に一人か二人出会ったが、しかし、それが目的でやって来たのではなかったのである。

クローフォド氏はこのような情報をすべて出してから、ようやくファニーのことを見てもよく、またそろそろ話しかけてもよさそうな感じになっていた。そしてファニーの方でも、相手の視線を浴びながら、ロンドンを去る前に妹と三十分間会っていたという話を聞くのになんとか耐えることができた。妹はくれぐれもよろしくと言っていたが、残念ながら手紙を書く時間がないこと、ノーフォークからロンドンに戻って二十四時間過ごすか過ごさない内にもう出発したので、妹に三十分会えただけでも御の字だったこと、ファニーの従兄のエドマンドは今ロンドンにいるし、数日前からいたらしいこと、自分は会っていないけれども元気にしており、そしてマンスフィールドの人たちもみんな元気にやっているということで、昨日と同じく、またフレイザーさんのところでディナーをとることになっているのだという話も、すべて聞いていることができた。

ファニーはこの最後の近況についても落ち着いて聞くことができた。いや、むしろファニーの疲れ果てた心には、確かな情報を得ただけでも有難いことだった。そして「それならば今頃はもう話はすべて決まっているのね」という言葉が心の中をよぎっても、心の乱れはさほどではなく、少し顔が赤らむ程度で済んだ。

ファニーの最大の興味の対象であるマンスフィールドの話をさらに少しした後、クローフォド氏は早い時間に散歩するのがいかにいいことかをほのめかすのだった。「とても天気がいいのだし、この季節（三月初旬）だと朝は天気でもすぐに崩れることが多いので、散歩を先延ばしにしたりしない方が賢いですよね」といったようなことを意味ありげに話を振ってみても反応がなかったので、間もなく、はっきりとプライス夫人とその娘たちにいますぐに散歩に出かけましょうと促した。この家ではここまでしてやっと言いたい意味が伝わるのだった。だがプライス夫人は日曜日以外はほとんど外出しないことが判明した。大家族を抱えているので、散歩をする時間がほとんどとれないことを認めた。「それならばお嬢様方に、こんなにいい天気を無駄にしないように説得して、私にお供をさせていただけませんか」。プライス夫人は大いに感謝して、二つ返事だった。「娘たちときたら、ずっと家に閉じ込もってばかりですもの。ポーツマスはあまり環境がよくありませんので。二人ともめったに外出しませんのよ。それに、町で用事があるようですし、ちょうどいい機会だわ」。そしてその結果はというと、ファニーは奇妙なことに——実に奇妙で、気まずくて、心が乱れたのだが——、それから十分も経たない内に、スーザンと共に、大通りをクローフォド氏と一緒に歩いていた。

間もなく苦痛の上に苦痛が重なり、困惑の上に困惑が乗っかってきた。というのも、大通りに入るや否や、父親と出会ったのだが、その格好は土曜日ということで決して見栄えのするものではなかったのだ（週末で勤務を解かれており、早い時間から飲酒をしていただろうことを言っている）。父親は立ち止まってしまい、紳士らしからぬたたずまいの父親を、ファニーはクロフォド氏に紹介するしかなくなってしまった。クローフォド氏が抱いた印象については疑いの余地がなかった。目の前にいる相手のことを恥ずかしく思い、嫌悪を抱いたに違いなかった。すぐに自分のことなど諦めて、結婚したいとは決して思わなくなるだろう。しかし、相手の愛情が冷めるのをこれほど望んでいたにもかかわらず、このような冷められ方ならば、過剰な愛情と同じくらい有難くないものだった。そして、賢くて感じのよい男性に言い寄られて苦労する方が、近親の者の品性のなさのせいでその男性が逃げて行ってしまうよりも我慢ができるものだ。そう思わない若いお嬢さんなど国中を探しても一人も見つからないだろう。

クローフォド氏は、将来の義理の父親を服装の手本にしたいとは思わなかっただろう。しかし、（ファニーがすぐに気づき、非常に安心したのだが）父親はこの、きわめて尊敬に値する客人を前にすると、いつもの、自宅で家族といるときのプライス氏とはまったく別人のように振る舞った。その言動は今や、洗練されたとは言えないまでも、充分に通用するものだった。感謝を表し、生気に満ちていて、男らしかった。その大きな声も戸外では問題にならなかったし、不道徳な言葉遣いはなかった。プライス氏はこのように本能的にクローフォド氏の礼儀正しさに応えたのであり、その結果がどうなってゆくにせよ、ファニーのこの場の不安は抑えられたのである。

二人の紳士は挨拶を交わした後、プライス氏はクローフォド氏を造船所に案内しようと申し出た。クローフォド氏はこれまでに何度も造船所を見ていたのだが、プライス氏のこの好意的な申し出をそのまま好意として受けとめ、ファニーともっと時間を過ごしたかったので、プライス姉妹がお疲れになる心配さえないなら、是非お願いしたいと応じた。その心配はないとほのめかされたか、少なくともその前提でことが進み、全員で造船所に向かうことになった。そしてもしクローフォド氏がとりなさなければ、プライス氏は、娘たちが大通りで用事を済ませたいことも考えずに、まっすぐに造船所に向かって行ってしまうところだった。しかしクローフォド氏が、二人の外出の目的だった店でのお使いが果たされるように計らった。とはいえ、そんなに時間はとらなかった。ファニーは、人がいらいらしたり、自分を待たれていることに耐えられなかったので、二人の紳士が入り口に立って、一番最近の海軍の規定の話を始めたり、現在任務中の三層甲板船（当時の最大の軍艦。砲列甲板が三つと、大砲が九十、乗組員が九百人の規模）は何艘あるかを論じたりする間も与えることなくお使いが済んで、準備万端となった。

こうしてすぐに造船所に行くことになったが、プライス氏に任せていたら、（クローフォド氏から見て）大変奇妙な歩の進め方になっているところだった。というのも、プライス氏とクローフォド氏が早足でどんどん歩いて行って、二人の娘は一生懸命あとをついていきて、追いつこうと追いつくまいと放っておかれるということが分かったからだった。クローフォド氏は時折なんらかの改善策を試みたが、それでも自分が望むほどのことはできなかった。二人を完全に置いてきぼりにすることだけは絶対になかった。そして道路を渡ったり、人混みの中を歩くときに、プライス氏は「さあ二人とも、早くしなさい、ファン、急ぐんだ、スー、気をつけて、ぐずぐずするんじゃない」と声をかけるだけだったが、クローフォド氏は二人に特に気を配るのだった。

造船所に着いてしまったら、クローフォド氏はしばらくファニーと楽しく話ができるのではないかと期待した。というのも、すぐにプライス氏は造船所の様子を見にきてぶらついていた仲間と合流したが、そちらの方が自分よりもよっぽどいい話し相手であるように思われたからだ。そして間もなく、二人の士官は互いに興味のある話題が尽きずに喜んで一緒に歩きまわる一方、若い人たちは材木に腰をかけるか、停泊作業中の船を見に行って、その甲板に座ったりしていた。きわめて都合がいいことに、ファニーは休息を必要としていた。クローフォド氏にとって、ファニーがこれほど疲れて、座りたがっていたのはまさに渡りに船であったが、妹がどこかに行ってくれればいいがとは思っていた。スーザンの年頃の、観察力のある娘は、この世で最も厄介な邪魔者だった。レイディ・バートラムとは違って、目も耳も開いていたので、この娘の前で本題に入ることはできなかった。ただただ感じよく振る舞い、スーザンも楽しませてあげながら、一方で事情を理解していて意味も汲みとるファニーに向けては時折視線や意味ありげな言葉をかける程度のことしかできなかった。話題は主にノーフォークのことだった。そこにしばらく滞在していたからなのだが、クローフォド氏の目下の計画では、ノーフォークに関するあらゆることが重要性を持っていた。クローフォド氏のような男性は、どこからやって来ようが、誰と会っていようが、なにかしら話の種を仕入れてくるものである。その旅も出会った人々もすべてが材料となり、スーザンはこうして今までになく楽しませてもらっていた。ファニーに対しては、たまたま出会った知り合いに関する楽しい話以上のことを語った。ファニーには、ロンドンの社交の時期であるこの時節にノーフォークにそもそも赴いた理由を説明した(例年であればこの時節は冬の社交シーズンで、ロンドンで過ごすことになっている)。今回は本当に仕事のためだったのだ。ある大人数の、そして勤勉な(と、クローフォド氏は信じていた)家族の賃貸契約の更新に関わることだった。クローフォド氏は自分の代理人が不正をしているのではないかと疑っていた。相手は善人の一家なのに、代理人がそれを悪く見せようとしているのではないかと。だから自分で現地に行ってみて、詳しく調査してみることにしたのだ。実際行ってみると、予想以上に成果が上がり、最初に予定していた以上に人々の役に立つことができ、今や行ってよかったと大いに感じていて、義務を果たしたことによっていい思いをすることができたということだった。今まで会ったことのなかった借地人と知り合いになれたし、今まで自分の土地にありながら建っていることも知らなかった小さな家々についても把握することができた。以上の話はすべてファニーに向けられており、それも巧みなかたちで向けられていた。クローフォド氏がこのようなまっとうなことを話しているのを聞くのはいいことだった。正しいことをしていた。貧しい人、虐げられた人の味方だったのだ。ファニーにとって非常に喜ばしいことであり、相手に嬉しい視線を投げかけようとしたのだが、ちょうどそのときに、相手がエヴリンガムにおいて人の役に立ち人助けをするにあたって、じきにそれを支えてくれる伴侶であり導き手となる人が現れてくれて、エヴリンガムとそれにまつわるすべてをその人のおかげでもっと大事に思うようになれたらという、意味深長な言葉をつけ加えてしまったので、ファニーはそれは引っ込めてしまった。

　ファニーは顔をそむけ、クローフォド氏がこういうことを言わなければいいのにと思った。自分が考えてきたよりもこの人がよい資質を持っているという点では異存はなかった。結局は総合的に見ていい人であるのかも知れないとも思った。しかし、今も、これからも自分にはまったく適さない人であり、自分のことをそんな風に思ってほしくなかったのである。

クローフォド氏はもうエヴリンガムについては充分に話したので話を変えた方がいいと思い、マンスフィールドに話題を向けた。これは何より最適な選択だった。ファニーはほぼ反射的にまた興味を示し、表情が戻った。マンスフィールドのことを聞いたり、話したりすることができるのは大変有難いことだった。あの家を知っている人々からこんなにも長く離れてしまっているので、その話をして、マンスフィールドがいかに美しく、居心地がよいかを声に出して話す場を与えてくれる相手は、まさに心の友と言ってよかった。そしてその住民をほめたたえることによって、ファニー自身が心からの賛辞を贈り、伯父がいかに賢くて善良な人か、伯母がどれほど優しい気質を備えているかを心ゆくまで語る機会を与えてくれたのだ。

クローフォド氏自身も、マンスフィールドには大変な愛着を持っていた。話しぶりがそうであったし、これからも多くの、非常に多くの時間をマンスフィールドか、その近隣で過ごせたら、大変願わしいことと思っていた。特に今年の夏と秋は楽しい時間を過ごせるだろうと楽しみにしていた。そして、是非そうしようと思っていた。そうできるだろうと思っていた。去年よりももっとずっと楽しい夏と秋になるだろうということだった。去年と同じくらいに活気があり、様々な楽しみがあり、社交的な時間を過ごせるだろうが、今年は言葉で言い表せないほど、去年よりも望ましい状況にあった。

「マンスフィールド、サザトン、それにソーントン・レイシー」と、クローフォドは言葉を続けた。「それぞれの家でなんと楽しい社交が行われることでしょう。それにミカエル祭日あたりにはひょっとしたらもう一軒加わるかも知れません。これほど私にとって愛しいこの界隈に、もう一つ、ささやかな住まいがね。以前、ソーントン・レイシーに滞在すればいいとエドマンド・バートラムが親切にも申し出てくれたことがありましたが、僕はそれには二人の反対者があると思いたいですね。二人の美しく、素敵で、魅力的な反対者が」。

ファニーは二重の意味でこれに答えられなかった。とはいえ、その瞬間が過ぎてしまうと、少なくともその二人の内の一人については理解したことを無理にでも相手に示した方がよかったのではないかと後悔し始め、相手の妹とエドマンドについて水を向けた。このことについて話をするのに慣れてゆかねばならないし、この話を避けようとする自分の甘えは、もうそろそろ許されなくなるのだ。

プライス氏と友人が見たいものを見て、時間も来たというので、あとの人たちも一緒に帰ることになった。帰り道でクローフォド氏はファニーと一瞬の間二人だけになることに成功し、自分がポーツマスに来たのはファニーに会うことだけが目的であって、ただただファニーのためだけに二日間この町に滞在するのであり、もう一刻も会わずにいる時間に耐えられなくなってしまったからなのだと伝えた。ファニーはこれは歓迎できなかった。心底、歓迎できないのだった。しかし、このことや、まだ他にも聞きたくなかったことが二つ三つあったにもかかわらず、最後に会ったときからすると相手がずいぶんましになっていたとは思った。マンスフィールドにいたときよりもずっと優しく、思いやりがあって、他人の気持ちを敏感に汲んでくれた。こんなに一緒にいて楽しかったことは今までなかった。いや、本当に楽しいというよりも、それに近い気持ちになったという意味だが。父に対する態度は申し分なかったし、スーザンへの接し方もまたきわめて配慮があり、状況に合わせてくれていた。確かに前よりも改善が見られたのだ。次の日が早く過ぎてしまえばいいのに、今日だけで帰ってくれればよかったのにとは思った。とはいえ、最初に予想したほど酷い一日にはならなかった。マンスフィールドの話をするのが実に楽しかったことでもあるし。

別れる前に、もう一つ相手に礼を言わねばならないことができた。それも、些細なことは言えなかった。父が是非とも一緒に食事をと誘い、ファニーはほんの一瞬ぞっとしたが、相手はあいにく先約があってと断ったのである。その晩も、次の晩もディナーの約束が入っていた。クラウン亭で知人に会ってしまい、断ることができなかったのだという。それでも、明日の朝また訪ねてくるということになって、去って行った。ファニーはとんでもない災難から逃れられたので、幸せにさえなっていた。

クローフォド氏が自分たちの家族とディナーを共にして、至る場面での欠点をさらすなどというのは、考えるだに恐ろしいことだった。レベッカが料理をし、レベッカが給仕もし、ベツィがテーブルで好き勝手に料理をいじくりまわすのが野放しになっているのには、まだファニー自身も充分に見慣れたとは言えず、いささか食欲を失うまでだったのだ。自分はたまたま生まれつき繊細だからそう感じているだけだが、あちらは贅と美食を知り尽くした人なのだから。

第十一章

翌日クローフォド氏が再び現れたとき、プライス一家はちょうど教会に出かけるところだった。家に上がるつもりはなく、一家と同行するつもりで来たのだった。一緒にギャリスン礼拝堂(実在の礼拝堂。「ギャリスン」は駐屯兵のことで、その名のとおり、住民だけではなく、海軍兵にも利用される)まで行かないかと誘われたが、そこはまさに氏の思惑どおりで、みんなで一緒に出かけることになった。

今日の一家は見栄えがした。生まれつきかなりの美貌が備わっている上、毎週日曜日になると、肌にも磨きをかけ、よそゆきの服で着飾った。日曜日になるとファニーはいつでもこのことが慰めだったが、今日は特にそうだった。今日は母も、普段に比べればずっとレイディ・バートラムの妹として見劣りはしなかった。この姉妹の落差を考えて、よく心が痛むことがあったのだ。生まれによって与えられたものがそんなに違うわけではないのに、置かれた状況によってこれほどの違いが出てしまった。母はレイディ・バートラムに劣らぬ美貌に恵まれ、年齢だって少し下なのに、見た目はとてもくたびれ果て、色あせ、不格好で、だらしなく、みすぼらしくなってしまっていた。しかし日曜日になると、プライス夫人も面目をかなり施し、まずまずの陽気な面持ちで、元気な子どもたちと一緒に表へ出て、息子たちが危ないことをしたりレベッカが帽子に花を飾って歩いているのを見て表情を曇らせるのを除いては、日々の心労から解放されているようだった。

礼拝堂では、一行はばらばらに座らねばならなくなったが、クローフォド氏はご婦人方から離れないようにした。そして礼拝の後も一緒にいて、城壁を散歩するときも一家と同行した。

プライス夫人は、一年中、週一度の散歩の機会を確保するために、天気のいい日曜日には朝の礼拝が終わるとすぐに城壁に行き、ディナーの時間までそこにいた。その場所こそ、夫人にとっての世間なのだった。そこで知り合いに会い、少しばかりニュースを仕入れ、ポーツマスの使用人について愚痴をこぼし、その後の六日間を生きるための精をつけるのであった。

一行はその場所へと向かった。クローフォド氏は特にプライス姉妹の世話焼きを買って出た。そしてそれからほどなくして、どうしたわけか、いったいどのようにしてそうなったのか分からなかったが、ほとんどファニーには信じ難いことに、クローフォド氏は姉妹の間に入り込んで二人の腕を取って歩いていた。どうすればこの体勢になるのを防げるのか、どうすれば止められるのかも分からなかった。しばらくはそのことで落ち着かない気分を味わったが、それでも、その日の出来事や目の前の眺めを楽しまずにはいられなかった。

その日は特に心地よい一日だった。三月だったが、暖かい空気、そよ風、明るい太陽に時折雲がかかるさまからは、もう四月と言ってもよかった。このような空の下では、すべてが美しく見えた。スピットヘッドのその向こうの島に停泊している船の上を雲の影が次々とよぎり、満潮の海が無限に色を変えながら、喜びに身を躍らせ、見事な音を響かせながら城壁に打ちつける様子、そのすべてがあまりにも魅力に満ちていたので、ファニーも自分がどんな状況でそれを見ているのか、しだいに気にならなくなっていた。いや、それどころか、もし相手の腕を取っていなくとも、いずれその腕を必要としただろう。このような二時間ほどの散歩も、一週間も身体を動かしていないファニーには疲れるものだった。ファニーは日常の規則正しい運動の機会がここでは得られていないことの影響を感じ始めていた。ポーツマスに来てからは健康を損ねており、クローフォド氏がいてくれて、天気もよいのでなかったら、今すぐにも疲れ切ってしまったことだろう。

クローフォド氏も、この日の心地よさと眺めの美しさには、ファニーと同じように感銘を受けていた。二人は何度も同じことを感じ、同じ好みから足を止め、何分かを壁によりかかって、目の前の景色を眺め、感嘆した。そしてファニーは、相手はエドマンドではないというのに、この人も自然の魅力を充分に感じることができ、賛嘆の気持ちをうまく表現できていると認めないわけにはいかなかった。ファニーも時折、うっとりと物思いにふけっていたが、クローフォド氏はその機会を利用して、相手に気づかれずにその顔を眺めることができた。その結果、前にも劣らず魅力的ではあっても、普段のような顔色ではないことに気づいた。ファニーは自分はとても元気だと口に出して伝えたし、元気がないとは思われたくなかった。しかし全体的に見て、ファニーが今住んでいるところが居心地がいいとは思われなかったし、それゆえファニーの健康にもいいとは思われなかった。したがってマンスフィールドに早く戻った方が、ファニーの幸せのためにも、また、そこでファニーと会うことができる自分の幸せのためにも、いいに違いなかったのである。

「もうここには一ヶ月いらっしゃるんですよね」と、クローフォド氏は言った。

「いいえ、まだ一ヶ月にはなりません。マンスフィールドを出てから、明日でやっと四週間です」。

「あなたはずいぶんと正確に、嘘偽りなく計算するんですね。僕ならば一ヶ月と言ってしまいますよ」。

「ここに着いたのが火曜日の晩のことでしたから」。

「そして滞在は二ヶ月の予定でしたよね」。

「ええ、伯父様が二ヶ月とおっしゃっていました。それよりも短くなることはないと思います」。

「それで、どうやって戻ることになっていますか。どなたが迎えにくるのですか」。

「分かりません。伯母様からはまだこのことについては伺っていないのです。もしかしたら、もう少しここにいることになるのかも知れません。二ヶ月がちょうど経ったときに迎えに来ていただくことは難しいのかも知れません」。

一瞬考えてから、クローフォド氏は答えた。「僕はマンスフィールドのことは分かっています。マンスフィールドでのあなたの扱われ方と、そのよくないところを分かっています。家族の中の誰か一人が本当かどうかもわからない自分の都合を言いたてるだけで、あなたの居心地よさなどどこかへ行ってしまうほどあなたは軽んじられている、その危うさを分かっています。もしサー・トマスが今後三ヶ月の予定を色々と工面して、自分でここにやって来るか、伯母様のメイドを迎えに寄こすかしなければ、この先何週間もここに放っておかれることだってあるでしょう。それではいけません。二ヶ月なんてずいぶん長い時間ですし、六週間だってもう充分でしょう。私はね、お姉様の健康のことを言っているんです」と、ここでスーザンへ振り向いて話し続けた。「ポーツマスでの閉じ込もった生活は健康にとって好ましいものではありません。お姉様には、定期的に新鮮な空気を吸って身体を動かすことが必要なのです。私くらいお姉様のことをよく知るようになれば、このことがお分かりになるでしょうし、田舎の新鮮な空気や自由から遠ざけておいてはいけないことだってきっと分かっていただけるはずです。ですから（と、再びファニーに向き直って）、もしあなたの健康が損なわれることがあって、マンスフィールドに戻るのに困難があるようでしたら――二ヶ月も滞在していなくとも――もし体力が少しでも落ちてしまったり、普段より不調を感じたりしたら、滞在期間のことなど考えずに、妹に言っていただければ、あるいはほんの一言でもそれらしいことをほのめかしていただければ、妹と一緒にすぐにやって来てあなたをマンスフィールドにお連れしますよ。いとも簡単に、そして喜んでそうするのはご存じでしょう。そうなれば、みんながどんなに嬉しく感じるかはもうお分かりのはずだ」。

ファニーは礼は言ったが、これを笑い飛ばそうとしてみた。

「僕は本当に真剣なんですよ」とクローフォドは答えた。「あなたもそれは分かっているはずです。体調が少しでもおかしいと思ったときにそれを隠しておこうとするなら、それは残酷なことですよ。いや、絶対にそんなことはさせません。それをなさってはいけないことにしておきますからね。あなたがメアリーに宛てたどの手紙にも「私は元気です」とはっきりと書いているかぎりにおいて——そしてあなたが嘘を言うことも書くこともできないことを僕には分かっていますが——そのかぎりにおいて、あなたが元気だと考えることにしますから」。

ファニーはまた礼を言ったが、あまりにも心を打たれ、乱されたので、ほとんど言葉が出なかったし、また、どんな言葉を言えばいいのかも分からなかった。この会話を交わした頃には、もう散歩の終わり近くになっていた。クローフォド氏は最後まで付き添い、家の玄関まで来て、一家がすぐにディナーをとることが分かっていたので（プライス家では、マンスフィールドに比べてディナーの時間がずっと早く、階級差を反映している。上巻解説五五九頁参照）、そこでやっと他に約束があるふりをして、その場を離れようとした。

「あなたがこんなに疲れていなければ心配はないのですが」と、家族が家に入った後にファニーを引き留めて、クローフォドが言った。「あなたがもっと元気ならば安心できるんですが。ロンドンで何かお役に立てることはありますか。もうじき、またノーフォークに出向こうかと思っています。マディスンに関してはまだ完全に納得していないので。あの男はまだできれば僕をごまかそうとしていて、僕が他の人にと思っていたある水車小屋に自分の従兄弟を入れようとしているようなんです。ことをはっきりさせないと。僕はエヴリンガムよりも北にいようと南にいようと、騙されたままでいようなんてつもりはないし、僕の土地のことは僕の意志の下にあるんだということを奴に分からせてやります。今まできちんとはっきりさせてこなかったところがありましてね。あんな人間に土地の管理を任せると、その雇用者にも、貧しい人々の生活にも、どんな弊害があるかは想像を絶します。今すぐにノーフォークに向かって、今後も揺らぐことのないよう、しっかりとした解決に運びたいと思っています。マディスンは実にずる賢い奴です。奴を追い出そうとは思いません。奴が僕を追い出そうとしないかぎりはね。でも、僕に対してなんの権利も持っていない男が僕を騙そうとするのを放っておくのは愚かしいことです。そして、僕と約束がほぼできている正直な男にではなく、奴が心の冷たい強欲な男に僕の土地を貸そうとするのを許しているようでは、これは愚かしいどころか悪行です。そんなことをすれば、愚かな行いというよりも、悪い行いをすることになってしまうとは思いませんか。僕は行くべきでしょうか。あなたのご忠告はいただけるものですか」。

「私が忠告だなんて。あなたは何が正しいことだかをよく分かっていらっしゃいますでしょう」。

「ええ。いつだって、あなたが僕にお考えをおっしゃることで、どうすればいいのか分かります。あなたの判断が僕の行動の基準なのです」。

「まさか、そんなことは。そんなことはおっしゃらないで下さい。私たちは常に自分の中で、よりよい導きの声を聞いています。耳を傾ける気持ちがあれば、それは他人のどんな声よりも優れた声でしょう。さようなら。どうぞお気をつけて行ってらして下さい」。

「あなたのために、ロンドンでできることはありますか」。

「お気遣いありがとうございます。でも、何もありません」。

「どなたかに言づてなどはありますか」。

「どうか妹さんにくれぐれもよろしくお伝え下さい。それから、従兄のエドマンドに会うことがおありならば、お手数ですが伝えていただけますでしょうか。手紙を待っていると」。

「もちろんです。そしてもしあいつが怠慢だったり、筆無精だったりしたら、僕が手紙を書いて奴の代わりにお詫びをしますよ」。

クローフォド氏はもうそれ以上言葉を続けることができなかった。ファニーがそれ以上引き留められるのを拒んだからである。ファニーの手を握り、ファニーを見つめると、その場を去った。クローフォド氏の方は、立派な宿屋で用意される最高のディナーの準備ができるまでの三時間を、他の知人たちとなんとかつぶそうと歩いて行き、ファニーの方はもっと質素なディナーをすぐにとるために家に入って行ったのだった。

二人の食事はずいぶんと質の違ったものだった。そしてファニーが父の家で運動不足のみならず他にどんな不自由を我慢しているかを知ったならば、クローフォド氏はこのくらいの不健康で済んでいることに驚いたかも知れない。レベッカの作る肉のパイや、やはりレベッカの作るごった煮が、半分しか洗っていない皿に載せられて、半分も洗っていないナイフやフォークと一緒に出てくるのに、ファニーは対処ができず、夕方になってから弟たちに頼んでビスケットやパンを買ってきてもらうまで、ろくに食事もとることができなかったのである。マンスフィールドで大事に育てられてしまうと、ポーツマスで鍛えられるには時期がもはや遅すぎたのだ。そしてもしサー・トマスがこのことを知ったなら、姪が精神的にも肉体的にも飢餓状態に置かれているのは、クローフォド氏の人柄と財産に価値を見出すのにいい機会だと考えたかも知れないが、これ以上この実験を押し通したら薬が効きすぎて命が危ないのではと心配し始めただろう。

ファニーはその日ずっと元気がなかった。もうクローフォド氏と会う危険はまずなさそうだったが、それでも気が沈んでいた。友人と呼んでもいい人と別れたからだった。

そしてある意味では相手がいなくなって嬉しく思うところもあったものの、同時に誰からも見捨てられたような気もしていた。再びマンスフィールドから切り離されたようなものだった。クローフォド氏がロンドンに戻り、メアリーやエドマンドとよく一緒に過ごしていることを考えると、嫉妬に近い感情が湧き起こってきて、自己嫌悪に陥りそうだった。

ファニーの沈んだ気持ちが、周りで起こっている事柄に慰められるということもなかった。父は、外で友人と会わないときには、一人、二人とこの家にやって来て、長い長い晩を一緒に過ごすのだったが、その日も六時から九時半まで喧噪とグロッグ酒が絶えなかった。ファニーは沈み込んでいた。クローフォド氏が人として驚くほどの成長をしたと思えたことは、現在の思いの中では、少しでも慰めをもたらすものだった。さっきまでクローフォド氏と過ごしたのは、そもそもこの土地での他の社交といかに大違いであるか、そしてこのたびの氏の印象のどれほどが周りとの落差から来ているのかも考えず、ファニーはクローフォド氏が以前と比べるとびっくりするほど優しく、思いやりを身につけたと思ったのである。そして、小さい事柄でそうなのだったら、大きいことではどんなに違いが現れるだろうか。自分が健康で快適に過ごせるようにこれだけ気を配ってくれて、今や自分の気持ちをこんなにも慮ってくれて、それを表明しているのだから、きっと、こんなに自分を困らせるような求愛は、もうすぐやめにしてくれるのではないだろうか。

第十二章

クローフォド氏は、翌日はプライス邸に姿を現さなかったので、どうやらロンドンに向かったようだ。そしてファニーは、クローフォド氏の妹からの手紙で、二日後にそのことを確認した。ファニーがその手紙を開封するに際して、大きな不安があったのは、もう一つ別の理由があるからだった。

ファニー、何を隠そう兄がポーツマスに赴いてあなたにお会いしたことをお伝えせねばなりません。そして、実は先週の土曜日に兄とあなたと造船所までとても楽しくお散歩をして、次の日には城壁でもっと思い出に残るようなお散歩をしたこともここで明らかにさせていただきます。気持ちのいい空気と輝く海とあなたのかわいい表情と会話というのは最高の組み合わせだったようで、後で思い出しても有頂天になるほどだそうです。以上の報告がこの手紙の一番肝心な部分になります。兄に言われて手紙を書いていますが、このポーツマス訪問、右に書いた二度のお散歩、それからご家族に紹介されたこと、特にあなたの美しい妹さん、恐らく恋愛の最初のレッスンを受けた十五歳の素敵な娘さんに紹介されたこと、これ以外に特に書くようにと言われておりません（十五歳とあるが、他の箇所ではすべてスーザンは十四歳となっている。これはオースティンの勘違いであるか、ヘンリーの伝え間違いか、メアリーの記憶違いによるものなのかは不明）。長い手紙を書いている時間はないのですが、もし時間があったとしても、長く書くのは今は適切とは言えませんね。これは必要な情報を伝えるための、用件だけの手紙で、出すのが遅くなっては困るものですから。ねえファニー、もしあなたがここにいてくれたら、沢山話すことがあるのに。あなたが疲れるまでおしゃべりをして、もっと疲れ果てるまでアドバイスをいただきたいわ。でも便箋では、今私の頭をいっぱいにしている事柄の百分の一もしたためることはできないので、すべて書くのは思い切って諦めて、あとはご想像にお任せすることにします。特にお伝えするニュースはありません。政治のことなんかはもちろんご存じでしょう。それに、今私の時間の大部分を一緒に過ごしている人たちやパーティのことなどであなたを煩わせてもしかたありませんし。あなたの従姉が初めて開いたパーティのことを書くべきでしたが、私の筆無精が祟って、今はもうずいぶん前のことになってしまいました。すべてがきちんとしていて、ご家族全員が満足するようなかたちで、ご当人のお洋服も振る舞いも立派なものだったとお伝えすれば充分でしょうか。私の友人のフレイザー夫人はああしたお家が欲しくてしょうがなくて、私もいらないとは言わないわ。復活祭《イースター》の後にはレイディ・ストーナウェイのところに行きます。あの方はかなり上機嫌で、とてもお幸せのようです。ご主人のS卿はご家族と一緒のときはとても機嫌がよくて、嬉しそうにしていますし、昔ほどはあの方が不器量だとは思わなくなりました。少なくとももっとひどい人は沢山いますから。それは、あなたの従兄のエドマンドに比べたら見劣りはしますけれど。このいまお名前を挙げた御仁については、なんと申し上げたらよろしいでしょう。もしそのお名前を完全に避けたら、かえってわざとらしいでしょう。ですからこうしてはっきりとお名前を出して申し上げますけれど、あの方に二、三度お会いしましたとき、私の友達はあの方の紳士的なご様子に大いに感銘を受けました。フレイザー夫人――このご婦人の審美眼は確かよ――は、あんなに見栄えがよくて、背が高くて雰囲気がある方はロンドンの知り合いにもまあ三人しかいないと言っています。私自身も、打ち明けますと、先日あの方がここでディナーをとったとき、あの方に比肩する人は見ませんでした。全部で十六人もいらしたのに。今はもうお洋服からは牧師だとは分からないのは幸いですよね。でも、でもね。でも……。

あなたの友達より

あやうく忘れるところでした――エドマンドのせいだわ。あまりにも私の頭がエドマンドのことばかり考えてしまうんだもの。一つ、兄と私から大事なことをお伝えせねばなりません。あなたをノーサンプトンシャーにお連れする件についてです。お願いです、ファニー、これ以上ポーツマスなんかで美貌を台なしにしてしまってはいけません。あのおぞましい海風は美と健康を損なってしまいます。気の毒に、私の伯母様は海から十マイルのところまで来るといつもその影響を被ってしまっていたわ。提督はもちろんその影響をまるで信じていなかったけれど、私には分かっていました。一時間前に知らせてくれたら、私は兄のお供もあなたのお供もするわ。是非同行したいですし、ちょっと寄り道をして、途中であなたにエヴリンガムを見せてあげたいと思っています。そしてあなたがよければロンドンを通って、ハノーヴァー・スクウェアのセント・ジョージ教会（ロンドンのメイフェア地区に実在する教会。ファッショナブルな教会として知られていた）の中を見るのはいかがでしょう。ただそのときはあなたの従兄のエドマンドを私に近づけないでね。その気になってしまったら大変ですから。それにしても、こんなに長い手紙になってしまって。あと一言だけいいかしら。兄が、あなたがご賛同下さった用件でまたノーフォークに行くそうですが、来週の半ばまではとても難しいでしょう。というか、どんなことがあっても十四日まではここにいてもらわないと、その晩にパーティがあるものですから。こういう場面での兄の値打ちはとてもご想像がつかないでしょう。ですから、兄がパーティでは計り知れないほどの活躍をするのだという私の言葉を信じて下さいね。兄はラッシュワス夫妻に会います。本当を言うと、私はちょっと楽しみにしているんです。どうなるか好奇心がありますから。兄もそうだと思うのよ。決して認めませんけれどもね。

この手紙をむさぼるように読み、じっくりと読み、考え悩み、そしてその結果としては、依然分からないことだらけだった。一つだけ確かなことがあるとしたら、今のところ決定的な事態には至っていないということだった。エドマンドはまだそれについては口を開いていなかった。クローフォド嬢が本当のところどう思っているのか、どういう行動に出るつもりでいるのか、そして意味のない行動や意に反した行動をとるのか、最後に会ったときと同じくらい今もエドマンドが大事な存在なのか、もしそうでないのならば今後いよいよ大事ではなくなっていくのか、それとも再びエドマンドを大事な存在としてしまうのか、こういったことはいくら考えてみてもきりがなく、その日も、そしてその後も何日も何日も、考え続けてはみたがなんの結論ももたらさないままなのだった。返すがえす浮かんできた考えは、クローフォド嬢はロンドンの生活の中で一度は熱が冷めて、想いが弱まったものの、最終的にはエドマンドへの愛が強すぎて、諦め切れないというようなことになるのではないかということだった。自分の心が許す以上にクローフォド嬢は大胆になろうとするだろう。戸惑ってみせたり、じらしてみたり、条件を出したり、あれこれと手間をかけながらも、最後の最後には承諾する。これこそがファニーが一番ありうると予想したパターンだった。ロンドンの家なんて。そんなことはとてもあり得ないとしか思えなかった。しかし、クローフォド嬢が何を要求するのかは知る由もなかった。従兄の幸先は悪くなる一方に思えた。エドマンドのことを話すのに、外見のことにしか触れない女性なんて。なんて相応しくない方なのだろう。フレイザー夫人にほめられて心強く感じるだなんて。あの方はエドマンドと、もうかれこれ半年も親しい間柄でありながら。ファニーはクローフォド嬢を恥ずかしく思った。この件に比べれば、手紙の中でクローフォド氏と自分について書いている部分に関しては、さして心を動かされなかった。クローフォド氏がノーフォークに行くのが十四日よりも前なのか後なのかなどということはどうでもよかった。とはいっても、状況を考えると、すぐにでも発ちたがっている様子だった。クローフォド嬢が兄とラッシュワス夫人を会わせようとしているのは、いかにも思いつきそうな下劣な行いであり、残酷かつ人の道に外れた行いだった。しかしクローフォド氏がそんな堕落した好奇心に動かされることなどないだろうと、ファニーは願った。そんな欲望を口にしていなかったし、妹の方も兄は自分よりもまともな人間なのだと分かっていてもよさそうなものなのに。

　この手紙を受け取った後、ファニーはロンドンからの別の手紙がいっそう待ち遠しくなった。そしてそれから数日の間は、この手紙のことであまりにも動揺し、すでに届いた手紙と、これから届くかも知れない手紙を思うと心穏やかでなく、いつものように本を読んでいても、スーザンと話をしても、ついぶつ切れになってしまう。思うように集中できなかったのだ。もしも自分からの言づてをクローフォド氏が忘れずに従兄に伝えてくれたなら、何があろうと手紙が届く可能性が高かった。きわめて高い可能性だった。いつも親切なあの従兄ならばそうするだろう。そしてこの考えはしばらく消えなかったが、その後三、四日経っても手紙が届かないので次第にその考えは消えていった。それまでは、非常に落ち着かず、不安に包まれていた。

　その後、ファニーはなんとか落ち着きのようなものを取り戻した。この、先が見えない状況をきちんと受け入れねばならない、こんなことで振りまわされたり、何も手につかなくなってしまってはいけない。時の助けを得ながらも自らの努力と相まって克服し、再びスーザンの世話をし、そのことにまた興味を覚えるようになったのだった。

スーザンはファニーに大変なつくようになり、ファニーの幼少の頃のように本が大好きなわけでもなく、ファニーほどじっとしているのが好きとはとても言えないし、知識を得ることに喜びを見出すわけでもなかったが、無知には思われたくないという強い願望があり、それに優れた理解力が合わさって、大変熱心で、教えがいもあり、恩義も分かる生徒になっていた。ファニーは自分を正しい道に導いてくれる。どのエッセイを読んでも、歴史書のどの章を読んでも、ファニーの解説や説明が加わることが重要であった。ファニーが昔のことについて語ってくれたのは、ゴウルドスミス（オリヴァー・ゴウルドスミス（一七二八―七四）はアイルランドの文人で、戯作、詩作、小説執筆以外に、歴史書も二冊書いた）の本のページよりも心に残った。そして出版されているどの作家の言葉よりも自分の姉の言葉こそ大好きだと、ファニーにとっては最高の賛辞を贈ったのだった。幼少の頃からの読書という習慣が欠けていたのだ。

しかし二人が会話するのは、いつも歴史や道徳のような高尚な事柄ばかりではなかった。他のことだって話した。そしてそうした卑近なあれこれの内でも、他の何よりも繰り返し話題に上ったのが、マンスフィールド・パークのこと、マンスフィールド・パークの人々、その振る舞い、娯楽、そしてそこでの生活のあり方のことだった。スーザンは、生まれつき上品で立派なものを好む傾向があるだけに、熱心に耳を傾けたし、ファニーもまた大好きなこの話題に浸ってしまうのを止められなかった。これは悪いことではないのだと思いたかった。しかししばらくすると、スーザンが、伯父の家の中で話されること、なされることすべてに大いに感心し、ノーサンプトンシャーに行きたいと心から願うようになったので、自分のせいで妹が叶わない望みを抱いてしまったのではないかと思うようになってきたのだ。

スーザンは、気の毒だが、姉にも劣らず、実家の生活に向いていなかった。そしてファニーにこのことがよりよく見えてくるほどに、自分がポーツマスから離れられるときが来たら、そのときはスーザンを置いて行くのだから、出発はさして喜ばしくないものになるかも知れないと思われてきた。いろいろな面で手をかければあちらでもこちらでも伸びる娘なのに、このような人々のもとに置いておかねばならないことを思うと、心が穏やかでなかった。もし自分に、妹を呼び寄せられるような家庭が持てたら、どんなにいいだろう。もしクローフォド氏に色よい回答をすれば、きっとスーザンを呼び寄せることに同意してくれるので、そうなればまさに最高だ。クローフォド氏との縁談についてはこのことが最大の関心事となってくるだろう。大変気立てのいい人だから、このような計画にきっといやな顔一つせず同意してくれるだろうと考えたのである。

第十三章

予定された二ヶ月の内そろそろ七週間が経とうとしていた頃、待ち構えていた一通の手紙、あれほど長く待ち焦がれていたエドマンドの手紙が、ファニーの手に渡った。開いてみてその手紙が長いことを知ると、ファニーは、書き手が自らの幸せを詳細に書き連ね、今や運命の女性となった人への愛と称賛の言葉が綴られているのを読まされるものと覚悟した。以下がその内容である。

マンスフィールド・パークにて

ファニー様

手紙を書くのが遅くなりまして恐縮です。あなたが手紙を待っているのをクローフォド君から聞いていましたが、ロンドンでは手紙を書くことなどどうしてもできず、こうして沈黙していることの意味を汲みとってもらうことにしました。もしできることなら、数行だけでも嬉しい知らせを送ったことでしょうが、とてもできない状況でした。去ったときよりも不安な気持ちで、またマンスフィールドに戻ってきました。もう望みはかなり薄くなりました。すでにこのことはご存じのことと思いますが。クローフォド嬢はあれだけあなたに好意を抱いているのだから、あなたにご自分の気持ちを存分に打ち明けているでしょうし、そうすると私の気持ちもおおかたは想像がつくことでしょう。それでもあえて私の考えを言いましょう。あの人と私の両方があなたに相談するのは特にまずいことではないでしょう。私はあなたに何も尋ねたりはしませんから。私とあの人にこうして共通の友達がいるということ、たとえあの人との間にどんなに悲しい意見の食い違いがあろうとも、あなたを愛おしく思っているという二人の共通点があると思うとほっとします。現在の状況がどうなっているか、私の今の計画――計画などと呼べるものかどうかは分かりませんが――をここに書かせて下さい。土曜日に戻ってきました。ロンドンに三週間滞在し、――ロンドンにいたにしては――かなり頻繁にあの人に会っていました。フレイザー夫妻からは、常識の範囲で考えられるかぎり最大限によくしてもらいました。マンスフィールドであったようなおつき合いがここでも続けられると期待した私の方が、むしろ常識外れだったのでしょう。しかし、問題は会う頻度よりも、お会いしているときのあの人の態度でした。お会いしたときに、あの人があんな風でなければ文句は言いませんが、最初から完全に別人のようでした。最初に伺ったときの振る舞いがあまりにも私の思っていたのと違っていたので、すぐさまロンドンを発とうと思ったくらいです。詳しいことまでは言う必要もないでしょう。あなたはあの人の性格の弱い部分を分かっているので、あの人の気分やものの言い方で私がどんなに苦しめられたかはお分かりでしょう。とても気分が高揚していた風で、そもそも、ともすると節度を忘れてしまう性格なのに、加えて周りの人たちに分別がないためにそれがさらに助長されてしまうのです。フレイザー夫人のことは好きにはなれません。心の冷たい、うぬぼれた女性で、完全に便宜的都合のために結婚をしていて、明らかに満たされない結婚生活を送って落胆だってしているのに、それをご自分の判断力のなさや性格や夫との年齢差のせいではなく、妹のレイディ・ストーナウェイやその他の知り合いほどお金に恵まれていないせいにしています。お金と野心にまつわることならばなんでも人の背中を押し、金も野心も多ければ多いほど結構なのだと思い込んでいるのです。あの姉妹とあの人とが仲良くしていることは、あの人の人生にとっても、そして私の人生にとっても、最大の不幸だと思っています。あの二人はもう何年にもわたってあの人を悪い道へと引きずり込んでいます。あの二人から距離をとることさえできるならば。そして時には、距離をとることも、そうそう無理ではないと思うこともあります。好意を抱いているのは主に姉妹の側のようですから。二人ともとてもあの人を気に入っている。でもあの人は、あなたを好きなように、あの二人を好きなわけではないのは間違いありません。実際、あの人があなたに対して抱いている強い愛情を考えると、そして妹としてのあの人の思慮深く、正しい行いを思うと、あの人がすべてにおいて立派な、まるで別な人間のようにさえ思えてきて、自分がその快活な言動を厳しく過剰に批判しているのではないかと罪悪感にさいなまれます。ファニー、私はあの人を諦め切れない。この世でこの人を妻にと考えられるのはあの人だけだ。もしあの人が私のことを憎からず思ってくれていると信じていなければ、当然このようなことは書きませんが、私はそうなのだと信じています。確かに明確に自分に好意を抱いてくれていると確信しています。誰か特定の人に嫉妬を感じているわけではありません。私が嫉妬しているのは、社交界全体があの人に与える影響に対してです。私が恐れているのは、裕福さからくる習慣です。あの人の習慣は、あの人の財産を考えると決して法外なものではないでしょうけれど、もしも結婚したら二人の収入を合わせても、ああいう生活は続けられないでしょう。でもその場合にだって、まだ慰めはあります。私の収入が原因であの人を失う方が、職業のせいで失うよりもまだ我慢することができます。収入が原因なのであれば、単にあの人が犠牲を払ってもいいと思うほどの愛情を抱いてくれていないのだと思えますし、実際、そんな犠牲を強いる権利など私にはありません。もし断られたら、それが正直な理由でしょう。あの人は以前ほどはこの職業を色眼鏡では見ていないようです。ファニー、今私は思いつくままに、あなたに書き送っています。ひょっとすると、矛盾したことを書くかも知れませんが、たとえ矛盾していても私の気持ちを忠実に語っているだけなのです。いったんこうして書き始めてみると、思っていることを洗いざらいあなたに語ることができるのは、嬉しいことですね。あの人を諦めることはできません。現にこうしてあの人との絆ができているし、さらにそれがいよいよ強くなるという希望を抱いている今、メアリー・クローフォドという人物との縁を切ることは、私にとって大変重要な人々との交流を絶つことになり、何か困った場合に頼ることができる友達やその家庭との関係から放逐されることになります。メアリーを失うことは、同時にクローフォドとファニーを失うことだと思わなければなりませんから。もしすでにあの人の心が決まっていて、完全に断られてしまっても、それに耐えられることを願っていますし、あの人への想いを薄れさせるような努力の仕方を学ぶことができればと思っています。やがて、何年か経てば――いや、私はわけの分からないことを書いてしまっています。もし断られたなら、耐えねばなりません。そしてそうした結果を見ることになるまでは、あの人の愛を手にするための試みをやめることなどできないのです。これが真実です。問題は方法です。どんなことをすればあの人の愛を得ることができるのでしょうか。復活祭の後にまたロンドンに行ってみようかと思うこともありますし、あの人がマンスフィールドに戻るまで何もしないでおこうと心に決めることもあります。あの人は、もう今の段階で、六月にマンスフィールドに戻るのが楽しみだとおっしゃっていました。でも六月だなんて、ずいぶんと先のことですし、私はそれを待たずにあの人に手紙を書いてしまうことでしょう。私は、自分の気持ちを手紙に書いて伝えようと、ほぼ心を固めました。早期に決着をつけることが肝要です。今の私は、みじめったらしく、いらだたしいかぎりです。いろいろなことを考慮してみると、自分の気持ちを伝えるのには手紙をしたためるのが一番だと思ったのです。口では言えないことも沢山書くことができるし、あの人の方もたっぷり考えてから答えを出すことができますし、それに、私からすると、急いで衝動的に答えを出されてしまうのは、ゆっくりと考えてからの結論よりも恐ろしいのです。ええ、そうなんだと思いますが。私がとても案じているのは、あの人がフレイザー夫人に相談してしまい、私がいないところで私の不利なかたちに決まってしまうことです。手紙では、誰にでも見せて相談できてしまうし、気持ちが断固として固まっていない場合は、運が悪ければ、相談した相手によってやがて後悔するような判断をしてしまいかねません。手紙にするかどうかは、もう少し考えてみないと。こんな長い手紙になって、自分の問題ばかり書き連ねたけれど、さすがのファニーでも嫌気が差したことでしょう。最後にクローフォドに会ったのは、フレイザー夫人のパーティでした。回数を重ねて会うほどに、噂を耳にするほどに、いよいよ惚れ惚れする男です。常に決然としている。自分がどう行動するつもりなのかを完全に分かっていて、それを実行に移していく――すばらしい素質です。あの男と上の妹が同じ部屋にいるのを見ると、いつかあなたが言ったことをどうしても思い出しますし、確かに二人は互いにぎこちない感じでした。私の妹ははっきりと冷たい態度を示していました。二人ともろくに口もききませんでした。クローフォドが驚いて退き下がるのを見ましたし、ラッシュワス夫人となった妹が、バートラム嬢だった頃にクローフォドに侮辱を受けたと今も思い込んでいて、それにこだわってしまうのは残念なことです。妻として家庭に入ったマライアの生活がどういう風だかお知りになりたいでしょう。不幸には見えません。まずまずなくらいには仲良くしてくれればと願います。ウィンポウル・ストリートでは二度食事をしましたし、もっと頻繁に行くこともできたでしょうけれども、ラッシュワス君を弟として見なければならないのは快くはありませんから。ジューリアはずいぶんとロンドンを楽しんでいるようです。私にはあまり楽しくありませんでした。そしてここは輪をかけて楽しくありません。みんなあまり快活とは言えません。あなたがいないことが大きいのです。口では表せないほど、あなたがいないのは寂しいものです。母がくれぐれもよろしくと言っていて、手紙を楽しみにしているということです。一時間おきにはあなたの話をしているし、あと何週間あなたがいない生活に耐えねばならないのかと思うと気の毒になってきます。父は自らあなたを迎えに行くつもりですが、ロンドンに行く用事のあるのは復活祭の後なのでその頃に。ポーツマスでの生活を楽しんでいると思いますが、これを毎年の習慣にしないで下さい。ここにいてほしいのです。ソーントン・レイシーについての意見を是非聞かせて下さい。あの牧師館に女主人がいることになるかどうか判明するまでは、どうも大がかりな改修を実施する気が起きません。やはり手紙を書いてみようと思います。グラント夫妻がバースに行くことになりました。月曜日にマンスフィールドを発ちます。私はほっとしています。今の状態では誰の相手もできませんので。でもあなたの伯母は、マンスフィールドのこんな出来事を私が先に書いてしまったのを知ったら、がっかりするかも知れませんね。それでは最愛のファニー、また。

「もう二度と――、そう、絶対にもう二度と手紙なんか欲しがらないわ」と、これを読んだ後、ファニーは密かに考えた。「失望と悲しみしかもたらさないんですもの。復活祭の後ですって。どうやって耐えればいいのかしら。伯母様が一時間おきに私の話をなさっているなんて」。

ファニーはできるかぎり、ついこのように考えてしまうのをやめようとしたが、三十秒も経たない内に、サー・トマスは自分にも伯母にも不親切なのではないかと考え始めていた。手紙の主たる話題に関していえば、それは決していらだちを抑えてくれるようなものではなかった。ファニーはエドマンドのことを思うと、不愉快になり、怒りをも覚えんばかりだった。「こんなことは、先延ばしにしていても何もいいことなんてないのに」とファニーは思った。「なぜ決着をつけないのかしら。エドマンドは目が曇ってしまっているし、あれだけ長いこと真実を目の前に突きつけられていながら何一つ見えていなかったんだから、何をしたって変わらないんだわ。あの人と結婚して、貧乏になって、不幸せになるのでしょう。神様、あの人から影響を受けても、エドマンドがまともな人間であり続けますように」。ファニーは再び手紙に目を通した。「「あの人があなたに対して抱いている強い愛情」ですって。そんなわけはないわ。あの人が愛しているのは、ご自分とお兄様のことだけじゃないの。友達に何年も悪い道に引き込まれているですって。逆にあの人の方が悪い道に引きずり込んでいるんじゃないかしら。およそ、お互いに悪い影響を与え合ったといったところだわ。でも、もしもお友達があの人に抱く愛情の方が強くて、あの人がお友達に抱く愛情をも超えるならば、あの人の方が悪い影響を受ける可能性は低いはずじゃないの。お友達がお世辞で言っていることに影響されているのなら話は違うけれど。「この世でこの人を妻にと考えられるのはあの人だけだ」だなんて。確かに間違いないわ。エドマンドの人生を支配してしまうような愛情ね。求婚を受け入れてもらおうと、断られようと、エドマンドの心は永遠にあの人のものなのよ。「メアリーを失うことは、同時にクローフォドとファニーを失うことだと思わなければなりませんから」。エドマンド、あなたには私のことが分かっていないのね。あなたが縁を結ばなければ、この二つの家族は結ばれることなんてないのに。お願いだから手紙を書いてちょうだい。すぐに書いてしまってほしいわ。この中途半端な状態を早く終わりにするのよ。全部おしまいにして、さっさと決着をつけて、その運命に従えばいいのよ」。

しかしこのような気持ちはほとんど恨みと言ってもよいものなので、ファニーの独り言の話題としてそう長くは続かなかった。ファニーは間もなくもっと優しくなり、そして、悲しい気持ちになった。エドマンドの自分に対する温かい気持ち、気遣いに溢れた物言い、それに自分への信頼に強く心を動かされた。エドマンドはみんなにいい人であろうとしすぎたのだ。結局、この手紙はファニーにとって何があろうと受け取りたくないのと同時に、きわめて大切な手紙でもあった。結局はそういうことだったのだ。

別に書くこともないのにしょっちゅう手紙を書く癖がある人ならば——女性はおおかたこれに含まれるが——どうしたってレイディ・バートラムに同情してしまう。グラント夫妻のバース行きが決まったなどというマンスフィールドでの一大ニュースを自分で書いて伝えることができないばかりか、それを書いた息子ときたら有難みも感じずに、長い手紙の最後にこれ以上ないというほど簡潔につけ加えるかたちで書いてしまったのだから、レイディ・バートラムがいかに無念に思ったかも納得できただろう。自分ならば紙面の大半を使って書くことなのに。というのも、レイディ・バートラムは結婚して間もない頃から暇を持て余していたのと、サー・トマスが議員であったこともあって文通の習慣を持つようになり（上巻四五頁注2にある通り、議員特権で家族も郵送料がかからない）、手紙を書くのがなかなか得意だった。物々しくも平凡かつ冗長に書き増してゆく文体をかなりのレベルまで身につけていて、話の種はほんの少しあれば充分だったのだが、それでもまったく話が何もないのに手紙を書くことはできなかったのだ。たとえ姪に宛てた手紙でもなにかしらの内容は書く必要があり、もう間もなく、グラント博士の痛風の具合やグラント夫人の日中の訪問といった話の題材を失う身としては、この夫妻が提供してくれる最後の話題を奪われるのはきわめてつらいことだったのである。

しかし、レイディ・バートラムには大きな見返りが待ち受けていた。待てば海路の日和ありだ。エドマンドからの手紙を受け取った数日後に、ファニーは伯母から手紙を受け取ることとなった。書き出しはこうである。

ファニー様、

大変なことが起こって筆を執りました。あなたも驚き、心配することでしょう。

これは手紙の題材として、グラント夫妻の細々した旅程などよりはずっとよかった。というのも、今回のニュースはこれから何日もかけて伝えてゆくことであり、なんと、自分の長男が重い病気にかかったという、マンスフィールドでもほんの数時間前に速達（特別な急報を伝えるため、馬が駅伝方式で伝達するかたちで、郵便を運ぶ）で受け取ったばかりの知らせだったのである。

トムは何人かの若者とロンドンからニューマーケット（ノーサンプトンの東へ百キロメートルほど離れた町）の競馬場

に出かけたのだが、そこで落馬したのに医者へも連れて行かれず放置され、そこへ大酒を飲んだので、発熱してしまったのだった。(1)その後、若者たちは解散し、トムは動けなくなっていたので、若者の内の一人の家で、一人ぼっちで具合の悪いまま使用人の手に委ねられていた。そのときはすぐによくなって友達に追いつくつもりだったが、体調が相当に悪化したので、間もなくトムも自分がかなりの重病なのだと思い、担当の内科医(2)の提案に同意し、マンスフィールドに知らせてほしいと願い出たのだった。

あなたもお察しのとおり、このたびの悲痛な知らせに私たちはとても戸惑っています。(とレイディ・バートラムは、ことの詳細を書いた後にこう言葉を継いだ。)私たちはかわいそうな病人のことを思うと、いても立ってもいられず、心配です。病状はとても危ないのではないかとサー・トマスも心配しています。エドマンドはすぐに兄のところに駆けつけてくれると言っています。でもサー・トマスはこんな大変なときに私を一人にしてはと心配して、お出かけにはならないでいて下さるとおっしゃっています。私たちがこうして心細い中でエドマンドまでいなくなってしまったのは寂しいですが、このかわいそうな病人が、心配していたほどの状態ではなく、じきにマンスフィールドに連れて帰ってこられればと思っています。これは直ちにそうするべきで、そうすることが最良の策だとサー・トマスもおっしゃっています。ですからあのかわいそうな子を間もなく、それほどの手間をかけず、また体調への悪影響もないかたちで、こちらに移送できるだろうと思っています。ファニー、こんな状態に置かれた私たちのことをきっと心配してくれているでしょうから、またすぐに手紙を書きますね。

このときのファニーの感情は、伯母の手紙の文体に見られる調子よりも、確実に強く、真剣なものだった。心の底から一家のことを思い、心を痛めた。トムが重病で、エドマンドが看病に出かけてしまって、寂しくマンスフィールドに残された伯父と伯母を思うと、他のどんな気がかりなことも脇へ追いやられてしまった。全部ではなくとも、気がかりなことのほとんどは。このように呼びつけられるよりも前に、エドマンドはクローフォド嬢に手紙を書いたのだろうかという、自分本位な疑問が脳裏をかすめたが、しかしファニーはすぐにまた、いつものように純粋に相手のことを思い、滅私の心で心配した。伯母はファニーをないがしろにはせず、次から次と手紙を書いた。伯母たちはエドマンドから頻繁に手紙を受け取っていて、そこにある情報はその都度ファニーに伝えられ、毎回同じように散漫な文体で、毎回同じく、願望、希望、恐れがごたごたと書き連ねられていた。怖がるのを楽しんでいるかのようだった。レイディ・バートラムにとって、自分で目にしていないことは想像の及ばない事柄だったのだ。そのため、落ち着き払って恐れや心配、かわいそうな病人について書いていたのだが、それもトムが実際にマンスフィールドに運ばれてきて、その変わり果てた姿を目にするまでのことだった。ファニーに宛てて書きためていた手紙の文面は、そこからはまるで違う文体で、今度は本当の恐れや心配を綴って仕上げられることになった。(3)それからは、レイディ・バートラムは話し口調で手紙を書いた。「ファニー、トムが今やって来て、上の階に運ばれたのよ。その姿を見たのはとてもショックで、どうしたらいいか分からないわ。とてもひどい状態だったようなの。かわいそうに、トム。本当に悲しくて、怖くて、サー・トマスもそうよ。あなたがここに来て慰めてくれたら、どんなにいいかしら。でもサー・トマスは明日にはトムも少しよくなるだろうし、今まで旅をしていたことも差し引いて考えなければとおっしゃるの」。

この母親の胸に湧き上がった心からの心配はすぐに消えることはなかった。トムが一刻も早くマンスフィールドに帰りたがり、元気な間はほとんど一顧だにしなかった、自宅と家族が与えてくれる居心地のよさのもとへと早く戻りたがったために、移送するのが早すぎたようなのだ。というのも、熱が再び上がり、それから一週間というもの、前にも増して危険な状態になった。みんなが深刻に危機を感じた。レイディ・バートラムは日々の恐怖を姪に書き送り、その姪の方ではこの手紙を糧に生きているようなものだった。今日受け取った手紙に苦悩しては、また翌日の手紙を待ちわびた。上の従兄に特に愛情を抱いているわけでもなかったが、ファニーは優しい心の持ち主だったので、従兄がいなくなるのには耐えられないという気持ちになった。そして、この従兄はまったく人の役に立たず、自分の好きなように生きていた(少なくともそう見えた)だけに、信心深いファニーとしては、従兄のこの後のことがさらに心配になってきた。(4)

他のもっと些細なことを話す相手もスーザンであったが、この件でもスーザンが、ファニーにとって唯一の話し相手であり、聞き手だった。スーザンはいつだって話を聞いてくれたし、同情もしてくれた。百マイルも離れたところにいる家族の病気といった、遠くの災いに興味を示す者は他にはいなかったのだ。プライス夫人さえも、娘が手紙を手にしているのを見ても、質問を一つ二つするか、あるいは「お姉さんもずいぶん大変なのね」と、ときたま落ち着いた声で言ってみるくらいの興味しか示さなかった。

こんなに長いこと離ればなれでいて、こんなにも違った状況に置かれていると、血のつながりももはやほとんど意味をなさなかった。二人の気質と同じく元々冷静なものだった二人の愛情は、今や名ばかりになっていた。プライス夫人がレイディ・バートラムにしてあげることは、レイディ・バートラムがプライス夫人にしてあげること以上でも以下でもなかっただろう。プライス家からファニーとウィリアム以外の人物が三人や四人、あるいは全員が突如いなくなったところで、レイディ・バートラムはほとんど気に留めることはないだろう。あるいは、レイディ・バートラムは、ノリス夫人の顰《ひそ》みに倣って、それは喜ぶべきことであり、プライス夫人も子どもたちが神に召されたことは祝福すべきねともっともらしいことを言ったかも知れない。

（1）なぜ競馬場でトムが馬に乗っていたのかという詳細は本文に書かれていないが、規則が整っていない当時にあっては、競馬に自ら出場したためという可能性も考えられる。
（2）本当の内科医であれば、その専門教育を受けて資格を取得しており、外科医や薬剤師などとは職能上も階級上も区別される存在であるはずだが、ここではキャンベル氏同様、地元の外科医を呼称のみ内科医と呼んでいるだけと思われる。
（3）当時は郵送料金が高額であり、また必ずしも封筒に入れないで郵送したという事情から、一度書き上げた手紙に、その後起きた出来事や思い出したことを後から書き加え、郵便の差し出し時間までにさらに書き加えるということをするため、一通の手紙の中に、時差のある文面が何度も追記され、便箋の縦・横・裏などの隙間にことごとく書き込まれているのが一般的であった。ここでは、トムの件が起きた後の追記は文体にまで影響を来している。また、前章のメアリーの手紙が、時差をおいて追記した手紙の好例である。

（4）ファニーが心配しているこの後のことというのは、これまでのトム・バートラムの生き方と、それを悔い改める機会のないまま死去するとなると、確実に地獄に送られて苦しむであろう死後のことである。

第十四章

トムがマンスフィールド・パークに戻ってから一週間経った頃には、病状も峠を越し、危険を脱したと言われるまでになり、母親も完全に安心するに至った。というのも、息子が病気で苦しんで寝ている姿をすっかり見慣れてしまい、いい報告だけに耳を傾け、耳に入った以上のことは考えなくなっていたし、元からあれこれ心配する質ではなく、言葉によるほのめかしということとも無縁なレイディ・バートラムという人は、病状をごまかすには最適の相手だった。熱は引いた。息子の不調は発熱だったのだから、もちろんほどなくよくなるに違いない。レイディ・バートラムはそれより悪いことを考えたりはしなかったし、エドマンドから数行の手紙が届くまでは、ファニーも当初は伯母と同じく安心していた。だがエドマンドは兄の状況をよりはっきりと伝えるべく、父親と一緒に医師から話を聞いて抱いた心配を知らせてきた。トムが、熱が下がるのと交代で、消耗性の別の症状を見せるようになったというのだ。父も自分も、願わくばレイディ・バートラムが未だ確証のないことで恐怖を感じないようにしておきたいと思っているが、ファニーには真実を伝えた方がいいと思ったのだった。トムの肺の状態が危険だったのである。

エドマンドからもらうほんの数行は、レイディ・バートラムからの何枚にも及ぶ手紙よりもずっと病人と病室の様子を正確かつ鮮明に描いていた。自分の目で見たことを書くだけでも、あの家の誰だってレイディ・バートラムよりはうまく描写しただろうし、誰だってレイディ・バートラムよりは看病に役立つところがあったことだろう。レイディ・バートラムはそっと静かに入っていってただ息子を見ているしかなかった。しかしトムが言葉を交わしたり、本を読み聞かせてもらったりすることができるときには、エドマンドをその相手に選んだ。エドマンドの伯母はあれやこれやと世話を焼いて疲れさせるし、サー・トマスは神経質で弱っている者に配慮して会話の内容や声の大きさを合わせる術を知らなかった。すべてをエドマンドが行った。少なくともファニーが信じているところではそうであったし、兄に付き添い、支え、励ますエドマンドを前よりもさらに敬愛した。その兄の病で衰弱した身体を看病するだけでなく、ファニーが手紙で知らされたところでは、トムは今や神経もずたずたになり、気分が非常に落ち込んでしまっているということなので、そちらも慰め、元気づけてやらなくてはならなかったのだ。さらにファニーは想像で補って、エドマンドが兄の節操をも正しい方向に導いてくれているだろうと考えた。

これまで家族に肺病を患った者はいなかったので、(1) ファニーは従兄の病気については恐れよりも希望を抱きがちだった。ただ、クローフォド嬢のことを考えたときは別で、クローフォド嬢はとても強運な星の下に生まれている感じがするし、その利己性と見栄っ張りな性格からすると、きっとエドマンドが一人息子になるという展開は実に風向きのいいものだろう。

病室という場においてさえ、この運の強いメアリーのことは忘れられてはいなかった。エドマンドの手紙には追伸があった。「前の手紙の件についてですが、僕がちょうど手紙を書き始めたときに、トムの病気で呼び戻されました。でも今は考えが変わり、あの人の友達による影響を心配しています。トムが回復したら、私の方から直接そちらに出向きます」。

マンスフィールドの状況はこのようなものであり、復活祭までほとんど変化はなかった。母親が書いた手紙にエドマンドが一行だけ書き加えたもので、充分にファニーに情報は伝わった。トムの回復は、不安になるほど遅かった。

復活祭がやってきたが、これが終わらないとポーツマスを去る日がやって来ないのだと分かってから、ファニーには、今年の復活祭は特に待ち遠しかった（復活祭は暦によって数週間の幅で前後する）。復活祭がやってきたその後でも、まだいつ帰れるのか何も知ることができなかった。マンスフィールドに帰る途中でロンドンに寄ることになっていたが、そのことさえどうなるのか、何も分からなかったのである。伯母は何度も自分に帰ってきてほしいと書いて寄こしたが、その決定を担っている伯父からの号令は出ないのだった。伯父としては息子のそばを離れるわけにはいかないのだろうと思ったが、ファニーにとってこの先延ばしは、世にも残酷で実につらいものだった。そろそろ四月も終わるという頃、自分が家を留守にしてから、もう二ヶ月どころか三ヶ月が経とうとしていた。毎日が難行であって、ファニーはマンスフィールドの人々のことを愛おしく思っていたので、こんなにも自分がつらい思いをしていることは伝わらない方がいいと思った。ファニーを迎えに行かなきゃと誰かしらが思いつく余裕はいつになったらできるのだろうか。

マンスフィールドに帰りたいという願い、待ちきれない思い、そして熱望は、クーパーの「人生の訓練」からの一、二行を思わせた（前出（上巻一一四頁注3）ウィリアム・クーパーが一七八五年に書いた詩。副題「学校についての見解」。当時の寄宿学校を批判している）。「どんなに熱く我が家を思ったか」というのは常にファニーの喉元まで出ている句であり、自分の熱望を最も正確に言い表してくれるもので、どんな寄宿学校生だって自分ほどどこの思いを強くしてはいないだろうと思った。

ポーツマスに来るときには、そこを我が家と呼びたがり、「我が家に帰る」と言っていたものだった。この言葉はファニーにとって、きわめて大事なものだったのだ。それが大事なのは今でも変わらないのだが、今や我が家という言葉が指すのはマンスフィールドの方だった。今やそちらの方が我が家になっていたのだ。ポーツマスはポーツマスでしかなく、マンスフィールドこそ自分の家だったのだ。ファニーが密かに自分で考えたところでは、もうとっくの昔からこうなっていた。そして伯母が同じようにそう呼ぶのを目にすると、この上ない慰めとなった。「こんなに困ったときに、あなたが我が家を離れているのはとてもやりきれず、つらいことです。あなたがもう二度と家を離れぬようにと強く願い、祈っています」といった文面は大変嬉しかった。とはいえ、この喜びは隠しておくことにした。両親に対する気遣いから、伯父の家の方がいいなどといったことは素振りも見せないようにしていた。常に「ノーサンプトンシャーに戻ったら、マンスフィールドに戻ったら、これをしたい、あれをしたい」と表現していた。かなりの間、そうしていた。しかし、とうとう望郷の念が強くなって油断をしてしまい、思わず「家に戻ったときに何をしよう」と言ってしまった。すぐに反省し、顔を赤らめ、恐る恐る父と母の顔をうかがった。憂う必要もなかった。二人とも不快に思った様子もなく、聞いてさえいないようだった。二人には、マンスフィールドへの嫉妬などまったくなかったのである。ファニーがマンスフィールドに帰りたいと思おうが、実際に帰ってしまおうが、好きにしてもらって一向に構わなかったのである。

ファニーとしては、春の喜びを味わえないのは悲しいことだった。それまでは、三月と四月を町中で過ごしてしまうとどんな喜びを逸するか知らなかったのだ。これまでは、草木が芽吹き、花が開くのを見て、どれほど自分が喜んでいたのか分かっていなかったのだ。気まぐれではありながら、どうしたって美しくなっていくこの季節の訪れを目にすると、身体も心も元気になる。伯母の庭の一番暖かい一角で最初に咲く花が日増しに美しくなり、伯父の植林地で葉が茂り、森は壮観を呈する。こうしたものを目にすることができるのは大いなる喜びで、それが今ないことは決して些細なことではなかった。そしてそれを見ることができないのもさながら、それは空気の悪い、騒々しい場所に自分がいるからであり、自由で新鮮な空気、良い香りと緑の代わりに、閉じこめられたまま悪い空気と悪臭にさらされているからなのだというその理由の方は、ことさらつらいことであった（感染病の感染経路が当時は発見されておらず、多くは土を媒介とした空気感染であると考えられていた）。しかしこのような酷い状況も、自分の不在のせいで最も大事な人たちが困っているのに比べたら、自分を必要とする人々のそばにいて役立ちたいという強い気持ちに比べたら、大したことではないと思えるのだった。

もし我が家にいれば、家にいるみんなの役に立つことができたはずである。全員の役に立てるに違いないとさえ思えた。家族全員のために、何かを考えたり何かに手間をかけたりといったことを自分が引き受けることができるはずなのに。たとえバートラム伯母の支えとなり、一人にしないであげるだけだとしてもいいことだろうし、あるいはそわそわしてはお節介を焼いて悪影響を及ぼすもう一人の伯母は、自分を偉く見せるだけのために、わざわざ恐れを煽るようなことをするのだから、そこから守ってあげるだけでも皆にとっていいことだろう。伯母に本を読んで聞かせたり、話し相手になってあげることや、これまでどんなに幸せだったかを思い起こし、これから起こり得ることへの覚悟を決める助けになってあげることなどを想像してみるのが嬉しかった。伯母のために階段を何度も昇り降りし、伯母のためにいくつもの伝言を届けたりする自分を思い浮かべてみた。

こんなときにトムの妹たちがロンドンに留まっていられるのはファニーからすると大きな驚きだった。病状は一進一退ではあったが、もう何週間もトムの病気は続いているのだから。二人は好きなときにマンスフィールドに帰れるはずだった。二人にとっては、移動をすることだって一向に難しいことではなく、それでも二人が家に戻らないことの理由が分からなかった。たとえラッシュワス夫人はどうしても担わねばならない務めがあって実家には戻れないと思い込んでいたとしても、ジューリアは好きなときにロンドンを離れることができたはずだ。伯母の手紙によると、ジューリアはもし戻ってほしいならば戻るとは言ってきたそうだったが、それだけだった。ロンドンにそのまま留まっていたいのだということは明らかだった。

ロンドンが人に及ぼす影響は、まともな感情とはすべて反対の方向に働くものなのだと、ファニーには思えてならなかった。その証拠がクローフォド嬢であり、従姉たちだった。クローフォド嬢がエドマンドに抱く愛情は以前はまともなものだった。その人格の中で最もまっとうな部分がそれだったと言ってもいいだろう。そして自分に対する友情も、少なくとも文句のつけられるものではなかった。しかし、この二つの気持ちは今やどこに行ってしまったのだろう。クローフォド嬢から最後に手紙をもらって以来あまりにも長い時間が経ってしまっているので、あんなにも強調されていた友情が実は大したものではなかったのかと思わざるを得なかった。クローフォド嬢や、ロンドンの友人たちについても、マンスフィールド経由で入ってくるもの以外は、もう何週間も知らせがなかった。そしてクローフォド氏がまたノーフォークに行ったかどうかも、次に会うときまで自分には知らされることもないだろうし、今年の春はその妹からも含めてもう音沙汰がないだろうと思いかけていた。ところが一通の手紙が届き、以前からの感情に火がつき、また新たに穏やかでない思いが湧き立つことになったのである。

ファニー、私が長らく音沙汰なしでいたことは、できるだけ早く許して下さいね。かたちだけでも許したふりなら今すぐにでもしてくれるわね。これでも遠慮しているつもりだけれど、こうお願いしつつ、期待しています。なにせ、あなたはとてもよくできた方だから、私は自分には過分な対応というものをあなたに期待してしまうんだわ。しかも、今すぐにお返事を下さいとお願いしたいのです。今マンスフィールド・パークではどんな様子なのかを知りたいのですが、あなたはもちろんご存じですよね。あの方々が現在置かれた状況を思っても気持ちが落ち込まないとしたら、冷酷としか言いようがありませんから。伺ったところでは、お気の毒なことに、バートラムさんが回復する見込みはあまりないそうですね。最初はご病気のことを聞いてもあまり気にも留めませんでした。あの方は、ちょっとした不調であってもご本人も周りも大騒ぎというタイプの方だと思っていましたし、あの方を看護する人たちの方に同情していました。でも今や、あの方の病状が本当に悪化していて、症状がきわめて深刻なものであるということや、そしてあの方の家族の少なくとも数人はそのことをご存じであるということが、確実な知らせとして入ってきています。もしそのとおりならば、あなたがその数人の一人、つまり、状況を把握している内のお一人であることは間違いありませんでしょう。ですから、私が知らされていることがどれだけ正確か教えていただきたいのです。誤った情報だったと言われたらどれほど嬉しいか、言うまでもありません。しかし、このとおりの内容で知れわたっているので、身震いするほどです。あのような立派な若者が、人生の最盛期にあって、よもやその生を終えられるようなことがあるとしたら、大変に残念なことです。サー・トマスもお気の毒に、ずいぶんと堪《こた》えることでしょう。このことを思うと、本当に動揺してしまいます。ファニー、ファニー、あなたの微笑みや、嘘ねと言わんばかりの表情がもう目に浮かぶけれど、誓って申し上げます。私はお医者様を買収してなにかの悪巧みをしようなんて考えていませんからね。お若いのに本当にお気の毒に。ただもし、あの方が亡くなったら、この世からさらにもうお一人、お気の毒な若者というものがいなくなることになりますね。そして私は臆さぬ表情、遠慮のない声で宣言しますけれど、富と地位というのはそのもう一人のような方にこそ相応しいのです。去年のクリスマスには愚かなことをなさいましたが、数日分の判断ミスについてなら少しは打ち消しにしてあげることはできるでしょう。装飾や金メッキは多くの染みを隠すことができます。あの方のお名前から「エスクワイア」という称号が消えるだけのことです。(2) ファニー、私のような真の愛情をもってすれば、それくらいのことなら我慢ができるわ。どうぞ次の集配時間に間に合うようにお返事を下さい。私がどんなに心配しているかを是非とも慮って下さい、じらすようなことはしないで下さいね。あなたが現場から聞いている本当の情報を私にも教えてほしいのです。そして私の気持ちに照らしても、あなた自身の気持ちに照らしても、恥ずかしいなどとは思わないで下さい。それは自然な気持ちであるだけでなく、人のためでもあるし、本来的に正しい気持ちなのです。どうぞ自分の良心に尋ねてみてちょうだい。「サー・エドマンド」の方が、他のどの「サー」よりも、あのバートラムの領地で正しいことをなすとお思いにはなりませんか。(3) もしグラント夫妻が在宅だったらあなたを煩わせることもなかったでしょうが、今や本当のことを知らせられるのはあなただけなのよ。妹さんたちにはご連絡ができないので。R夫人は復活祭をトゥイッケナムのエイルマー宅で過ごしていますし――もちろんこのことはご存じよね――、ジューリアはベッドフォード・スクウェアの近くに住んでいるいとこたちのところにいますが、その方たちのお名前も、通りの名前も忘れてしまいました。(4) 尤も、お二人のどちらかとすぐに連絡がとれたとしても、やはりあなたにお願いしたわ。というのも、お二人はご自分たちの楽しみを中断されないように、あえて真実から目をそむけていらっしゃるご様子です。R夫人の復活祭の休暇も間もなく終わるでしょう。あの方にとっては、完全に休暇なのでしょうね。エイルマーさんたちは感じのいい人たちだし、ご主人はよそにいらっしゃるから、楽しいことばかりなのでしょう。ご主人が義務に則ってバースまで母親を迎えに行くように仕向けたのは上出来でしたが、お姑さんと一つの家でどうやって仲良く暮らすのでしょうね。ヘンリーは今はいないので、伝言はありません。エドマンドは、この病気のことさえなかったら、とっくにロンドンに来ていると思いませんか。あなたの友、メアリーより。

この手紙を折りたたんでいたら、ちょうどヘンリーが入ってきましたが、手紙を送るのを遅らせてまでお知らせすることはありませんでした。R夫人はお兄様の病状が悪化していることをご存じです。ヘンリーが今朝お目にかかったんですって。今日ウィンポウル・ストリートに戻って、お姑さんも到着されたそうです。ヘンリーがリッチモンドで何日か過ごしたからといって、おかしな想像をしてはだめよ。(5) 毎年春にはリッチモンドに行っているんですから。あなた以外の人のことなど想っていないことは確かですから。今この瞬間もあなたに会いたくてたまらなくて、どうやったらそれが叶うか、どうしたらあなたに喜んでもらえるのかということばかり考えています。その証拠に、あなたをお家にお連れするという、ポーツマスであなたに披露した計画を、また熱心にここでも語っているのよ。私も心の底から賛成します。ファニー、どうかすぐにお返事を書いて、私たちに来るように言ってちょうだい。私たちみんなにとっていいことだわ。兄と私は牧師館に泊まれるので、マンスフィールド・パークの方たちにご迷惑をおかけすることもないわ。皆様にまたお会いできるのは本当に嬉しいし、人が少し増えるのはあの方たちにとって、とてもいいことでしょう。そしてあなたに至っては、向こうであなたがどんなに役に立つかを分かっていらっしゃるでしょうから、戻る手段があるのに戻らないのはあなたの良心が許さないでしょう――だって、あなたはいつだって良心的なのですから――。ヘンリーからの伝言は時間的にも我慢の限界からいっても、半分も書くことはできません。どの伝言の内容も、揺るぎない愛情だということはお伝えしておきます。

この手紙のかなりの部分にファニーは不快感を覚え、またこの手紙の差出人と従兄のエドマンドとを再会させたくないと強く思ったので、この最後の申し出を受けた方がいいのかどうか、客観的に判断することができなくなっていた（と、ファニーは自分では考えた)。自分個人のことに関しては、きわめて魅力的な提案だった。ひょっとしたら三日以内にマンスフィールドまで自分を送り届けてもらえるかも知れないのは大変喜ばしいことだった。しかし、このような喜びを実現してくれるのが、その感情や振る舞いの大部分において非難せざるを得ない人たちなのだということは、非常に困った点だった。今このとき、非難するべきことは沢山あった。妹の感情、兄の品行、妹の冷酷な野心、兄の浮き足だった虚栄心。未だにラッシュワス夫人とのつき合いが続いていて、ひょっとしたら相変わらずいちゃついているのかも知れないのだ。ファニーは怒りを覚えた。買い被っていたのだ。しかし幸運だったのは、もはや自分は反対側の気持ちを考えてみたり、何が正しいのかを、いちいち考えたり、決断したりする必要がなかったことだ。エドマンドとメアリーを引き離しておいた方がいいかどうかもこの場合は考えずに済んだ。ファニーには判断基準が一つだけあり、それに従ってすべてが決まった。伯父に対する畏敬、そして伯父の意に背いてしまうことへの畏怖から、自分が何をすべきかは自ずと明らかだった。ファニーはマンスフィールドへ自分を送り届けてくれるというその申し出を断固として断らねばならなかった。もし伯父が自分の帰宅を望んでいたならば自らそう言ってくるだろうし、早く帰りたいと自分から申し出ることさえも、根拠のない出すぎた振る舞いとなるだろう。ファニーはクローフォド嬢にお礼の手紙は書いたが、申し出ははっきりと断った。「伯父様がお迎えにきて下さることになっていると聞いております。それに従兄の病気がもうこんなに何週間も続いているのに私が呼び戻されないということは、今戻っても歓迎されないし、かえって迷惑になるということなのでしょう」。

ファニーは今の従兄の病状について、自分が現状として考えている内容を書き送ったが、それだけでも読む側は充分楽観的な希望を抱いたことだろう。エドマンドが牧師なのは許してあげてもいいが、ただしそれは特定の財政状況下であるならばということらしい。あの人の偏見を乗り越えることができたとエドマンドはあんなに喜んでいたけれど、ふたを開けてみれば真実はその程度のことだったのである。メアリーはお金さえ手に入るならば、職業がなんだろうと同じことだと気づいたのだ。

(1) 当時肺結核は治療法がない大変恐ろしい病気であると共に、結核菌の感染によるものではなく遺伝病であると考えられてもいたため、ここは結核ではなさそうだという意味で安心材料になっている。

(2) エドマンドは、もしもトムの身に何かがあって自分が跡継ぎになったら「サー・エドマンド」となるが、今のままであれば肩書きは名前の後に「エスクワイア」(郷士)が付くに留まる。

（3）サー・トマスのように、「サー」はこれにファーストネームを続けて、准男爵の呼称となる。つまり、サー・エドマンドというのは、もしも長男であるトムを欠いて、エドマンドがこの准男爵家を家長として相続した場合に呼ばれる呼称。

（4）トゥイッケナムはロンドン南西方面へ十五キロメートルあまり行った郊外の土地で、メアリーの叔父の提督が別荘を持っている(第一巻第六章)。ベッドフォード・スクウェアは、ロンドン中心部フィッツロヴィアにある通りだが、当時はそう栄えたところであるとは言いがたい。

（5）リッチモンドもロンドン南西方面にあるがトゥイッケナムよりも中心部寄りに位置する地域。

第十五章

ファニーは、自分からの返事が確実にクローフォド嬢の期待に応えるものではなく、相手の性格からして、是非考え直すようにと書いてくるに違いないと思っていた。その後、一週間もの間、この手紙は来なかったのだが、ついに手紙が到着したそのときにもファニーのこの予想は変わらなかった。

手紙を受け取ったとたんに、それがそう長い手紙ではないことが分かったので、急ぎの用件のみだと推測した。手紙の目的は明白だった。そしてファニーは、差出人がその兄と一緒にまさに本日、ポーツマスにやって来るという知らせの手紙だろうと考え、一瞬にして、来てしまったら自分はどうすればいいだろうかとうろたえた。しかしそのような困難を背負うことが一瞬はあっても、その次の瞬間にはすでに解決しているということもあるのだ。手紙を開ける前に、すでにファニーは、クローフォド兄妹が自ら迎えにやって来ることについて伯父から許可を得た上で書いて寄こしたのではないかという可能性を考え、そういうことならばと気持ちが楽になりかかっていた。手紙はこんな内容だった。

ファニー、恐ろしく恥さらしで、質の悪い噂話が私の耳に入ってきてしまいました。この話がそちらで広がって耳に入ったとしても、絶対に信じてはいけないと伝えるために筆を執りました。これは何かの間違いですから、一日か二日も経てば、ことははっきりするでしょう。どちらにしてもヘンリーに非はありませんし、ほんの束の間の軽率な行動があったとしても、頭の中にはあなたのこと以外はないのです。私の次の手紙が届くまで、このことについては他言無用です。何も聞かず、何も考えず、一言もささやいてはいけません。すべては丸く収まり、ラッシュワス氏のたわ言だったのだと判明するだけに決まっています。たとえあの二人が出て行ってしまったとしても、二人はマンスフィールド・パークに向かっただけのことで、そこにはジューリアも同行していることは、これは命を賭けても間違いありません。でも、なぜあなたを迎えに行ってはいけないのでしょう。後悔なさるようなことにならなければよいのですが。

かしこ

ファニーはあっけにとられていた。恥さらしな、質の悪い噂話など届いていないので、この手紙は奇妙なばかりでほとんど理解ができなかった。ここから推測できるのは、ウィンポウル・ストリートやクローフォド氏のことが何か絡んでいるということ、そしてその方面で何かとても不謹慎なことが起こり、それが世間を騒がせて、このことが自分の耳に届いたならば嫉妬するだろうとクローフォド嬢は心配しているらしいということくらいであった。クローフォド嬢はファニーの気持ちなど気にかける必要はないのだった。ファニーは単に関係者を気の毒に思ったのと、もし噂がマンスフィールドまで届いた場合のマンスフィールドの人たちのことを心配しただけだったが、そこまではまだ広まっていないだろうと思った。クローフォド嬢の手紙から察せられるように、もしラッシュワス夫妻が二人ですでにマンスフィールドに向かったならば、なんらかの不愉快な知らせが先に届いていたとは考えにくいし、たとえ届いていても大した事態だとは思えなかったからである。

クローフォド氏に関していえば、今回のことで先方が自分の性格について理解を深め、この人がこの世の誰であっても一人の女性を思い続けることができない質であることを自覚して、もう自分にしつこくつきまとうことがなくなることを願うのだった。

なんとも妙なことだ。ファニーは、クローフォド氏が本当に自分を愛していて、自分に対する好意が普通以上のものだと信じ始めていたのだ。それにその妹は未だに、兄は他の人のことなど頭にないと言っているのだ。それでもクローフォド氏はファニーの従姉になんらかの特別な関心を向けたに違いない。何か大変不謹慎な出来事が起こったに違いないのだ。手紙の主はちょっとした軽はずみな言動くらいなら気にするような人ではないのだから。

ファニーは胸騒ぎがして、クローフォド嬢からまた次の手紙を受け取らないかぎり、この不安は続くと思われた。手紙のことを頭から追い払うことができなかったし、誰かに話して気を紛らせることもできなかった。クローフォド嬢はあそこまで過剰に秘密を徹底するような書き方をすべきではなかった。ファニーの、従姉に対する思いをもっと信頼して書いたってよかったのに。

翌日になっても新しい手紙は来なかった。ファニーは落胆した。昼がくるまではほとんど他のことは考えられなかった。しかしその日の午後に、父がいつものように新聞を持って帰ってきても、まさかその方面から何か新しいことが入ってくるとは思っていなかったので、束の間そのことが頭から離れた。

ファニーはもの思いにふけっていた。この部屋での最初の晩、新聞を読んでいた父の記憶がよみがえってきた。もうこの季節にはロウソクは必要なくなっていた（すでに五月であり、日没はぎになる）。太陽が沈むまで一時間半あった。ここに来て実に三ヶ月になるのだと改めて思った。そして部屋の中まで強く照りつける太陽のせいで、元気が出るどころか、さらに憂鬱な気分になった。というのもファニーにとって、町と田舎とでは太陽はまったく別のものに見えたのである。ここではそれはぎらぎら光るだけのものであり、息苦しい、病的にぎらつく光であり、目立たなくなっていた染みや汚れを際立たせるものだった。町にあっては、太陽の光には健全さも楽しさもなかった。ファニーはむっとするような暑さの中、埃が舞う中に座っていた。ファニーはその眼差しを、父の頭が寄りかかった痕の残る壁から、弟たちがナイフで切り込みをつけて印を刻んだテーブルへと移動させた。テーブルの上には、きちんと洗ったことのない茶盆が置いてあり、茶碗と受け皿には縞模様の染みがこびりつき、ミルクは青みがかった液体になって埃が浮かんでいて、パンとバターはレベッカが用意したときよりもいよいよベトベトになっているのだった。お茶の準備が進む間、父は新聞を読み、母はいつものようにぼろぼろの絨毯を嘆き、レベッカが繕ってくれないかしらと愚痴をこぼしていた。父親がある箇所を読みながらふんと言ったり、何度か読み直してからファニーに言った言葉ではっと我に返った。「ファン、今ロンドンにいらっしゃる、あのご立派な従姉様のご一家はなんていう名前だったっけ」。

ファニーは一瞬考えてから答えた。「ラッシュワスです」。

「それで、ウィンポウル・ストリートに住んでいると言っていたよな」。

「ええ、そうです」。

「それなら、今大変なことになっているようだな。ほら（とファニーに新聞紙を差し出し）、あれだけの高貴な親戚がいてもまったく何の意味もありゃあしない。サー・トマスがこういったことをどうお考え遊ばされているかは分からんが。ああいうご立派でお高い紳士はそれでも娘への気持ちが変わらないのかも知らんが、こん畜生、これが俺の娘だったら、こっちの力が尽きるまで、縄の端で叩いてやるよ（ほどけないように固く結ばれた縄の端で叩くことが海軍では懲罰になっていた）。こういったことを防ぐには、男にだって、女にだって、少しばかり鞭打ちをくれてやりゃあいいんだ」。

ファニーは記事を読んでみた。「本紙は大変遺憾ながら、ウィンポウル・ストリートのR氏の家庭における騒動を報道するものである。つい最近既婚者の仲間入りをされ、今後の社交界を華やかに主導してゆくと目される美貌に恵まれたR夫人が、R氏の親しい友人で仲間であり高名にして魅力溢れるC氏をお供に、ご主人の家を出立されたことが判明した。お二人がどこに向かわれたのかは、さすがに本紙の記者にも皆目不明である」。

「違うの。この記事は間違っているわ、お父様」とファニーはすぐさま言った。「間違いに決まっていますわ。こんなこと、起こるわけがありません。どなたか他の方と間違えているんです」。

こうした言葉は恥を少しでも先延ばしにしたいという直感から出たもので、絶望から発した、こう言わねばと決意した結果なのであった。というのも、こう自分で言いながらもファニー自身が信じていなかったし、信じることなどできないのだった。読み進める内にこれはいよいよ本当のことだろうという信憑性が増してくるのがショックだったのだ。すぐさま事実を把握することができた。いったいどうしてこのとき自分が言葉を発することができていたのか、それどころか、どうして呼吸することができていたのかは、後から考えても謎だった。

プライス氏はその記事についてほとんど関心がなかったので大した返答はしなかった。「確かにまるっきりでたらめかも知れないよな。だけど近頃じゃ、ご立派なご婦人方が地獄に堕ちるようなことをあっちこっちでしてるから、誰が何をしでかすか分かったもんじゃない」。

「まあ、なんてこと、本当でないといいわね」と、プライス夫人は悲しそうに言った。「なんて酷いことでしょう。――あの絨毯のことはもう十回以上はレベッカに言ったわよね。ねえ、ベツィ。——十分もあればすぐ済むことなのに」。

このような罪悪を犯してしまったのだと分かり、それがどのような不幸をもたらすかと考え始めたファニーは、とても言葉では言い表せない苦悩を感じた。当初はただ呆然としているような状態だった。しかしその後は、恐ろしく悪いことが起こったのだという実感が増してくる一方だった。真偽を疑う余地はなかった。この記事は誤報なのだろうと期待することも、もうできなかった。クローフォド嬢の手紙は、もう何度も読み返して、全文をそらで覚えてしまっていたが、その手紙のせいでこの記事に恐ろしい確信を持ってしまった。手紙の中で、自分の兄を必死で弁護していること、この件がなんとか「収まる」ことを望んでいること、明らかに動揺していること、こうしたことはすべて非常に悪いことが起こってしまったことを物語っていた。そしてこのような重大な罪を些細なこととして扱ってごまかそうとして、罰が下されないことを望むような人が、およそまっとうといわれる女性の中でいるとしたら、クローフォド嬢がそういう人なのであることは分かった。いったいどこの誰が消えたのか、あるいは消えたとあの手紙に書かれていたのかについて、自分が誤解して読んでいたことが今やようやく見えてきた。ラッシュワス夫妻が姿を消したのではなく、いなくなってしまったのはラッシュワス夫人とクローフォド氏の二人だったのである。

ファニーは生まれてこのかた、自分が本当の意味でのショックというものを受けたことが一度もなかったのだと実感した。とても気が休まる間がないのだった。情けない思いが果てることなく夕べが暮れていき、夜は一睡もできなかった。気分がすっきりしないだけだったのが、やがて恐怖に変わり、熱くほてっていた身体が冷たくなっていくのを感じた。この出来事はあまりにもおぞましく、時折、自分の感覚の方で、こんなことは起こり得ないと否定してくるのだ。そんなことはあり得ないと思いもした。ほんの六ヶ月前に結婚したばかりの女性と、他の女性に夢中だと言い、婚約しているとまで思い込んでいる男性とが。女性の方は自分の血縁という近い関係にあり、両方の一家は家族ぐるみであのように縁を結び、友情があり、親しい間柄だったのに。このあまりにも恐ろしい罪と混乱、ひどい悪業の錯綜は、まったくの野蛮な状態にいるような人間でなければ人間としてなし得ないことだ。しかしファニーの判断力の方は、それはまったく起こり得ないことではないと言っているのだった。クローフォドの気まぐれ、虚栄心と共に揺らぐ愛情、そしてマライアの明らかな好意、両方にしっかりした信念がないことからすると、これは充分に起こり得る事態なのだ。クローフォド嬢の手紙は、このことを事実なのだと裏書きしていた。

どんな結果が待っているだろう。傷つくのは誰だろう。誰の将来に影響を与えるだろう。この先ずっと心の平穏を乱されることになるのは誰なのだろう。クローフォド嬢本人と、したがってエドマンドもまた。しかし、このようなことを自分が考えようとするのは危険なことかも知れない。罪を犯したことが確かで、それが世間の目にさらされることになった場合には、悲しみが必ずや家族を襲うことは分かり切っているのだから、そのことだけを考えた。あるいは、そのことだけを考えようとした。マライアの母親は嘆くだろう。父親も嘆くだろう。そう思って、少し考え込んだ。ジューリアも、トムも、エドマンドも。そこでまた、さらに長く考えが停滞した。つまり父親とエドマンドの二人が最もこのことで心を痛めるだろう。サー・トマスの父親としての心配、名誉と品性を重んじる性格、そしてエドマンドの正しい信念と人を疑わない心、真に強い感情のことを思うと、こんな恥ずべき事件が起これば、二人の生命も理性も危機にさらされるのではないかと心配されるのだった。そしてファニーからしてみると、現世だけしか考慮に入れないならば、ラッシュワス夫人の関係者全員にとって一番の幸せは、今すぐにも消えてなくなることだろうと思うのだった。

翌日もその翌日も、ファニーの恐れを和らげる材料はなかった。二度郵便が配達されたが、公のものでも、私的なものでも、事実を否定するような知らせは届かなかった（新聞は郵便物であり公のものとは新聞の配達を指している）。クローフォド嬢からは、先の手紙の内容を打ち消してくれるような手紙は届かなかった。マンスフィールドからも伯母がもう手紙を書いてもいい頃なのに、なんの知らせもなかった。手紙がないことは悪い兆しだった。ファニーには自分の気持ちをなだめてくれるような希望はほとんどなく、あまりにも体調がすぐれず、青ざめては震えているような状況に至ったので、娘に冷たい母親でなければ決して見逃すようなことは起きなかったはずである。ただ、冷たいわけではなくとも、プライス夫人はその例外だった。そして三日目になると、ドアのノックの残酷な音が響き渡り、再び手紙がファニーの手に渡った。ロンドンの消印が押してあり、それはエドマンドの手によるものだった。

ファニーへ

私たちの今の嘆かわしい状態を知っていますね。君の苦しみを神がお支え下さいますように。ここに着いてもう二日になりますが、何一つ解決していません。二人の足取りがつかめないのです。そしてとどめの一撃についてはまだそちらでは耳に入っていないかも知れませんね。実は、ジューリアが駆け落ちをしてしまいました。私たちがロンドンに着く数時間前にロンドンを出てしまっていたのです。もっと他のときならこの出来事は大変な衝撃だったでしょう。今のような状況にいるとこんなのはどういうことのないように思えてきてしまいますが、それでもさらなる打撃です。父はまだしっかりしてくれていますが、それ以上のことは望めそうもありません。今はまだ父も冷静に考えて行動することができています。この手紙も父に頼まれて書いているのですが、あなたに帰ってきてほしいとのことです。母のためにも戻ってもらいたいようです。あなたがこの手紙を受け取った翌朝にはポーツマスに着けるだろうと思いますので、マンスフィールドに帰る準備を整えておいて下さい。父は、スーザンにも来てもらって数ヶ月滞在してもらいたいと言っています。あなたのご都合でその手配をして、伝えるべきことを伝えておいて下さいますよう。こんな場面だからこその父の配慮を察していただければ幸いです。稚拙な文面で恐縮ですが、真意を汲みとってあげて下さい。私の目下の状態を想像できるでしょうか。この不幸には終わりは訪れてくれないようです。郵便馬車で向かいますので、早く到着できることと思います。

ファニーはこの時ほど気付け薬を必要としたことは今までになかった。同時にこの手紙ほどのいい気付け薬もなかったのだ。明日。ポーツマスを明日発つことができる。これほど多くの人が悲しい思いをしている中で、危うく自分だけがこの上なく幸せを感じてしまうところだった。こんなにも悪い出来事が、こんなにも自分にとって嬉しいことをもたらしてしまうとは。やがてそのことに自分では気づくことさえなくなってしまうのではないかと恐れた。こんなにも早く迎えに来てくれて、こんなにも親切に溢れ、慰めをもたらしてくれて、そしてスーザンを連れて行ってもいいなんて、あまりにも嬉しいことが組み合わさりすぎて、ファニーの心は輝き、しばらくはすべての苦痛が遠ざかり、今最も思いやっている人々の不幸にさえも共感することが難しくなっているからしかった。ジューリアの駆け落ちの件は、ファニーには比較的軽い衝撃しかなかった。驚愕し、ショックは受けたが、そのことばかりが頭を支配するということはなかった。そのことにあえて意識的に自分の考えを向けてみて、破廉恥で情けないことが起こったのだなと認識するようにしないかぎり、このことはつい頭から離れてしまい、頭の中は自分が急に呼び戻されたことの忙しさや慌ただしさで浮かれてしまうのであった。

悲しみを癒すには何かに忙しくしていることが一番である。何か動き続けて、やらなければならないことに従事していること。忙しくしていれば、たとえその忙しいのが悲しいことのせいであっても、悲しみを癒すことができるので、ファニーは自分が忙しいのが嬉しかった。あまりにもやるべきことが多いので、ラッシュワス夫人のぞっとするような話（今やもう間違いない話として確定していたが）であっても、以前と同じようにはファニーに影響を与えなかった。悲しんでいる暇はなかった。あと二十四時間以内に出発できればと思っていた。父と母に話さなければならないし、スーザンに準備をさせて、発つ用意をしなければならない。次から次へとすることがあり、一日が短かすぎた。スーザンにも来てほしいと言われていることを親に伝えられるのはとても嬉しく、その喜びはそれに先んじて伝えねばならない不幸な知らせでもほとんど曇ることはなかった。スーザンも一緒に行くことについて父と母が喜んで同意し、二人が行くことに他の子もみんな納得してくれているらしく、スーザン自身も有頂天になって喜んでいるので、ファニーはすっかり元気を持ち直した。

バートラム一家の苦境は、ほとんどこの一家には影響していなかった。プライス夫人は数分間、姉の気の毒な状況について話していたが、レベッカがどの箱も持っていっては全部だめにしてしまうので、スーザンの服を入れる物をどうしようということで頭がいっぱいだった。そしてスーザンはと言うと、一番望んでいたことがこうして予期せぬかたちで叶い、罪を犯した人々のことも直接は知らず、悲しんでいる人々とはつき合いがなかったこともあって喜んでいたけれど、最初から最後まで喜び通していることなく少しは抑えられたとしたら、十四歳にしては上出来だったと言っていいのではないだろうか。

プライス夫人の決定に委ねたり、レベッカに任せられたりしたことは一切なかったので、すべてのことが合理的かつ順当に進み、娘たちは翌日の準備ができあがった。旅のためにたっぷりと睡眠をとっておこうなどということは、しようとしても無理だった。こちらに向かっている従兄に劣らず二人は興奮していた。一人は喜びに溢れ、もう一人は刻一刻と変化する、言葉では表せない心の揺れを感じていた。

朝八時にはエドマンドは家に着いていた。娘たちはその到着する音を上の階で聴き、ファニーが階下に降りてきた。これからすぐにエドマンドに会うこと、今どんな気持ちでいるかを慮ると、最初の感情がどっとよみがえってきた。こんなにも自分のそばにいながら、苦しんでいるのだ。ファニーは客間に入る頃には歩くのもやっとだった。エドマンドは一人で待っており、すぐにファニーを迎えた。そしてファニーは胸にひしと抱きしめられたが、そのときにやっと聞きとれるような声で「ああ、ファニー、僕のただ一人の妹、僕の慰めになるのはもう君一人だけだ」とささやいた。ファニーは何も言えなかった。エドマンドも、その後の数分間は何も言えなかった。

エドマンドは気をとり直すために一度向こうを向き、再び口を開いたときにもまだ声は震えていたが、その様子からは自分を制御しようという意志が見え、この後はこの話を避けようとする決意が見えた。「朝食はもう済んだのかい。いつ出発できるだろう。

スーザンも来られるのかな」と矢継ぎ早で尋ねた。エドマンドがなにより一番に考えているのはなるべく早く出発することだった。マンスフィールド・パークのことを思うと、時間が勝負だった。自分の精神状態にとっても、立ち働いていることだけで慰めになるのだった。エドマンドがこれから三十分後に馬車を玄関に来させることになった。ファニーは三十分あれば朝食を済ませて準備を整えられると答えた。エドマンドはすでに食事を済ませており、家族と一緒に食事をとるのを辞した。これから城壁を散歩してくるから、馬車が来たら家の前で合流しようということだった。そしてすぐにまた去って行った。一人になりたくて、ファニーとさえ距離をとったのだ。

エドマンドは非常に元気がなかった。激しい感情を抑えておこうと決意しているようだった。ファニーはそれは当然だと思ったが、それでも非常につらかった。

馬車がやって来た。同時にエドマンドは再び家に入ってきた。数分間だけ家族と話をして、娘たちが落ち着き払って送り出されるのを見届ける時間をなんとかとった程度であった。見届けるといってもエドマンドの目には何一つ見えていなかったが。そして、普段よりも急いで料理を準備していたため、準備が整った朝食に二人が腰を下ろそうとしたが、もう馬車が玄関を発つ時間になっていた。ファニーの自分の父の家での最後の食事は、最初の食事に雰囲気がよく似ていた。そのもてなしの温かさといったらファニーがここに迎え入れられた日と変わらぬほどだった。

ポーツマスの城壁を出る頃には、いかにファニーの胸が喜びと感謝で膨らみ、スーザンの顔にこれ以上ないほどの笑みが溢れたかは、想像に難くないだろう。しかし前屈みに座り、ボネットで顔が隠れているので、その笑みは人からは見えなかった。

静かな旅になりそうだった。エドマンドの深い溜息がしばしばファニーに届いた。もし二人だけだったら、どんなに我慢をしていても、エドマンドの方も心を開いていただろう。しかし、スーザンがいることでエドマンドは気持ちを内に秘めてしまい、当たり障りのないことを話そうとしたが、長くは保たなかった。

ファニーは常に変わらぬ気遣いでエドマンドを見つめていたが、時に目が合うと愛情の込もった笑顔を引き出すことができて、それで心が慰められた。しかし旅の初日は、エドマンドの心に重くのしかかっている事柄については、一言もないまま終わった。翌朝はもう少し進歩があった。オックスフォードを出発する直前、スーザンが窓の近くに陣取って、大家族が宿屋から出発する様子を夢中で眺めている間、二人は暖炉のそばに立っていた。やがてエドマンドは特にファニーの外見の変化に気づき、それが父親の家で過ごしていたことの悪影響から来ていることを知らないので、見てとれた変化をすべて最近起こったあの事態のせいだと思い込み、ファニーの手を取ると低いが思いのこもった声で言った。「無理もない。君がどんな思いでいるか、どんなに苦しんでいるか。かつては君を愛した男が君を捨てるなんて。でも君の方は、君の方からしたら比較的最近のことだから――ファニー、僕の失恋のことを考えてもみてくれよ」。

旅の第一段階は長い一日で、オックスフォードに着いた頃には全員ほとんどへとへとになっていた。しかし第二段階はもっとずっと早い時間に終わった。いつものディナーよりもずっと早い時間にマンスフィールドの近所に着いたが、愛する場所に近づくにつれて姉妹の気持ちは少し沈んだ。ファニーは、このようなひどく屈辱的な状況に置かれた伯母やトムと会うことを恐れ始めた。そしてスーザンには今や最高の行儀作法が、最近覚えたばかりの、この場所の習慣についての知識の成果が試されるように思われてきて、いささか不安になってきた。育ちのいい悪いだとか、かつての無作法と新たな上品な振る舞いだとかが去来し、銀のフォーク、ナプキン、フィンガー・ボウルにしきりに思いを馳せていた。ファニーは二月以降の田舎の景色の変化をあらゆるところに感じとっていたが、マンスフィールド・パークに入ってからは見てとれる変化や喜びがいよいよ大きくなっていった。ここを出て三ヶ月、たっぷり三ヶ月は経っており、季節は冬から夏に変わっていた。目をやればあらゆるところに鮮やかな緑の芝生や植え込みがあった。そして樹は完全に葉が茂っているわけではなかったが、これからもっと美しい時期が来る嬉しい予感があるので、今見えるものも沢山ありつつさらに多くを想像できるときでもあった。しかしファニーの喜びは自分だけのものに留まっていた。エドマンドと分かち合うことはできなかった。ファニーはエドマンドの方を見たが、エドマンドは後ろに背をもたれ、今までよりももっと憂鬱に沈み込み、まるで外の楽しい景色が重くのしかかってきているかのように、まるで我が家の美しい光景を自分の中から閉め出したいかのように、目を閉じていた。

それでファニーはまた憂鬱になった。そして中でどういうことにみんなが耐えているかを思うと、その家さえも、この近代的で、風通しがよくて、立地もよいこの家さえも陰鬱な様相を帯びて見えた。

家の中で苦しんでいる内の一人は、未だかつて感じなかったほどの待ち遠しさでファニーたちの到着を待っていた。ファニーが厳粛な面持ちの使用人の前を通るか通らない内にレイディ・バートラムが応接間から出迎えた。無気力そうな足取りではなく。そしてファニーの首っ玉にかじりつくと言った。「助かったわ、ファニー、これでもう私は大丈夫よ」。

第十六章

みじめな集まりだった。そこにいる三人はみんな、中でも自分こそが一番みじめだと思っていた。しかし実際には、マライアを最もかわいがっていたノリス夫人こそが最も苦しんでいた。マライアは第一のお気に入りであり、最愛の存在だった。その結婚は、自分でも常に誇らしく感じ、話題にもしていたし、そもそも自分がまとめた話だった。だから今回の結果にほとんど完膚なきまでに打ちのめされてしまったのだ。

まるで人が変わってしまったようだった。寡黙になって、ぼうっとし、自分の周りで起こっていることに無関心になってしまった。家にいるのは妹と甥だけであるし、せっかくこの家のすべてを自分の管轄下に置ける優位な状況にあるのに、まったくそれを行使しようとしなかった。指示を出したり指図をしたり、自分が何かの役に立っているという想像さえもできない状態にまでなってしまったのである。本当の不幸を味わったときには行動力がすっかり麻痺してしまい、レイディ・バートラムもトムも、ノリス夫人からはこれっぽっちの支えも、あるいは支えようという努力も見せられることはなかった。ノリス夫人がしてあげることといえば、親子の間ですれば間に合う程度のことだった。全員が揃って孤独で、無力で、みじめだった。そして他の者が到着してみても、所詮ノリス夫人がやはり誰よりもみじめな気持ちだったことを立証するだけのことだった。他の二人はほっとしたが、ノリス夫人にとってはいいことはなかった。ファニーが伯母に歓迎されるのと同じくらいに、エドマンドは兄に歓迎されていた。しかしノリス夫人は、この二人のどちらかに慰めを見出すどころか、その内の一人を怒りにまかせてこの件の悪役とみなそうとする勢いで、その姿を見るといらだちが募るだけだった。まったく、ファニーさえクローフォド氏の申し出を受け入れていれば、こんなことにはならなかったのに。

スーザンもまた腹立たしい存在だった。何回か嫌味な視線を投げかけるくらいの元気しか持ち合わせていなかったが、相手をスパイ、侵入者、貧乏な姪といった、あらゆる意味で嫌悪すべき存在と見たのである。もう一方の伯母にはスーザンは穏やかな優しさで迎えてもらった。レイディ・バートラムはあまり多くの時間や言葉をスーザンのために費やす暇はなかったが、それでもファニーの妹としてマンスフィールドに居場所があると感じ、キスをし、好意を寄せた。それでスーザンは充分に満足だった。というのも、ノリス伯母からは不機嫌な扱いしか期待できないことはすっかり承知していたからだ。

そしてあまりにも嬉しいことの方が多く、いくつもの確実な悪い事柄から逃れるというこの上なく恵まれた環境に置かれた今は、他の者が自分に示した無関心以上の事柄にも充分耐えられたのである。

今やスーザンはかなりの時間、できるだけ屋敷や敷地を知るようにと、一人きりで放っておかれたが、何日間でも喜んでそうして過ごしていた。一方で、本来ならばスーザンの相手をしているべき人々は閉じ込もってしまうか、あるいは、自分に完全に頼り切っている者にせめてもの慰めを与えるのに忙しかった。エドマンドは兄が病気なので自分の感情を押し殺そうとしていたし、ファニーは愛するバートラム伯母につきっきりで、かつての役目をかつて以上に一生懸命に果たしていた。こんなに自分を必要としている人に、尽くしても尽くしてもやりすぎには決してならないと思ったのである。

考えるのも恐ろしいこの事件についてファニーと話すこと、そして話してから嘆くことがレイディ・バートラムの慰めだった。自分の話に耳を傾けてくれて、我慢してくれて、優しい声と温情に満ちた返事をもらえることが精一杯の慰めだった。他の方法で慰められることなど考えも及ばないことだった。この事件には他の慰めなどあり得なかった。レイディ・バートラムはものごとを深くは考えなかったが、大事なことに関してはすべて、サー・トマスが言うとおりの、公正な判断を下した。したがって今回何が起こったか、ことの深刻さを理解し、この罪と不名誉を過小評価しようとはせず、ファニーにそう思い込めるよう手助けを求めたりはしなかった。

レイディ・バートラムの愛情は激しい質のものではなく、その精神もこだわりを持ち続けるものではなかった。少し時間が経つと、ファニーは伯母に他のことを考えさせたり、いつもしていたことに新たに興味を持たせることができるようになってきた。しかしレイディ・バートラムがこの事件を考えるときには、必ず一つの見方しかできなかった。自分は娘を失い、決して晴らすことのない汚名を着せられてしまったというこの一点だけである。

ファニーは伯母から、今までに分かったことすべてを聞いた。伯母は理路整然と話せる人ではなかった。しかしサー・トマスへ宛てた、あるいはサー・トマスが書いた何通かの手紙と、自分がすでに知っていて、合理的に組み合わせることができる情報の助けによって、この件に関する状況について知りたいだけのことを知ることができた。

ラッシュワス夫人は復活祭の休みに、最近仲良くなったばかりのある家族と一緒にトゥイッケナムに行ったのだった。それは快活で楽しそうな家族で、恐らくそれに見合う道徳心と認識の持ち主だったようだ。その証拠にその家は、クローフォド氏が常日頃出入りしているところだったのである。氏が近くにいたことを、ファニーはすでに知っていた。このときラッシュワス氏は数日間を母親と過ごしてロンドンに連れて帰ってくるためにバースに行き、マライアは誰の監視下にもなく、ジューリアの目からさえ完全に自由になっていた。というのも、ジューリアはその二、三週間前にウィンポウル・ストリートから姿を消し、サー・トマスの親戚を訪ねていたのである。イェイツ氏とのことを隠すためにその方が好都合だったからなのだろうと、両親は今になって分かった。ラッシュワス夫妻がウィンポウル・ストリートに戻った直後に、サー・トマスは親しくしていたロンドンの旧友から手紙をもらった。その友人はこのあたりの事情についてずいぶんと心配なことを見聞きしてしまったので、サー・トマス自身にロンドンに来て自分の娘の振る舞いを諭すよう勧め、もう人々の口の端にも上っていて夫をも不安に陥れているようなその親密な関係を是非とも終わりにさせるべきだと書いてきた。

サー・トマスは、マンスフィールドの住人の誰にも一言も言わずに、この手紙の勧めるとおりを実行しようと思っていたのだが、この同じ友人から速達で追って手紙が届いたのだ。彼ら若者たちの状況が今やほとんど絶望的な段階に来てしまっているということだった。ラッシュワス夫人は夫の家を出て行ってしまっていた。ラッシュワス氏は激怒し、途方にくれて、自分(ハーディング氏)に相談してきている。ハーディング氏によると、少なく見積もってもきわめて目に余る無分別をやらかしたのではないかということだった。母親の方のラッシュワス夫人のメイドがこのことを暴露してしまうかも知れないという大きな危険を抱えていた。ハーディング氏はあらゆる手を尽くして、ラッシュワス夫人が戻るまではものごとを穏便に抑えようとしていたが、ウィンポウル・ストリートでは、ラッシュワス氏の母親のさしがねであまりにも邪魔が入るので、最悪の結果をも想定しておかなければならないということだった。

この恐ろしい手紙の内容を、他の家族に伝えないわけにはいかなくなった。サー・トマスは出発し、エドマンドも同行すると言って出かけた。そして他の者はみじめな状態で残され、ロンドンからの次の手紙でもそのみじめさは大きくなるばかりだった。そのときにはもうすべてが、取り返しのつかないほど明るみに出てしまっていた。母親の方のラッシュワス夫人の使用人はすべてを露呈することができる立場にいたし、女主人の支持を得ているのでとても止めることができなかった。夫人とその嫁は、一緒に過ごしたほんの少しの間にとっくに仲違いしていた。姑が嫁に対して抱いた悪い感情は、嫁が息子を軽んじることだけではなく、自分もまた嫁から敬意をもって接してもらっていなかったことも原因だったかも知れない。

事実がどうであれ、ラッシュワス夫人を止めることはできなかった。しかし、たとえ夫人がこれほど強情でなかったとしても、息子に対してこれほどの影響力がなかったとしても——ラッシュワス氏というのは、常に最後に話をした人の言うことに、つまり氏をつかまえて黙らせることができた人の言うことに従う人間なのだったが——それでももう希望は持てそうもなかった。というのは、嫁の方のラッシュワス夫人はもう姿を見せることはなく、どこかでクローフォド氏と共に身を潜めているとしか考えられなかったからだ。クローフォド氏は、夫人が行方をくらませたのと同じ日に、旅に出るような様子で叔父の家をあとにしたのである。

サー・トマスはそれでも、娘を探し、もうその体面を保つのは無理でも、せめてそれ以上の不道徳な行為をしないように自分の手に取り戻そうと、もうしばらくロンドンに滞在していた。

サー・トマスが今どういう状況にあるか、ファニーは考えることもできなかった。今このとき、自分の子どもたちの中で苦痛を持ち込んでこないのは一人だけだった。妹の行いにショックを受けてトムの病状はひどく悪化し、あまりにも回復が遅れたので、レイディ・バートラムまでが異変に衝撃を受け、定期的に自分の不安について夫に書き送っていた。そしてロンドンに到着してから知ったジューリアの駆け落ちという事件は、そのときはそれほど強くはなかったとしても、実際には極めて苦しいものとして響いたのに違いない。そして実際にそのとおりであることが分かった。手紙に、どれほど嘆かわしいことと感じているかが書いてあった。どんな状況下においてもこの二人の結婚は歓迎できないものであったが、かくも秘密裏に行われ、それも今のようなタイミングでそうなったということは、ジューリアの神経がきわめて疑われるところであり、その選択の愚かさがことさらに際立つようなことだった。大変に不届きなことであり、最悪の方法で、最悪の時期に起こってしまったとサー・トマスは言い、ジューリアの行いは悪行というよりは愚行であるという意味でマライアに比べて許しの余地があるものの、今回の行いで、今後、妹も姉の行った道をたどってしまう可能性があると考えざるを得なかった。ジューリアが自ら飛び込んでいった人間関係について、サー・トマスはそのように考えていたのである。

ファニーは伯父の心境を考えると非常に心が痛んだ。伯父からするとエドマンドにしか慰めを見出せないだろうと思われた。他の子どもたちは誰もが伯父の心を痛めているに違いなかった。ファニーはノリス夫人とは違って、自分に対する伯父の怒りも今や消えたものと思っていた。自分は正当に評価されているだろう。クローフォド氏が今回しでかしたことによって、氏の申し込みを断った自分の行動は許されるだろうが、その点こそが自分にとっては最も大事であったとしても、伯父にとってはなんの慰めにもならないのだろう。伯父の怒りは恐ろしいものだった。ただ、自分が許されることや、伯父への自分の感謝や愛情など、今やどれほどの救いになるかは知れている。伯父にとって、慰めはエドマンドだけなのだ。

しかし、エドマンドは目下のところ父親になんの苦痛ももたらしていないだろうというファニーの見込みは外れていた。他の子どもたちがもたらす苦痛ほどには鋭いものではなかったが、サー・トマスは、エドマンドの行く末までが妹や友人の犯した罪に巻き込まれることを案じていた。今回のことで、エドマンドが見まごうことなき愛情を示し、うまく話が運んでいた女性から、引き離されなければならなくなったのだ。その女性の兄が見下げ果てた人物であったことを除けば申し分のない縁組みであったのに。ロンドンにいるエドマンドが、家族のこと以前に、本人のことだけでもどれほど苦しんでいるか、サー・トマスは気づいていた。エドマンドの気持ちが分かったか、少なくとも推測することはできた。どうやらその後に少なくとも一度はクローフォド嬢と会ったようだったが、それでエドマンドはいっそう苦しくなるだけなのだった。そしてそのこともあって、エドマンドをロンドンから遠ざけようと、ファニーを伯母のもとに送り届けるように命じた。これはファニーと伯母のためだけでなく、エドマンドのためでもあったのである。ファニーは伯父の気持ちを聞かされていなかったし、サー・トマスはサー・トマスでクローフォド嬢の性格など分かってはいなかった。もしクローフォド嬢と息子が交わした会話を知ったなら、相手の財産が二万ポンドどころか、四万ポンドであったとしても、その縁組を望ましいものなどとは思わなかっただろう。

エドマンドがもう生涯クローフォド嬢と一緒になることはないだろうことは、ファニーは疑いもしなかった。とはいえ、エドマンド自身がそう思っていることがはっきりしないかぎり、自分の確信だけでは充分とは言えなかった。エドマンドも同じように考えているとは思ったが、それを実際に確かめてみたかった。以前は、エドマンドがクローフォド嬢とのことを包み隠さず語ってくれるのが自分には重たかったけれど、今なら喜んで聞いてあげるのに。しかし、そういう話になることはなさそうだった。エドマンドを見かけることもほとんどなく、会っても二人きりということにはならず、ひょっとすると二人きりになってしまうことがないように努めているようにも見える。これはどういうことなのだろうか。二人になってそれを話し合わないのは、一家の一大事にあって自分も自分なりの相応の苦しい負担を引き受けねばならないにしても、それが口に出せないほどにまで苦しすぎることであるからなのか。きっとそういう心情に違いない。エドマンドは現状を受け入れてはいるものの、あまりに苦しみが伴うので、それを口には出せないのだ。エドマンドがクローフォド嬢の名前を再び出すまで、そしてファニーが以前のように心を開いて相談を持ちかけてもらえるようになるまで、長い長い時間が必要だった。

そして、実際に長かった。木曜日にマンスフィールドに到着していたのに、エドマンドは日曜日になってようやくその件について口を開き始めた。日曜日の夕方ファニーと共に座っていて、しかも雨の降っている日曜日であり、友人がそばにいたら嫌でも心を開き、何もかも打ち明けてしまうような場面だった。部屋には母親以外は誰一人おらず、その母親も感動的な説教を聞いて泣きながら眠ってしまっていたので、自分が口を開かないわけにはいかなかったのだ。そういうわけでエドマンドは、お定まりの始まり方で、何から話したらいいか分からないことや、数分間だけ話を聞いていてくれたらそれでとても短く切り上げるつもりだし、この件を今後また繰り返してはファニーの親切心につけ込むようなことをするつもりはないこと、また繰り返されるのではないかという心配はいらないこと、もう二度とこの件を出さないことなどを断った後に、自分にとって最も関心がある事柄と感情を、愛情と同情をもって聞いてくれることが分かっている人を相手に話をするという贅沢に浸ることができたのである。

ファニーがどんな風に聞き入ったか、どんな好奇心と心配、苦痛と喜びをもって聞いたか、エドマンドの声に現れる動揺に注目したか、気を遣ってエドマンドのことを凝視だけはしないように配慮していたか、こうした点は、難なく想像することができるところだろう。冒頭は不安を掻き立てた。エドマンドはクローフォド嬢に会っていたというのだ。会いに来るようにと招かれたのだ。会いに来るようにとレイディ・ストーナウェイを通じて手紙を受け取っていたのだ[1]。そしてこれが互いに友人でいる最後、本当に最後の面会だと思い、さらにクローフォドの妹ならば感じているはずの恥と悲しみを相手が感じていることを想像して、相手への思いやりと愛情に溢れた状態でエドマンドが出向いたので、ファニーは、それが今後、本当に最後の面会とはならなくなるのではないかと案じた。しかし話が進むにつれて、その恐れも消えた。エドマンドによると、クローフォド嬢は、正真正銘、確かに真剣で、動揺までしている様子だった。しかし、エドマンドがまともに口を開く準備が整うその前に、相手は話を始めたが、その話しぶりには衝撃を受けたことをエドマンドは認めざるを得なかった。「「あなたがロンドンにいらっしゃると伺いまして」とクローフォドさんは言ったんだ。「お目にかかりたかったわ。あの情けない件についてご相談しなくてはなりませんわね。私たちの身内ほど愚かな人たちっているかしら」って言うんだ。これには僕は返事ができなかったけど、表情で伝わったと思う。僕にたしなめられたと感じたと思うよ。時にはあんなに空気を読むことが得意な人なのにそんなことを言うなんて。それに、もっと深刻な顔と声でこうつけ加えるんだ。「あなたの妹さんのせいにして、私の兄をかばうつもりはありませんのよ」。

そう話し始めたんだけど、その後なんと言ったかはちょっと君には聞かせられないな、そう、とても聞かせられないよ。何をしゃべったか、全部は覚えていないけど。なるべくならば思い出したくもないんだ。その話はつまり、あの二人の愚かさに関する怒りだったんだ。一度も好きだったことのない女性に惑わされて、愛する女性を失うように追い込まれてしまったと言って、兄の愚かさを責めていたよ。そしてそれにも増して愚かだと非難していたのは、かわいそうにマライアのことで、男性の方でとっくの昔に自分に対する愛情がないことを示していたのに、自分が愛されているのだという幻想から、今の地位を犠牲にして困難な状態に飛び込んでいってしまったというんだ。これを聞いて僕がどう思ったか言わなくても分かるだろう。僕の……、あの人の話を聞いていると――あの人は愚かさとしか言わないんだ。あんなにも簡単に、冷静にその話を口に出すんだ。嫌がる様子もなく、怖がる様子も見せずに、女性らしさも、なんというか、おぞましいと思う様子もなく。これはね、あの人のいる世間が犯した罪なんだよ。だってファニー、あれほど天から恵みを受けている人間が他にいるかい。それが台なしだよ、まったく、台なしになってしまっているんだよ」。

少し考えた後に、絶望がくれた冷静さのようなものを取り戻してエドマンドは言葉を続けた。「今、すべてを打ち明けて、もうこのことは永遠に話さないことにするよ。あの人は今回のことを愚行としか受けとめていなくて、その愚行だってそれが露見してしまったことだけが問題だと思っているんだ。当たり前の慎重さ、用心が足りなかったと――つまり、マライアがトゥイッケナムにいる間ずっとクローフォドがリッチモンドにいたこと、使用人を信用したこと――つまり、ばれてしまったのがいけなかったって言うんだ。ファニー、あの人が非難したのは、二人がしたことではなくて、それが露見してしまったことの方だったんだよ。不注意だったために、取り返しのつかないことになってしまい、あの人の兄がもっと大切な将来計画を諦めてマライアと逃げなければならなくなったと言うんだ」。

エドマンドは話をやめた。「それで」と、ファニーは自分が何かを言う番だろうと思って尋ねた。「あなたはなんと言ったの」。

「何も、まともなことは何一つ言えなかった。あっけにとられてしまってね。あの人は言葉を続けて、君の話をし始めた。そう、あの人は今度は君のことを話し始めて、当たり前だけど、あんな友達を失うことになるだなんてと、残念な気持ちを語り出した。そこはとても道理に適ったことを言っていた。あの人はいつも君のことはきちんと評価していたからね。「兄が逃してしまったあの女性とは、もう二度と会うことはないんだわ」とあの人は言っていたよ。「あの子ならば兄を落ち着かせることができたし、一生幸せにすることができたでしょう」ってね。ファニー、こんな風に、今はもう可能性のなくなった昔の夢を話すことが、喜びであって苦痛ではないといいんだが。もうこの話はやめた方がいいかな。もしやめた方がいいなら、表情で教えてくれたら、あるいは一言そう言ってくれたら、もうすぐにやめにするよ」。

そんな表情も言葉もファニーは示さなかった。

「神に感謝するよ」と、エドマンドは言った。「君の気持ちについては、みんな心配していたんだ。でも天のお恵みなのか、邪悪なものに染まっていない心は、こんなことで苦しまないように定められているんだね。あの人は君については、この上ない賛辞と温かい愛情の言葉で話していたよ。でもここでもやっぱり、不純なもの、よからぬものは混ざってきたんだ。というのは、その話の中で、「あの子はなぜ兄を受け入れなかったのかしら。全部あの子がいけないんだわ。足りない子ね。許せないわ。もしあの子がちゃんと兄の申し出を受けていたなら、今頃は二人は結婚を控えて、兄も自分の幸福に夢中になって、他の人には目もくれなかったはずだわ。ラッシュワス夫人との旧交を温めようなんて思いもしなかったはずだわ。毎年、サザトンやエヴリンガムで会ったら恒例でいちゃつくっていう程度で済んだのに」。ファニー、信じられるかい。もう僕にとっては魔法が解けてしまった。目からうろこが落ちたよ」。

「残酷ね」とファニーは言った。「なんて残酷なの。そんなときに冗談を言って、軽い言葉を口にするなんて。しかも、話している相手があなたなのに。本当に残酷だわ」。

「君は残酷と呼ぶんだね。僕の考えと、そこは違っていてね。いや、あの人は残酷な人柄なわけではないんだ。あの人は、僕の気持ちを傷つけようとしていたわけじゃないと思うんだ。あの人の困ったところはもっと深いところにあるんだ。僕たちのこういう気持ちについてまったく気づいてないこと、想像すらしていないこと、そしてこの件をああいう風に話そうとするあまのじゃくな性格。あの人としては、他の人の話しぶりを聞いて、誰だってそう話すだろうと想像して、そのとおりに話していただけなんだよ。それは性格の問題じゃないんだ。誰かに対して、あえて苦痛を与えようだなんて思っていないだろう。そして、こう言うと僕は自分を欺くことになるのかも知れないけど、やはりどう考えても、僕のためなら、僕の気持ちを尊重するためなら、あの人は変わってくれたんじゃないかと――ファニー、あの人の問題なところは生き方の方針に関することだし、デリカシーが鈍り、精神が堕落して、頽廃して、ああなってしまったんだ。ひょっとしたら僕にはちょうどよかったのかも知れない。残念だと思う必要もなくなるだろうから。いや、でもそうじゃない。あの人をそんな人間だと思わなければならないくらいなら、あの人を失う大きな痛みに耐える方がまだいい。僕は、そうあの人に伝えたんだ」。

「そうなの」。

「ああ、あの人のもとを去るときにそう言ったんだ」。

「どのくらい一緒にいたの」。

「二十五分。そしてあとはあの二人を結婚させるだけだとあの人は言うんだ。ファニー、あの人は僕よりもずっと落ち着き払った声でそう言うんだよ」。エドマンドは言葉を続けながらも、一度ならず口をつぐむことになった。「『兄にあの人と結婚するように説得しなきゃ』とあの人は言うんだ。「兄本人のけじめから言っても、ファニーからは一生愛想を尽かされてしまったのだし、あの二人が結婚して事態を収めるのは、そう考えられなくもない話でしょう。ファニーとの結婚については、さすがにもう諦めてもらわなきゃなりませんけどね。こうなってしまったからには、さすがの兄もあのタイプの人を手にいれることはできないでしょうから、もうマライアとの結婚を阻むもので乗り越えられないものはないでしょう。私は兄に少なからぬ影響力を持っていますし、説得ならしますよ。そしていったん結婚してしまえば、奥様の実家は立派な方々ですから、そのご家族の支えがあれば、奥様も社交界でそれなりの地位を早晩取り戻せるかも知れません。無論、一部の方々の間では決して受け入れられようもないのは分かっています

五位鷺（ごいさぎ）　サーロイン

後頭部に白い飾り羽の伸びた美しい鳥ゴイサギ。その名は、『広辞苑』によれば、神泉苑の御宴の折、この鳥に醍醐天皇が五位のくらいを与えた故事にちなむという。一方、牛肉の部位サーロイン(sirloin)は、イギリス国王がその美味を讃えて、ナイト(勲功爵)に冠する敬称「サー(sir)」を与えたという語源説があるが、本当は「腰の上部」の意の中世フランス語 surlonge に由来する。

が、美味しいディナーを用意して、大きなパーティを催せば、喜んでおつき合いの関係を戻して下さる方だって沢山出ていらっしゃいますよ。それに、こういう話に関しては、今は前よりも世間が寛容で考え方もひらけてきているんですから。私に言わせれば、あなたのお父様はここで何もなさらないことです。首を突っ込んだためにかえって事態を悪くしかねませんからね。知らんぷりしておくように説得して下さい。もしもお父様がいらぬ手を出した結果、マライアが兄のもとを離れてしまうようなことになったりしたら、このまま二人で一緒にいさせるよりも、兄が最終的に結婚してあげる可能性はかなり低くなってしまいます。兄が影響されやすい人間だということは分かっているんですから。サー・トマスが、兄の名誉心と思いやりの心に訴えて下されば、万事うまくいくかも知れません。でも自分で娘を家に連れ戻そうとなんてしたら、それこそ最大の武器を引っ込めることになってしまうんですから」」。

エドマンドは、この話をしながらあまりにも動揺してしまったので、言葉には出さずともとても親身になって聞いていたファニーは、それを見て、そもそもこの話題になってしまったことまで後悔したほどだった。エドマンドがもう一度口を開けるようになるまでまた長い間かかった。ようやく「さあ、ファニー」と言った。「もうそろそろこの話はおしまいにするよ。あの人が言ったことは大まかにはもう話してしまった。口がきけるようになると、僕はあの人に答えたんだ。こんな精神状態でこの家を訪れるのはこの上ない苦しみだと思っていましたが、あなたの口から出てきた一言一言は僕をもっと深く傷つけましたとね。あなたとは知り合ってからちょくちょく意見の相違が、それも重要な局面であったのは分かっているけど、今あなたが示したほど大きな考えの違いまでは想像をしていませんでしたとね。あの人の兄と僕の妹が犯したあの酷い罪——どちらがどちらを誘惑したかは僕の口から言うことではないけれど——、その罪をあの人がどう受けとめてどんな風に話題にしたか。本当に責めるべきこと以外のことだけを非難して、そこからどんな悪いことが起ころうと、品性に背き、恥知らずを貫いて、目をつむろうとしている。そして、とうとう挙げ句の果てに、二人が結婚することをあてにして、その過ちを続けることに迎合し、妥協し、黙認することを我々にも勧めてくるんだ。あの人の兄の人物が分かった以上、そんな結婚は、後押しするどころか止めに入るべきなのに。今回の一連のことで、僕には、自分があの人のことをまるで分かっていなかったという悲しい事実がはっきりしたんだ。そして、この何ヶ月もの間僕が想いを寄せていた相手は、僕の頭の中だけの話で言うと、僕の想像の産物を想っていたのであって、本物のクローフォドさんはそこにいなかったんだとも伝えてきたよ。そしてそれが分かったのが、僕にとっては一番いいことだったのではないかということもね。あなたとの友情、あなたへの想い、希望、そんなものはいずれにしてももう僕の中には残っていないけれど、それを後悔することもあまりないだろう。けれど僕はどうしても言いたいし、言わずにはおれないのは、あなたが僕にとって以前のままの姿でいてくれるなら、そしてあなたへの好意と敬意を持ち続けることができるなら、このお別れがどんなにつらくても、自分からすすんでその痛みを味わうことにしたい。これが僕があの人に言ったこと、その内容だよ。ただ、君も想像がつくだろうけど、今君に話したように落ち着いて、順序立てて話してこられたわけじゃない。あの人は驚いていた。とても驚いていたよ。あれは驚きを超えていたね。顔色が変わるのが分かったよ。真っ赤になっていって。いくつかの思いが錯綜していたんだね。ほんの一瞬だけど大きくとり乱していた。真実を認めたい気持ちが半分、恥ずかしい思いが半分——それでもここでは、あれは習慣だね。普段の習慣がものを言ったんだ。笑おうとするんだよ。返事をしながら笑いのようなものを漏らすんだ。「まあ、これはとんだお説教をいただきましたわね。最近教会でお披露目されたお説教を一部ご披露下さったのかしら。この調子ならマンスフィールドとソーントン・レイシーの宗徒を一人残らず改心させることができるでしょう。次にあなたのお噂を聞く頃には、メソディスト[2]派の大きな集まりでご高名な説教師になっていらっしゃるか、伝導師としてはるか異国にいらっしゃることでしょうね」。あの人は無頓着な様子で話そうとしていたけど、自分が思うほどうまくいってなかったよ。僕はただこう答えた。心の底からあなたの幸せを祈っています、あなたがもっとまっとうな考え方ができるようになってほしいし、それに僕らにとって最も大切なのは、おのれとおのれの義務を理解することで、特段の苦しい試練を通り抜けずにその理解に至ることを切に願っています。そう言って、僕はすぐに部屋を出た。数歩歩くとね、ファニー、後ろでドアが開く音がしたんだ。「バートラムさん」とあの人は言った。振り向いた。「バートラムさん」と言いながら、微笑むんだよ。でも、その微笑みはたった今したばかりの会話からするとちぐはぐだった。そのいたずらっぽく、ふざけたような微笑みは、僕の気持ちを引きずりこもうとするんだ。僕を従えようとばかりにね。少なくとも僕にはそう映った。僕はそれをはねのけた。僕の直感がその瞬間はねのけろと言ったので、そのまま歩き続けることにした。後になってから、あそこで引き返さなかったのを悔やんだりもしたけれど。でも、正しいことをしたのは分かっている。そして、僕たちの関係はこうやって終わったんだ。なんという関係だったんだろう。どこまで僕は担がれていたんだろう。兄と妹の両方に騙されるなんて。ファニー、我慢して聞いてくれてありがとう。話してずいぶん楽になったし、これでもうおしまいにするよ」。

ファニーはいつもエドマンドの言うことを信じていたので、それから五分ほど経つまではこれで本当に話はおしまいだと思った。しかし、また今までのことまるまる全部が、あるいは少なくとも似たような内容の話が繰り返され、レイディ・バートラムが完全に目を覚ますまではこの話が本当に終わることはなかった。それまでの間、二人の話はクローフォド嬢のことばかりだった。クローフォド嬢がいかにエドマンドの心をとらえたか、いかに魅力的な性質を持ち、もっと早くから善良な人たちに育てられていたらどんなに素晴らしい人になっていたか。ファニーは今や率直にものが言える状況になっており、クローフォド嬢の本性についての自分の理解もここにつけ足してもいいと考えた。そこで、エドマンドとの仲を修復したいとクローフォド嬢が思っていたことの原因は、一つには、エドマンドの兄の病状にあったのではないかということを、それとなくほのめかしてみたのだ。これはエドマンドには耳が痛い話だった。そんなことは考えたくないと思うのが普通だろう。クローフォド嬢の好意がそんな財産目当てのことでないと思えたらずいぶん楽だっただろう。しかし、そんなエドマンドの見栄は、自分の中にある理性の前で、そうそう長く意地を張り続けていられるものではなかった。トムの病気だって、ここでは後押しになっていたと考えざるを得なかった。一つ慰めがあるとしたら、正反対だった二人の性格や習慣を思えば、元々期待していい以上の愛情を自分に抱いてくれていたし、クローフォド嬢が自分のために、少しはまっとうな道に近づいてくれていたということだった。ファニーもこれとまったく同じ考えだった。そして、このような失意の影響はエドマンドの心に今後もずっと残っていくだろうし、強い印象を残すだろうということは、二人とも一致して分かっていた。その苦しみは、時間が経過すればいくらかは和らぐに違いない。しかし完全には払拭できない類いのものだろう。そして他にエドマンドの心からそれを消す女性に出会う可能性があるとしたら——いや、そんな可能性を口に出して誰かが言っただけでも怒りがふつふつと湧いてきてしまうだろう。エドマンドのよりどころとなるのは、もうファニーとの友情しか残っていないのだった。

(1) メアリーもエドマンドも互いに独身であり、独身の男女が直接に手紙をやりとりすることはマナーの見地からすると御法度なので、既婚者であるレイディ・ストーナウェイが媒介をしている。ヘンリーがファニーに直接手紙を書かずメアリーに書かせたのも同様の事情による(下巻一九四頁)。

(2) メソディスト派は、十八世紀に英国国教会司祭のジョン・ウェズリー(一七〇三—九一)が興したキリスト教の一派。規律に従って規則正しく生活することを基本としており、メアリーはエドマンドの融通の利かなさを揶揄するのに、メソディスト派を引き合いに出している。

第十七章

罪と不幸について綴るのは他の誰かに譲ることにしよう。私は極力早めにこの嫌な気持ちになる話を片づけてしまいたい。自ら悪事に荷担しなかった人には是非とも安らぎを取り戻してあげたいし、それに当てはまらない人についてもさっさと処分を終わらせたい気持ちなのだ。

我らがファニーについて、大変嬉しい報告をできるのは、今ちょうどこの時、様々な事情がありながらもとても幸せを感じているはずだということだ。自分を取り巻く人々の置かれた過酷な状況に共感し、あるいは共感したつもりになってはいたけれど、ファニー自身は幸せだったはずだ。嬉しいことがあって、どう抑えたって表に出てきてしまうのだ。マンスフィールド・パークに戻ってきているし、人の役にも立っているし、周囲にも愛されている。クローフォド氏の危険からは離れていられたし、サー・トマスが帰宅したときは、陰鬱な面持ちでありながらも自分のことを隅々まで認めてくれていて、前よりも評価してくれていることが分かるからだった。そして、そのことだけでも充分に幸せなのだが、それが全部なかったとしても、やっぱりファニーは幸せだった。なにしろ、エドマンドはもうクローフォド嬢に欺かれていないのだ。

確かに、本当のところ、エドマンド自身はとても幸せとは言えなかった。落ち込んでは過去を悔い、思い出しては苦しみ、叶わない望みを抱き続けた。そのことを知っているファニーは、一緒になって悲しんだ。しかしこれは悲しみといっても、大いなる満足の上に成り立っているものであり、心のやすらぎへとがっちりとつながっているもので、元々願っていたことにも馴染む悲しみであったから、至って楽しい思いをしている人々だって自分の楽しみとこの悲しみを取り替えてもらいたいと思ったことだろう。

サー・トマス、かわいそうに親の立場に立っているサー・トマスは、親としての自分の過ちを自覚しているので、いつまでも苦しんでいた。サー・トマスが今や身に染みて思い知ったのは、結婚を認めなければよかったということ、娘の気持ちをよくよく知っていながら結婚を許してしまったことについては自分の咎であり、結局結婚させてしまったのは正しい判断より便宜を優先させたからで、我が身かわいさと世間体を気にした結果だったのだということだった。こうした思いが薄れるにはそれなりの時間がかかった。しかし時間というものはほぼあらゆることを解決してくれる。そしてラッシュワス夫人が引き起こした悲惨な出来事についてはほとんど慰めなど期待できないにしても、残りの子どもたちに関しては、当初考えていたよりは慰めを見出すことができた。ジューリアの結婚は、始めの予想ほどには悲惨なものにならなかった。ジューリアは謙虚な姿勢で許しを請うていたし、イェイツ氏は家族の一員に迎えられたいと本気で思っていたので、サー・トマスに敬意を示し、言われたことに従う用意があったのである。人間としてしっかりしているとは言い難いが、以前に比べれば軽薄なところが目立たなくなってきているようだ。少なくとも家庭人として穏やかな人間になっていく見込みはありそうだ。いずれにしても、最初に心配していたよりも、イェイツ氏が持っている財産は少しばかり多めで、抱えている借金の方はかなり少なかったことが分かり、またサー・トマスとしては、自分を最も頼りになる人物として相談を持ちかけ、接してくれるのは、心の救いとなっていた。トムは次第に健康が回復し、以前のように軽率で自分勝手な人間に戻ってしまう様子もなかったので、そこにもサー・トマスはほっとしていた。病気が幸いして、ずっと人間ができてきたのだ。苦しみを経たこと、そしてものごとをきちんと考えてみることを覚えたこと。この二つをかつては知らなかったのである。そして、ウィンポウル・ストリートでのあの嘆かわしい事件に関しても、元々は自分が催した不適切な演劇のせいであらぬ親密さが生まれてしまったためだったのだと反省したことは、良識もあり家族や友達にも恵まれている二十六歳の若者にはいい薬になった。トムというのは、本来は最初からこういう人間になっているはずだったのだ。父親の役に立ち、地に足をつけて落ち着いて、決して自分のことだけを考えて暮らすこともなくなっていった。

これは大きな安心材料だった。そしてサー・トマスがこうして喜ばしいことが続きそうだというよりどころを得るとそのとたん、エドマンドもまた父の気持ちを楽にするのに一役買うことになった。それは、父からするとエドマンドの唯一心配だった点——元気のないこと——に改善が見られたということである。夏の夕べを毎日ファニーと歩きまわっては木陰に腰かけて、心ゆくまで話を聞いてもらって、なんとか元気を取り戻してきたのだった。

こういった状況の改善や望みが見えてきたことが、徐々にサー・トマスにとっては慰めとなり、自分が失ったものへの無念な思いが薄れていき、ある程度は自分を許すことにもつながっていった。そうはいっても、娘たちの教育を誤ったという確信から湧き起こる苦しみは完全に消すことはできないでいた。

遅ればせながら今になって悟ったのは、マライアとジューリアが常に家でその伯母から過度に甘やかされては、ほめそやされていた一方で、自分の方からは厳しくされているという正反対の扱いが、いかに幼い頃の人格形成に歪みをもたらしていたかということであった。ノリス夫人のよくない影響を、自分が厳しくすることで打ち消せるだろうという自らの判断がどれほど誤っていたかを身に染みて知った。そんなことをしたって、二人は自分の前では猫をかぶって正体を隠す結果になるだけだったのだ。そして手放しに溺愛しておだてるだけで自分の方に引きつけておけると考えるような人物に、たっぷりと甘やかされていたというわけだ。

これは重大な落ち度だった。しかし、ひどく悪い判断だったとはいえ、サー・トマスにはこれが、自分の教育計画の、最悪というほどの間違いではなかったのだとだんだんと思えるようになってきた。どこかその中味の方に欠陥があったのには違いなかった。そうでなければ、教育の悪影響も時間によってそのかなりが緩和されてしかるべきはずだった。信念、つまり積極的な信念が欠如しているのではないかと思われた。自分の欲望や気質をきちんと抑えるには義務感を培うしかないのだが、それを教わり損ねたのだ。子どもたちは宗教の理論面は習っていたのに、それを日々実践するようには言われていなかったのだ。人並み以上に品があって教養を備えるというのが、子どもの頃からの目標だったのだが、こういうことにはなんらいい影響ももたらさなかったし、道徳面にだっていい影響はなかったのだ。子どもたちをよい人間に育てたくはあったのだが、子どもたちの心持ちでなく、知力や礼儀作法に気をとられすぎていたのだ。そして我を抑えることや謙遜の必要性といったことについては、この子たちのために資するような誰かに指南されたことさえなかったのではないかと、悔いた。

今となっては考えられないようなこの欠落を、サー・トマスは心から嘆くのだった。教育にあれだけお金と手間をかけたのに、娘たちは最も基本的な義務一つ分かっていなかったし、自分たちは娘たちの性格や気質を少しも理解してやれなかったことを、我ながら苦々しく感じたのだった。

特にラッシュワス氏のところに嫁いだ娘が、活発さや強い情熱を秘めていたことについては、今回の悲しい結果によって初めて知ったのだった。ラッシュワス夫人は、クローフォド氏と別れることを承知しなかった。氏と結婚したいと考えていたのだ。こうしてクローフォド氏と一緒にい続けたのだが、この望みがとても叶うものではないとようやく気づくと、その落胆とみじめさから今度は不機嫌になり、氏に対する気持ちが嫌悪に近いものになっていった。そうなると、互いに一緒にいるのが苦痛になり、自分たち自身の意志で別れることになったのであった。

ラッシュワス夫人は、一緒にいてもクローフォド氏からは自分とファニーとの幸せをぶち壊したとなじられるばかりだったので、こうして別れるとなると、確かに自分が二人の仲を引き裂いてやったのだと考えるのがせめてもの慰めだった。このような状況下で、こんなことが腹いせになるような精神状態になること、これを超えてみじめなことは果たしてあるものだろうか。

ラッシュワス氏は難なく妻を離縁することができた(1)。そもそもこの結婚が執り行われた状況に鑑みて、とんでもないほど幸福なことが起きないかぎり離婚よりもましな結果は期待できなかったし、そんな幸運はあてにしてみてもしかたがなかった。妻は夫を軽蔑して、他の男を愛していた——そして夫はこの状況にとっくに気づいていたのであった。自分の知恵が回らなかったがゆえに世間に恥をかいた方も、自己中心的な情熱によって失望を経験した方も、世間の同情を買えるものではない。夫の振る舞いには罰が下り、妻のより大きな罪にはより大きな罰が与えられたのだった。夫の方はこの結婚から自由な身となることで、傷心し、不幸な状態にあったが、いずれまた他のきれいな女性に惹かれて結婚するのだろう。そして願わくば、二度目の結婚はこの男にとってより幸せなものになってほしいものだ。たとえ今度もまた騙されるにしても、少なくとも機嫌を損ねず、幸せなかたちで騙されてくれればいいが。一方、妻の方は夫と比べ物にならないほど強い感情を抱いて隠遁し、非難にさらされる生活を送らねばならないだろう。もはやかつての希望も評判も二度と回復することはないだろう。

ラッシュワス夫人がどこで暮らすかは、きわめて悩ましくも重大な問題だった。ノリス夫人は、姪の欠点がひどくなるほどに姪への愛情を強めていっており、姪がなんとか自宅に戻され、家族に受け入れられることを望んでいた。サー・トマスはこの話に一切とりあうことはなく、ファニーがいるのがその理由だと考えたノリス夫人はファニーに対する怒りを募らせた。そこでサー・トマスとしては、ノリス夫人に対して、そもそもファニーの一件がなかったとしても、あるいは娘と一緒にいることで世間の風評被害を被ったり悪影響を受けたりする若い男女がいなかったとしても、娘が帰ってきたりしたら隣近所に申し訳なくて顔向けできないと威厳をもって話した。しかしそうはっきりと聞かされた後でもなおノリス夫人は、サー・トマスが娘を家に戻さないのはファニーのせいだという考えを曲げなかった。目下の状況が許すかぎりにおいては、サー・トマスは自分の娘を——願わくば罪を悔いていると思いたい自分の娘を——保護し、安心して生活が送れるように手配し、真っ当な道に戻れるように助けてやるつもりではあったが、それ以上のことをするつもりはなかった。娘の評判を崩壊させたのは娘自身なのだから、サー・トマスとしては、もう永遠に回復しないものを回復させようと無駄な企てを考えたり、悪徳を承認したり、その汚名の軽減を試みたり、あるいはなんらかの方法によって自分のこの悲劇を他の家庭に持ち込んだりするような真似をするつもりはなかった。(2)

結局、ノリス夫人はマンスフィールドを去り、不運なマライアの世話をすることに決め、二人は別の地域で所帯をもうけることとなった。遠く離れ、人に知られないところで、ほとんど世間とのつき合いもないままで、片方の側には愛情がなく、もう片方には判断力がなく、この二人の性格がそのまま相手への懲罰になっていたことは簡単に想像することができるだろう。

ノリス夫人がマンスフィールドから去ったのは、サー・トマスからすると落ち着いて生活する上で大きなことだった。アンティグアから帰宅したその日以降、ノリス夫人に対する評価はただ下がっていくばかりだった。そのとき以来夫人と日々接触する中で、毎日顔を合わせ、相談し、おしゃべりをするたびに、夫人にはがっかりするばかりだったので、重なる歳月が夫人をだめにしてしまった、もしくは、サー・トマスが夫人の良識をかなり買いかぶっていて、その不作法さに自分でも驚くほどの忍耐をしてきていたのだろうと確信するに至ったのであった。ノリス夫人に対する嫌悪はとどまるところを知らず、夫人の命が続くかぎり終わりを迎えることがなさそうであるだけに、とてもやりきれないのだった。もはや永久に耐えていかねばならない自分の一部になってしまったような気さえしていた。それだけに、夫人を厄介払いできたのがあまりにも嬉しくて、もし夫人が置き土産としていやな思い出を残していったのでなかったならば、夫人が去る原因となった出来事さえ、これも今にして思えばいいことだったのだと思ってしまいそうなくらいだった。

マンスフィールドでは、ノリス夫人がいなくなったことを残念に思う者はいなかった。夫人は自分が最も愛した者からさえも愛されることがなかったし、ラッシュワス夫人の駆け落ち以来あまりにもいらいらしていたので、どこにいたってその存在は周囲に苦痛をまき散らすのだった。ファニーさえもノリス伯母のために涙を流すことはなかった。永遠にいなくなるとしても同じことだった。

ジューリアの駆け落ちがマライアほどの大事にならなかったのには、その元の性格と状況がマライアよりはましだったということもあったのだが、より大きな要素としては、ジューリアがマライアほどはこの伯母にかわいがられず、ちやほやされず、甘やかされずに済んでいたからだ。ジューリアは、美貌においても稽古事の出来でも姉の次でしかなかった。常に自分はマライアより劣っていると感じていたのだった。姉に比べれば生まれつき素直な性格だったし、感情面で起伏はあっても抑えが効く方だったし、人に迷惑をかけてまで自分自身を中心に考えるようには育てられていなかったのである。

ヘンリー・クローフォドに関する失望をうまく切り抜けたのもジューリアの方だった。自分が袖にされたことの苦痛を乗り越えてしまうと、割と早くに、もう相手のことを考えないでいられるようになった。そして再びロンドンで会い、クローフォド氏がラッシユワス氏の家に出入りするようになると、再び好きになってしまわないように、そこから距離をとる程度の知恵はあって、自ら選んで別の友人を訪問するようにしたのだった。それでいとこたちのところなどに顔を出したりしていたのである。そこにたまたまイェイツ氏がいたのはまったく別の事情なのだった。しばらくは氏が近寄ってくるのを許しはしても、求婚を受け入れるつもりなどさらさらなかった。そして、そのとき姉が突然あのような行動に出なかったなら、そしてそのことによって父親と家に対する恐れが高まらなかったならば――というのは、そういうことがあれば、確実に自分への監視が厳しくなり、窮屈になるだろうから――今回のことで自分への締め付けが厳しくなってしまうという恐ろしい事態は何がなんでも避けねばと決意するに至るということがなかったならば、イェイツ氏の求婚が成功することはちょっとあり得なかっただろう。ジューリアの駆け落ちというのは、自分自身を守らねばという懸念から起こっただけのことなのである。他になす術がないように思われただけなのだ。マライアの罪がジューリアの愚行を引き起こしたのである。

ヘンリー・クローフォドは、若い内から経済的に独立し、悪い見本が家庭内にあったことが人格に悪影響を及ぼしたのだが、虚栄心に踊らされて人の気持ちを汲むことのできない気ままな過ごし方に長いこと浸りすぎたのだった。例の降って湧いた分不相応の出会いから、一度はその気ままさが自分を幸せに導いてくれたのだ。ただ一人の優しい女性の愛情を勝ち得ることで満足することができていたら、ファニー・プライスの拒絶を克服し、その好意と優しさを得ることに充分に喜びを見出すことができたならば、成功と幸せを手に入れることは充分可能だったであろうに。クローフォドの愛情はすでにある程度の成果を上げていた。ファニーがクローフォドに及ぼした影響は、逆にクローフォドを通じてファニーにも影響を及ぼしていたのである。クローフォドがそれに値する態度をちゃんととっていたなら、それ以上の結果だってまちがいなく与えられただろう。特にある一組が結婚していれば、ファニーが良心に従って自分の最初の気持ちを抑えなければいけないと思ってくれて、それも自分に味方してくれただろうし、二人はかなり頻繁に会うことになっただろうから。もしクローフォドが頑張っていて、まっとうな人間でいたなら、ファニーがその褒美となっているところだったのである。しかも自分から喜んで褒美になろうとしただろう。エドマンドがメアリーと結婚して、それなりの時間をおいたその後に。

クローフォド氏は最初から、ポーツマスから帰ったらエヴリンガムに向かおうと思っていたし、そうせねばとも思っていたのだが、もし実際にそうしていたら、自ら幸せな運命を築きあげていたことだろう。しかし、フレイザー夫人のパーティに顔を出すよう

に と強く言われていた。是非あなたには出席していただかないとお世辞を言われ、行けばラッシュワス夫人に再会できることになっていた。好奇心と見栄がどちらも刺激され、正しい行動をするためには犠牲を払うものだという考え方に慣れていない者からすると、楽しそうな目先の誘惑は強すぎた。ノーフォークに向かうのは延期することにした。手紙を書けば用事は済ませられる、あるいはその用事は大して重要ではないと決めてしまって、その場に留まることにしたのである。ラッシュワス夫人に会ってみると、冷たくあしらわれた。これで退き下がって、夫人とはこれから先ずっと冷めた関わり方でいるべきだったのだ。ただ、クローフォドはこれでプライドが傷つけられてしまった。以前は絶えずその女性の微笑は自分に向けられていたのに、その女性から冷たくされるのには耐えられなかった。それほどまでに尊大な敵意を押さえつけなければならなかった。それは夫人の、ファニーの件についての怒りでもあった。その怒りをかわして、自分の前では、この女性にラッシュワス夫人ではなく、再びマライア・バートラムに戻ってもらう必要があったのである。

こういう感覚で、次第に近づいていったのだ。そして持ち前の活発さで根気をもって、じきに昔馴染みの交友関係、艶めいた――お互いに通じ合った――制約つきながら浮き足だった関係を取り戻した。しかしそれが、次第に二人に救いをもたらしたかも知れない慎ましさ——元々は怒りの感情がきっかけだったとはいえ——を超えてしまったクローフォドは、自分が当初思っていたよりもずっと深く、相手の感情に身を任せてしまったのだった。ラッシュワス夫人はクローフォドを愛していた。クローフォドが自分に関心を向けてくれるのが嬉しいと口にしたので、クローフォドは今さら引っ込みがつかなくなってしまったのだ。まさに自分の見栄が仕掛けた罠にはまったのであり、そこには愛という要素はほとんどなかったし、夫人の従妹にあたるあの女性に向けた愛の気持ちにも揺らぎはまったくなかった。ここで起きたことを、ファニーとバートラム一家に知らせないことがまず最初に来る懸案となっていた。ラッシュワス夫人のためだけでなく、自分を守るためにも、二人の関係を秘密にする必要は感じていた。リッチモンドから戻った後は、ラッシュワス夫人にはもうこれ以上会うつもりはなかった。その後に起こったことはみんな、夫人の側に分別がないために起きたのだった。そしてクローフォドが最終的に夫人と一緒に逃げたのは、そうするしかなくなったからだった。その逃亡の瞬間にさえファニーのことを思っていたし、駆け落ちの騒ぎが一段落してほんの数ヶ月後には、こうして比較対象が隣にいたためになおさら、ファニーの気質の優しさ、心の清らかさ、そして高潔さを高く評価するようになっていた。

社会が公的な恥辱という罪を氏の方にも同等に科してみたところで、道徳的な行動を促すということがないのは周知のとおりである。この世では、罰が二人に同じように与えられるなどということは望めない。しかし、あの世でのより公正な定めがあることは考えないまでも、ヘンリー・クローフォドほどの分別のある人間ならば、かなりの苦痛と後悔にさいなまれるだろうことは充分に予測できる。この苦痛からやがて自分自身を責めることだってあるだろうし、後悔はそれ自体が幸せを奪っていくだろう。なにしろ、温かく歓迎してくれた恩を自分は仇で返したことで、あの家族の心の平安を掻き乱し、最高に素晴らしく尊敬すべき最愛の友人を失い、その結果、自分が情熱でも理性でも愛した女性を失うことになってしまったのである。

バートラムとグラントの両家にあっては、一通り痛手を負い疎遠になった後なので、今までのような距離感を保つのはつらかっただろう。しかしグラント家は留守で、その留守をあえて何ヶ月も延ばしていたのだが、実に幸運なことに、夫妻がこの土地をきれいさっぱり離れねばならない必要に迫られ、あるいは少なくとも離れる方が便利だという状況になった。グラント博士は、もはや諦めていた縁故が力を発揮して、ウェストミンスター寺院に職を得たのだった。このことはマンスフィールドを去るきっかけを作ってくれ、ロンドンに居を構える口実をもたらし、収入が増えてこの引っ越しの費用を支払うこともできたために、引っ越す側にとっても居残る側にとっても大変に好都合なことだった。

人を愛し、愛される気質のグラント夫人は、慣れ親しんだ風景や人々から離れるのをさぞ残念がったことだろう。しかし、その気質が幸いして、どこに暮らそうと、どんな人に囲まれようと、大いに楽しく過ごしていけることは保証つきであるし、夫人はまたメアリーを家に呼び入れることができるようになった。そしてメアリーはこの半年の間、自分の友達にはうんざりし、見栄や野心、恋と失望には辟易していたので、姉が示す本物の優しさと、理性的で物静かな振る舞いを欲していた。メアリーはこうしてグラント夫妻のもとで暮らすようになったのだった。そしてグラント博士が、一週間に三つもの盛大な聖職授与晩餐会に出た末に卒中で逝ってしまったその後も、夫人とメアリーは一緒に住み続けた。というのもメアリーは長男以外の殿方には金輪際近寄らないと決めたけれど、メアリーの美貌と二万ポンドの虜となる用意ができている粋な国会議員や怠け者の法定相続人たちの中をくまなく探してみても、マンスフィールドでメアリーがその味を覚えてしまった高度な基準をクリアしてくる者は誰一人見当たらなかったのだ。幸福な家庭というものを大切に思うことはマンスフィールドで学んだのだが、その期待を満たしてくれそうな者はいなかったし、エドマンド・バートラムを頭からきれいさっぱり追い払ってくれる者も現れなかった。

この点ではエドマンドはずいぶんと有利な状況に置かれていた。メアリー・クローフォードの後釜の登場を待っては、報われぬ恋に焦がれるようなこともなかった。メアリー・クローフォードを失ったことを悲しみ、もう二度とああした女性には出会えないだろうとファニーに語り終えるや、まったく別のタイプの女性でも充分なのではないか、いや、むしろそちらの方がよほどいいのではないかと思われてきたのである。ファニーその人こそが、その微笑み、その立ち居振る舞いが、自分にとってはかつてのメアリー・クローフォードと同等に大切な存在になっているのではないかと気づいたのだ。そして、ファニーの自分に対する温かい、妹のような愛情が、夫婦同士の愛の礎にだってなり得ると説得してみることはできるだろうし、それがうまくいく希望は持てるのではないかと考えるようになってきたのだった。

私はここではあえて明確な日付を記すことはしない。決してなくなることはないと思っていた情熱が冷め、決して心変わりすることなどあり得ないと思っていた愛情を他の対象に移すのに、かかる時間は人それぞれなのだから、めいめいがお好きな日付を記していただきたい。ただ読者の皆様にこれだけは信じていただきたい。エドマンドの頭の中からクローフォード嬢のことが消え去って、ファニーとの結婚を、ファニーと同じくらい望むようになったのは適切な時間が経過してからのことであって、一週間としてその適切な機を先走ることなどなかったのだ。

　ファニーへの愛は長い長い時間をかけて培われ、相手の無垢と無力さを愛しいと思うところから生まれ、成長につれて完成してきたことを考えると、こういうかたちでの心変わりは自然なものと考えて差し支えないのではなかろうか。相手が十歳の頃から愛し、導き、守ってきて、自分が世話をしたことによって、その考え方の大部分も自分が築きあげ、その幸せも自分の優しさがもたらすものであり、あんなにも親しく特別な気持ちを抱く相手であり、マンスフィールドの誰よりも自分が相手にとって大事な存在であるということからしても、とても愛しい相手であった。あとは、つけ加えるべきことがあるとしたら、エドマンドの好みが、輝く黒い瞳よりも、優しい明るい瞳に変わってゆけばということくらいだろう。そして常にファニーと一緒にいて、常に親密に話をしていて、つい先頃の失恋が格好の精神状態をもたらしたからには、その優しい明るい瞳の方に軍配が上がる日も遠くないだろう。

　エドマンドは幸せへの道を歩み出し、それを自覚した以上、いかに慎重であっても、その歩みの勢いを止めたり減じさせたりはしないのだった。相手が信ずるに値する人なのかどうかという心配は一切なく、趣味が正反対なのではないかという心配も、性格の違いからかえって気が合うのではないかという期待をあえて新たに持ち出す必要も、一切ないのだった。ファニーの物の考え方、性格、意見、習慣といったものは、分かっていても目をつぶってあげなければならないようなところもないし、目下のところはしかたがないかと評価をおまけしてあげる必要もなければ、きっとこれから改善していくとだろうと未来に期待をかけたりする必要もない。前の相手に夢中だったそのさなかにも、エドマンドはファニーの方が精神的に優れていることは分かっていた。ならば現在におけるファニーに対する評価は言うまでもない。もちろん、ファニーは自分には立派すぎる人間だった。しかし、自分より立派な人間と一緒にいることを嫌がる人間はいないわけで、エドマンドもこの幸せを追求することには揺るぎない熱意を示し、それが相手からも奨励されるようになるまでそう長くはかからなさそうだった。内気で不安で、どうしていいか確信が持てずにいながらも、ファニーのような思いやりのある人間であれば、それでもこちらの気持ちへの配慮から希望を持たせてくれるのだから。結局、ファニーの側で自分に対して抱いていた気持ちについての嬉しく驚くべき真実が語られるのはずっと後になってからのことだった。ファニーのような心の持ち主にかくも長く愛されていたと知ったことの喜びはあまりにも大きく、その気持ちを相手に、そして自分自身に語るのに、どんな言葉だって行き過ぎということはなかった。尤も、どんな言葉をもってしても言い表すことなどできない幸せもまたあった。希望を持つことさえ諦めていた愛を、相手から打ち明けられた若い女性の気持ち。それを言葉で表現できるなどと思うなら、それはおこがましいことだろう。

互いの気持ちを確認した後は、もう何も面倒なことは残っていなかった。金銭的な苦労や親の反対にしても、心配するには及ばなかった。この結婚についてはサー・トマスが先取りしてもうとっくに期待し始めていたのだった。財産目当てで欲得ずくの結婚には飽き飽きし、純粋によい信念と気質というものをもっと見つめるようになり、サー・トマスは、自分のもとにそれでも残った家庭の幸せを強い絆で自分の手元につなぎ留めておきたいというのが一番の望みとなっており、若い二人が失意の慰めに互いを求めることも、もしかしたら絵空事でもなくなってくるかも知れないと心から願っていた。このたびのエドマンドの申し出に喜んで許可を与え、ファニーを娘として迎えられることをこの上ない成果だと思ったが、これは、不遇な少女を迎え入れる話が最初に出たときのサー・トマスの考えとは正反対のものだった。しかし、時というものは得てして、人間の計画や決断にこうした大きな方針転換をもたらすものであり、そうして人は学んでいき、それをまた周りの人々は面白がりもするのである。

ファニーはまさにサー・トマスが望むとおりの娘だった。サー・トマスはその慈悲心と親切心の結果、自分にとって慰めとなる存在を自ら育て上げていたのだ。サー・トマスの気前のよさがこうして存分に報われ、ファニーに対して全体的によかれと思ってしていたことがこうして返ってきたのだ。ファニーの子ども時代を、もう少し幸せなものにしてあげることもできただろう。しかし、厳しい態度に出て、ファニーが子どもの頃に愛情を与えることができなかったのはただ判断に誤りがあっただけのことなのである。そして今や本当に互いのことを分かり合うに至って、大変に強い愛情が生まれたのである。ファニーのためにいろいろと気をまわして、ソーントン・レイシーに落ち着かせた後は、サー・トマスはほとんど一日も欠かさずにファニーを訪ねて行くか、あるいはそこから呼び寄せるのが日課となっていった。

レイディ・バートラムの利己的な愛情からすると、ファニーを喜んで手放すことなどできようもなかった。息子の幸せ、それに姪の幸せのためであろうとも、そんな結婚を望むことは到底できなかった。ところがファニーを手放すことが実現したのは、スーザンが残って、ファニーの代わりとなったからなのである。今度はスーザンが「住み込みの姪」となったのだ。しかもとても大喜びで。ファニーはその優しさと、強い感謝の気持ちのゆえにこの役にはぴったりだったのだが、スーザンの場合はその機転と気の利く性格のゆえにまた適任だった。スーザンの存在はかけがえのないものだった。最初はファニーの相手として、その後は補助役として、そして最後にはファニーの代理として、マンスフィールドに居場所を見つけていったのだった。見たところ、その地位はファニーと同じようにしっかりとしたもののようだ。ファニーよりも大胆な性格かつ楽観的な質だったので、何の問題もなかった。一緒にいる人間の性格をとっさに察知し、自分の気持ちを抑えるような内気さも持ち合わせていないので、すぐに皆に迎え入れられ、重宝されたのである。そしてファニーが去った後は、伯母の毎時の世話をあまりにスムーズに引き継いだので、次第にファニーよりも大事に思われるようになったかも知れない。スーザンがかくも重宝され、ファニーがかくも優れていて、そしてウィリアムが相変わらず立派に振る舞い、功名を立て、さらに、この家族の残りの人々もよくやってくれ、社会的な成功を収め、互いを助けて支え合い、自分からの支援と援助に応えてくれているのを見ると、サー・トマスは自分がしてきたことに、返すがえすもやってよかったと喜ぶだけの理由を実感することができたのである。そして、幼い時期から苦難や鍛錬を経験し、苦労と我慢の人生を自覚していることの利点を認識したのであった。

これほどの真の価値と愛に恵まれ、財産にも支えてくれる人々にも苦労することのない従兄妹同士の結婚は、この世であり得る最高の幸せに包まれているように映った。家庭生活に向いている、田舎の生活を愛する二人の家庭は、愛情に溢れ、居心地のいいものだった。そしてこの恵まれた状況にさらなる磨きをかけたのは、二人が結婚して何年か経ち、そろそろ収入の増額をと望み、父の邸宅からの距離を不便に思い始める中、ちょうどグラント博士の逝去を受けて、マンスフィールドでの牧師の職を得ることができたことだった。

この機会に二人はマンスフィールドに移ってきた。その牧師館は、遡る二代の所有者の時代には、ファニーが立ち入ろうとするときに必ず我慢や恐れといった苦痛が襲ってきていた。マンスフィールド・パークのお屋敷から見えるもの、その庇護下にあるものは、この牧師館を除いては、すべて長らく自分にとって愛しくもあり完璧でもあったけれど、今やこの牧師館もその一つに加わったのである。(3)

〔終〕

(1) 当時、離婚は認められていたし、妻の不貞は充分な離婚事由になり得たが、実際には簡単ではなく、必ず裁判の手続きを要した。手続きに長い時間もかかり、大変な金銭的負担も伴うもので、ラッシュワス氏には難なく実現したが、多くの人にとっては離婚はほとんど不可能であった。

(2) 法律のレベルでは離婚は可能であっても、社会的な認識のレベルでは時代は離婚に大変厳しく、また福音主義は当時離婚を最も恥ずべきことと位置づけており、さらに不貞による離婚の場合その不貞の相手との再婚を禁ずる法律も福音主義者が先導して法制化された。マライアが将来再婚することは、ほとんど望むことはできない状況だったと言える。ただし、ケンブリッジ版『マンスフィールド・パーク』の編者であるウィルトシャーによれば、当時の法律に照らせば、離婚後にラッシュワスがマライアにある程度の金銭的な手当をしていたと考えられる。

（3）牧師館がマンスフィールド・パークの屋敷から見える範囲内にあったというのは、ここまでの描写からすると意外なことである。

付録　戯曲『恋人たちの誓い』

エリザベス・インチボールド作
（アウグスト・フォン・コツェブー『愛の子ども』の翻案）

『恋人たちの誓い』——五幕による戯曲

・コッェブーによるドイツ語からのインチボールド夫人による翻案
・王立劇場(コヴェント・ガーデン劇場)での上演用台本より劇場文配人の許可を得て出版
・ロングマン、ハースト、リーズ、オームによりロンドンにて出版

『恋人たちの誓い』初版序文

この戯曲では、元々あった原作に場面をいくつか加筆・削除したが、そのことについてお詫びを申し上げようとしても、これはちょっとしたポーズにすぎないと思われてしまうかも知れない。この作品の反響から、私は自分のしたことが正しかったのだと自信を持つようになった。というのも、コツェブーの『愛の子ども』のドイツでの評判は、イングランドでの『恋人たちの誓い』の評判を凌駕したことはないのだから。

私がキャセル伯爵、アミーリア、そして執事のヴァーダンの役柄を、当たり障りのな

い台詞をほんの少しだけ残してあとはがらりと変えてしまった理由を並べ出せば数ページに及ぶので、読者諸氏としても迷惑だろう。伯爵の役を原作のままでいじらずにおいたら、きっとそのせいで作品全体が非難されることになるのだという事情も、説明しようとすれば説明できる。また、男爵をドイツ語の原作とは違う特徴を数多く与えて描き、第四幕の最後の場面での効果を大きくすることを狙うべく、強盗である息子に対する男爵の態度を書き変えて読者に心の準備をさせているあたりの仕組みについても、読者諸氏にご説明しようと思えばできるのだ。なぜ、農夫夫妻役の二人に滑稽な台詞をしゃべらせているのか。なぜ、ところどころで三、四ページにわたっていた台詞を三、四行にまでどうしても縮めねばならなかったのか。そしていかなる場面でも、私がコッツェブーに対して多大なる敬意を抱いているからといって、それを尊重するあまり英国の観客の持つ良識を軽んじるようなことは決してしていないことの理由。聡明なる読者諸氏には、そうしたことをくどくどと説明して申し開きをする必要もあるまいことを願っている。本作と原作とを引き比べたら、私がこうしたことをした理由は即座に理解されることだろう。それに、単に言葉を逐一置き換えるレベルでの翻訳を有難がるような人間には、今さらセンスを磨きなさいと言ってみたところで無駄だからである。

ドイツ語にはまったくもって不案内な私を捕まえて、コヴェント・ガーデン劇場の支配人が『愛の子ども』の直訳を見せて、これを好きなとおりに劇場上演用の台本に翻案してくれと言ってきた。直訳というのはみんなそんなものだが、この翻訳も間延びした味気ないもので、加えてドイツ人の手になる英訳であるという欠点まであって、当然ながら怪しげな英語であった。間違った文法、不正確な隠喩や直喩が、ありがちな言いまわしの間違いと一緒になって目の前に示されるとなると、私のような一介の女流作家などの手には負えなくなってくる。それでも、冷徹な文法学者がこだわるような正確さで文の構造を解析することなどは脇に置いて、原作者の精神を捉えることができるならば——変えられた一つひとつの場面に、その中で原作者の意図するところに密着し、大団円をそのままいじらずに保持しつつ、原作者が描こうとした様々な感情と共に観客を沸かせることができるのならば——たとえこの劇の台本を一字一句精読する者から厳しい批判をいただくとしても、拍手喝采に満ちた劇場が認めてくれた喜びを大きく損なうものとは言えないだろう。

この芝居の成功がもたらした、決して些細とは片づけ難い喜びを一つご紹介すると、この台本の元になったドイツ語の原作は一七九一年に印刷されていながら、これまでの間、才能や文学の知識に恵まれた者が誰一人、この作品の翻訳を手がけるのを得策だとは考えなかったことである——我が国にはその手の人々がいくらでもドイツ演劇を探しまわっているというのに。コッェブーの『愛の子ども』がこうして放置された理由として唯一考えられるのは、イングランドの劇場には馴染まないものがあることと、それを作り直すことが難しかったという事情だろう。確かに今回の作りかえには難儀をし、この仕事を引き受けてある程度進めてみてからもなお断ろうと思ったくらいであった。

伯爵の人柄に対する反感についてはしかたがないとしても、執事の役が原作では相当なまでにどうでもいい描かれ方をしていたのも、実にやりづらかった。もし執事を登場人物の一人として残すのであれば、原作者が与えた以上のものをつけ加えてやる必要があった。この人物が詩を口ずさむのは私の思いつきだった。しかしこの執事のような作詩の能力に私は恵まれていないので、最初の詩の第七節と第十一節のところを除いては、執事の詩はプロローグの作者に書いてもらったものである（当時の上演ではジョン・テイラーが書いたプロローグと、トマス・パーマーが書いたエピローグが読み上げられていた）。

アミーリアの役柄は特に私が気を遣って、いろいろ変えてみたところである。設定としては原作者が書いたとおりであるが、その台詞についてはほとんど全部を作り変えてしまうことにした。原作でこの人物が恋人に気持ちを打ち明けるときの、ずうずうしくてはしたない態度は、イングランドの観客にしたら不快感を覚えることだろう。愛に関する情熱というのは舞台上で演じるときには、ちょっとした笑いか涙にもっていかないかぎり、見ていて退屈になったり、もしくは辟易することになる。コッェブーの描くアミーリアの愛は、はしたないまでに率直だから、笑いも悲しみも伴わない。私としては、これをがさつでぶっきらぼうに描く代わりに、気まぐれで思わせぶりに描くことで、この人物に観客の注意と共感を引きつけようとしたのである。原作者が描いたのと同じ女性だし、同じ感情を持っていると思うが、ドイツよりもイングランドの趣味に馴染む言動にしたのである。そして、新たに加えた台詞や出来事と合わせてこの人物が観客に気に入ってもらえたので、こうしたことをもとに私の技量を判断していただけるなら、私は充分この仕事をしてよかったと思うことができる。

今回の上演に際して、こうした改変の事情の説明をしたからといって、なにも『愛の子ども』が『恋人たちの誓い』という題になって人気が出たのは自分のおかげだなどと、手柄を横取りしようとしているとは考えないでいただきたい。この芝居に関わった一人ひとりの役者の努力が当然その成功を支えているのであって、この場を借りて役者たちの貴重な貢献に心から礼を申し述べたい。

所見

ドイツの演劇をもとにした芝居というものが、嘲笑の対象となるだけでなく、しかつめらしく批判もされるようになってから実に久しい。嘲笑というのは面白がりながらする中傷であり、誰だって笑うのは楽しいものだ。しかし、退屈な悪口を並べることは許し難い誹謗中傷でしかない。

この芝居の偉大な教訓とは、私生児を疎かにしたことが招いた悲惨な結果を描いている点と、それに、私生児を見守って気にかけることの大切さを訴えている点である。そして教会の説教壇から、誘惑の罪を根絶させるだけの雄弁を振るうことができていないのであるならば、芝居の舞台からも誘惑が致命的な影響をもたらすのを未然に防ぐべく、至らないながらも努力する所存である。

しかし演劇をよかれと思ってやってみても、信心深いがためにこれを非難する人々が必ず出てくるものなのだ。劇作家のごとき分際で道徳的な営みに関わるなどとは許し難いと。

こうした批評家は、『恋人たちの誓い』の四幕までを通じて罪の告発をしている箇所が一つもないことをもって、この作品の大団円のあり方を非難し、「罪を犯した者は罰を受けなければならない」などと言い張ろうとする。この世には「良心」という罰だってあるのだということを、こうした批評家はすっかり忘れてしまっているのだ。良心というものは、非難する人の心の平静を乱すことはほとんどないかも知れないが、堕ちた女性や、誘惑する放蕩者の心に重くのしかかることなら大いにあり得るのだ。

しかし、この演劇の中のか弱い人物が最後に味わうとされる幸せへの準備として、作者は罪を犯したアガサを非常につらい貧困と悲しみに突き落とすことにした。アガサは罪を深く悔やむ者としてこれを受け入れ、罪の償いをするのである。権力と名誉にまみれて生きるウィルデンハイム男爵は、これよりももっと激しく自分のしたことを悔やむ。そして自分が見捨てた息子――父親から顧みられなかったために、法によって死刑を宣告されている――からの非難の言葉によって、男爵の罪は確かに絵に描いたような懲罰を受けるのである。しかしあらゆる苦悩を経た後に、ようやく男爵の余生に心の平和が訪れたとして、それがなぜ不道徳と言えるのだろうか。罪ある者が栄える例があとを絶たないと聖なる本が教えるのならば、なぜ芝居だけが、これと同じ教えを説くことを差し控えなければいけないのだろうか。とはいえ、いささかでも世間を分かっている人間なら、(この男爵のように)自分が捨てた愛人を、それから二十年を経た後に嫁に迎えることを、人生の栄誉ある勲章とはみなさないだろう。

こうした話をまったくの無駄ではないと思いたいが、今言及した第四幕、男爵と息子の登場場面において、フレデリックを演ずる役者は、次の台詞から自分がこの場面でどのような情熱を伝えるべきかを考える傾向があまりに強いのだ。

「死ぬときだって、葬式のお説教は、父の大いなる慈悲やキリスト教徒にふさわしい博愛をたたえることでしょう」。

ここで表現されるべき皮肉は、他の台詞になってしまっては伝わらなくなる。その前の台詞で、男爵のことを「親切で、情け深くて、誠実で、寛大で」と言うときには、これこそがこの人物の人格だと信じているのである。フレデリックは決して皮肉な人間ではない。偶然皮肉な結果になってしまったというときは別だが。皮肉やあてこすりは若者の特徴ではない。開けっぴろげで飾らない、まっすぐな性質が、若者の愛すべき特性なのである。しかも、残酷な仕打ちを受けた息子が父親を激怒させるまで抗議しても、観客は父と子の両方に共感するだろう。しかし息子が父を非難したり嘲ったりすると、その両方に対して、あらゆる敬意は失われてしまうのである。

この若い兵士が、相手が自分の父と知りながら、男爵の前に姿を現すときの気持ちは様々であろうが、その中に嘲りの気持ちは含まれていないだろう。まず最初に畏怖が表れ、プライドがそれに打ち勝つ。次に、父への愛情が頭をもたげるが、怒りがこれを圧倒してしまうのである。これらの感情が息子の胸の中で戦っているが、やがて母親への不当な行いと自分のみじめな現況に対する悲しみが、抑え込んでいたものすべてを噴出させるのである。そして激情によって気が狂わんばかりになると、その言葉は、上に引用したような、皮肉な調子を帯びるようになるのである。

「ああ、私が見た役者の中には、他の人からもほめられていて、（いたずらに毒づくつもりはないが）」——この場面を最初から最後まで父親をさげすむように演じて、それでも拍手喝采を受けた者もいた。

ドイツの演劇を観るのは目下の流行りであるけれど、その人気を得る交換条件として、ドイツ人の作者もイングランド人の作者も、少数ではあっても批判の声を受けとめて耐えなければならないことだろう。また、暴君が国家を征服したさまを歴史家が語ることが禁じられる日が来ないかぎり、あるいは芸術家が麗しい高級娼婦の内面を描かねばと思って醜い顔を与えてしまう日が来ないかぎり、自由の身にある劇作家が自分の芸を裏切ることはないだろう。その芸も、同じく、自然をそのままに描くことなのである。模写に徹する芸術からはみ出すことの欺瞞とは距離を置き、シェイクスピアの言葉を借りて、自己賞賛的な熱狂者に向けてこう言うのだ（戯曲『ロミオとジューリエット』第二幕の修道士ローレンスの言葉）。

「美徳は、悪用されればそれ自体が悪徳となる。
そして悪徳も、時には行い次第では尊いものになるのだ。」

配役表

ウィルデンハイム男爵　マレー氏
キャセル伯爵　ナイト氏
アンハルト　H・ジョンストン氏
フレデリック　ポープ氏
執事のヴァーダン　マンデン氏
宿屋の主人　トンプスン氏
農夫　ダヴンポート氏
農場主　リース氏
農村の男　ダイク氏

アガサ・フライバーグ　ジョンスン夫人
アミーリア・ウィルデンハイム　H・ジョンストン夫人
農夫の妻　ダヴンポート夫人
農村の娘　レザーヴ嬢
狩人、召使い、ほか

舞台―ドイツ

『恋人たちの誓い』

第一幕

〔大きな通り、遠くに町が見える。——通りの脇には小さな宿屋——反対側には小さな家。〕

第一場

〔宿屋の主人がアガサの手を引いて出てくる。〕

宿屋の主人　だめだ、だめだ！　もうあんたを泊める部屋なんてないね。今日は隣の村で市《いち》が立つんだ。ドイツの領内でもそうそうない、でっかいやつだ。女房子連れのお上りさんでうちは隅っこまで満室なんだ。

アガサ　最後の一銭までお宅の宿屋に落としてやった、この哀れな病気の文なし女を追い出そうっていうんですか。

宿屋の主人　まさにそいつが理由だね。最後の一銭を使い果たしたからこそ追い出すんだ。

アガサ　じゃあ、働かせて下さい。

宿屋の主人　ろくに手も動かせないじゃないか。

アガサ　じきに体力を取り戻しますから。

宿屋の主人　なら体力が戻ったら、そんときにまた来てくんな。

アガサ　私はどうしたらいいんですか。どこに行けというんですか。

宿屋の主人　天気もいいことだし、どこへだって行けるだろう。

アガサ　ひもじい中で、パンを一切れでもくれる人がありましょうか。

宿屋の主人　病人は大して食わなくても済むだろうよ。

アガサ　無慈悲な、冷たい方ね。哀れみの心はないんですか。

宿屋の主人　こうも厳しいご時世じゃ、貧乏人に哀れみをくれる余裕なんざ持てないね。そこへいろんな人が通るから、その中から恵んでもらいな。

アガサ　物乞いなんて！　飢え死にした方がましだわ。

宿屋の主人　物乞いした末に、飢え死にもしたらいいさ。なんとまあ、見上げた奥様だよ。まともな女がみんな物乞いする世の中なんだ。あんただってそうするのさ。〔アガサは木の下の大きな石に腰をかける〕ほら、誰か来た。お手本を見せてやろう。〔道具を持った農村の男が道を通りかかる〕ニコラスさんよ、こんにちは。

農村の男　こんにちは。〔足を止める〕

宿屋の主人　この哀れな女に少しばかり恵んでやってくれないかね。〔農村の男は無視して歩き去る〕あれはだめだ。気の毒に、あの男だって、あくせく働いても手前のことでやっとこさ。だが今やって来るお百姓さんはなかなかな分限者だぞ。あんたに、なんか恵んでくれるかもな。

〔農場主登場。〕

宿屋の主人　おはようございます。あの木の下に腰かけてるのは、旦那のお慈悲を必要としている、気の毒な貧しい女なんです。

農場主　恥を知りなさい。働けばいいじゃないか。

宿屋の主人　病気をしたらしいんです。食事の一回分だけでも出してやっていただければと……。

農場主　収穫がなかなか厳しかったし、うちの牛も羊も病気にやられちゃったからね。

宿屋の主人　私の肥えて、へらへらした顔は物乞いには向かないな。あんたのその痩せて不景気な顔の方がよっぽどうまくいくよ。——だから一人でやってごらんよ。

〔退場〕

〔退場〕

〔アガサ、立ち上がり、舞台前面へ〕

アガサ　ああ、運命よ！　あなたはこれまで私を守ってくれて、絶望に身を任せないだけの強さを与えてくれた。このしがない私めの感謝の言葉を受け入れて、再び健康をお恵み下さいませ。私の気の毒な息子のためと思って下さい。あの子は自分では知らずにいるけれど、私が苦しむのもあの子のためなら、私の慰めもあの子だけなのですから。〔ひざまづいて〕ああ、もう一度だけあの子に会わせて下さい！　あの子が身も心もたくましく育っているのをこの目で見られたなら。そしてあなたの優しいお恵みのおかげで、あの子が私のように大変な苦しみにさらされることがありませんように。〔少し沈黙してから〕慈悲深き運命よ、どうかあの子の父親にもご加護を。そして私に対する偽誓《ぎせい》の罪を許してあげて下さいますよう。今、天に入らんとしているとき——最期が訪れつつあり、この困窮や悲しみと闘うのもあと数日を残すのみなのだとするならば——今、私は自分を誘惑した者を心より許しましょう。あの人の誘惑や嘘、それに残酷な行いのせいで、この二十年というもの、私にもたらされた不幸、畳みかけるようにして起こったこの不幸をもたらしたあの人を許そうじゃありませんか。

〔農村の娘がバスケットを持って登場。〕

アガサ　〔気絶寸前で〕ああ、お嬢さん、わずかながらでもお恵みいただけましたら——

娘　私は一銭も持ち合わせていませんの。——でも、これから卵を売りに市場に行くところなので、帰りに三ペンス差し上げましょう。——なるべく早く戻ってくるようにしますから。〔退場〕

アガサ　私にも、あの娘さんのように朗らかで、貧しくて困っている人に手を貸してあげていた頃があったんだわ。〔木のそばに行き、腰かける〕

〔フレデリック登場——ドイツ兵の制服を着て、肩にリュックを背負い、上機嫌の様子で、宿屋の入り口まで来て立ち止まる。〕

フレデリック　止まれ……休め！　今日はとても暑い日だな。——おいしいワインが一杯欲しいところだ。だが待てよ、まずは財布と相談だ。〔硬貨を二つ取り出し、手の上でひっくり返す〕こいつで朝飯が食えるな——もう一枚のこっちは昼飯だ。それに今日は晩には家に帰れる日だ。〔声をかける〕おーい、こんにちは、ご主人！〔木にもたれかかっているアガサに気づいて〕あの人はどうしたんだろう。かわいそうに、病気を患っているじゃないか。物乞いこそしていないが、あの様子だとさぞお金に困っているのだろう。頼まれるまで待っていることもあるまい。今、朝飯を抜くか、昼飯を諦めるか。朝食を我慢すればいいんだな。そう、朝食はいらないぞ、もうすぐ昼なんだから。いいことをすると空腹も喉の渇きも癒えてしまうものだ。〔硬貨を手にして近寄り〕さあ、これを受けとりなさい。

〔アガサは施しを受けるべく手を差し出し、相手をじっと見つめ、驚きと喜びで声を上げる〕

アガサ　フレデリック！

フレデリック　お母さん！〔驚き悲しみ〕お母さん！　神様、なんてことだろう。どうしてこんなことに！　お母さん、こんなかたちで再会するとは。どうかわけをお話し下さい！

アガサ　愛しい息子よ、私は何も言えないわ！〔立ち上がり、息子を抱きしめて〕私の愛しいフレデリック！　喜びが大きすぎて――心の準備ができていなくて――

フレデリック　お母さん、落ち着いて下さい。〔母親の頭を自分の胸に押しつけて〕さあ、もう安心なさって下さい。なんと震えていらっしゃることか。気を失いかけているじゃないですか。

アガサ　もう身体も弱り切って、頭もくらくらしてしまっているのよ——昨日は何にも食べていないの。

フレデリック　なんてことだ！　持ち金はこのとおりわずかだけれど、全部受け取って下さい！　ああ、お母さん！　お母さん！〔宿屋に走って行って〕ご主人！　ご主人！

〔戸を激しく叩く〕

宿屋の主人　何ごとだ。

フレデリック　ワインを一本——早く、早く！

宿屋の主人〔驚いて〕ワインを一本！　誰に。

フレデリック　私にだ。なんでそんなことを訊くんだ。ほら、急いでくれないか。

宿屋の主人　おやおや、兵隊さん。でもちゃんとお支払いはしていただけるんでしょうな。

フレデリック　ほら、金だ。急いでくれ、さっさと出さないとこの宿屋の窓を一つ残らずぶち破ってやるぞ。

宿屋の主人　まあ、落ち着いて、落ち着いて下さいよ。〔退場〕

フレデリック　〔アガサに向かって〕昨日、僕がたっぷりと昼飯をとっていたその間も、お母さんはひもじい思いをしていたんですね。美味しい夕食を食べていたときにも、お母さんは飢えていたんだ。ああ、戻ってこられて嬉しいのに、こんな苦しい思いに邪魔されてしまうだなんて。

アガサ　フレデリック、落ち着いてちょうだい。おまえに会えてだいぶよくなったわ。でもこれまでずっと私はとても具合が悪かったのです。あまりにも悪かったので、もうおまえには会うことは叶わないんじゃないかと思っていたのよ。

フレデリック　これだけお悪いのに、僕がそばにいなかったなんて。もうこれからは、お母さんのそばを離れません。見て下さい、お母さん、僕はこんなに背が高く、たくましくなりました。もうこの腕でお母さんを支えることだってできるんです。この腕がお母さんを守ってみせますから。

〔宿屋の主人が小さな水差しを持って宿屋から出てくる。〕

宿屋の主人　ワインです。――最高に美味しいですよ。〔脇を向いて〕ただのライン産のワインさ。でも年代物の、最上級の白ワインだと言っても分かるまい。

フレデリック　〔もどかしげに水差しをひったくりながら〕早く寄こすんだ。

宿屋の主人　いやいや、まずは、おあしが先ですよ。一シリング二ペンスお願いします。

〔フレデリックが金を払う〕

フレデリック　これで有り金全部だ。――さあ、さあ、お母さん。

〔アガサが飲んでいる間に宿屋の主人が金を数える〕

宿屋の主人　半ペンスが三枚足りないぞ！　しかし、まあ、人は慈善をしなくちゃな。

〔宿屋の主人、退場〕

アガサ　フレデリック、ありがとう。――ワインで生き返ったわ。――息子の手から受け取るワインは、私にはもう新しい生命と言ってもいいくらい。

フレデリック　そんなにお話しになってはいけませんよ、お母さん。ゆっくり。

アガサ　かわいい息子よ、おまえが私のもとを去った五年前から今まで、どうしていたのか教えてちょうだい。

フレデリック　いいことも悪いこともありましたよ、お母さん。今日沢山いいことがあったかと思ったら、次の日はそうでもなくて――まるっきり何もないときもありましたね。

アガサ　ずいぶんと長いこと便りを寄こさなかったものだから。

フレデリック　お母さん、僕がどれだけ遠くにいたと思うんです。――それに戦争のときには、何通の手紙の行方が知れなくなることか。――それに――

アガサ　今こうして会えたのだからもう構わないわ。でも、おまえは除隊してきたということなの。

フレデリック　いいえ、違うんですよ、お母さん。二ヶ月の休暇をもらっただけです。それも理由があってのことです。でもお母さんがこうして助けを必要としているのだから、そうそうすぐに戻ったりはしませんよ。

アガサ　いえいえ、フレデリック。おまえが会いに来てくれたから調子もよくなるだろうし、すぐにでも体力を回復して仕事ができるようになりますよ。そしておまえは休暇が終わったら自分の連隊に戻らなければいけません。でも理由があっての休暇と言ったわね。それはどんな理由なの。

フレデリック　僕が五年前にお母さんのもとを離れたとき、お母さんは僕に与えられるものすべてを下さったし、必要になるだろうものもすべて下さった。でも小さなことですが一つ忘れていました。教会に収められている僕の出生記録です。この国ではあれがないと何もできないんですよ。お母さんのもとを発つときは、あれがそんなに大事だとは思っていませんでしたが、その後気づいたんです。ある時兵士の生活に飽き飽きして、除隊できそうなことを見越して、ある知的職業の親方に弟子としてつきたいと言ってみたんです。でもそこで訊かれたのは、「生まれた教区の教会の出生記録は持っていますか」というものだったんです。それを出して見せることができなくって、それは悔しい思いをしましたよ。仲間たちはがっかりしている僕を笑っているんですから。それに引きかえ大尉は親切にしてくれました。家に取りに帰るよう許可を出してくれたんですから。だからお母さん、僕はこうして帰ってきたというわけです。

〔この台詞を聞いてアガサは混乱し、とり乱した様子を見せる〕

アガサ　それじゃ、おまえは教会の出生記録をとるために来たというのね。

フレデリック　そうです、お母さん。

アガサ　ああ、ああ！

フレデリック　どうしたんですか。〔アガサ泣き出す〕お母さん、いったい全体どうしたというんですか。

アガサ　おまえの出生記録は、ないのよ。

フレデリック　そんな。

アガサ　ええ。――ドイツの法律の下では、おまえが生まれたときに登録できなかったのよ。なぜなら――おまえは私生児だから。

フレデリック　〔驚愕する〕――〔沈黙の後〕そうだったのか！――そうすると、僕のお父さんは誰なんですか。

アガサ　ああ、フレデリック、おまえのその激高した眼差しは、まるで剣のように私の胸を刺すのね。別の機会に話すことにしましょう。

フレデリック　〔感情を隠そうとしながら〕いやいや、僕は変わらずお母さんの息子です。お母さんは今でも僕の母親です。ただ、どうか、教えて下さい。僕のお父さんは誰なんですか。

アガサ　五年前に別れたときは、おまえはこんな重大な秘密を打ち明けるにはまだ幼すぎたのよ。——でも今おまえに心を打ち明けて、長年私を押しつぶしてきた荷を降ろせるときがやって来ました。自分の過ちを我が子に打ち明け、自分の行動を許してもらわなければならないだなんて——

フレデリック　そんな許しを僕に求める必要はありません。ただ、その秘密を教えて下さい。

アガサ　ええ、ええ、そうします。ただ——後悔の思いと恥の思いとで、私の舌は動かなくなってしまって。お願いだから私を見ないで。

フレデリック　見ないでくれだなんて！　たとえ世界中が責めようとする中であっても、自分の母親の罪を責めるような息子は呪われてしまえばいいんだ！

アガサ　ならば、私の話をお聞きなさい。そしてあの村を、〔指差しながら〕あのお城を、あの教会を見てごらんなさい。私はあの村で生まれたのよ。――あの教会で洗礼を受けました。両親は貧しいけれど、評判のよい農場主だったわ。――あのお城の奥様が私の両親に頼んで、私を引き取らせてくれと言って、それで私を一生面倒見て下さるとおっしゃいました。両親は私を手放し、私は十四歳のときに奥様のもとに行きました。奥様は、女性が知っておくべきあらゆる書物や教養を与えてくれて、奥様の庇護の下、三年間の幸せな時間が過ぎた頃に、ザクセンの軍隊にいらした奥様の一人息子が帰宅許可を得て帰っていらしたの。それまでお会いしたことはなかったわ。――魅力的な方でした――私には神々しい方に思われました。だって、私に恋を語り、結婚を約束してくれたんですから。――このような話を私にした最初の男性がこの方でした――その甘い言葉で私はうぬぼれ、何度も口にした誓いの言葉で――ああ、フレデリック、そんな目で見ないで！　――もうこれ以上何も話せません。〔フレデリックは目を伏せたままアガサの手を取り、自分の胸に当てる〕ああ、ああ、息子よ！　私は若くて未熟で気まぐれな男に情熱的に愛撫され、すっかり酔いしれて、その狂乱から回復したときには、もう手遅れになっていたのです。

フレデリック　〔少し沈黙した後〕続けて下さい。――お父さんについてもっと聞かせて下さい。

アガサ　私がもはや自分の罪と恥を隠していることができなくなる時期が近づいてくると、私を誘惑した人は、奥様の怒りが自分に向かないようにとりはからってほしいと言ってきました。前にした結婚の約束も、奥様が亡くなったら必ずと改めて誓ってくれました。私はそれを信じて、秘密にするとあの人に約束しました。そしてこの時まであの人の名前を心の奥深く埋もれさせてきたのです。

フレデリック　どうか、どうか続けて下さい。すべてを話して下さい。最後まで聞く勇気なら、ここにありますから。　〔大きく動揺して〕

アガサ　帰宅許可の期間が終わってあの人は連隊に帰って行きました。私との約束を信じて、あの方に対する私の気持ちを聞いて安心しながら。私がどういう状態にあるのかが明らかになると、私は問い詰められ、激しく責められました。でも私はその原因を作った人の名前を明かすことは拒みました。その頑なな態度のために私はお城を追われました。両親のところに戻ってはみたものの、扉は閉ざされたまま。母は私に、目の届かないところに行ってくれと言って泣くのでした。しかし父はというと、私がもっと苦しむようにと祈ったのです。

フレデリック　〔泣きながら〕早く話をおしまいにして下さい。そうでないと、胸が張り裂けてしまいそうです。

アガサ　次に、教区の年老いた牧師さんのところに行ってみました。牧師さんは思いやりをもって私を迎え入れてくれました。私はひざまづいて、教区の人たちに衝撃を与えたことを詫び、償いをすると約束しました。牧師さんはその言葉を信じると言ってくれました。牧師さんに勧められて私は町に出ることにしました。そして質素な部屋で身を潜めて暮らし、奥様から教わったことを近所の子どもたちに教えることで生計を立てることにしたのです。フレデリック、あなたに教えることは私にとって大事なことであり、喜びでした。そしてあなたが兵隊になりたいと言ったときも、あなたの私への愛に応えて、私は反対しませんでした。でも、あなたが立ち去るのを見たときにはさすがに心が痛みました。その後間もなく私は健康を損ねてしまい、仕事を辞めなくてはならなくなり、徐々に今見てのとおりのこんな有様になってしまったのです。でもこの痛ましい話を終える前に、これだけはつけ加えておきます。思いやり深い助言と祝福の言葉をもらって、親切な牧師さんのところから立ち去ったあの時、悔い改めて償いをするという誓いを果たすと固く心に決めていました。そして私はまさにそれを果たしたのですよ。さあフレデリック、こちらをご覧なさい。

〔フレデリックは母を抱きしめる〕

フレデリック　でも、今のお話のその間ずっと、私のお父さんはどうしていたんですか。

〔悲しげに〕きっと、亡くなったのでしょう。

アガサ　いいえ、結婚したのよ。

フレデリック　結婚だって！

アガサ　相手は徳の高い人です。生まれも高貴で、莫大な財産があって。でも〔泣きながら〕私はあの人に何度も手紙を書きました。幼子だったあなたの無邪気な様子を描き、その力を必要としていることを書きました。以前の約束についても、それとなく触れてみました。

フレデリック　〔早口で〕その手紙には返信は来なかったのですか。

アガサ　ええ、一言の返事も。でも戦争のときには、何通の手紙の行方が知れなくなることか。

フレデリック　お父さんはご自分のお屋敷にも戻らなかったのですか。

アガサ　ええ、あの人のお母様が亡くなって以来、お城には召使いしか住んでいませんでした。あの方は遠い、アルザス地方に落ち着いたのです。奥様になられた方がお持ちのお屋敷に。

フレデリック　僕がお母さんを腕に抱いてアルザスまで行きます。いや、でもお父さんが悪党ならば、会いたくもない！　私の心には母親がいれば充分だ。いや、父のところに行くのはやめておこう。父の平穏な生活を乱すのはやめにしよう。この件は、本人の良心に任せておこう。どうお思いですか、お母さん、私たちにはそんな人は必要ありませんよね。〔涙やプライドと戦いながら〕そうだ、そんな人は必要ない。私はすぐに大尉に手紙を書きます。たとえどんな結果になろうと、お母さんのそばを離れることなどできません。もし除隊を認めてもらえたら、僕は昼間は一日中すきを手に持ち、夜は一晩中ペンを手に持ちます。それできっとうまくいきますよ、お母さん、うまくいきます。恵み深い天は僕を助けてくれるでしょう。哀れな母親を助けようとする孝行息子の努力を実らせてくれるでしょう。

アガサ　〔フレデリックを胸に抱いて〕こんな息子が他のどこにいるでしょう。

フレデリック　でも、お父さんの名前を教えて下さい。我々から遠ざけておくために。

アガサ　ウィルデンハイム男爵です。

フレデリック　ウィルデンハイム男爵！　決して忘れまい。――ああ、気を失わんばかりじゃないですか。目も伏せて。どうしたんですか。お母さん、答えて下さい！

アガサ　なんでもありません。――話をして疲れただけ。少し休ませて。

フレデリック　こんなに長い間、外の通りにいたままだったとは、まるで気づかなかった。〔宿屋に行ってドアをノックする〕おい、ご主人！

〔宿屋の主人が再び登場。〕

宿屋の主人　さあ、今度はなんだっていうんです。

フレデリック　急いでこのご婦人のためにベッドを用意してくれたまえ。

宿屋の主人　〔あざ笑って〕このご婦人のためにベッドをだって！　はっはっは！　昨日の夜は物置小屋にお休みになったのさ。今日もそうしていただこう。〔ドアを閉めて退場〕

フレデリック　なんて不埒な――〔母親のそばに戻る〕ああ、お母さん――〔少し先の農夫の家まで駆け寄り、ノックする〕おーい、誰かいないか。

〔農夫登場。〕

農夫　こんにちは、お若い兵士どの。何かご用でしょうか。

フレデリック　どうか、あの哀れなご婦人を見てくれたまえ。公道で飢え死にせんばかりなんだ。あの人は僕の母親なんです。あなたの小屋の片隅に置いてやってくれませんか。どうかお願いします。きっと天からのお恵みがあるでしょう。

農夫　もっと小さな声でお話しなさい。ちゃんと聞こえていますって。〔家の戸口に向かって〕おいお前、俺たちのベッドを整えるんだ。かわいそうな病気のご婦人のために。

〔妻登場。〕

なんでもっとあっさりと言わないんだい。回りくどい言い方をするんじゃないよ。お願いしますとか、天の恵みだとか。こんな些細なことのためになんでお恵みなんてご大層な話になるんだか。さあ、中に入って。私が用意できる一番いいベッドに寝ていただこうじゃないか。ほら、我が家の粗末な食べ物も。

フレデリック　何万回だってお礼を言おう。神のお恵みがあなたにあるように。

妻　お礼だのお恵みだのと！　なんでもないことなのに、なんて大げさな！　さあ具合の悪いお方、私の肩に寄りかかりなさい。〔フレデリックに向かって〕お礼にお恵みですって！　夫と私がこんな歳まで生きてきて、自分の務めも分からないとでも言うおつもりですか。さあ、私の肩に寄りかかりなさい。

〔家の中へ退場〕

第二幕

第一場

〔農夫の家の中の一部屋。〕

〔アガサ、農夫、妻、フレデリックが舞台の上にいる。――アガサは木のベンチに横たわり、フレデリックはその上にかがみ込んでいる。〕

フレデリック　母のために何かちょうだいできませんか。何か元気の出るものを。

妻　ほら、あんた、早く行って、宿屋の主人からワインを一瓶もらっておいで。

フレデリック　いやいや――奴のワインはあいつの心と同じくらい怪《け》しからんものなんですよ。母はすでにいくらか飲んでしまったが、体に毒だったんではないかと恐れているんだ。

農夫　おまえ、産みたての卵を探してきてはどうだい。

妻　それよかあんた、ブランディーを一口ってのはどうなの。私はそれでおおかたよくなるよ。

フレデリック　お母さん、聞こえましたか。お母さん、どうでしょう。〔アガサは何も飲み食いできないことを手で示す〕だめなようです。近くにお医者さんはいますか。

妻　村の端っこに馬のお医者様がいるの。お医者様は他には聞いたことがないわね。

フレデリック　どうすればいいんだ。このままじゃ、命が危ない。お母さんの命が。どうか、母のために祈ってくれ！

アガサ　安心しなさい、フレデリック、私は大丈夫よ。ただ弱っているだけよ。——何か栄養のある食べ物が——

フレデリック　ええ、お母さん、すぐに——今すぐに。〔脇を向いて〕ああ、いったいどこに行けば——それにお金がない——一文も残っていない。

妻　まあ、なんてことでしょう。あんたが昨日家賃を払っていなければ——

農夫　昨日払ってなきゃ、当然するべきことをするんだが。でも神のお慈悲にかけて言うけれど、うちには一銭も残っていないんだ。

フレデリック　それならば僕が——〔母のもとを離れて、舞台の前方に進んで〕——そうだ、僕が行って物乞いをしてこよう。——でももしだめだったら——そのときは僕が——お二人とも、母をお願いします——どうかできるだけのことをしてあげて下さい！

お願いします。すぐに戻ってきますから。〔心を乱された様子で慌てて出て行く〕

農夫　牧師様のところに行けば、きっと何かを下さるだろう。

〔アガサはこの間に少しずつ回復し、立ち上がる。〕

アガサ　以前ここで牧師さんをしていらした、お歳を召したあのお方はまだご健在でしょうか。

妻　いいえ、あの立派なお方は二年前に天に召されましたよ。私たちは友達と父をいっぺんに失ったようなもんです。あんな方はもう二度と現れないわね。

農夫　おまえ、そんなことを言うが、今の牧師様だってとってもいいお方じゃないか。

妻　ええ、でも大層お若いじゃないの。

農夫　お亡くなりになった牧師様だって、昔は若かったさ。

妻　〔アガサに向かって〕その若い牧師様は男爵様のおうちの家庭教師をなさっていて、ご家族みんなに愛されていらっしゃるのよ。それで男爵様が今のお仕事をお世話したんですよ。

農夫　その役目を立派に果たしていらっしゃるよ。お嬢様を立派にご指導なさっているじゃないか。お陰でお嬢様はとっても心根のいいお方で、誰にでも親しくして下さる。

アガサ　お嬢様っていうのはどなた。
農夫　男爵様のお嬢様ですよ。
アガサ　ここにいらっしゃるのですか。
妻　あらまあ、ご存じないんですか。誰でも知っていると思っていましたよ。男爵様とご家族がお城にいらしてからもう五週間になりますから。
アガサ　ウィルデンハイム男爵ですか。
妻　そう、ウィルデンハイム男爵です。
アガサ　そして奥様もですか。
農夫　奥様はここから何マイルも離れたフランスでお亡くなりになったんですよ。男爵様がここにいらっしゃったのもそのせいでしょう。——男爵様はご結婚以来このかた、つい五週間前までは、ここにはいらっしゃいませんでしたから。ずっと不在にしていらしたのを大変残念に思っていたので、今はみんなとても喜んでいますよ。
妻　〔アガサに向かって〕男爵夫人はとても横柄で気まぐれなお方だったということですよ。
農夫　おまえ、亡くなった方を悪く言うもんじゃないよ。生きている者については何を言ってもいいが、亡くなった方についてはね。

妻　でもあんた、亡くなっているなら、何を言われても平気でしょう。――ですから言わせてもらいますよ。亡くなった男爵夫人は横柄で高慢な方だと、みんなが言っているんだから。だから男爵様もそうはお幸せじゃなかったみたいですよ。でも私たちの男爵様ご本人は幼くていらした頃からまったく変わらないわ。奥方が目を閉じられたらフランスを離れ、生まれ故郷のウィルデンハイムに戻られたんですよ。

農夫　私らの村の踊りにも何度も参加されたものですよ。その後、軍隊の士官になられた後は、若い方にありがちな、放蕩者になってしまわれましたが。

妻　そう、あの方が、フライバーグ家の娘さんであるアガサと恋に落ちたのをよく覚えているわ。どれほど騒ぎになったことか。――男爵様にとってあんまり名誉なことではなかったわね。あれは酷い話ですよ。

農夫　さあ、もうよしなさい。――これ以上はやめておこう――昔の悪事を掘り起こしてもしかたあるまい。

妻　だってあんた、生きている人の悪口なら言ってもいいって言ったじゃあないか。ご近所の方の悪口を、死んでいても生きていても言えないのは、ずいぶんと不自由じゃないの。

農夫　あの人がアガサの子どもの父親だってどうやって分かるんだい。そんなことをご本人は言っちゃいないだろう。

妻　あの人しかいませんったら。それは間違いない。賭けたっていいわ。だめよ、あんた、あの人の肩を持とうなんて。――人の道に外れたことなんだから。あの気の毒な娘は今頃どうしているんでしょうね。もう何年も行方が分からないのよ。飢え死にしかかっているかも知れませんよ。あの娘のお父さんも、あの不幸な出来事がなかったらもっと長生きしていたかも知れないのに。

〔アガサは気絶する〕

農夫　おっと！　大変だ！　気絶した――支えてくれないか。

妻　まあ、かわいそうな人！

農夫　隣の部屋へ連れて行こう。

妻　かわいそうな人！　――もう長くはないんじゃないかしら。さあ、さあ、元気を出して。ここにいる人はみんなあなたのためを思っていますからね。〔アガサを連れて退場〕

第二場

〔城の中の一室。〕

〔朝食の用意ができたテーブル――お仕着せを着た召使い数人が食器を並べている。――ウィルデンハイム男爵がおつきの従者と共に登場。〕

男爵　キャセル伯爵は、まだ部屋から出ていらっしゃらないのか。

従者　まだ出ていらっしゃいません。従僕をお呼びになったばかりです。

男爵　城内のいたるところにあの男の香水の匂いが充満しているじゃないか。娘を呼んできてくれ。〔従者退場〕あんな猿が義理の息子になるのか。いや、急《せ》いてはいけない。――娘かわいさから落ち着きを欠いていたようだ。娘をあの男にやる前に、もっとよく知っておく必要がある。私はアミーリアを他人の計略の犠牲にしたくはない。私がかつて犠牲になったように。娘はよく考えないで結婚を承諾してしまい、後から不幸になるかも知れない。あの子が男の子に生まれなかったのは本当に悔やまれる！　ウィルデンハイムの家名は私を最後に滅びてしまう。この立派な屋敷、よき農民たちはみんな人の手に渡ってしまうのか。ああ、なんでアミーリアは男の子でなかったんだろう。

〔アミーリア登場――男爵の手に口づけする。〕

アミーリア　男爵様、おはようございます。

男爵　おはよう、アミーリア。よく眠ったかね。

アミーリア　ええ、お父様。いつだってよく眠れていますわ。

男爵　昨夜は少し落ち着かなかったのではないか。

アミーリア　いいえ、そんなことはありません。

男爵　アミーリア、おまえには、おまえを愛してやまない父親がいることは分かっているね。そして、おまえを愛する許可を得るために求婚者がやって来たのも知っているね。キャセル伯爵を気に入ったかどうか、率直な意見を聞かせておくれ。

アミーリア　ええ、とても。

男爵　こうしてあの方の話をしても、顔を赤らめてはいないね。

アミーリア　はい。

男爵　「はい」か。――それは残念だ〔小声で〕――あの人の夢は見たかい。

アミーリア　いいえ。

男爵　昨晩はまったく夢を見なかったのだね。

アミーリア　いいえ、見ましたわ。――うちの牧師さんの、アンハルトさんが夢に出てきました。

男爵　なるほど！　おまえと伯爵の前に立って、指輪を出すように言っていたんだな。

アミーリア　いいえ、そうではありませんわ。――私たちがまだフランスにいて、私の先生が、ちょうど私たちに永遠にお別れを告げるところでした。――私はあまりにも怖くて目が覚めたのですが、目には涙がいっぱいに溢れていました。

男爵　そんなことはいいんだ！　私はおまえが伯爵を愛することができるものかどうか、それを知りたいのだ。フランスにいたときに出席した最後の舞踏会であの人に会っただろう。おまえの周りを跳ねまわって、メヌエットを踊って、それから――でもあの人がどういう会話をしたのか分からなかったからな。

アミーリア　私だって知りませんわ。――一言も覚えていませんから。

男爵　そうなのか。ならばおまえはあの男を好きではないのだな。

アミーリア　そのようですわね。

男爵　ただおまえに知らせておかなければならないのは、あの人は金持ちで、とても地位も高いのだよ。金持ちで非常に偉い人なんだ。分かるかね。

アミーリア　ええ、お父様。でも先生はいつもおっしゃっていたわ。生まれや財産はとるに足らないことで、幸せをもたらしてくれるものではないのです、と。

男爵　先生の言うことはそのとおりだ。――でも、もし生まれや財産だけでなく、それが分別や美徳と両立していたならば――

アミーリア　でも、キャセル伯爵の場合はそうでしょうか。

男爵　ごほん、ごほん。〔小声で〕これからこの件について、おまえにいくつか質問をするが、正直に答えてほしい。ありのままを答えなさい。

アミーリア　私は生まれてからこのかた、嘘を申したことはありません。

男爵　言っておくが、本当のことを言わずに隠すということもしてくれるなよ。

アミーリア　〔熱心に〕ええ、お父様、決して。

男爵　おまえの言うことは信じているよ――さあ、正直に答えてくれ。――おまえにとって、伯爵のことが話題に上るのは嬉しいことかい。

アミーリア　いい話題でですか、悪い話題でですか。

男爵　ああ、いい話題でだ。

アミーリア　ええ、もちろん。私はどなたのことでも、いい話題としてお聞きするのは好きですから。

男爵　でも、伯爵について誰かが話しているのを聞いたら、少しどきどきしたりなどは。

アミーリア　いいえ、しません。〔首を振りながら〕

男爵　いささかの恥じらいを感じたりなどは。

アミーリア　一切感じません。

男爵　伯爵に話しかけたいのに、勇気がなくてできない、といったようなことはないのかい。

アミーリア　ありません。

男爵　伯爵の友人が伯爵を笑いものにしたときには、伯爵の味方をしてあげたいとは思うだろうか。

アミーリア　思いません。――私もあの方を笑いものにするのが、大好きですもの。

男爵　ええい、いまいましい！〔小声で〕伯爵が近くに来たら怖くはないかい。

アミーリア　いいえ、まったく。――あ、いいえ、一度そういうことがありました。〔思い出して〕

男爵　それだ！　話してみなさい。

アミーリア　一度、舞踏会であの方は私の足をお踏みになって。もう一度踏まれるのではないかと、とても怖かったわ。

男爵　もう勘弁ならん。聞きなさい、アミーリア！〔急に黙り、もっと柔らかな口調で続ける〕おまえに幸せになってほしいのだよ。でも調和のない結婚は、下手な二重奏のようなものだ。そのために、あらゆる均衡を作り出している偉大なる自然が、身体が結ばれるときには、心も完璧に一致していなければならないものと定めたのだ。ともあれ、アンハルトさんをここにお呼びしよう。

アミーリア　〔とても喜んで〕ええ、お父様、そうして下さい。

男爵　あの人がおまえに私の思っていることを説明してくれるだろう。〔呼び鈴を鳴らす〕こういうことは牧師の方が上手に――

〔召使い登場。〕

アンハルトさんのところにすぐ行ってきてくれ。もし忙しくなければ、十五分ほどお話をしたいと伝えてくれ。〔召使い退場〕

アミーリア　〔召使いに呼びかける〕私からもよろしくお伝えしてね。

男爵　〔懐中時計を見ながら〕伯爵はずいぶんと支度に時間がかかっているな。――もう朝食はとったかね、アミーリア。

アミーリア　まだですわ、お父様。〔二人は朝食のテーブルに着く〕

男爵　今日はどんな天気だろう。今朝は散歩に出たのかい。

アミーリア　ええ――五時には庭園にいました。とてもいい天気ですわ。

男爵　ならば猟に出かけよう。お客様を楽しませる方法が他に思いつかないからな。

〔キャセル伯爵登場。〕

伯爵　陸軍大佐殿！　ウィルデンハイム嬢！　お手に口づけを。

男爵　おはようございます、おはようございます！　といっても伯爵、もういい時間でございます。田舎ではもっと早起きしていただかないと。

〔アミーリアは伯爵に紅茶の入ったカップを差し出す〕

伯爵　こちらにいらっしゃるのは、ヘーベー（ゼウスの娘で、神々に酒を給仕した）か、ヴィーナスか、それとも――

アミーリア　あはは、そんなご冗談、笑ってしまいますわ。

男爵　〔いささか腹を立てて〕ヴィーナスでもなく、ヘーベーでもなく、アミーリア・ウィルデンハイムでお願いしますよ。

伯爵　〔朝食のテーブルに着いて〕ウィルデンハイム嬢、あなたは美しい。――私は嘘など申しません。そう思いますよ。私は旅をして、世界を見てきましたが、それでも迷わずあなたを賛美したいと思います。

アミーリア　私は世界を見ていないのが残念ですわ。

伯爵　なぜですか。

アミーリア　そうしたら、ひょっとしたらあなたを賛美できたかも知れませんのに。

伯爵　確かに。――というのも私はこの広い世界の権化ですからね。旅の途中、デリカシーをイタリアで学び、スペインでは傲慢を、フランスで冒険を、ロシアでは思慮分別を、イングランドでは誠意を、スコットランドでは節約を、そしてアメリカの荒野では愛を学びましたね。

アミーリア　愛を教えてくれる国なんてあるんですか。

伯爵　野蛮な国ならどこででも愛を教えてくれますよ。でも文明化した場所ではそういう教育は破綻してしまっていて。

アミーリア　それでは、代わりに何があるんですか。

伯爵　策略です。

アミーリア　なんて情けなくて、さもしい代用品でしょう。

伯爵　他にもあります。――歌、踊り、オペラ、戦争。

〔伯爵が登場してから男爵は少し離れたテーブルに移っている〕

男爵　そこで何を話しているんです。

伯爵　戦争についてですよ、陸軍大佐殿。

男爵　〔腰を上げて〕なるほど、人は理解の及んでいないことについて話したがるものですな。

伯爵　〔腰を上げて〕そのとおり、私は女性には政治の話を、そしてそのお父様には恋愛についての話をするんです。

男爵　そうやってお笑いになるが、私とて、その分野にはあなたと今でも同じくらいに通じている自負がありましてな。

伯爵　陸軍大佐殿、その点は私も疑わないところです。軍人でいらっしゃいますからね。そしてアレクサンドル大王の時代から、男を制する者は、女性をも征服するのです。

男爵　臆病者を勇気づけるのは、ちょっとした功績ですからな。

伯爵　そしてそちらの方では、王様の軍隊よりも出願者が多いようですよ。

男爵　軍隊といえば、銃のことを思い出したのですが、ディナーの前の一時間、猟にでも出ませんか。

伯爵　素晴らしいですな、大佐殿！　なんて素敵な考えなんだ。見とれるような、この自慢の鉄砲を使う場面を与えていただけて。ほら、台尻には真珠貝が埋め込まれているんですよ。これほどの仕上がり、この趣味のよさには、探したってそうめぐり合えるものではありません。私の家紋まで彫ってあるんです。

男爵　ただ、撃ちごたえの方はどうなんです。

伯爵　それが、まだ一度も試していないんですよ。美しい女性をこの眼差しで撃ち抜いたことならありますが。

男爵　私は獲物には特にこだわりはありませんな。――私が持っているのは古い猟銃で、見栄えはしませんが、狙った鳥は必ずしとめます。

〔召使い登場。〕

召使い　アンハルト様がこちらへ――

男爵　お入り願いなさい。――間もなくお相手できますとな。

〔召使い退場〕

伯爵　アンハルトさんとはどなたですか。

アミーリア　とてもいい方よ。

〔熱を込めて〕

伯爵　いい人か！　イタリアではそれは信心深い人を意味しましてね。フランスでは快活な人、スペインでは賢い人、イングランドでは金持ち。アンハルトさんは、今の内のどれにあたりますでしょう。

アミーリア　どの国にあっても、いい方ですわ。イングランドでは別かも知れませんけれど。

伯爵　そして私には、他のどの国のいい人よりも、イングランドのいい人の方が好ましいですよ。

男爵　それならば伯爵、あなたにとってのいい女性は、どの国の人になりますかな。

伯爵　ドイツですね。

〔アミーリアに礼をしながら〕

アミーリア　それは、私にお世辞を下さったんでしょうか。

伯爵　私の判断を申し上げただけですよ。

男爵　確かに。女性の持つ美徳をすべて兼ね備えている女性がドイツには一人おりますからな。尊い階級の女性として、あるいはそれよりもさらに気高い、妻か母親として。

〔アンハルト氏登場。〕

アンハルト　ご用命とのことで伺ったのですが、男爵様——

男爵　さあ伯爵、お急ぎ下さい。——あなたの見とれるような鉄砲を取ってきて——あなたのお部屋の前を通りますので、ほどなく声をかけますよ。

伯爵　飛んで行きます。——美しいアミーリア、あなたのお父様へ我が犠牲を捧げましょう。お父上秘蔵の愛らしいお嬢様から何時間か離れてしまうという犠牲を。

〔退場〕

男爵　アミーリア、伯爵のことでアンハルトさんにお話をすることも、あるいはアンハルトさんがおまえに話をすることも、必要があるとは思えないのだが、でもせっかくお越し下さったので、席を外してくれないか。

アミーリア　〔出て行きながら〕ごきげんよう、アンハルトさん。——お元気でいらっしゃいますか。〔退場〕

男爵　お越し願ったわけを、手短にご説明します。キャセル伯爵がいらっしゃっていて、娘との結婚を望んでおられるのです。

アンハルト　〔かなり心配した様子で〕本当ですか！

男爵　あの方は——あの方は——要するに、私はあの方のことが気に入ってはいないのです。

アンハルト　〔感情を高ぶらせて〕それで、ウィルデンハイム嬢は——

男爵　娘に結婚しろと命ずる気も、説得する気もありません。——このような事柄に関して親が口を出したりすれば、致命的な結果を招くことは分かっていますから。多少の反対すべき点があっても、克服さえすればいいんです——でも、脳みそがからっぽの頭を持った男、冷たい心を持った男、そうなってくると重大なものが欠けていやしませんか。アンハルトさん、あなたは実に若いが、あなたほど、人にこうした重要なものを与えることができる人を私は他に知らない。〔アンハルトは礼をする〕もし伯爵に、私の娘のような純粋さと感性が備わっていれば。――伯爵がいらっしゃる間に、お世話をしてあげながら、少しはあなたの人柄に近づくように持っていってくれないものかな。――娘の教育に関しては、あなたは私の望むとおりの成果を上げてくれた。――伯爵をあなたのような人にしてみせてはくれないか。――そうすれば、私は生涯欲しかった、息子というものを持つことができるのです。

アンハルト　もしお許し下さるなら、男爵様、一つお尋ねしても構いませんでしょうか。頭の中味も心も役立たずな男性に、なぜそんなにも目をおかけになるのですか。

男爵　生まれと財産ですよ。とはいっても、もし娘が断固としてあの方を気に入らないと判断したら、あるいは誰か他の人に心を寄せていると分かったら、その最初の恋を諦めさせようなどとは思わないでしょう。いや、そんなことは決してしない。〔溜息を吐《つ》いて〕しかし、娘がすでに他の誰かに想いを寄せているということはどうやらなさそうです。

アンハルト　お嬢様が、決して恋をなさらないだろうとお思いなんですか。

男爵　いやいや、どんな女性でも二十歳になるまでには必ず恋わずらいという不幸な状態に陥るものだと思っておりますよ。――おっと、これは別の話だ。――アミーリアのところに行って下さい。――妻として、母としての務めについて話してやって下さい。――娘がきちんとこのことの理解に至ったら、キャセル伯爵の妻として自分がその務めを果たせると思うかどうか訊いて確かめてみて下さい。

アンハルト　そうしましょう。――しかし――私は――ウィルデンハイム嬢は――〔混乱した様子で〕私は――私は――仰せのとおりにいたします。

男爵　ええ、是非そうお願いしたい。〔深い溜息を吐いて〕ああ、これでこの件は片づいた。しかしこれを超えるもっと大きな気がかりが私にはあったんだ――そうだ、例のあのことだ。――どうですかアンハルトさん、あの不幸な事態についてまだ何も分かりませんか。

アンハルト　ずいぶんとあちこちに問い合わせてみましたが、無駄でした。そのような人は見つかりませんでした。

男爵　どうか分かってほしい。私はこの大きな悩みにさいなまれるあまり、幾夜と眠れない日々を過ごしているんです。男というものは若いときにそのような不行跡を働くことがあるのです。――ああ、アンハルトさん！　もし若かった頃に、あなたのような教師がいてくれたら。――しかし私ときたら、自身の激情にしか耳を傾けることはなく、自らの欲望だけに従ってしまったのです。　〔退場〕

アンハルト　お嬢様のことで男爵様に言いつかったこの任務を私は――〔周りを見まわし

ながら〕――もし今お嬢様にお会いしたら、私にはこの任務を遂行できなくなってしまう――まずは気をとり直して、準備をしなければ――野原を歩きまわり、熱心にお祈りを捧げれば落ち着くだろう――こうしていれば私は、来世のみに目を向け、この世のはかない希望などには目もくれない人間になることだって望めるだろう。

〔退場〕

第三幕

第一場

〔野原。〕
〔フレデリックが一人で、硬貨を何枚か手の上で転がしている。〕

フレデリック　物乞いまでしたけれど、このはした金が関の山。こんなわずかな金を持って戻らなければならないとは！　母が死ぬのを見に戻らなければならないとは！　世の果てまで行った方がましだ。〔硬貨を眺めながら〕このお金で何が買えるだろうか。母の柩《ひつぎ》のための釘だって買えやしない。心配で気がおかしくなりそうだ。しかし、この苦しみの結果がどういうものになろうとも、責任はすべて父にある。私の哀れな母と同じく息を切らして天の許しを請うがいい。――〔遠くに銃声が聞こえ、おーい、おーいというかけ声が上がる――猟場の番人と猟銃を持った男たちが舞台を走り横切る――フレデリックは周りを見まわす〕さあ、お出でなすった――貴族か、金持ちだろう。そうそう――もう一度お母さんのために物乞いをしてみよう――天のお恵みがあるように！

〔男爵登場、その後ゆっくりと伯爵が登場。〕
〔男爵は足を止める。〕

男爵　伯爵、急いで、急いで下さい。いやいや、あれはまずかったですな。猟犬を見てごらんなさい。あそこで走っている——獲物の匂いを失ったんですよ。
〔男爵は猟犬を追って退場〕

伯爵　大佐、これはかえって助かりましたよ。これでひと息吐けますからね。
〔鉄砲を地面に立てて、もたれかかる——フレデリックは非常にへりくだった様子で近づいて行く〕

フレデリック　旦那様方、入り用でないものなどございましたら、息をひきとりつつある一人の女の痛みを癒し、その弱った身体に栄養を与えては下さいませんか。
〔男爵再び登場。〕

伯爵　ここの治安はどうなっているんだ！　貴族の楽しみに、こんな風に浮浪人が割り込んで、邪魔が入るとは。

フレデリック　〔男爵に向かって〕旦那様、哀れみを。死につつある母のためにこうしてお願いをする息子を助けてやって下さい。

男爵　〔財布を取り出し〕若い兵隊さん、物乞いなどしていないで、さっさと部隊に戻った方が身のためじゃないかね。

フレデリック　私も是非そうしたいところです。でも今この瞬間、私はあまりにも大きな困難を抱えているんです。〔男爵が施しをやる〕申し訳ございません。あなたがご親切にも恵んで下さったお金ですが、これでは足りないんです。

男爵　〔驚いて〕足りないだと！

フレデリック　ええ、足りないんです。

伯爵　なんと、いろいろなところを旅してきたが、こんなおかしな物乞いには出くわしたことがないぞ。

フレデリック　もしご慈悲があるのならば、一ダラー（原文ではドイツの銀貨「ターラー」からくる通貨単位の英語読みとして「ダラー」が使われている）頂けますでしょうか。

男爵　物乞いに恵んでやる金の額を、向こうから指図されるのはこれが初めてだ。

フレデリック　一ダラーで、気もふれんばかりになっている人間を救うことができるんです。

男爵　これ以上は一文だって出す気はない。さあ伯爵、行きましょう。

〔伯爵退場——男爵がそのあとを追おうとすると、フレデリックがその胸ぐらをつかんで剣を抜く。〕

フレデリック　財布か、それともおまえの命か。

男爵　〔声を上げて〕おい！　おい！　こいつを取り押さえて捕まえろ。

〔猟場の番人が何人か走ってきてフレデリックを取り押さえ、剣を奪う〕

フレデリック　なんてことをしてしまったんだ！

男爵　こいつを城に連れて行って、塔に閉じ込めろ。私もすぐに行く。

フレデリック　一つだけお願いがあります。一つだけ。——私は罪を犯しましたし、その罰を受ける覚悟はあります。でも私には母がいます。食べ物がなくて息を引き取らんばかりです。——私には情けを頂けなくても、どうか母にお情けを——母を助けて下さい。あの向こうにある小屋へ使いをやっていただければ、私があなたを騙そうとしているのではないことが分かるでしょう。私が剣を抜いたのは母のためです。——母のためには死ぬ覚悟です。

男爵　こいつを連れて行って、言ったとおりに閉じ込めておけ。

フレデリック　〔引き立てられていきながら〕私が生まれる原因を作った男に呪いあれ。

〔退場〕

男爵　〔別の猟場の番人を呼んで〕おい、フランク、あそこの小さな村に走って行って、一つ目、二つ目、三つ目の小屋に行って、貧しい病気の女がいるか訊いてこい。――もし本当にそういう人間がいたら、この財布を渡してやれ。

〔猟場の番人退場〕

男爵　なんて不思議な出来事だ！――また、なんて見栄えのする若者だ！　奴の表情や態度はどういうわけだか頭から離れない。――本当に奴が母親のために物乞いしたのであれば――しかしたとえそうであっても――私の命を狙ったのだから死んでもらわなければならない。悪徳というものが一番危ないのは、道徳の衣をまとっているときなのだから。

〔退場〕

第二場

〔城の一室。〕

〔舞台にはアミーリアが一人。〕

アミーリア　こんなに不安で、いらいらするのはなぜなんでしょう。誰が私の機嫌を損ねたというの。この部屋に入るつもりはなかったんだわ。庭に出て行くつもりだったの。〔出ようとするが引き返す〕いえ、やめるわ――でも、やっぱり行くわ――庭に出るのはただ、私のサクラソウがまだ咲いているかどうか見ようと思っただけなんだから。——とそれに、アンハルトさんがお植えになったリンゴの木が育っているかどうか。——とても気持ちが落ち込むわ——どうしたのかしら。——なぜ涙が出るのかしら——どこか悪いのでは。

〔アンハルト氏登場。〕

あら！　おはようございます、あなた様——いえ、アンハルト様、とお呼びするべきでした。失礼しました。

アンハルト　いいえ、結構ですよ、ウィルデンハイムさん——今のように呼んでいただくのは、悪い気はいたしませんから。

アミーリア　本当に！

アンハルト　ええ。泣いていらっしゃいましたね。わけを訊いてもよろしいでしょうか。今なお亡くなったお母様のことが——

アミーリア　いいえ、母のことで泣くのはもうやめました。

アンハルト　ご迷惑なときに来てしまったならば申し訳ありません。ただ、お父様のお申しつけで、あなたにお目にかかるようにと。

アミーリア　あなた様ならいつだって歓迎ですわ。父はいつも言っています。私の精神を形づくって下さる方というのは、普段から私に最大の恩恵をもたらす方なのだと知っておきなさいと。〔目を伏せる〕まったく父の言うとおりだと、私は自分の心でも実感しています。

アンハルト　あなたにそう思っていただけることは、それは私にとって、もう過分な報酬です。

アミーリア　私が時にはどんなにご迷惑をおかけしたかを思うと、感謝の念に堪えません。

アンハルト　〔独白〕ああ、天よ！〔アミーリアに向かって〕私は――私はお父様に依頼されて参りました。――もしよろしければ、お座りになりませんか。〔椅子を持って来て、二人は腰を下ろす〕キャセル伯爵がいらっしゃいました。

アミーリア　ええ、存じております。

アンハルト　いらっしゃった理由をご存じですか。

アミーリア　私と結婚なさりたいからでしょう。

アンハルト　そうなんですか。〔慌てて〕でも、男爵はあなたを説得しようとはなさりません――そんなことはまずなさらないと確信しています。

アミーリア　ええ、分かっております。

アンハルト　男爵はあなたにそういうつもりがおありかどうか、私に確かめてきてほしくて——

アミーリア　そのつもりというのは、伯爵との結婚のことですか、それとも結婚そのものですか。

アンハルト　ご結婚そのものです。

アミーリア　自分が知らないこと、理解できないことはすべて私にとってどうでもよいことです。

アンハルト　まさにそれが理由で、私はあなたに結婚のいいところ、悪いところを説明するように、こうして派遣されたのです。

アミーリア　それならば、是非、最初にいいところを教えて下さい。

アンハルト　もし二人の気の合った人間が結婚というかたちで結ばれたら、結婚生活は幸せなものだと言っていいでしょう。もしそのような夫婦が行く道に棘《いばら》を見つけたら、どちらも相手のためを思って、一生懸命になってそれを根こそぎ引っこ抜こうとするでしょう。もしも丘を登ったり、迷路をたどったりしなければならないときには経験のある方が先に立ち、連れ合いを導くでしょう。二人の旅には忍耐と愛が同行し、憂鬱と不和ははるか遠くへ置いていくのです。手に手を取り、朝から夜まで、夏の長い一日、老いの夜が訪れ、一人が死の眠りにおおわれるまで、二人で進んでゆくのです。残された一人は涙を流して悲しみながらも、それでもあの明るい場所へ行くのを楽しみにするのです。そこでは二人がまた会って、自ら植えた木や花の中で、永遠の緑の野の中で相手にまた会うことができるのです。

アミーリア　お父様にお伝え下さい。――私、結婚します。〔立ち上がる〕

アンハルト　〔立ち上がりながら〕今描いた絵は快いものです。ただ忘れないでいただきたいのですが、同じものを描いてもまた違った絵が完成することもあるのです。――便宜や見た目のよさというものが、愚かさやねじ曲がった性格と組み合わさって結婚という束縛を作りあげてしまう場合には、夫婦はその鎖の重みで苦しむでしょう。互いに不満を抱き、意見も食い違い、年月を経るごとに互いへの嫌悪感を深めるのです。力を合わせねば乗り越えられないときにこそ最も激しくなじり合い、互いを慰めねばならないときに、ここぞとばかり相手を苦しめるのです。うたぐり、妬み、怒り、憎しみといった雑草が生い茂る、このでこぼこの道を毎日歩いて行くのです。やはりこの場合も同じく、二人の内のどちらかが、死の眠りにつくまで。するともう一人はうなだれていた頭をもたげ、喜びの一声を上げるのです――ああ、自由だ！　愛しい自由がついに訪れた！

アミーリア　私、結婚しません。

アンハルト　おっしゃりたいのは、恋に落ちる気はないということですね。

アミーリア　いいえ、そうではないんです。〔恥じらいながら〕私はもう恋をしているんです。

アンハルト　恋をしているですって！　〔びくっとして〕伯爵とですか。

アミーリア　そうならばよいのですが。

アンハルト　なぜ。

アミーリア　もしそうならば、あの方がひょっとしたら私を愛してくれるかも知れませんでしょう。

アンハルト　〔興奮して〕そうしない人などいるのでしょうか。

アミーリア　あなたならばどうですか。

アンハルト　私――私――私は――私――私のことなどは、今は問題外です。

アミーリア　いいえ、あなたこそがまさにこの質問を向けたい方なのです。

アンハルト　どういう意味ですか。

アミーリア　あなたがお分かりにならないようでよかったわ。あまりにはっきりと言い過ぎてしまったかと思いました。

アンハルト　分からないですって！　〔狼狽して〕――この話に関しては――私は分かりが遅いわけではないのですが。

アミーリア　いいえ、そんなことはないはずです。――あなたは長いこと私に教えて下さったのですから、今度は私の方からお教えすることがあってもよいのではないですか。

アンハルト　教えるとは、何をですか。

アミーリア　私が知っていて、あなたがご存じないことです。

アンハルト　一生知りたくないことだってあります。

アミーリア　あなたに数学を教わり始めたときに、私が同じことを言ったのを覚えていらっしゃいますか。そんなことは知りたくないって私が申し上げたんです。――でも教わった今は知ってよかったと思っています。――そして〔躊躇しながら〕ひょっとしたら、私も同じようによいことをあなたにお教えすることができるかも知れません。

アンハルト　女性そのものが私には問題なのです。私にとって、数学の問題を解くのと同じくらい快いことを。

アミーリア　それをどのように解くかお教えします。

アンハルト　あなたが教えて下さるというのですか。

アミーリア　いけませんか。女性という学問を教えることができるのは女性だけです。私は確かにとても若いですが、若い女性も年配の女性と同じくらい先生として相応しいのではないかと思っています。私はあなたがいらっしゃる前に教えて下さった年配の牧師さんよりも、あなたが教えて下さった方がずっと早く分かるようになりましたしね。

アンハルト　これは主題に関係ない話ですね。

アミーリア　主題は今、なんですか。

アンハルト　――愛です。

アミーリア　〔アンハルトに近づき〕さあ、教えて下さい。私に地理や、言語やその他の大事なことを教えて下さったように、お教え下さいませ。

アンハルト　〔アミーリアに背を向けながら〕ばかな！

アミーリア　ああ、教えて下さらないのですね。もうすでに私に教えて下さったのはご承知で、また教えて下さろうとはなさらないのですね。

アンハルト　あなたは勘違いなさっている――私の言葉や、私の行動、すべてのことを誤解している。私があなたに持ってきた話題は結婚についてです。

アミーリア　私に愛を教えて下さった男の方にはぴったりの話題ですね。そして私はそれをお受けいたします。〔腰をかがめる〕

アンハルト　あなたはまた誤解して、勘違いなさっている。

アミーリア　ええ、分かりましたわ。あなたは「結婚のいいところ」を私と共に経験して下さるおつもりがないんですね。あなたが一緒に「手に手を取って、丘を登り、迷路をたどる」女性は私ではないのですね。一緒に「棘を根こそぎ引っこ抜き、一緒にユリやバラを植えたい」相手では。いいえ、それよりあなたは「ああ、自由だ！　愛しい自由がついに訪れた！」と叫びたいのですね。

アンハルト　なぜあなたは、認めてしまったそのとたんに悪徳になってしまうような、こんなことを私に言わせようとするのですか。私は命よりもあなたを愛しています。ああ、アミーリア！　もし詩人が描くような、あの黄金の時代に暮らしていたならば、あなた以外は――しかし、世界は変わってしまったので、あなたの生まれと財産がある限り、私たちが一緒になることは不可能なのです。誠実な人間としての資質、そしてそれ以上に、誠実な人間としての想いを保つためには、あなたのお父様の許可なしにあなたと結婚するわけにはいきません。しかし、お父様にそんなお話をすることができるでしょうか。そんな畏れ多いことを。

アミーリア　お父様は決して真実を隠したり曲げたりしてはいけないと私におっしゃいました。私がお父様にお話しします。伯爵の件があるので、私ははっきりお伝えしなければなりません。そしてちょうど今ならば、お父様があなた方お二人を比べることもできるので、絶好の時です。

アンハルト　ご自身を、そして私を、お父様のお怒りにさらそうなどとお考えにならないことです。

アミーリア　お父様は私の結婚を望んでおられます。だって、お父様は私が幸せになることを望んでいらっしゃるんですもの。もしあなたがおっしゃるように私を愛して下さっているのならば、私は結婚します。そして幸せになります。でもあなたとでないのなら結婚しません。私はお父様にこのようにお話しします。最初は大変驚かれることでしょう。その次にはお怒りにもなるでしょう。さらには、激怒なさるでしょう。そして激怒して私を「親不孝」と呼ぶでしょう。でもすぐに気をとり直していつもの笑顔でこうおっしゃるわ。「そうか、そうか。もしその男がおまえを愛していて、おまえもその男を愛しているのならば、天に賭けて一緒になるがいい」。そうしたら私はお父様の首に手をかけて抱擁し、お父様の手に接吻し、そこから走り去ってあなたのところに飛んで来ます。私があなたの花嫁だということはすぐに知れわたるでしょう。そして村の人たち全員が私におめでとうと言ってくれて、天も祝福するでしょう。

〔執事のヴァーダン登場。〕

アミーリア　〔不満そうに〕あら、何なの。

執事　自慢じゃありませんが、よい知らせが耳に入ったものですから、すぐさまこちらのお部屋に参りました。

アミーリア　どんな知らせかしら。

執事　お嬢様、古株の召使いとして、あなたのお父様に昔からお仕えしておりますゆえ、赤ん坊の男爵をこの腕に抱いたこともある私です。申し上げることをお許し下さい。あなた様からも何度も有難き平手打ちをいただいて今日に至ります私です。このめでたい日に、ミューズ（ゼウスの子で芸術・詩の神）たちと共に竪琴を奏で、謹んでお慶び申し上げることをお許しいただければ光栄に存じます。

アミーリア　ああ、執事さん。あなたのミューズや竪琴におつき合いする気分じゃないのよ。

執事　お嬢様のご家族のお誕生日、ご結婚、洗礼式、どれをとっても私がミューズと共に声を上げなかったことはありません。この四十六年間、私のペンからは様々な機会に三百九十七ものお祝いの言葉が生み出されてきたのです。今日は三百九十八個目が生まれんとしています。と申しますのも、大事なご主人様が大変危険な目に遭われたところを、天が救いたもうたのですから。

アミーリア　危険ですって！　お父様が危険な目に！　どういうことなの。

執事　猟場の番人が一人戻ってきて、城のみんなに、下劣で不埒な策略の情報を伝えたのです。このことは世間の話題に上り、それを私の詩が後世に伝えることでしょう。

アミーリア　いったい何があったというの。

執事　私のご主人様であられる男爵が、よそから来た伯爵と一緒に芝地をお出になってから一マイルも行かぬ内に、お一人が――

アミーリア　何があったの。後生だから早く言ってちょうだい！

執事　私の詩がお伝えします。

アミーリア　いいえ、散文でお願い。

アンハルト　そうです、散文で。

執事　ああ、あなた方はどちらも恋をされたことがないのですね。恋をしたなら、散文よりも、きっと韻文をお好みでしょうに。しかしこれは〔一枚の紙を取り出す〕急いで書いたのだということをご承知置き下さい。野に出ていたところへ急に知らせが届いたものですから。紙と鉛筆はいつも持ち歩いているので、野原と庭園を横切って家に帰る途中に、全部で四十行のこの詩を書きあげたのです。〔読む〕

おお、ミューズよ、ふたまたの山を登って
　気高き調べを調《ととの》えよ
ウサギ狩りに出かけた
　男爵と伯爵を題材に。
一目散に駆けまわるウサギは
　悲しく不安な面持ち
なぜって、獰猛な猟犬が
　すぐ背後まで迫っていたのだ、おお。
とうとう雄々しき伯爵と男爵は
　その足を家路に向ける
なぜって、今しがた申したとおり

狩猟、それが終わりを迎えたからなのだ。

一行の目の前に若者が現れ
　哀れな騒ぎをしでかして
涙ながらに語らうは
　今にも死なんとする母親のこと。

若者はとても不幸な様子
　有り金残らず使い果たし
姿は兵士であると伝えていた
　なぜって、軍服を着ていたのだから。

男爵は、心は哀れみに満ち
　目は涙に満ちて、ああ！
悲劇の若者にすぐさま
　金を渡してやったのだ。

誓って言おう男爵は、一シリング与えたのだ
　それで充分しのげよう
だがちょっとやると、調子に乗って
　もっとくれと言うのがいるものだ。

若者は軍のナイフを引き抜いて
　男爵の襟をつかんで言う
その命が惜しいなら
　一ダラー銀貨を寄こすのだと。

すると男爵、息巻いて
　すぐに大きな呼び声を上げ
執事、狩人に馬番が集まり
　それに狩人の助手もまた。

猛き軍服も虚しきかな
　若者は牢獄へと連れ去られ
喉をしっかと押さえられ
　息も止まらんばかり。

遠からぬ日に、ロープと名を与えられし、この襟巻きが
　小僧の盗み癖を叩き直さんかな
その日が来たら、詩を使わずに
　奴の最期の演説をきっと綴らん。

男爵が命を落とすなら
　ああ、国中が嘆き悲しみ
私は哀惜のうたを詠むだろう
　この名誉の物語のうたでなく。

教訓

この先、すっからかんに使い果たし
　物乞いをして暮らそうとする者どもは
これを戒めとして、満足しておくことだ
　恵んでもらった金額に。

アミーリア　執事さん、今日はあなたのミューズはずいぶんと創意に富んでいるのね。

アンハルト　そしてあなたの語ることは、まあ虚構であるにしても、あまりに現実離れしているようですね。

執事　現実離れですって！　私は事実をお伝えしたんですよ。

アミーリア　昼の日中に、うちの敷地で強盗ですって。確かにとてもよくありそうなことだわね！

執事　私は、とてもありそうだと申してはおりません。本当に起きたことだと申し上げたのです。

アンハルト　いやいや、ヴァーダンさん、私たちはあなたの詩には何の文句もありません。でもどうか、その内容が本当のことなのだと私たちを言いくるめるようなことはやめていただきたい。

アミーリア　詩人は嘘を言う特権が与えられていますからね。あなたの嘘も許しますよ。

執事　いいえ、許しを請う必要などないのです。私は真実を言っているのですから。それに、ほら、強盗がやって来ますよ、拘束されて。これで私の言ったことが本当だと分かるでしょう。〔歩き去りながら繰り返して言う〕「奴の最期の演説をきっと綴らん」。

アミーリア　あら、本当。確かにそうね。こっちへやって来るわ。若い男の人で、様子がどこか気にかかるわ。正直そうな表情で、顔には悲しみと嘆きが浮かんでいるわ。いいえ、あの人は強盗なんかじゃない。かわいそうに！　ほら、守衛たちが情け容赦もなく、あの人を塔の方に引きずって行く。今、鍵を閉めたわ。かわいそうに、あの不幸な方はどういう気持ちでいるのかしら！

アンハルト　〔傍白で〕まだましでしょう、今の私の気持ちに比べたら。

〔男爵登場。〕

アミーリア　〔駆け寄る〕お父様、よかったですわね！

男爵　頼むから、もうよしておくれ。あの老いた執事が階段を上ってきたとたん、もうしつこいほどに言ってくれたよ。

アンハルト　すると、本当の話なんですね、男爵。あの老人の言うことはとても信じられませんでした。

アミーリア それで、あの若い囚人は、あんなに正直そうな顔立ちをしながら強盗をしたのですか。

男爵 そうなんだ。まあそれでも、これが最初で最後の過ちになるだろう。アンハルトさん、非常に奇妙な出来事ですよ。この若者は物乞いをして、次に私に向かって剣を抜いたんです。でも私の胸ぐらをつかみながらもあまりにも震えていたから、あれなら子どもだって奴をねじ伏せられたでしょうな。奴が逃げてくれていればとさえ思いますよ。この行いで奴は命を落とすかも知れない。一ダラーで私が助けてあげることもできたかも知れないのに。でも今奴を助けたら示しがつかないだろう。

アミーリア ああ、お父様！ あの人にお慈悲を！ アンハルトさんからもお願いして下さい。

男爵 アミーリア、おまえはアンハルトさんとお話をしたのかね。

アミーリア ええ、お父様。

男爵 結婚についてだね。

アミーリア ええ、そして、私から申し上げました――

アンハルト 〔大慌てで〕男爵の仰せのとおりに――

アミーリア　でも先生が私にお願いされたのは――

アンハルト　男爵、私は知ろうとしたのですが――

アミーリア　ええ、お父様の私への愛が――

アンハルト　男爵、あなたの居間でお話をなさりたいのでは。

男爵　いったいなんなんだ、この話しぶりは。二人とも、互いの話を封じようとするではないか。どちらの言っていることも分からないぞ。

アミーリア　お父様、私が結婚するときは、邪魔をしないで私の思うままにさせて下さると約束なさいましたわよね。

男爵　いかにも。

アミーリア　アンハルトさん、お聞きになりましたね。

アンハルト　失礼します――誰かが私を待っているようで――すみませんが、参ります。

〔慌てて退場〕

男爵　〔声を上げて〕私の居間で待っていますよ。すぐに行きますから。

〔反対側の出口へ行く〕

アミーリア　お父様、もう少しお待ち下さい。とても大事なお話があります。

男爵　大事な話か！　あの若者のことでの懇願なのだろう！　でもその話は聞くわけに

はいかない。〔退場〕

アミーリア　私は二人の若い方についてお願いをしたいのです。一人は、牢屋から出してもらえるように。そしてもう一人は、一生囚われの身となるように。〔外を見る〕塔にはまだ鍵がかかっているわ。あんなところに閉じ込められるなんて、どんなに暗い気持ちになることでしょう。ひょっとしたら――〔声を上げる〕執事！　執事！　こちらに来てちょうだい。話があるの。あの若い兵士は母親のために自分の命を賭けた。だから、あの人の不幸にこんなに興味を感じるんだわ。

〔執事登場。〕

囚人に何か食べるものを持って行きましたか。

執事　はい。

アミーリア　何を持って行ったの。

執事　黒パンのよいものです。それから水晶のように澄んだ水を。

アミーリア　恥を知りなさい！　お父様でさえあの方をかわいそうに思っていらっしゃるのよ。今すぐに調理場に行って、料理人には何か美味しくて慰めになるものをこしらえるように言いなさい。それから地下室に行ってワインを一本持ってきてちょうだい。

執事　確かに、美味しくて慰めになるものですな！

アミーリア　そしてどちらも塔に運んでちょうだい。

執事　お嬢様、私はいつでもお嬢様の言いつけに従いますが、今回は囚人の食事はパンと水でなければなりません。男爵様が特にそのように言いつけられたのです。

アミーリア　ああ、でもお父様がそうおっしゃったときには、怒りの絶頂にいらしたのよ。

執事　どんなに怒っていらしても、誠実で正直な召使いの義務は、ご主人の命令に従うことです。私は、この屋敷の召使いの誰かが、そして私自身が、あの若者にパンと水以外のものを与えることを許可いたしません。しかし、その代わりにこうしてはいかがでしょう。奴に私の詩を読んで聞かせるのです。

アミーリア　地下室の鍵をちょうだい。私が行くわ。

執事　〔鍵を手渡す〕そして、これが私の詩です。〔ポケットから出す〕一緒にお持ち下さい。奴にとっては、ワインと同じくらい慰めになるかも知れませんぞ。〔アミーリアは紙を地面に叩きつける〕〔アミーリア退場〕

執事　〔驚いて〕持って行かれないとは！　持って行くことを拒まれるとは！　〔とても大

事そうに紙を拾いあげる」

「私は哀惜のうたを詠むだろう
この名誉の物語のうたでなく。」

第四幕

第一場

〔城の塔の中の牢獄。〕
〔フレデリック、一人で。〕

フレデリック　人間の幸せなんてほんの数秒にして失われてしまうものだ！　つい今朝がた宿をあとにして、陽が昇るのを見たときには、喜びに歌を口ずさんでいた。――お母さんに会えるという希望に心が躍って、愛情を込めて驚かそうと計画を練っていた。しかしそのような嬉しい未来は消え去った。――祖国に帰って最初に見たのは死にかけている母親だ。最初の宿は牢獄、そして次に歩くところは――ああ、慈悲深い運命よ！　こんな目に遭わなければならないようなことを、自分はしてしまったのだろうか。

〔アミーリアがナプキンでおおった小さなバスケットを持って登場する。――外にい

る誰かに向かって言う。〕

アミーリア　フランシス、そこで待っていてちょうだい。すぐに戻るわ。

フレデリック　〔ドアが開いた音を聞きつけて、振り返る〕そこにいるのは誰だ。

アミーリア　お腹が空いて、喉も渇いているでしょう。

フレデリック　いや、そのどちらでもない。

アミーリア　ワインを一本と、食べ物を持ってきましたわ。〔バスケットをテーブルに置く〕ワインは心の強壮剤だと父がよく言っていますから。

フレデリック　どなたかは存じませんが、大いに感謝します。ああ、これを私の母のもとに届けていただくことはできないでしょうか。母は今、死の床にいるんです。ヒューバートという名の誠実な農民の屋根の下に。心優しい恩人の方、そこに持って行って母を救って下さいませんか。

アミーリア　その前に、あなたが父を殺すつもりではなかったのだとおっしゃって、私を安心させていただきたいわ。

フレデリック　あなたのお父上を！　とんでもない。――私はただ、私に命を与えてくれた人の命を助けたかっただけです。――あなたのお父上を殺すなんて！――いやいや、そんなことは滅相もありません。

アミーリア　私もそうだろうと思っていました。――というよりも、誰かを殺すのであれば、伯爵を殺せばよろしかったんだわ。あの人なら、いなくなっても誰も気にしないでしょうから。

フレデリック　私が施しを受けるために脅した、あの紳士方はどなただったのですか。

アミーリア　あら、もしただ脅そうとなさりたかったならば、伯爵がちょうどぴったりだわ。でもあなたは別の紳士を相手になさったのよ。――それに、ウィルデンハイム男爵を脅すことなんて、できるとお思いになったの。

フレデリック　ウィルデンハイム男爵だって！　なんてことだ！

アミーリア　どうなさったの。

フレデリック　私がその胸に剣を突きつけた男は――〔震えながら〕

アミーリア　それはウィルデンハイム男爵――この屋敷の主で、私の父です！

フレデリック　〔大いに動揺して〕私の父だ！

アミーリア　あらまあ、なんてことでしょう！　気がふれてしまったようだわ。ちょっと！　フランシス、フランシス。〔呼びながら退場〕

フレデリック　〔非常に興奮して〕私の父親だ！　永遠の裁き手よ！　汝はまどろむことが

ない！　今日私が剣を抜いた相手、それが父だったとは！　あと一瞬、挑発されていたら、私は自分の父親を殺してしまうところだったのだ！　〔椅子に沈み込む〕

〔アンハルト氏登場。〕

よくいらっしゃいました！　その装いからお見受けしますに、聖職の方ですね。そうなりますと、慰めをもたらして下さる使者の方というわけだ。ようこそおいで下さいました。

アンハルト　ええ、私は慰めをもたらすことができればと思っております。そして非難を与えることは差し控えたいと思います。というのも、説教師などがしなくとも、あなたの良心こそが、あなたを責めることでしょうから。その繊細な表情、そして下々の者たちよりははるかに優れた言葉遣いと話し方を見るに、若いお方、あなたはこんな状況を回避できてもいいはずの教育を受けておられるようですね。

フレデリック　私の教育は母によるものです。その恩に報いようとした孝行のために、今私はこんな状況に至ってしまったのです。民事法廷の判事は法律に則って罰することでしょう。――聖職者が判断を下すときは、犯した行為そのものではなく、その行為のもととなった衝動を見て下さらねば。

アンハルト　私は、信仰に求められる寛大さをもって判断しようと思います。それにあなたがいる牢獄は貴族のもので、その貴族はあなたの、母親に対する愛情に同情しています。というのも、そのお方は、あなたが教えた村に使いをやって、お母様に関する話が本当だということを確認したのですから。――あなたの印象は悪くない。ですから私の提案としては、男爵にお会いして、牢獄からの解放、そして裁判の取り下げをしてもらえるように嘆願を試みてはどうでしょうか。

フレデリック　〔驚いて〕私が――私が男爵に会うというのですか。私が！　――私が自分の自由のために嘆願する――その方のお名前を教えてくれませんか。――その男爵というのはひょっとして――

アンハルト　ウィルデンハイム男爵です。

フレデリック　ウィルデンハイム男爵！　以前はアルザスに住んでおられましたか。

アンハルト　まさにそのとおりです。――奥様が亡くなられて一年後くらいに、アルザスを去られました。そして数週間前に、こちらの、父祖伝来のお屋敷に住まわれるために到着なさいました。

フレデリック　そうか！　奥様はお亡くなりになったのか！　――そしてたった今この牢獄にいらっしゃったあの心優しい若いご婦人は、その方のお嬢様なのですね。

アンハルト　お嬢様のウィルデンハイム様です。

フレデリック　そして今朝、男爵とご一緒にいらした若い紳士はご子息ですか。

アンハルト　息子さんはいらっしゃいません。

フレデリック　〔急いで〕いや、いる。――〔我に返って〕――いや、今日一緒に狩りをしていらした、あの人は。

アンハルト　あの方は息子さんではありません。

フレデリック　〔傍白で〕なんと有難いことだ！

アンハルト　あの方は、ただお客として来られただけです。

フレデリック　教えてくださって感謝します。どうか、ウィルデンハイム男爵に二人きりでお目にかかれるように取りはからっていただければ――

アンハルト　なぜ二人きりでなければならないのですか。まあ、それでも少しの間この場所からあなたをなんとか連れ出して、引き合わせることにいたしましょう。あなたに無罪を見るか、あるいは悔恨を見るか、男爵があなたに好意的な判断をすれば無罪もあるでしょうし、悔恨を目にしたならばあなたの罪に慈悲をお見せになるでしょう。私について来て下さい。〔退場〕

フレデリック　〔ついて行く〕私は愛する親が大きな不幸に染まるのを目にしたのだ。

——なぜ、こんなに震える。——なぜ、自分の強さを疑う。裕福に暮らす、非人情な親の前に立とうというだけなのに。〔退場〕

第二場

〔城の中の部屋。〕

〔ウィルデンハイム男爵とアミーリア登場。〕

男爵　キャセル伯爵と二人でお話ししてからは、あの人の知性を前よりは高く買うようになったんじゃないか。二人でずいぶん長いこと話をしていたが、その成果を聞かせてくれないか。

アミーリア　あの方のことが大嫌いになりました。

男爵　あの人は何をしたんだ。

アミーリア　ご自分がなさった野蛮なことを私に話して聞かせたのです。

男爵　どんなことを。

アミーリア　ものすごく大勢の女性に求愛なさっているので、私と結婚するとなると、少なくとも百人の心が悲しみで張り裂けるのだそうですわ。

男爵　は！　おまえはそれを信じるのか。

アミーリア　もし信じないと申し上げた場合、あの方が嘘を話したと思った方がいいですか。

男爵　単に勘違いしたのだろう。

アミーリア　お父様、ある意味では、あの方は本当のことをおっしゃっていると思います。うちのあの歳をとった執事が私の侍女に伝えたことですが、ある気の毒な若いお嬢さんが騙されて身を滅ぼすに至ったそうです。そのお嬢さんとご家族全員が、あの方の不実のせいで恥と悲しみにまみれてしまいました。

男爵　執事がそう言ったことは確かなのか。

アミーリア　では、直接訊いてごらんになればいかがですか。そのことについて詳しいことを知っているでしょう。その方々のお名前ですとか状況ですとかを、くまなくお訊きになれば。

男爵　私のところに来るように言ってくれ。

アミーリア　〔ドアまで行って呼びかける〕ヴァーダンに、すぐに男爵の前にあがるよう伝えてちょうだい。

男爵　うわさ話をする奴は間違って言っていることが多いからな。おまえが言った話を奴から直接聞くとしよう。

アミーリア　その話を詩に書いているようですよ。

男爵　〔怒って〕詩だと！

アミーリア　ええ、それでも内容は本当のことですが。

〔執事登場。〕

アミーリア　ヴァーダン、本当のことを書いた詩があったわね。

執事　私の詩はすべて事実をうたっております。そして今のところは、いくらかの人の書いた散文を超えております。

男爵　しかし、今回は散文で欲しいんだ。それ以外は受けつけない。〔執事がお辞儀をする〕キャセル伯爵が、娘以外の女性と結婚の約束をしたという話は聞いているか。

執事　男爵様に、散文でお話しするべきですか。

男爵　もちろんだ。〔執事が居心地悪そうにし、なかなか話さないので〕アミーリア、こいつは第三者の前で知っていることを話したくないらしい――席を外しなさい。

〔アミーリア退場〕

執事　いえいえ――話しにくいのは、そのためではありません。

男爵　ならばどうしてだ。

執事　詩でお伝えするのを男爵様がお許しにならないからです。――もうこの手の中に、まさに詩の中の詩ができあがっておりますのに。〔紙を見せる〕

男爵　私の命令に背こうというのか。今言ったことについておまえが知っていることを普通の言葉で言いなさい。

執事　男爵様、この話を地味な散文でお聞きになりたいというのであれば、つまり、こういうお話です。――ある朝ポイボス（太陽神アポローンのこと）が東の空に昇り、長らく望まれし陽の光をもたらしてより、仲間のヒュメナイオス（ギリシャ神話における結婚の神）に声をかけ――

男爵　大仰な言い方はやめるんだ。

執事　ああ、やっぱり詩の方がお気に召すと思いましたよ。

我らが国に、ある女性が住まい
　その魅力は人の心をピリピリさせた
教会で結婚というしきたりを踏んではおらず
　すべからくして今なお未婚。

男爵　散文で言うんだ。

執事　そういたします、男爵様。でもこの話は何度も詩で語っていたので、どうお話しすればよろしいものやら。――キャセル伯爵は、キューピッドの一番機嫌の悪い折の影響を被り、

キャセル伯爵、この類まれな乙女に言い寄り
　そのお眼鏡にかなうのだった
もし伯爵の心ににごりあるなら、

男爵　詩はやめろというのに。

執事　「それは恐らく卑劣な行為になりましょう」。旦那様、申し訳ありません。しかし、忘れようとしても、詩がどうしても割って入ってくるのです。私にとりましては、詩を忘れてお話しすることは、時には人が詩を思い浮かべて話すよりも難しいのです。しかし旦那様、飾らない事実を申し上げますと、伯爵は不実で、冷酷で、嘘つきです。

男爵　それは驚きだ！

執事　そして詩の残りをお聞きになれば、もっと驚かれますよ。〔懸命に〕旦那様、お願いですから、詩をお聞き下さい。

男爵　お前はその家族を知っているのか。その人たちを。

執事　我がミューズが真実を語っていることを証明するために、その娘の父親を連れて参りましょう。名前はバーデンと申します。つくづくも気の毒な老人です！

父は二人を祝福し
　式の日取りをとり決めた
なのに、なんと！　花婿はそこにいないのだ
　なぜって、どこかに行ってしまったのだから。

男爵　しかし、教えてくれ――父親は、娘の純潔についても嘆かねばならなかったのか。

執事　ああ、旦那様、ああ！　その部分は是非とも詩のかたちでお聞き下さい。純潔の喪失は、詩でないとよく聞こえないのですから。

　なぜって、ああ、その前の日の晩に

娘には頑丈な守りが欠けていた
伯爵は娘に幾十もの誓いを立てて
引き換えに、娘の貞節を奪うのだった。

教訓

さあ、独り身のご婦人方よ
この悲劇を知ったらご用心
妻を演じてはなりません
本当に妻になるその日まで。

〔キャセル伯爵登場。〕

男爵　〔執事に向かって〕すぐに下がりなさい。

伯爵　そうそう、お家つきの詩人君、下がりなさい。ついでにちゃんとそのヘボい詩も持って行くんですよ。

執事　伯爵様、私の詩を侮辱なさらぬよう。この筋書きはあなた様から得ておりますので。

伯爵は娘に幾十もの誓いを立て引き換えに、娘の貞節を奪うのだった。

〔執事退場〕

男爵 伯爵、分かるかね、私はずいぶんと動揺していてね。

伯爵 なぜですかね、それはまた。

男爵 率直に言いましょう。どういうことなのです、あなたは他の女性と婚約している身でありながら、私の子どもに結婚を申し込んでいるのだと聞きましたが。

伯爵 他の女性というのは一人だけを言っているんですか。

男爵 どういう意味かね。

伯爵 私が言っているのはですね、男も、若くて裕福で広く旅した経験があって、特に嫌われるところもないのであれば、——ただ一人の女性だけにしか誓いの言葉をささやくことがないとなると、それは数ある女性全体への無礼にあたるということなんですよ。

男爵 言い逃れは結構。バーデンという名前には心当たりがあるかね。あなたはその娘と結婚の約束をしたことがあるのか。正直に答えなさい。それとも私はその女性の父親に訊きに出かけなければならないのか。

伯爵　いいえ——あなたがどうやらお察しになった事情以上のことは、その父親でも答えられないでしょう。それに、私も否定はしません。

男爵　なんと臆面もなく！　あなたはそんな不実を認めながら、そうやって顔を上げていられるのか。

伯爵　男爵殿——もしそのような非難を受けた男がみんな顔を上げることを許されなかったら——世の中、四つん這いで歩いている者ばかりかも知れませんよ。

〔思わず男爵の肩を叩く〕

男爵　〔ぎくっとして——我に返り——口ごもりながら〕しかし——それでも——あまりにも非道な話じゃないか——

伯爵　しかし、とりたてて今に始まった目新しいことでもありませんよ。

男爵　〔かすかに〕いや、願わくばこんなことは目新しいことであってほしいものだ。

伯爵　では、あなたはこんな話にはお目にかかったことがないとでも言うのですか。

男爵　〔動揺して〕もしあったとすれば——そんなことをする奴は悪党と呼んでやりました。

伯爵　あなたという人は妙に良心的ですね。当の悪党は自分を悪党と思っているかどうか、怪しいものですが。

男爵　いえ、自分を悪党だと思っています。

伯爵　なぜ分かるんですか。

男爵　〔躊躇しながら〕その男がそう言うのを聞いたのですから。

伯爵　それでも悪党の奴は、平気で飲み食いして夜も眠れていたんでしょうね。

男爵　〔混乱して〕そうかも知れない。

伯爵　そして、友達と楽しく遊んで。友人たちは今もその男とは変わらずつき合っているのですか。

男爵　たぶん〔混乱して〕――そうかも知れない。

伯爵　そして、その男ときたら、今度は若い男をつかまえて色事に関してお説教したりして。

男爵　そのとおりかも知れません。

伯爵　それならば、男爵、あなたのおっしゃる悪党とは、大変に善良で慎重で、正直な男のことじゃありませんか。それでしたら、私はあなたに悪党と呼ばれることに抵抗はありませんね。

男爵　それでも、あなたはその不遇な娘になんらかの償いをするつもりはないのですか。

伯爵　あなたの悪党は償いをしたんですか。

男爵　いいや。理性が成熟してから後に、何か埋め合わせをしようとは思ったのですが、そのときにはもう遅かったのです。

伯爵　私もその例に倣うことにしましょう。何をするべきかが分かるまで、是非、理性の成熟を待ってみることにいたします。

男爵　ならば、私の娘との結婚もその時まで待っていただきたい。

伯爵　お嬢さんの幸せをそんなに先延ばしになさるんですか。男爵殿、私のこの洗練された生活態度を考えると、判断力がそれなりの基準に達するまでには十年ほどかかるかも知れませんよ。

男爵　頭痛がする。伯爵――この話に私は心を掻き乱されて、私は混乱している。数分間一人にして下さらないか。

伯爵　分かりました。――そして、お分かりいただきたいのは、あなたは道義心について非常に敏感な感覚をお持ちなので、誘惑というものをおぞましく感じられているようですが、その罪が和らげられる性格や状況だってあるのです。

男爵　いや、断じてない。〔激しく〕

伯爵　あなたのように真面目で、思慮深く、ものごとをよく考える方にとっては確かにそうでしょう。しかし私のように、陽気で快活にして、浅はかで薄っぺらで、軽薄なしゃれ男からしてみると、それは許されないことではないのです。私にとって、女性への約束を守ることは欺くことです。私に期待したってしかたがないんですよ。愛の誓いを破ることが習性なのです。男爵にとって、賢いことと真実を語ることが習性であるように。〔退場〕

男爵　あのようなつまらない男が、今こうして感じているような気持ちを湧き起こすことができるなどとは思わなかった！　実際、私はあいつよりも悪い人間だ。普通の男が罪を犯せば、それは、愚か者が犯す罪よりも重いのだから。

〔アミーリア登場。〕

アミーリア　伯爵が出て行かれるのが聞こえましたので、お伺いしたいことがあって――

男爵　〔腰を下ろし、気を落ち着かせようとしながら〕おまえはキャセル伯爵と結婚してはならぬ。――もうあいつの名前を私の前で口にしないでくれ。

アミーリア　しませんわ――口にしませんとも――あんなおぞましい名前。――お父様、いい知らせをありがとうございます。〔椅子を引き寄せ、テーブルの男爵がよりかかっているのと反対側に座る。――少し間をおいて〕では、私はどなたと結婚すればいいのですか。

男爵　〔頭を抱えて〕さて、分からないな。

〔アミーリアは何かが気がかりで、話したそうなそぶりを見せる。〕

アミーリア　私は前から伯爵のことが嫌いでした。

男爵　私もだ。

アミーリア　〔少し間をおいて〕思うのですが、愛とはこちらが求めなくとも、勝手に訪れるものですね。

男爵　〔もの思いにふけって〕確かにそうだ。

アミーリア　〔再び間をおいて〕そして、ひょっとしたら愛の対象が情熱を正当化してしまうこともありますよね。

男爵　それはもちろんあるだろう。

アミーリア　例えば、家庭教師としてのアンハルト先生への、私の愛情とか。

男爵　ああ。〔溜息を吐く〕

アミーリア　〔また間をおいて〕私は結婚したいのです。

男爵　そうしなさい。〔間をおいて〕人は誰だって結婚するのがいいんだ。
アミーリア　それならば、なぜアンハルト先生は結婚しないのですか。
男爵　それは自分で先生にお尋ねすればいい。
アミーリア　もうお訊きしました。
男爵　それで、先生はなんとおっしゃった。
アミーリア　先生がおっしゃったことをお父様に話してもよろしいですか。
男爵　もちろんだ。
アミーリア　私が先生に言ったことも。
男爵　もちろんだ。
アミーリア　怒ったりなさいませんか。
男爵　怒ったりなどするものか。
アミーリア　それでしたら――お父様は私に真実をごまかしたり隠したりしてはいけないとおっしゃいましたよね。
男爵　ああ、言ったよ。
アミーリア　それならば、先生がおっしゃったのは――
男爵　なんとおっしゃったんだ。

アミーリア　先生がおっしゃったのは——お父様の許可がなければ、私とは絶対に結婚しないとおっしゃいました。

男爵　〔椅子から跳び上がって〕なんと、なんでそんなことが話題になったんだ。

アミーリア　〔立ち上がって〕その話題を出したのは私なんです。

男爵　それでおまえはなんと言ったんだ。

アミーリア　私はこう申し上げました。私にとっては生まれや財産などというものはとても古くさいもので、どちらもまったく関係ありません。それに以前お父様が、私の結婚に関しては、他のどんなことよりも私の幸せを第一に考慮するとおっしゃっていたということもお伝えしました。

男爵　おまえに私の考えをもう一度言っておこう。この国では貴族の子弟は同じ身分の者と結婚するのがしきたりとなっている。しかし私にとっては、古いしきたりなどよりも娘の幸せの方が大事だから、おまえを幸せにしてくれると思える最初の男性におまえを授けようと思っている。だが、だからといって、おまえの相手となる男の人格についてうるさく言わないということではない。そしてアンハルトさんは、私への恩もあるし、道義心のある人なのだから——

アミーリア　恩がある人の娘を幸せにするのは道義に適ったことではないのですか。

男爵　しかし、その娘がまだ子どもで、考え方も子どもであった場合は――

アミーリア　いいえ、お父様、私はすでに大人の女性のような考え方をし始めているのですよ。あの方にお聞きになればいいわ。

男爵　あの方に聞くだと！　おまえはあの人から受けた教えに感謝をしていて、それを愛だと思い込んでいるのだ。

アミーリア　感謝には二種類あるのですか。

男爵　どういう意味かね。

アミーリア　だって私はお父様に感謝していますわ。でもそれはあの方に対する感謝とは全然違います。

男爵　そうかね！

アミーリア　ええ、そうです。そしてあの方もまた別の種類の感謝を私に抱いています。それはなんでしょうか。

男爵　あの人がそう言ったのかね。

アミーリア　はい。

男爵　それはよくないね。

アミーリア　まあ、お父様、私があの方に不意打ちをしかけたのだということを分かって下さい。

男爵　不意打ちだと！

アミーリア　お父様の言いつけで、私がキャセル伯爵についてどう思っているのか確かめにいらしたのです。私は決して伯爵とは結婚しないとあの方に申し上げました。

男爵　それであの人に。

アミーリア　ええ、あの方に。

男爵　それは結構なことだ！　そしてあの人はなんと言ったのだ。

アミーリア　あの方は私の身分のことをおっしゃいました。私のおば様たちやいとこたちについて、そして私のおじい様やひいおばあ様のことも。あの方がお父様に感じている恩義について。そしてもう自分のことは忘れてくれとおっしゃいました。

男爵　それは誠意のある言葉だ。

アミーリア　でも礼儀に適っていませんわ。

男爵　そんなことは構わない。

アミーリア　まあ、お父様！　私は他の方に恋をすることは決してありません。――他のどなたとであっても幸せにはなれませんわ。〔ひざまづく〕

男爵　立ちなさい。

〔アミーリアが立ち上がっているところに、アンハルト登場。〕

アンハルト 男爵様、お許し下さい。私は聖なる慈悲を司る者として、あなた様の正義感によって逮捕されている哀れな兵士を隣の部屋に連れて参っております。そして、その若者をここへ連れてきて、若者の謝罪あるいは懇願に耳をお貸し願うことをお許し下さい。

男爵 アンハルト、君の行いは間違っている。その気の毒な若者には同情するが、そいつを許すことはできないし、許してはいけない。

アンハルト それならば男爵様、どうぞご自分でそのように伝えていただけないでしょうか。あなた様の口から直接聞けば、奴も諦めがつくでしょう。

アミーリア まあ、お父様！ どうかその人に会って、お慈悲を！ 不幸によって血迷ってしまったのです。

男爵 アミーリア、部屋から出なさい、これは命令だ。〔アミーリアが何か言おうとするや、制して声を上げる〕今すぐにだ――　〔アミーリア退場〕

アンハルト 男爵様に直接お目にかかりたいと申しております。何か告白して楽になりたいのかも知れません。男爵様はそれをお聞きになる必要があるのかも知れません。

男爵　ならば連れてきなさい――話が済むまで、隣の部屋で待っていてくれ。その後であなたに話がある。

アンハルト　おっしゃるとおりにいたします。〔ドアのところに行って、フレデリックを連れて戻ってくる。アンハルトはそのドアから出て行く〕

男爵　〔フレデリックに向かって傲慢な態度で〕若いの、おまえの自暴自棄の振る舞いについて、母親の貧しさを言い訳にしようとしているのは分かっている。その事情は確かになんらかの過失の弁解になるかも知れないが、おまえのやった犯罪を軽減するものではない。

フレデリック　私の行動には、母の貧しさにも増して、もっと強固な弁明があるのです。

男爵　それはなんだ。

フレデリック　私の父の残酷さです。

男爵　それでは、おまえには父親がいるのか。

フレデリック　はい、金持ちの父がいます。――いや、そればかりか、徳が高い、尊敬に値すると言われている人物です。偉大な人です。広大な地所を持ち、多くの人間の庇護者でもあります。宮廷でもとても尊敬され、住民たちにも愛されています。親切で、情け深くて、誠実で、寛大で――

男爵　そのような立派な人が、おまえを捨てたのか。

フレデリック　ええ、今言った資質を全部備えていながら、私を捨てたのです。

男爵　おまえの父親は正しいことをしたのかも知れない。若者が道楽にふけり、自暴自棄になったなら、それを優しさで矯正できないのなら、厳しく対処することで救おうとすることがあるだろう。

フレデリック　いいえ、そうではありません。――父は私の非行のせいで私を捨てたのではありません。――父は私のことを知りません。――私を見たこともありません。――私が生まれる前に私を捨てたのです。

男爵　なんだと。

フレデリック　私が父から受け継いだのは母の涙だけです。父は、私を守ったことも、支えた事もないのです。――母を守ったことだってありません。

男爵　なぜ父親の親戚を頼らなかった。

フレデリック　親戚も私との縁を認めていません。親戚の者からすると、私は誰とも縁続きではないということです。――世界中の誰もが私との関係を否認しています。母以外は。――そしてそのことについても、父に感謝しなければなりません。

男爵　それはどういうわけだ。

フレデリック　それは私が私生児だからです。——母は誘惑され、一人で忍耐強く、不幸の中で私を育ててくれました。母は懸命に働き、私に教育を与えてくれました。しかし、社会に出た私の生活は、苦労と悲しみと不穏から始まりました。——周りの仲間たちは幸せに暮らし、見通しは明るかった。片や、私はパンと水のみで暮らさねばならず、そこに味つけをしてくれるような希望だってありませんでした。しかし父にはそんなことはどうでもよかったのです！

男爵　〔傍白〕この若者の話は、私の胸を打つじゃないか。

フレデリック　母とはここ五年間会っていませんでしたが、まさに今日戻ってみると、貧しさのあまり、通りで死にかけているのを発見したのです。避難できる小屋も、藁の布団もなく——しかし父にはそんなことはどうでもよいのです！　父は宮殿に暮らし、この上なく柔らかい羽布団の上で眠り、偉い人々が味わうあらゆる贅沢を味わい、死ぬときだって、葬式のお説教は、父の大いなる慈悲やキリスト教徒にふさわしい博愛をたたえることでしょう。

男爵　〔大いに動揺して〕君の父親の名前はなんというのだ。

フレデリック　父は、若い女性の無垢なのにつけ込んで、甘い言葉と嘘の約束でその愛情を手にしました。その結果、一人の不幸な人間が生まれたのです——その人間は自分の父親を、すんでのところで殺そうというところまでいったのです。

男爵　〔身震いして〕そいつは誰なのだ。

フレデリック　ウィルデンハイム男爵です。

〔男爵の表情には驚愕、罪悪感、恥と恐れの感情が表れる〕

フレデリック　この家で、あなたは母の純潔を奪いました。そしてこの家で、私はその罪の犠牲となります。私はあなたの囚人です――自由になろうだなんて思いません――私は盗人です――私はあなたに身をゆだねます――あなたは私を法の手に引き渡すでしょう――そしてあなたは死刑場へ私を連れて行きます。司祭の慰めと導きの言葉がすべて無駄であり、私が絶望の中で、最後の瞬間まで自分の父親に天罰が下ることを祈っていることに気づくでしょう。

男爵　待て！　落ち着いてくれ――

フレデリック　そしてあなたが、ロープの先にぶら下がった私の死体から顔をそむけると、私の母の泣きくずれるのを目にするでしょう――母がどんな眼差しをあなたに向けることか、描いて見せましょうか。

男爵　やめろ――野蛮人、獰猛な奴め、黙るんだ！

〔驚いたアンハルトが登場する。〕

アンハルト　何をおっしゃっていたのですか。どうされたのですか。――お若い君、まさかもう一度やろうとしたのではないだろうね。

フレデリック　ええ、私は、あなたがするべきことをやってのけました。罪人を震え上がらせたのです。

〔男爵を指し、退場〕

アンハルト　これはどういうことでしょう。――私には理解できないのですが――

男爵　あれは私の息子だ！　――あれは私の息子なんだ！　――アンハルト、行ってきてくれないか――助言をくれ――私を助けてくれ――あの若者の母親である哀れな女性のところへ行ってきてくれ――若者が案内してくれるはずだ――急いでくれ――急いであの人を守ってやってくれ――

アンハルト　でも私はいったい何を――

男爵　行くんだ――どう行動したらいいのか、君の心が命じてくれるだろう。

〔アンハルト退場〕

〔男爵とり乱して〕私はどういう人間なんだ。私は何者だ。狂っている――狂気だ――いや――私には息子がいる――息子が！　きわめて勇敢な――そうだ――そうしよう

――そうしなければ――ああ！〔優しく〕なぜさっき抱擁しなかったのか。〔声を大きくして〕なぜこの胸に抱きすくめなかったのか！　ああ、見ろ――〔フレデリックの去る姿を見ながら〕――城から走り出て行く――誰かいないか。従者はどこだ。

〔従者が二人登場。〕

あの男のあとを追え――囚人を連れ戻すのだ。――だがよく聞け――あの男を大事に扱え――私の息子のように――おまえたちの主人さながらに扱うんだ。

〔全員退場〕

第五幕

第一場

〔農夫の家の部屋。〕
〔アガサ、農夫と妻が舞台にいる。〕

アガサ　あの子が来てないかどうか、見てきて下さいませんか。
農夫　無駄ですよ。道に出て、右も左も見ましたが、影も形もありゃしませんよ。
妻　もう少しだけ、辛抱して下さい。
アガサ　もう一度外に出てみてくれませんか——そう遠くに行ってはいないと思うので。
農夫　分かりましたよ、行ってみましょうか。〔退場〕
妻　天があなたにどんな授けものをなさったか、それを息子さんがご存じなら、きっと、じきにここに来ることでしょう。
アガサ　私はとても心配なのです——
妻　でも、何が心配なのですか。あなたのように金貨の入った財布を受け取ったら、誰だって安心するでしょうに。

アガサ　あの子はいったい、こんなに長い間どこにいるのかしら。出て行ってからもう四時間も経っているのに。何かよくないことが起こったに違いないわ。

妻　まだ外は充分明るいですよ――危ないことが起こっただなんてことを考えちゃいけません――今晩はみんなで楽しくやりましょう。夕食の準備をしますよ。男爵様はなんて親切な紳士なのかしら！　一言でも悪く言っちゃったのは、反省しないと。

アガサ　私がここにいることを、なんでご存じなのでしょう。

妻　神のみぞ知る、ですよ。お金を持ってきた召使いは何も言おうとしなかったし。

アガサ　〔傍白〕本当に驚きだわ！　もしかしたら！　ああ！　やっぱり、あの方の耳に入ったのだわ――そうでなければ、こんなに沢山のお金を贈ってくるわけがないもの。

〔農夫が再び登場。〕

アガサ　どうですか。まだですの。

農夫　目が見えなくなるまで探しましたが――でも、ここの新しい牧師様が道をやって来るのが見えましたよ。時々訪問にいらっしゃるんです。今晩もいらっしゃるかも知れません。

妻　とても良い紳士なんですよ。教区の人間にとても気を配ってくれてね。貧しい人を助けられるときは、いつだって助けてくれるんです。

〔アンハルト氏登場。〕

アンハルト　皆さん、こんばんは。

夫婦　こんばんは、牧師様。

〔二人とも椅子を取りに走る〕

アンハルト　どうもありがとう――お見かけしない方がいらっしゃいますね。

農夫　ええ、牧師様。かわいそうな、病気の女性なんです。うちに入れてあげたんです。

アンハルト　あなた方に報いがあることでしょう。〔アガサに向かって〕もしよろしかったらお名前を教えていただけませんか。

アガサ　ああ、もし牧師様と二人だけでしたら――

アンハルト　数分間だけ私たちを二人にしていただけませんか。この気の毒な女性にお話がありますので。

〔農夫と妻退場〕

農夫　聞いたかい、おまえ。一緒に来なさい。

アンハルト　さあ――

アガサ　私が誰だか、どういう人間だか申し上げる前に――これをお訊きしなければならないのですが——あなたはこの地域のご出身でしょうか。

アンハルト　いいえ——私はアルザスで生まれました。

アガサ　あなたの前任者だった、亡くなった牧師さんを直接ご存じでしたか。

アンハルト　いいえ。

アガサ　それならば私のことはご存じありませんね。

アンハルト　もしあなたが、私が長らく探していたその方なのであれば、あなたのことは、少しは聞いております。

アガサ　「探していた」ですって！　どなたが探せだなんてお命じになったのですか。

アンハルト　もしあなたが本当にその方ならば、あなたの不幸に大変心を痛めていらっしゃる方です。

アガサ　なんですって。早くおっしゃって下さい。——私のことを誰だと思っていらっしゃいますの。

アンハルト　アガサ・フライバーグさんです。

アガサ　ええ、そのとおり、私がその不幸な女です。そして私の災いを気にかけるふりをしている男性——ウィルデンハイム男爵——は、まさに私を裏切り、子どもと共に私を捨てて、私の両親を殺した人です。その人は今、この金貨の入った財布で私たちの苦しみの償いをしようとしているのです。〔財布を取り出す〕あなたのご用がなんであろうと、私を卑しめるためなのか、守って下さるためなのかは、どうでもよいのです。ですから、あなたには、このお金を出して下さった方にお返しいただくようにお願いしたいのです。私の自尊心はお金で買えないのだとお伝え下さい。貧しくはありますが、どんなに貧乏をしても、私を誘惑した人から施しまで受ける気には到底なりません。あの人は私の心をさげすみました。だから、私はあの人のお金をさげすむのです。あの人は私を踏みにじりました。ですから、私はあの人に属するものを踏みにじってやるんです。〔財布を地面に叩きつける〕

アンハルト　落ち着いて下さい。私が保証しましょう。男爵が、不幸な女性のためだからと、その女性の息子さんに頼まれてこの贈り物を私に託したときには、その女性がアガサという方だとはご存じないままにそうされたのです。

アガサ　息子ですって。私の息子がどうかしたのですか。

アンハルト　驚かないで下さい。男爵様は、病気の母親のために物乞いをした、親孝行な息子に出会い、心を動かされたのです。

アガサ　男爵に物乞いですって！　自分の父親に！

アンハルト　ええ、しかし、二人はお互いにそのことを知らなかったのです。そして母親は息子のおかげで贈り物を受け取ったというわけです。

アガサ　お互いに知らなかったですって。息子はどこなのですか。

アンハルト　お城にいます。

アガサ　それで、まだ息子の素性は誰だか知れていないのですか。

アンハルト　今は知られています。説明がありましたので。そして、私は男爵様の使いでやって来ました。見知らぬ人への使いではなく、アガサ・フライバーグさんへの使いとして。金貨のためではなく――男爵様の指示は――「私の心の命じるままに行動しなさい」でした。

アガサ　私のフレデリックはどうしているのです。男爵はあの子をどのように迎え入れたのですか。

アンハルト　正体が分かったちょうどそのときに私はこちらへ参りましたので。今頃はひょっとしたらあなたの息子さんは父親の腕の中に抱かれているかも知れません。

アガサ　ああ、そんなことがあるかしら。十八年近くもの間、自然が語りかけてくるのに耳を貸さなかった男が、突然そんな風に変わるなんてことが。

アンハルト　私は、男爵様のしたことを正当化するつもりはありません。ただ――あの方はあなたを愛していました――そしてあなたへの誓いを破ったただ一つの理由は、あの方が位の高い親戚の方々に恐れをなしたからなのです。

アガサ　でも、完全に私を捨てて、別の人と結婚をしてしまったのよ——

アンハルト　それは、戦争に行ったからなのです——戦場で負傷し、近くの貴族の館に連れて行かれたのです。そこの一人娘が親身に介抱してくれたので男爵は恩義を感じられ、世事に長けた友人たちの助言に従って結婚しました。しかし私が男爵家に迎えられ、男爵の相談相手になって間もなく、男爵は私にあなたのことをお話し下さいました。そして時には苦しみに駆られて叫ばれるのです。「私の妻はプライドが高く、実に傲慢だ——しかし、これは私がアガサを捨ててしまったことへの罰なのだ！」そして男爵が私に今の聖職禄《せいしょくろく》を与えて下さり、私がその職に就くためにフランスを去ったときの最後のお言葉としておっしゃいました。「ヴィルデンハイムに到着したらすぐに、私のかわいそうなアガサを見つけるために、手を尽くしてくれ」。それからは男爵から来る手紙には「我がアガサに関する知らせはまだないのか、まだなのか」と必ず書かれていました。そして運命の導きのおかげで、まさに今日がその日となったのです。

アガサ　あなたがおっしゃったお言葉で、私の胸はいっぱいです。——これからどうなるのでしょう。

アンハルト　男爵様がどうなさるおつもりか、私にはまだ分かりません。しかし、あなたのその苦しみは今すぐにも和らげねばなりません。そのためにはこうするしかありません――私と一緒にお城においで下さい。怖がってはいけません――お声がかかるまで、私の居宅にかくまって差し上げましょう。

アガサ　私が男爵のところへ行くというのですか。――それは、だめです。

アンハルト　息子さんのためにいらして下さい――あなたがあちらへいらっしゃるかどうかで、息子さんの運命が決まるかも知れないということを忘れないで下さい。

アガサ　そしてあの子こそ、私の望みが花開くことのできる、ただ一本の枝なのです。他の部分は枯れてしまった――もし男爵が母親に対して罪を償って下さるのなら、私は女性として受けた仕打ちを忘れることにします。〔葛藤の末〕――お城に参ります――フレデリックのためならば、その父親のもとにだって行きます。私を迎え入れてくれたあの善良なご夫妻はどこでしょう。お別れを言って、ご親切に対してお礼を申し上げなければ。

アンハルト　〔アガサが投げた財布を取り上げて〕さあ、旦那さん！　それに、奥さん！

〔農夫と妻登場。〕

妻　はい、はい、ここにいますよ。

アンハルト　これからお客様を連れて行きますよ。二人とも立派なことをなさいました。だからそのお礼にこれを受け取って下さい。〔農夫に財布を差し出す。農夫はそれを脇に置いて向こうをむく〕

アンハルト　〔妻に〕では、あなたが受け取って下さいな。

妻　私はいつだって牧師様の言うことを聞きますとも。〔財布を受け取る〕

アガサ　ごきげんよう。〔農夫夫妻と握手する〕私をここに置いて下さいまして、どうもありがとう。末永くお幸せに！

農夫　さようなら――さようなら。

妻　もしお友達が見つかって、体調が戻ったら、こちらにお越しいただくことはありませんよ。でももし体調を崩されたり、お金がなくなったりしたときは、こちらにいらしてくれなかったら、お恨みしますからね。

〔アガサとアンハルト退場、反対側へ農夫と妻退場〕

第二場

〔城の一間。〕
〔男爵、ソファに座っている。――フレデリックは傍らに立っている。男爵がフレデリックの片手を握っている。男爵立ち上がる。〕

男爵　戦闘にも出たのか！――それを聞いて嬉しいよ。おまえは苦労をしてきたが、もうそれは済んだことだ。これからは喜びと幸せの毎日だ。――おまえの誕生に関する不名誉も消えるだろう。おまえを私の息子として、地所の相続人として認めることにする。

フレデリック　それで、母は――

男爵　平和で豊かな生活を送るだろう。おまえの母親を援助も保護もないままに放っておくと思うかね。いいや！　この城から一マイルほどのところにヴェルデンドルフという地所を持っている。お母さんはそこで暮らすがいい。その地所の産物はみんなお母さんに差し出そう。お母さんはそこを統治して、あの小さな楽園の女主人となるのだ。今までの苦悩の代わりに平和と穏やかな毎日が訪れるだろう。夏の朝にはな、息子よ、二人で馬に乗って会いに行こう。そこで一日、いや一週間だって過ごそうじゃないか。そんな楽しみの中で愉快な時間を過ごすのだ。

フレデリック　そうなりますと、男爵様、母はなんという名前で暮らしていくのですか。

男爵　〔困惑して〕どういう意味だね。

フレデリック　どのような身分となるのです。——あなたの召使いですか——それとも——

男爵　それは後から決めることにしようじゃないか。

フレデリック　男爵様、これから少しの間、私はこの部屋から退くことにいたしましょう。そうすれば今お決めになれるのではないですか。

男爵　おまえの母親とのことに関しては、ここまでに話したこと以上は、何も言えない。

フレデリック　私の運命がどうなろうと、母の運命と別々であることはあり得ません。男爵様、ウィルデンハイムのフレデリックとウィルデンハイムのアガサ——そうでないなら、アガサ・フライバーグとフレデリック・フライバーグ。そのいずれかです。これは天に誓って、私の断固とした決意です。〔退場〕

男爵　若者よ！　フレデリック！　——〔声をかける〕本当に性急な奴だ！　父親に条件を突きつけるとは。いや、だめだ、それは許されん。話がうまく運んでいると思ったのだが——心の重荷をすべて降ろしたのに、奴は再び山のような重荷を載せてくる。やめるんだ、良心よ、なぜあいつの肩を持つ。——もう二十年近くもの間、おまえは私にこの仕打ちをして、苦しめてきているのに。

〔アンハルト氏登場。〕

ああ、アンハルト、よく来てくれた。私の良心が今、私と争っているところなのだ。

アンハルト　あなたの良心が正しいでしょう。

男爵　しかし君はまだ、どういう争いなのか知らないではないか。

アンハルト　良心はいつだって正しいのです——正しいときにだけ、良心は語りかけるからです。

男爵　ああ、君のような立場の人は、往年の戦士よりもよく、良心のささやきに耳を傾けることができるのだろう。戦士ときたら大砲の音によって耳が遠くなっているのだから。——私は息子を見つけたんだよ、アンハルト君、立派な、勇敢な若者だ——そして私の相続人にと思っている——私は正しいだろうか。

アンハルト　ええ、完全に。

男爵　そして息子の母親は幸せに暮らすだろう——私の地所のヴェルデンドルフはその母親のものになる——私はあの地所を贈る。そこに暮らすことになるだろう。これというのは正しい行いではないのかね。

アンハルト　ええ、ないです。

男爵　〔驚いて〕正しくないだと。ならば他に何をすればいいというのだ。

アンハルト　〔強い口調で〕その女性とご結婚なさることです。

男爵　〔ぎくっとして〕結婚だって！

アンハルト　ウィルデンハイム男爵は辻褄の合わないことをなさる方ではない――私はこのように考えておりますから、もしあなたがご結婚なさらないのであれば、その理由を伺わなければなりません。

男爵　君は、私が物乞いをする女をめとるのがよいことだと思うのかね。

アンハルト　〔少し間をおいて〕結婚することに否定的でいらっしゃる理由は、それ一つだけですか。

男爵　〔困惑して〕いや、もっと――もっと沢山理由はある。

アンハルト　他の理由をお訊きしてもよろしいでしょうか。

男爵　私の生まれだ！

アンハルト　他には。

男爵　親戚に見下されるだろう。

アンハルト　他には。

男爵　〔怒りを込めて〕いい加減にしろ！　これで充分じゃないか。――他には理由などない。

アンハルト　それならば、私がなぜこのようなご提案をしたのか、私の理由を申し上げましょう。しかしその前にいくつか質問をさせて下さい。――アガサという女性は技巧と策略を使って男爵様の愛を勝ちとったのでしょうか。あるいは、あの方が心変わりしやすい女性であるという印象を男爵様に与えたのでしょうか。

男爵　そのどちらでもない――私のことさえなかったら、あの人は常に貞淑で徳の高い人だった。

アンハルト　あなたは手間をかけて、熱心に懇願して、あの方の貞淑を汚したのですか。

男爵　〔怒って〕そうだ。

アンハルト　あなたはご自分の名誉に賭けて誓われたのですか。

男爵　〔困惑して〕そうだ。

アンハルト　神の前で誓いましたか。

男爵　〔ますます困惑して〕そうだ。

アンハルト　そのときあなたが証人として呼びかけたのは、今もあなたをご覧になっている、「あの」存在です。あなたは名誉にかけて誓ったのですから、名誉を回復しなければなりません。ですから、あなたに今、名誉を回復する力があることを天に感謝しなければなりません。アガサさんと結婚することで、男爵様は賠償を果たしたことになり、あの人は、どんな王女のものよりも高額な持参金をもたらすことでしょう。それはご自身が良心の平穏を取り戻すことです。もしあなた様がこの持参金の価値を重んずるのであれば、一瞬の躊躇もせずにこう叫ぶでしょう。「友よ、喜べ。私はアガサと結婚するぞ」。

〔男爵は非常に動揺して、歩きまわり、その後にアンハルトの手を取る〕

男爵　「友よ、喜べ。――私はアガサと結婚するぞ」。

アンハルト　私は本当に喜ばしいことだと思います。

男爵　あの人はどこにいるんだ。

アンハルト　お城にいます――私の居宅のある一角です――好奇の目から守るために、庭からお連れしました。

男爵　そうか、それならば今日が婚礼の日だ。まさに今日の夕べに、私たちは君から祝福を受けることにしよう。

アンハルト　そんなに早くてはいけません。そんなに内密でもまたいけません。村人全員がアガサさんの恥辱を目撃しております――ならば、村人全員が、アガサさんの名誉の挽回を目撃しなければなりません。それには同意されますか。

男爵　同意しよう。

アンハルト　これでいさかいの決着がつきました。これで、あなた様の良心も穏やかになりましたか。

男爵　ああ。幼子の良心のように穏やかだ。ただ、早く最初の再会を果たしてしまいたい。

アンハルト　落ち着いて下さい。まだこれから、アガサさんの心が男爵様を裁くのです。

〔アミーリア登場。〕

男爵　アミーリア、おまえには兄がいるんだ。

アミーリア　今それを伺いました、お父様。そのことをお父様の口から聞くことができて、嬉しく思っています。

男爵　アミーリア、キャセル伯爵との件については、埋め合わせができる。しかし、おまえの財産の半分が失われてしまうことについてはどう償えばよいだろう。

アミーリア　その分を、お兄様の愛情が充分に補ってくれます。

男爵　もっとよい償いをしよう。アンハルト君、今回の戦いは、私がもたらしたものだ。そこで得た勝利は、あなたがもたらしてくれた。あなたのような節操のある人、教師であり、美徳の見本のような人物には、最も高貴な家族と同じ地位に昇っているのだ――そして、あなたを息子として迎えられるなら、大変誇り高いことだ。

アンハルト　〔膝をついて、男爵の手を取り〕男爵様、私は喜びと動揺で、もうどうしたらよいか。

男爵　私は君に果てしない恩義を感じている――アミーリアがその恩返しとなるだろう。〔アミーリアをアンハルトに渡す〕

アミーリア　大好きなお父様！〔男爵を抱擁する〕今日という一日だけで、どれほど私を幸せにして下さるの。〔アンハルトへ〕私はこれからも生徒として、先生を喜ばすためにこれまで以上に一生懸命勉強しますわ。

アンハルト　こんなに嬉しいことはない。

男爵　私もだ――あと一つ、より大きな強さと勇気を必要とすることを成し遂げなければならないのだ！　これは試練であって――〔泣き崩れる〕――だめだ、どうにも感極まって――待ってくれ――ちょっと待ってくれ――あと少しで気を落ち着かせることができるから――アガサはどこにいる。

アンハルト　私があの方を連れて参ります。

〔アンハルト奥に退場〕

男爵　待つんだ！　少し気を落ち着かせる時間をくれ。〔深い溜息を吐きながら舞台を往き来する――アンハルトが出て行った戸口から覗く〕あの扉からあの人がやって来る――あれは昔は私の母の化粧室だった――あの扉からあの人がやって来るのを何度も見たものだ――その美しい笑顔に心を躍らせたものだ――今、変わり果てた姿をどのように見たらよいのだろうか！　フレデリックに仲立ちをしてもらおう。――フレデリックはどこだ。――息子はどこにいるんだ――さあ、もう大丈夫だ――私の心はあの人に会う用意ができた――早く！　早く！　あの人を連れてくるんだ。

〔じっと扉を見つめる――アンハルトがアガサを連れてくる――男爵は駆けよってアガサを腕に抱く――男爵に支えられて、アミーリアが舞台の中央に置いた椅子にアガサが崩れ落ちる――男爵はアガサの傍らでひざまづいて手を取る。〕

男爵　アガサ、アガサ、アガサ、この声が分かるかね。

アガサ　ウィルデンハイム。

男爵　私を許してくれるかね。

アガサ　許すですって！

〔男爵と抱き合う〕

〔フレデリック登場。〕

フレデリック　〔登場しながら〕あれはお母さんの声だ！　――ああ、お母さん！　お父さん！

〔フレデリックは母の反対側にひざまづく――母は息子を腕に抱く――アミーリアは父の傍らでじっとアガサを見守る――アンハルトはフレデリックの傍らで、感謝を込めて手を天に掲げる――幕がゆっくり降りる。〕

〔終幕〕

『マンスフィールド・パーク』作品内年表

作品内で起こる出来事を時系列に沿って示す（物語の展開に触れるため未読の方は注意）。プライス夫妻の結婚を起算年（0年目）とし、そこからの経過年数と、その年のファニーの年齢を［　］に示す。ファニーの誕生日は明らかではないが、七月かその少し後になる。それぞれの出来事が描かれている章を、〈巻―章〉として末尾に示す。

［起算年］ 物語開始のこの時点が「現在」（執筆時と設定される時間）から数えて約三十年前となっている。フランシス・ウォードとプライス氏が結婚。以来、プライス夫人は二人の姉（長姉ノリス夫人、次姉レイディ・バートラム）と険悪な仲となる。〈I―1〉

［3年後］ ファニー・プライス誕生。

［11年後・7―8歳］ プライス夫人と二人の姉との間の交流が再開。〈I―1〉

［12年後・8―9歳］ ファニーをマンスフィールド・パークで受け入れる提案が持ち上がる。〈I―1〉

［13年後・9―10歳］ 10歳でファニーがポーツマスのプライス家からマンスフィールド・パ

ークに連れて来られる。この時点で、兄のウィリアム・プライスが11歳。従兄のトム・バートラムが17歳で、エドマンド・バートラムが16歳。従姉のマライア・バートラムが13歳で、ジューリア・バートラムが12歳。〈I—2〉

[18年後・14—15歳] グラント牧師(45歳)が妻(30歳くらい)と共にマンスフィールドの牧師館に移り住む。ファニーがノリス夫人と二人で暮らす案が持ち上がる。〈I—3〉

[19年後・15—16歳] 九月にサー・トマスがトムを連れて一年間の滞在予定でアンティグアに出発する。〈I—3〉

[20年後・16—17歳] 春、ポニーが死んで、エドマンドのポニーを利用し始める。九月にアンティグアでの予定通り一年の滞在を終えたトムが単身で帰国。冬にマライア(21歳)がジェイムズ・ラッシュワス氏と出会う。〈I—4〉

[21年後・17—18歳] 四月にサー・トマスがマライアとラッシュワスの婚約を了承する手紙を送り、マンスフィールドに七月に届く。七月半ばに、クローフォド兄妹がマンスフィールドに初めて来訪する。〈I—4〉/トムが競馬場へ。〈I—5〉/八月に、一行がサザトンのラッシュワス邸を訪問。〈I—8〜10〉/八月末にトムが帰宅。九月にヘンリー・クローフォドがエヴリンガムへ一時戻る。〈I—12〉/ジョン・イェイツがマンスフィールドに来訪。素人芝居の計画が持ち上がる。〈I—13〉/秋分の日前後(九月後半)に、サー・トマスが二年間の滞在を経てアンティグアから帰国し、リヴァプール経由で十月初

旬にマンスフィールド・パークに帰宅する。〈Ⅰ―18〉／ヘンリーがマンスフィールドを離れてバースへ。イェイツが出立する。〈Ⅱ―2〉／十一月、マライアが結婚。ラッシュワスとマライアは、ジューリアを連れてブライトンとロンドンへ。〈Ⅱ―3〉／ファニーが牧師館のディナーに招待され、ヘンリーが戻ってきていたことを知る。〈Ⅱ―5〉／ウィリアムがマンスフィールドを来訪。〈Ⅱ―6〉／十二月二十二日、ファニーのための舞踏会が開かれる。〈Ⅱ―10〉／ウィリアムが出立。ヘンリーがウィリアムの人事のためロンドンへ出立。エドマンドはピーターバラへ出立。〈Ⅱ―11〉

［22年後・18―19歳］　一月、ヘンリーがロンドンからマンスフィールドに戻る。〈Ⅱ―12〉／ウィリアムが大尉に昇進する。〈Ⅱ―13〉／サー・トマスがファニーにヘンリーからの申し込みの件での説得を試みる。〈Ⅲ―1〉／エドマンドが三週間ほどの滞在を終えてマンスフィールド・パークに戻る。〈Ⅲ―3〉／クローフォド兄妹がマンスフィールドを去る。〈Ⅲ―5〉／ウィリアムが二か月の休暇の最初にマンスフィールドを訪れる。〈Ⅲ―6〉／二月、ファニーが、ウィリアムと連れだって、二か月の予定でポーツマスの実家に帰省する。〈Ⅲ―7〉／数日でウィリアムは去って業務に戻る。〈Ⅲ―8〉／三月、エドマンドがロンドンに行く。〈Ⅲ―9〉／ヘンリーがポーツマスのファニーを訪れる。〈Ⅲ―10〉／マライアとヘンリーがトゥイッケナムで再会する。〈Ⅲ―13〉／四月初旬、ロンドンからマンスフィールドに戻ったエドマンドからメアリーについて綴った手紙がファニーに届く。数

日後にレイディ・バートラムからトムの事故について書いた手紙がファニーに届く。〈Ⅲ—13〉／五月、メアリーからの手紙がファニーに届く。〈Ⅲ—14〉／ウィンポウル・ストリートでの醜聞が新聞に掲載される。〈Ⅲ—15〉／サー・トマスとエドマンドがロンドンに移動して滞在し、エドマンドはメアリーと面会する。〈Ⅲ—16〉／エドマンドからファニーに、ジューリアについて書いた手紙が届く。〈Ⅲ—15〉／エドマンドがロンドンから迎えに来て、ファニーはスーザンを伴いポーツマスからマンスフィールドへ移動する。〈Ⅲ—15〉／エドマンドがソーントン・レイシーに居を構える。〈Ⅲ—17〉／（醜聞から半年後）グラント博士がバースから戻り、栄転によりロンドンに転居し、そこにメアリーが滞在。ほどなくグラント博士が死去。エドマンドが地元の牧師館に着任。〈Ⅲ—17〉

下巻解説

宮丸裕二

本書は、ジェイン・オースティン（一七七五―一八一七）の小説『マンスフィールド・パーク』（*Mansfield Park*）を邦訳したものである。原作は一八一四年にロンドンにあった出版社ジョン・マレーより三巻構成で出版された。出版当時、オースティンの名前は伏せられていた。「『分別と多感』や『高慢と偏見』を著した著者による」とのみ記されているが、すでに知られている他の作品と結びつけることで周知をはかろうとするこの方法は、当時としては一般的に見られるものである。匿名の出版になったのは本人が希望したからであり、一連の作品の作者がオースティンの名で広く知られることになるのは、その死後のことである。

底本として用いたのは、Jane Austen, *Mansfield Park*, ed. by John Wiltshire, The Cambridge Edition of the Works of Jane Austen, gen. ed. by Janet Todd, 9 vols (Cambridge: Cambridge University Press, 2005)である。

ジェイン・オースティンという作家は、今では英語圏文学を代表する存在としてその評価は定まっているし、英国の紙幣の肖像画に女性作家では初めて選ばれている。そのため、その人物像や伝記的な詳細は様々なところにすでに紹介されているので、ここではそうした説明を省き、むしろオースティンの小説作品の特性に焦点を絞り、続いて『マンスフィールド・パーク』に特有な点についても紹介してゆきたい。

1　ジェイン・オースティンの作風

オースティンの作品に見られる特性は、「日常性」と「リアリズム」、そして「ユーモア」であろう。改めて並べてみると、今さらと思うようなありきたりな要素だが、それだけ英国文学の中で長い時代を通じて不変の基礎的要素をオースティン作品が備えているということである。つまり、オースティンの世界を覗くことで英文学全体や、小説という芸術形式の特性も見えてくるのだ。

オースティンの作品では、平凡でありふれた「日常的な題材」ばかりが扱われている。

世にも珍しいことを書くのではなく、誰の身の回りにも見られそうな当たり前のことがらに密着して作品を書くのだ。誰にとっての日常かというと、オースティンの家族が属していた上層中産階級および、もう少し上方ともう少し下方に隣接する階級の日常である。自分の知らない世界や経験したことのない世界については一切描かないことも、オースティンの特徴である。

もちろん、小説というものは必ずしも日常的なことがらを扱うものばかりではなく、歴史上の大事件を描くものもあれば、推理小説やSF小説もある。だがオースティンに限って言えば、どの作品を読んでも、隣家をディナーに誘ったとか、誰々さんの年収がいくらであるとか、舞踏会で誰と踊ったかといった、当時の現実世界で日常的に話題になっていた内容で貫かれている。珍しい事件や特殊な体験どころか、時事問題にすら触れていない。そしてこのことは小説の本来の姿を示してもいて、小説という表現形式はその始めより、日常的経験とその延長を扱うものとして十八世紀に発明され、発展したのである。英国史上初の小説と言われる『ロビンソン・クルーソー』では日常的とは言い難い極限的な設定が用いられているが、この作品でさえその状況に置かれた個人の日常を描き出すのである。加えて、様々なバリエーションが増えた小説やそれに類する物語の中でも、今日なお英国人の趣味を代表しているのは、この日常を描くという本来のかたちだと言える。現代の小説や、テレビドラマや映画をみても、「誰でもいい誰か」のありふれた物語を扱うものが主流なのである。

オースティンは、なぜこのように日常に徹する書き方をしたのだろうか。オースティンの生きた時代というのは、至って平安で穏やかな時代に相当し、世の中を驚かせ、時代を画するような大事件に遭遇せずに生きたからなのか。歴史を参照するに、そう考えるのはとんでもないことで、オースティンはむしろ大変な時代に立ち会っている。産業革命において他国に先駆けた英国では、十八世紀後半には全土で産業構造が大きく変容し、農地が疲弊する中、人口の相当部分が農民から工業労働者になった。貴族の絶対的な支配に変化が見え始め、中産階級が経済力という手段で世の主役になり代わる最中でもある。また、海を隔てたフランスでは全土をひっくり返す大革命(一七八九―九五年)があり、歴史の教科書を何ページも割くような大事件となった。貴族のみならず、権力を握った者たちが代わるがわる処刑され、英国にも多くの逃亡者が渡ってくる。こうした革命の思想と運動は容易にグレートブリテン島にも波及し得ると危惧していた時代であり、オースティンの属する階級の人々にはとても他人ごととは言えなかったのである。オースティンの身近なところでも、兄ヘンリーの最初の妻イライザの元夫は、フランスでギロチンにかけられて死んでいる。また、新たな政府を打ち立てて勢いづくフランスをナポレオンが従えてヨーロッパに覇権を拡げようとする中で、英国は真っ向からその軍事的な封鎖を試み、国内政治にも国内産業にも大いに影響することになった。さらに、英国の最大の植民地であったアメリカが独立戦争(一七七五―八三年)を起こしたばかりの時期にあたる。戦争に負けた結果植民地としてのアメリカを失うことは、これもまた大きな事件であった。オースティンは、むしろ稀に見るめまぐるしい時代に立ち会っているのである。こうしたことは英国国民の生活にも直接影響した。オースティンが知らなかったとはとても考えられないのである。

そうであれば、なぜオースティンを読んでいて、そうした当時の時事的な話題が登場しないのだろう。また、どういうわけで非日常的な経験がほとんど物語に出てくることがないのだろうか。実は、オースティンが十代の頃に書きためた小説を含む作品群を読むと、後のオースティンとは異なり、怪我などの身体的な危険、あるいは事故といったものを物語の展開を呼ぶきっかけとして、あえてメロドラマティックに高頻度に用いている。ヒロインが自分に嫉妬する女性に喉をかき切られそうになったり、駆け落ち結婚が起こったり、非日常的な社交の場である仮面舞踏会を描いたり、飲酒によって前後不覚になった人物も登場させている。ところが初期の小説『ノーサンガー・アビー』(一八〇三年以前に執筆、死後の一八一七年に出版)においては、非日常的な体験への期待に心躍らせる主人公を描きながらも、それを浮き足だったものとして揶揄の対象にしている。こうしたことから考えると、オースティンがどこかの段階で、小説執筆における方針としてこうしたものを排して描くことを意図的に選んだものと考えるべきだろう。

オースティンが残した手紙もオースティンの創作姿勢についてあまり多くを教えてはくれないのであるが、中にはそれを示してくれるものもある。オースティンの影響で小説執筆に興味を持った姪のアナは、自分が書いた小説を叔母ジェインに送って助言を求めている。その際オースティンが書いて送った手紙に、次の有名な一節がある。

人物の集め方は上手ですね。ちょうど私の一番のお気に入りの設定になっています。田舎の村の三つか四つの家族というのは恰好の題材です。もっとたくさん書き続けて、この設定の利を十分に活かしてください。

（一八一四年九月九日―一八日の手紙、『ジェイン・オースティンの手紙』岩波文庫、三九一頁）

オースティンからすると、人間の物語を描くのに事故も事件も殺人もいらない、向こう三軒両隣の設定があればいいというわけだ。

オースティンという作家は意図的に、珍しい話や非日常性を排し、歴史的な大事件であろうと一回的な出来事には目をつぶって小説には反映させず、また物語を動かす道具として衝撃的な事件や事故や突飛な展開を利用しなかった。先の手紙が、これが偶然ではなく、オースティンが確固たる執筆方針として選び取ったものであったことを裏書きしている。オースティンは、小説とは日常的なことがらに徹して書くものであり、またそうした通常運転の社会を描くことこそが小説に与えられた領分であると意識していたのである。このように「誰にでもありがちなこと」を描くからこそ、それを読んだ誰にとっても意味を持つのである。日本では英文学研究の黎明期にあって、オースティンを読んだ夏目漱石が「写実の泰斗なり。平凡にして活躍せる文学を草して技神《わざ》に入る」(『文学論』(下)岩波文庫、一六七頁)と絶賛しているが、こうした側面に感心したと考えていい。漱石が言うように、日常性への密着が、オースティンの作品に普遍性という強みや息の長い人気を付与していると考えることができる。

「リアリズム」という点もまた、オースティン作品に見られる大きな特徴であり、英国小説が伝統的に持つ特徴でもある。日本語では「写実」という訳語で定着している。この特性は、前掲の日常的な話題の設定ということと深く関わっている。すなわち、小説の物語や描写に見る、「本当らしさ」のことだ。例えば現代の物語においても、テレビドラマを見ていて「二十代半ばのサラリーマンが都心のこんなに広いマンションに住めるわけがない」とテレビ画面に向かってケチをつけているとき、また、「この映画に登場するナチの制服は実際のものと違っていて、一九三七年の段階では左肩には肩章がついていなかったはずだ」と考証のミスを指摘するとき、我々はまさにリアリズムの欠如を問題にしているのである。そこでは内容としては作り話であるのに、表現上の「本当らしさ」を必要としていて、そのことが物語内容を受け入れる際の大きな鍵にさえなっている。小説とは、他の文学形式を凌いで、そうしたリアリズムを表立って取り入れた芸術形態なのである。

十八世紀になって小説という形式が定着すると、これを機に、内容が作り話であることと裏腹に、その表現には「本当にありそうな描写」が求められていくことになる(扱う話が作り話であることから混同されがちであるが、文学の中でも、こと小説に関しては、「あり得ない絵空事や夢物語を描く」のではなくて「いかにもありそうなことを描く」ことに主眼を置くジャンルなのである)。十九世紀半ばまでにはこの写実の傾向が、事物の詳細な描写という特定の方向に加速していき、主人公の視界に入っているはずと思われる物や人を何から何まで詳細に描写を重ねることが主流になる。そうした事物を多く詳しく描写することが、「本当っぽい」ことを読者に納得させる手段として発達してきたのである。

オースティンはそうした流れへの過渡期にいたわけだが、しかし、この「写実」ということを大変意図的に考え、これを重視していた一人だと言える。本作品の中にその例を参照するならば、一番の例はファニーが久々に帰省した実家の屋内の描写だろうか。マンスフィールド・パークの屋敷は実際どれほどのものなのか具体的描写を控えるオースティンだが、実家の描写に至るや俄然その筆に力が入り、具体的な物を目の前に見えるがごとく次々に描きだすのはお読みになって体感されることだろう。やがてそのリアリズムは、事物の描写に留まらず、人物の内面をも細かに描出していく。

そして、オースティンが「本当らしく」見えることが小説にはとても欠かせない重要なものであると考えていたことが、ここでもやはり姪のアナに宛てた手紙を参照することで分かる。姪の試作した小説を読んで、オースティンはこう助言を書き送っている。

サー・トマスが腕を折った次の日に、他の男たちと厩舎に向かうところは削りました。あなたのお父様の場合はたしかに腕を固定した直後に外へ出かけていったとのことですが、これはごく稀なことであり、小説では不自然に見えてしまうでしよう。

（一八一四年八月一〇日―一八日の手紙、
『ジェイン・オースティンの手紙』岩波文庫、三八〇頁）

ここに登場するサー・トマスは本作に登場するのとはまったく別のサー・トマスであるが、この手紙でオースティンが助言するところでは、腕を骨折した人がその翌日に出かけることは現実にはあり得たことで、目の前で実際に起きた事実ではあるけれど、たとえ本当に起きたことであっても嘘っぽく映るかも知れないならば、小説には書かない方がいいと言っているのである。ここから、オースティンの小説執筆における考え方がよく見えてくる。時に「本当のこと」をも越える「本当らしさ」を求めて、いかにも典型的な、「さも起こりそうなこと」のみを徹底して選び取って、オースティンは小説を書いたのである。同時に、芸術家としての方法論や美学がしっかりと自分の中で固まっていたことも分かるだろう。オースティンは原稿に何度も手を入れて書き直しを重ねたことも分かっているが、その中でリアリズム追求のための修正にも多くの手間をかけただろうことは、この手紙から推測することができる。

そして今一つのオースティンの特徴として、「ユーモア」という点を欠かすことはできない。ところが、オースティンがユーモラスな作家であることは、日本では存外知られていないのかも知れない。その原因は一つには、オースティンがちりばめるユーモアが、日本の読者には気づかれずに素通りされてしまうことが多いからかも知れない。また、笑いの多くは地の文の語りの中に隠れているので、映像化作品でオースティンに触れると、一部の台詞などに込められたものを除いて、残念ながら大半のユーモラスな要素は削り落とされてしまうということもあるだろう。

残された手紙などから判断するに、オースティンは冗談が大好きな人だったことが分かる。相当きついジョークも言っているし、下品であったり悪趣味と言っていいほどのものだってかなりある。公に向けて出版する作品の中ではその点は抑えられているが、「根性の悪さ」だけは薄められることなく抽出され、小説作品に反映されていると言っていい。それが読み飛ばされてしまうとしたら、惜しいことである。そう、オースティンは「根性が悪い」のである。

それがどうして読み飛ばされてしまうのかというと、冗談の質と語り方が、日本人が冗談を言うときの典型的な語り方とは、いささか異なっていることに起因する。だからといって、日本人の理解の及ばない冗談ということでは決してない。

笑いを説明して屋上屋を架すことほど愚《ぐ》で無粋なことはないとは充分に承知しつつも、読み飛ばされてとうとう理解されないままであるよりはましと思って、敢えてここでは説明を試みたい。「根性の悪い」笑いというのは、人や自らの行為の失敗や、その人格の欠点や未熟さを指摘して笑う種類のユーモアである。人の力の及ばぬ点をわざわざほじくり出してそれを笑うのだから、どこか攻撃的である(ただし、程度の差こそあれ、掘り下げて考えれば、日本の笑いだって実は同じ構造に基づくものも沢山ある)。しかし、その人のことを嫌って敵愾心から攻撃し非難するのだと考えるとそれは間違いで、自分を含む人間というものをどこか未熟な存在とみなして、人間のゆきとどかなさ、物事のままならなさ、この世の中の不完全さを、笑うことをもって処理するのである。喧嘩をする手段ではなくて、完璧ではない感覚を共有してコミュニケーションを取る手段としての笑いなのである。したがって、完全からほど遠く、常に間抜けである人間という存在に対する、諦めと許しと愛が背景にあるのだ。だから、こうした冗談を前にして、人の弱点をあげつらって貶めるなど許せないと倫理的観点から目くじらを立ててみても始まらない。仮に程度は微弱ではあっても、倫理的に正しいことを言っている場合ばかりではないのだから、そこに引っ掛かっていると、より大きなユーモアの成果を見誤ってしまう恐れがある。

ここでは、説明をさらに重ねるよりは、その事例を本作中から一つだけ引用することにしよう。マンスフィールドを訪れたウィリアムが去る際に、ノリス夫人が言う。

「お別れのときにウィリアムにあれだけのお金を渡してあげられたのはよかったと思いますよ。あれくらいのお金なら渡せる余裕がこっちにあったのは、本当によかったわ。それなりのまとまった金額を渡すことができましたからね［中略］」。「お姉様がかなりの金額をお渡しになったのなら、よかったですわ」とレイディ・バートラムはきわめて無邪気に落ち着き払って言った。「私は十ポンドしか渡しませんでしたから」。

「あら、そうなの」とノリス夫人は顔を赤くしながら言った。「あらまあ、あの子もずいぶん懐が暖かくなったのね。おまけにロンドンへの旅費もまったくかからないときているんだから」

「十ポンドも渡せば充分だからと、サー・トマスがおっしゃったものだから」。

（第二巻第十三章）

もちろんノリス夫人は、十ポンドなどという「大金」を渡したわけがないのである。本書では極力、説明的な訳文を補ったり、また自明な理屈を省略したりなどの手を加えることで笑いを誘う原文の語り口を殺してしまうことを避けるように努めた。その分だけ日本の読者には笑いを発見するまでに手間を取らせてしまう部分が残ることは翻訳者として歯がゆくはあるが、ご寛容を請いたい。

自分の作品執筆は笑いと共にあるもので、そうでない創作は考えられないとオースティン自身も考えていたことはまた、残された手紙が裏書きしてくれる。英国皇太子の図書係から、王室へ献じる歴史ロマンスを執筆することを依頼されて、辞退の返信にこう記している。

私がロマンスを書こうというのは叙事詩を書くも同然で、不可能なことです。書かなければ死刑になるという状況でもなければ、まじめなロマンスを書くことはないでしょうし、最後までまじめに書き続け、けっして自分や他人を笑ってはならないということならば、第一章を終わらせる前に早くもしくじって絞首台に吊るされることでしょう。

（一八一六年四月一日の手紙、
『ジェイン・オースティンの手紙』岩波文庫、四三二頁）

2 『マンスフィールド・パーク』について

以上はジェイン・オースティンの小説についての一般論ということになる。ここからは、オースティンの一連の作品の中でも、特に『マンスフィールド・パーク』という作品の特徴について考えてみたい。実は本作は、いくつかの点で、オースティンとしては「例外的」な作品なのである。

一連のオースティン作品との関連で、本作品についてまず言えるのは、評価がとても大きく分かれた作品であったということである。オースティンの作品の中でもこの作品が最も好きだという声は少なくない。この作品が好かれ、また評価されているのはどんな面だろうか。ファニーの正しさ、エドマンドの優しさ、ノリス夫人の悪辣さなど、いろいろなポイントがあるが、やはり好まれる理由の筆頭は、そこらじゅうによくありそうでいて実はなかなかない正統派のハッピーエンド物語になっていることや、とても叶わないと思っていた恋が叶ってしまうストレートなロマンスを描き出しているあたりを挙げることができるだろう。また、小説の技巧的な部分から評価されるのは、ファニーの目を通した世界描写の巧みさ、それに人物配置のコントラストの妙、あるいはファニーの繊細にして複層的な内面描写など、その「複雑さ」に注目するものが多い。物語としても、この複雑なものを内包した人物像やストーリーを上手く一つの流れにまとめる手腕によって、見事な作品になっていると言えるだろう。

一方で、この作品は、オースティンの中で一番人気の作品にはなりにくいとの指摘もないではない。この作品から人気を奪ってしまう要因としては、例えばオースティンの他の小説である『高慢と偏見』(一八一三年)に見るような軽快なやりとりが前面に押し出されておらず、小説全体として楽しく躍動的な雰囲気に欠けるから、そしてストーリーが全体に大人しいからということはあるだろう。先述の通り本作品にだってオースティンのユーモアが多く埋め込まれているのではあるが、どこか振り切れておらず、全体に地味なことは否定できない。その原因を考えるとすぐに浮かぶのは、やはり本作の主人公の内気で大人しい性格だろう。

主人公ファニー・プライスは、大人しいというよりも、言う人に言わせれば、「暗い」性格の持ち主である。その性格は幼少時から成長後まで一貫していじいじうじして、人前に出ると常に恥ずかしがっては気後れし、絶えず自己抑圧的で、社交性に欠けている。「ぶりっ子」と呼ぶのもまた正しくないかも知れないのは、ファニーは本来の自分を殺してこういう性格を演じているわけではないからだ。そうしたいじいじとした内気なファニーに似た部分を自らの中に常日頃感じる読者の間では、陰ながら特段の共感と人気を得ることはあるだろうが、それでも、小説におけるヒロインらしくないヒロインと今日の読者には映るだろう。

オースティンがそれまでの作品とは違うタイプのヒロインを描いたのはなぜなのか。その意味については、すでに長らく論争が続いている。例えば、オースティンはそれまでのヒロインを裏返しにすることで当時の小説のパロディをやってみせて、女性を主人公とする一連の小説の軽薄さを当てこすって揶揄したと言う人もいる。また逆に、ファニーのような人間こそは、多くの小説にあるような脚色をなしに、本来の素の女性をストレートに描き出した姿なのだとも言われる。あるいは、女性というものは男性に比べて知性において劣ると問答無用で決めつけられていた時世にあって、女性も男性同様に知性や理性をもって生きているし、その能力を備えているのであるということを小説の中で再現すべく、内省的な女性をヒロインとして描き出したのだと考えるべきなのだろうか。そもそも、オースティンがファニーのような主人公を創造したのは、真面目な意図からだったのか、それとも何かからかいや揶揄を目論んでのことなのか。

いずれにしても、ファニーもまたオースティンという人物本人が持つ性格の一面であるという点には注目していい。あらゆる小説が作り話である一方で、書き手が自ら体験したことも人から見聞きしたこともないことは描けないという点からはすべてはどこかで作者の自伝であるという見方もできる。それで言うと、オースティンというのは、その残した手紙や周囲の証言からすると、どちらかというと『高慢と偏見』のエリザベス・ベネットのようなタイプであり、本作でいうとメアリー・クローフォドのようなタイプの人間であることは間違いないだろう。社交的で人と関わろうとするし、意地悪に人を観察するタイプだったことは手紙からも明らかである。およそ、ファニーとは対照的な性格といってもいいだろうが、それでもファニーをその内面と共にリアルに描き出しているというのは、ファニー的な部分もまたオースティンの人格の中にあるということではないだろうか。実際オースティンは、自身は幼少期に「はにかみ屋」だったことを手紙で明かしている（一八〇七年二月八日—九日の手紙、『ジェイン・オースティンの手紙』岩波文庫、二一〇—一一頁）。

「評価が分かれる」ということに続いて、いわゆる「教養小説」的な要素における特殊性も、本作の注目すべきところだろう。「教養小説」（ビルドゥングスロマーン）とは、簡単に言って、人間の精神的な成長を描いていくスタイルの小説である。そう言われると現代の読者は、「逆に精神的成長を描かない小説なんてあるだろうか」と思うかも知れない。私小説というかたちで自分の生い立ちと成長を追う形式が定着した日本では、今もなおその影響が文学全体の中で非常に強いということもある。しかし、本来の小説というのは人間の成長を描くだけのものではなかったし、それが標準では必ずしもなかったのである（教養小説が一八二〇年代にドイツから英国に紹介されたジャンルであることを考えると「オースティンが教養小説を書いていた」という言い方は歴史的には正しくないことになるが、その中心的テーマである精神的成長を扱っているという意味では、オースティンの小説はほぼすべてを教養小説と位置づけて差し支えないだろう）。

この作品の中で非常に分かりやすく精神的成長を見せるのがエドマンドである点には異論はないだろう。自分の失敗経験から多くの処世訓を学び取る姿は精神的成長の教科書のようである。あるいは長男トム・バートラムについても、小規模ながら精神的成長が描かれている。

ではファニーについては、人間形成、精神的成長の過程が本作には描かれているだろうか。この点を考えていくと、エドマンドについての話とは事情がいささか異なってくる。もちろん、ファニーにも未熟さが見られ、感情を自己統制できていないことを自ら嘆いている場面がある。しかしその反対に、ファニーが最初から正しかったことも沢山ある。衝突を避ける性格なので口に出して言わないことも多いが、ノリス夫人との同居案についても、教会についての考え方も、クローフォド兄妹についての評価も、演劇の上演についても、ヘンリーからの求婚に対しての姿勢も、ファニーの中では最初から自分の意見や判断が決まっていて、それを頑固に貫いている。あのサー・トマスの再三にわたる説得や叱責にも屈することなく、仲の良い友達同士という空気の中で兄への密かな恋慕を認めさせようとするメアリーの誘導にも飲まれることなく(第三巻第五章)、きっぱりとヘンリーとの恋愛や縁談を断るのである。そして、そうしたファニーの一つひとつの判断が結果的に正しかったことが、後のストーリー展開から判明する。ファニーこそは終始正しいことを言っていたのであって、むしろ、それぞれの場面でどう行動するのが正解なのかを最初から知っているかのようである。

うじうじと考えているだけで特に何もアクションを起こさなかったファニーが、最終的にエドマンドと結ばれて牧師館に住む妻の座を得るのはなぜなのか。それは、ファニーが何もしないでいた間に、他の人々がみんな自滅していったからだという言い方ができるだろう。一家の主人サー・トマスは厳格ではあるけれど人を見る目がなく、伝統的な様式ばかりを重んじる。その妻は倦怠の中に生きていて、何もせず、自分のことと犬のことしか頭にない。長男のトムは放蕩の結果身を滅ぼしかけてしまうし、娘二人も育て方を間違えた結果、自分の利益を優先し、善悪の判断がつかない人間に育つ。エドマンドだって危なっかしいところは大いにあったし、このままではこの家はそう遠くない将来に傾いていただろうし、実際に事件が起こってしまった。

したがって本作は、主人公の成長という観点でも一般的な教養小説とは異なっていると言える。通常、教養小説であれば若いがゆえの過ちや認識の甘さゆえの失敗を経て、そこから学び、成長するのが人の歩む決まった道程となるべきところ、ファニーの場合には、最終的にはファニーが言っていたとおりだったという展開を見るので、反省するべきことがらを持たないのである。最初から最後まで正しいことを言っていて、成長する余地がないのだ。この点で、オースティンが描いてきた他の小説、あるいはこの後の時代を席巻する人間形成や成長のストーリーとは大きく異なっている。

それは裏を返せば、ファニーの考えていたことが現実世界において実現されていくということでもある。つまり、ファニーに対して吹き付ける逆風にもかかわらずファニーが正しいと考えてきたことや、することなすことが、やがてその後の世界の中で現実化することで是認され、ファニーの正しいと思う世界が現出する。つまり本作では、成長するのはファニーではなく世の中の方であって、ファニーが頭の中に描くあり方に世界がなっていくという希有な小説なのであり、教養小説の作りとはむしろ反対に位置するとも考えることができる。この点が、正にこの小説の人気が微妙なところである一因にもなっているし、また、後述するとおり、この作品のユニークなところでもあると言っていいだろう。

本作はまた、その時事的問題、政治的問題への向き合い方や、歴史的背景との関係においても一つ特異な面を持つ。たしかこの解説の中で、私はオースティンという作家は意図的に時事的話題や歴史的な事件は小説には反映させず、「誰にでもありがちなこと」を描くことに徹したのだと書いたはずだった。しかし、その記述を同じ文章の中でもう覆さなくてはならない。というのは、オースティンの諸作品の中でも特に目立って本作品には、「いつの時代の誰にでもありがち」ではなく、当時の歴史的な事件や一回的な歴史的事情についての直接間接の言及が随所に見られるからなのである。そのことが『マンスフィールド・パーク』をオースティン作品の中でも例外的な作品にしているのだ。

一つには、マンスフィールド・パークの広大な土地や建物、財産は一体どこを財源としているのかという問題がある。その答えは小説の中に書かれていて、サー・トマスが実に二年間も不在にして出張しているその行き先はアンティグアだとある。これは英国が当時植民地として支配していた、中米は西インド諸島にある一地域である。ここでサー・トマスはプランテーションを経営していたわけである(上巻解説五五一頁参照)。

また、そのサー・トマスが往来する海上にも当時の国際政治や軍事状況は大いに影響しており、私掠船《しりやくせん》による危険を、ナポレオン戦争下における状況を見てきたかのように本作は具体的に伝えている。そもそもプライス家がポーツマスに居住するのも、ポーツマスには英国海軍が持つ最大の軍港があり、ファニーの父であるプライス氏が海兵隊員をしているからである。ポーツマスは軍港の町として栄え、観光の対象にさえなっていることが本作からも分かるが、ここまで軍事的な需要が生まれ、多くの軍人が必要とされ、また他の職業では見られないほどの出世や階級上昇のチャンスを見込むことができるのも、ナポレオン戦争という有事ゆえなのである。オースティンが軍の事情やポーツマスの事情について、本作でここまで詳しく書くことができたのは、兄弟に軍人がいて、当事者の話を直接聞いたり手紙で読んだりすることができたからである。オースティンが当時の社会情勢に通じており、そして時事的なことがらに関心を持っていたことも、動きゆく時代を意識していたことも、本作に見て取れる。本作にのみ、例外的な度合いで、オースティンは当時ならではの歴史的背景や政治的な事情を織り交ぜているのである。

そして、主人公のファニーもまた読書家であり勉強家であるだけではなく、社会問題に関心がある者として描かれている。西インド諸島への関心も大いに示しているし、メアリー・クローフォドがファニーに「政治のことなんかはもちろんご存じでしょう」と手紙にしたためているところからも(第三巻第十二章)、政治問題に関心を抱き、関連する書籍を読書対象に入れていたことが分かる。

そうした、本作に言及される様々な当時の政治的な事情の中でも、特に物議を醸すものに、植民地経営がある。大航海時代以来ポルトガルやオランダ、スペインが他国に先駆けて世界を探検し、開拓し、その支配下に置いた。当初はこれらの国の独擅場であったが、その後に国力を育てた英国やフランスが軍事力を背景に、競って植民地を獲得し、地球上に支配圏を拡げていった。植民地というのはこうして軍事力を背景に銃を突きつけて、支配圏を拡げて宗主国となった国が統治し、その土地の資源や労働力を搾取して吸い上げようという構造を元々持つものであるけれど、しかし、ここにはそれ以上の問題がある。アンティグアに植民して儲けることの根本的な問題とは、この地域での植民地支配が、現地で奴隷を使い、奴隷制の上に成立する経済的利益を享受していた点なのである。

英国国内では一七七二年以降奴隷の売買も所有も使用も禁止されていた。また、一八〇七年に奴隷貿易法が成立して以来、英国植民地内でも奴隷の売買は全面的に禁止されていた。しかしその後もなお、英国の植民地では、従来からの奴隷をその身分に置いて使用し続けることは認められていた。奴隷を使っての生産活動は元々英国の国外で行われていたもので、実質的には英国の経済は奴隷制に大きく依存したままであった。当時から奴隷制度は大いに問題視され、賛否の意見が激しくぶつかり合い、国を挙げての議論が渦巻いていた。むしろ、かなり多くの人がこんな残酷なことは人道上廃止すべきだと考えていたとまで言っていいだろう。しかし、立法府の議決権を握っている、世襲や選挙によって選ばれる国会議員こそが奴隷制によって得られる富を享受しているだけに、大勢の世論の一致は見ながらも、奴隷制廃止への道は遠いというのが実状であった。

英国内での奴隷の所有は禁止されていても、海外では依然売買さえしなければ好き放題に奴隷を活用し続けることができるという現状は、政治家ウィリアム・ウィルバーフォース（一七五九―一八三三）らの尽力で一八三三年に廃止されるまで続き、植民地の奴隷制に基づく経営が英国の経済を支え続けた。こうした国外の奴隷制に依存して英国の経済が潤う仕組みは、実はすでに国家として独立した後のアメリカ合衆国にも見ることができる。南北戦争中の奴隷解放宣言を受けて、一八六五年に奴隷制が消滅するまでは、英国は自国内でこそ奴隷を禁止しているが、アメリカ合衆国の奴隷制に大いに依存することによって引き続き利益を上げ、経済的に潤うという仕組みが続いていたのである。

こうした世界規模の支配構造を問題として取りあげて大きく注目されたのは、批評家エドワード・サイード(一九三五―二〇〇三)の議論である。その著書『文化と帝国主義』(一九九三年)の中で、いわゆるポストコロニアル批評という批評的立場から『マンスフィールド・パーク』を対象として取りあげ、この小説はヨーロッパによるアジア・アフリカ・中南米といった地域からの搾取の構図を反映しており、その後の南北問題の縮図が描き込まれていると論じたのである。そしてファニーを植民地になぞらえて、マンスフィールド・パークの屋敷でファニーの言葉が無視されるのと同じように、列強世界は植民地の言説を無視してきたのだと言う。サイードはこの論考によって、それまでにも多く論じてきた植民地に関係する自らの批評にさらに注目させるに至ったし、また、『マンスフィールド・パーク』というオースティンの中では比較的地味な作品に再注目させるきっかけも作った。

ただし、そうした議論にも反論があって、サー・トマスが奴隷に依存した植民地経営をしていたとしてもそれが財源のすべてではあり得ないという人もある。また、サー・トマスが率いるマンスフィールド・パークの一家の凋落は、英国の凋落と軌を一にするものであるとサイードは論じているが、歴史的に見ればこの時代はまさに英国がこれからいよいよ繁栄して上向いていく時代であるはずだし、サー・トマスが帰ってきたのは植民地の運営が思いの外うまくいっていたからだという記述を読み飛ばしているようにも見える。そしてなにより、ファニーの性格を考えると、そうした奴隷制度の実態を知れば誰より先に反対するはずで、そうなると奴隷制や植民地主義を当然視し後押しする意識が反映した小説としてそもそも読むことが解釈として正しいのかという疑問の余地を生むのである。

しかし、植民地経営に関わっていることの言及が『マンスフィールド・パーク』にあると言って、大騒ぎするには当たらない。小説というものが誕生する以前から英国はすでに植民地を世界中に広く展開してきていたのであり、植民地への言及が小説に見られるのはある意味では当たり前のことなのである。ポストコロニアルの議論が何か新しいことのように言われがちではあったけれど実は植民地そのものが新しいものであるわけではないと同時に、『マンスフィールド・パーク』という小説についてその点を指摘したのはサイードが初めてというわけでもない。そして、何よりも、植民地に関する議論は、この小説作品に関連して一番重要なことではなく、後節で述べるようにもっと重要な問題がこの作品にはあるのである。だがその問題を見る前に、本書に付録として収めた戯曲について触れておこう。

3　演劇『恋人たちの誓い』について

本作ならではの特徴としてもう一つ挙げられるのが、戯曲の扱いである。サー・トマスの留守中に若者たちが演劇上演を企画する。悩みに悩んで決めた題目『恋人たちの誓い』は、当時の実在の戯曲作品である。ドイツ人の劇作家アウグスト・フォン・コツェブー(August von Kotzebue　一七六一―一八一九)による『愛の子ども』(*Das Kind der Liebe* 一七八〇年初演)という作品を、イングランド人の劇作家で小説家、批評家でもあるエリザベス・インチボールド(Elizabeth Inchbald　一七五三―一八二一)が『恋人たちの誓い』(*Lover's Vows*)というタイトルのもと英語に翻案し、一七九八年にロンドンのコヴェント・ガーデン劇場で初演をしたものである。

本節にて後述するように、『恋人たちの誓い』は『マンスフィールド・パーク』にとって単なる演劇の素材を提供する以上の重要性があり、小説そのものの理解に深く関わる戯曲であるため、本書には付録として、本邦初訳の『恋人たちの誓い』をつけた。『恋人たちの誓い』は雑誌媒体も含めて何度も出版されており、版ごとに異同が各所に見られるが、今回の底本として使用したのは本編の底本と同じくケンブリッジ版の『マンスフィールド・パーク』所収のテキストである。「初版序文」(下巻三〇四―〇八頁)も「所見」(同三〇八―一二頁)もインチボールド本人によって書かれている。原作の設定がドイツなので、オリジナルどおり場面や人物名などはドイツ語でありながら、英国内で英語で上演されたため、本書では固有名詞等を英語読みで訳出した。

インチボールドはサフォーク州の農家に生まれ、女性であるがゆえに学校にも通わせてもらえなかったが、単身ロンドンに出て、元々あった吃音を克服して女優となり、ドイツ語とフランス語を習得して、外国語からの翻案劇の執筆を自分の強みとするに至った、なかなかに大変な人物である。一七八〇年からの二十五年間で二十一作の戯曲を発表し、英国の女性では随一の劇作家といわれるまでになる。本作品は上演が開始するや大変な人気となり、当時としては長い四十二日間連続での上演を果たし、英国内のロンドン以外の地方でも興行が行われた。オースティンが観劇したかどうかは分かっていない(そして、この作品について何かを語ったものは残っていない)。本作に登場したことで、この演劇もさらに世に知られるに至った。

インチボールドが行ったのは「翻訳」ではなく「翻案」であるため、『愛の子ども』と『恋人たちの誓い』の間には相応の誤差がある。しかし序文によると、それはそれぞれの国の聴衆の性質を加味したためであるとのことだ(下巻三〇五—〇八頁)。ちなみにこの時代、著作権の制度はおろか、その概念さえ未発達であり、人の創作物を勝手に引き写したり、無断で改変したり、上演したりということは日常的に行われていた。

物語の中に物語が挿入されたり、演劇の中でまた別の演劇が上演されたりという、劇中劇という構造は、シェイクスピア作品にも見られるように、長い伝統を持っている。『マンスフィールド・パーク』においては、演劇がそのまま上演される場面が入るわけではないので劇中劇とまでは言えないものの、広い意味では物語中に別の物語を盛り込んで話に厚みを与える、こうした伝統に連なるものである。

本小説中では、若者たちがようやく『恋人たちの誓い』に上演演目を決めるも、すぐに配役を巡って話は難航する。めいめいが、自分の配役についての希望を明言することなく、また、他への最善の配慮を欠かさないようにしつつも、しかし、自分の自尊心が満たされる方向に利益誘導を試みる。オースティンは、演劇の上演という題材を実に巧妙に用いて、人のエゴイズムとプライドをユーモラスなかたちで浮き彫りにしている。当初は、父の不在中に断りもなく演劇上演などというのは言語道断と強く反対していたエドマンドも、最終的には参加して、メアリーが演じる役の恋人役を演ずることで舞い上がる。このように、演劇というのは、ある意味で人の自己顕示欲を炙り出す営みで、そのことをオースティンがよく分かっていたということだろう。

ところで、一体、演劇を上演することの何がそんなにいけなかったのだろうか。サー・トマスが演劇を固く禁じていることについてはレイディ・バートラムでさえも承知しているが、帰宅したサー・トマスは強い不快感を示すのみで、その理由を明示していない。エドマンドにしても、上演はやめるべきだと兄のトムを説得するに際して、「自分だって違うと分かってて言っているんでしょう」とトムの見識を問うに留まっていて、相応しくないことの理由そのものはやはり明言していない(第一巻第十三章)。そもそも演劇が否定される理由については諸説挙げられ意見が分かれるところである。まず一つのはっきりした理由は「道徳的でないから」ということになるのだが、では演劇のどういうところが道徳的でないと考えられていたのだろうか。

実は、かのシェイクスピアの国には、演劇が禁止された歴史がある。かつて十七世紀に清教徒たちが革命を起こして王を処刑し、コモンウェルス共和国(その後の時代にできた、植民地を含めた共栄圏である英連邦を指す「コモンウェルス」とは別のもの)を築いた折に、宗教劇も含めて演劇の上演を一切禁止する法令が出されたのである(一六四〇年)。一六六〇年に王政復古が成ると、劇場もまた再開している。決して標準的とは言えない清教徒の価値観が前面に出てきた時代のことではあるが、しかし、それ以前にも以後にも反劇場運動や長らく続いた検閲制度など、劇場や演劇を制限する動きがないわけではなかったことを考えると、演劇に対する道徳的な監視は社会の一角で常に働いていたと見るべきであろう。

また、演劇を観ることと、それを演ずる側に回るのとでは、大きく話は違ってくる。オースティン自身、大いに劇場に足を運んでいるし、観劇というものは今でも英国では社交の重要な一部であり続けている。ところが、当時の価値観では、舞台に立って演じるということになると、それは多かれ少なかれ恥知らずな人間がすることという扱いを免れないものであった。俳優というのは、そもそもが自らの体を元手とした「見世物商売」であり、人の目に晒されることで生きている。広い意味では、どの俳優もみな、恥も外聞も捨てた道化なのである。こうしたみなされ方は、特に女性が舞台に立つ場合に顕著であり、公的に万人に共有されるかたちで自らが性的に見られることを許す種類の女性であると捉えられる危険が待っていたのである。この意識は古く根深いもので、もっと性について奔放というか、いい加減であった、シェイクスピアの活躍した十六世紀から十七世紀はじめの時代にさえ、女が舞台に立つことが禁止されていたのはよく知られている通りである。

さらに、舞台女優というのは、パトロンに金銭的支援を受けて愛人になったり、稼ぎが足りなければ売春を兼業して補うなど、性にまつわるいかがわしさと背中合わせの存在であるという職業伝統を持っていた(コヴェント・ガーデンには劇場と売春宿が併存した)。

この小説が書かれた時代の俳優や女優というものは、それなりに社会的評価の定まったきちんとした職業になってはいるのだが、しかし、本質的に「恥を切り売りする商売」であり、いつでも落ちぶれ得るし、紳士や淑女が人前に出て真面目にやるものではないという認識があったこともまた事実なのである。オースティンの家ではたびたび素人演劇の上演を楽しんでいたということもよく知られているが、それは外の人を呼んで披露するわけではなく、あくまで一家の中の内輪で楽しむものとしてやっていたのである。当初はトムさえも同意しているように、「兄弟姉妹とごく親しい友人の間だけで」やるのであれば、本の朗読同様、さして問題にはならなかったのである。ただし、その範囲を出て人に見せるとなると、職業的な訓練を経たプロがやることであって、まったく違う意味合いを帯びるのである。

このように舞台に立ち人前で演じることが不適切であることに加えて、演じる内容や台詞そのものが性的にきわどいものであるということも、上演に抵抗を感じる一因となっている。つまり、演技とはいえ、本来恋人でも夫婦でもない男女が、恋を語らったり、手を握ったり、抱き合ったり、キスをする場合もあるのだ。普通に考えると友達同士の遊びである場合、どこまで台本通り演じたらいいかということになってくるだろう。これはプロの劇団による上演であっても充分に配慮されるところで、実際の『恋人たちの誓い』の上演では、当時の配役表(下巻三二三頁)をご覧になるとお分かりの通り、作中で恋仲になり身体接触も多いと目されるアンハルトとアミーリアは実際に夫婦である二人が演じている。農夫とその妻のペアも実際の夫婦が演じており、愛のささやきも身体接触も農夫夫妻役の場合それほどないと思われるが、それでも夫婦で演ずるのが、より問題ないと考えられていたと思われる。

さらに、演劇というものが特定の人々によって不道徳とされ得ることの根本的な理由をもう一つつけ加えるなら、それは演技とは基本的に虚偽だからである。当たり前のことだが、演技というのは、実際にそうでない人物であるふりをして、本当の自分とは違う行動をし、実際には考えていないし思っていないことを大声で言うのである。つまり、演技をするということは、公然と嘘をつくことに他ならない。これは大真面目な人からすると、ありもしない嘘八百を並べているということになるのである。演技が上手なほど、それがその人自身の不誠実さの証にもなっているということなのである。だからヘンリーを見ても、演技に長けている者が、この小説では決して最終的にはいい人格として扱われていないようだという点は意味深いのである。

また、演技が上手であればあるほど、その演じている役柄の人物と、演じている人とが同一視され、演劇上の役がある種の真実として定着してしまうという危険もある。そうだとすると、アガサという、当時の価値観からすれば、「いくら貞淑さを尊重しつつも、結果的には欲望と誘惑に負けて、男に騙され貞操を失って、未婚の母となった女性」という役柄を、自身も未婚の女性が演ずれば、それが当時においてどのように映るのか、非常に危なっかしいことで、その親であれば積極的に自分の娘や妹に演じさせたい役ではないだろう。だからエドマンドはマライアにこの役を演ずることを考え直すように諭すのである。

こうした見方に対して、「いや、そんなことはない。文化的洗練のない時代ならいざ知らず、フィクションを見慣れた者にとっては、役柄と役者の区別くらいはっきりついている」と考える向きもあるかも知れない。しかし、どうだろう。時代や国で理解度の差はもちろん出てくることだろうが、現代の日本で考えてみても、人気のテレビドラマで一度悪役として知られたら俳優その人が世間から大いに嫌われることがあるし、プロレスでヒール役をやればそのイメージを覆すのに何年もかかる。アイドルが肉体関係を伴う恋愛を演じたり裸でグラビアに登場したが最後、もう純潔なイメージが崩れてしまうあたり、役と役者を大いに重ね合わせて考える世界に我々はなおどっぷりと浸かっていると考えて間違いない。そうであれば、オースティンの時代の演劇に慎重になる感覚も、実は我々には大いにピンと来る種類のものだと言ってよいかも知れない。

今回、本書に『恋人たちの誓い』を付したことで、『マンスフィールド・パーク』の演劇準備の場面での一つひとつのやりとりが意味するところについて、理解の助けになることを期待している。しかし、それだけではなく、この戯曲と『マンスフィールド・パーク』という小説そのものの類似性にもお気づきになることだろう。

アンハルトが恋する牧師であることと、エドマンドが恋する牧師の卵であることは、登場人物の造型において大きく重なりあっている。そしてアンハルトとアミーリアとが一つ屋根の下に育てる恋愛は、エドマンドとファニーのそれに呼応している。アミーリアはアンハルトを師として「私の精神を形成するお方」と呼んでいるが、エドマンドもまた、お屋敷に連れられてきて右も左も分からなかったファニーの精神的な指導役となり、やがて、自分が育てた相手をめとるというピグマリオン的な展開までも一致している。そして、その過程において、アミーリアが「女性という学問を教えることができるのは女性だけです」と逆にアンハルトに教えを与えようとするエロティックな会話が挿入されているが(下巻三六五頁)、こうした師弟の逆転もまたエドマンドとファニーの間に見られた通りである(逆に、ファニーではなく、アミーリアを演じるメアリー・クロフォドこそがアミーリアに対応しているのだと考える向きもあろう)。

他にも、キャセル伯爵が女性にとてももてること、それゆえ多くの女性を悲しませてきたこと、そして、その不誠実なる伯爵がアミーリアに言い寄る様、男爵に娘との結婚許可を請う姿からは、当然ながらヘンリー・クローフォドが連想されるだろう。

また、必ずしも登場人物の配置とその類似性ということに限らないレベルにおいて、テーマの重なり合いも見ることができる。例えば、アガサが本来所属するのでない場所に預けられることで生まれる身分上の摩擦というものは、ファニーの幼少期のマンスフィールドへの来訪において繰り返されている。アガサと男爵のかつての不義とその後の恥辱にまみれた人生は『マンスフィールド・パーク』でのそれの予兆を形成する。そして、アンハルトが言う「良心はいつだって正しいのです」という台詞は(第五幕第二場)、前掲の通りファニーの姿勢と同じもので、『恋人たちの誓い』における重要な創作上の関心を『マンスフィールド・パーク』は一つ共有していると言っていいだろう。また、アガサとフレデリックは親子であるがゆえに抱擁などの親密な表現が脚本に用いられているが、それをマライアとヘンリーの二人が演じることは不適切な演技になってしまいかねないという、微妙にして別の意味合いも生まれてしまうのである。

このようにして見てくると、『マンスフィールド・パーク』という小説は、まるで『恋人たちの誓い』という劇のパスティーシュ、あるいはこれをパロディにする目的で書かれているか、あるいは少なくともこれを下敷きとした改作として創作されたのではないかと思われるほどである。単に作中に登場させたという以上の意味があることは確かだろう。ここに並べたもの以外にも、類似点はまだまだあるかも知れないし、類似以外にも比較できる要素が沢山ありそうだ。

加えて、オースティン作品の中でも『マンスフィールド・パーク』のみに異例な要素という話に戻っていうならば、演劇上演もまたオースティン的な「日常」からは離れるもので、本来ならばオースティンがむしろ執筆において排除する性質のものである。実際、習作として残した作品に一部仮面舞踏会を扱う以外、非日常的な演技や偽装といった領域にオースティンは手を出していない。

4 『マンスフィールド・パーク』の意義について

「思うに、『マンスフィールド・パーク』の主人公を好きになれる人なんて、今までで一人もいなかったんじゃないだろうか」。アメリカの批評家ライオネル・トリリング(一九〇五―七五)は、こう言った(『自我の反逆』一九五五年)。架空の人物に対してであるにしても、随分な言い方であるが、しかしトリリングはファニー・プライスが「好かれない」のには深い理由があるのだと言うのである。うじうじいじしている以上に嫌われる理由がある。それはまずもって、ファニーという人間が、よく知られるように真面目で正しいからに他ならないのであるが、それはただ正しいというのではなく、正しさの質が違っている。

我々が日々触れている善悪というものの大半は、慣習によるものでできていて、「正しい」(right)とか「間違っている」(wrong)とか言うときに、それはその社会の中でのみ通用する規則(rule)を問題にしているのである。つまり、善悪と言い、行いの善し悪しと言っているのは、社会の中で積み上げられてきた慣習の中から合意形成の結果出てきた共通了解のことである。だから、この「正しい」、「正しくない」は、その社会のルールに沿うか沿わないかということであって、「相応しい」、「相応しくない」に置き換えることができる。逆に時代を経ると、あるいは国や地域など場所が変わると必ずしも通用しない、範囲の限定された善悪でもある。例えば自動車を運転する際に道路の左側を通行しなければいけないのは、それを守らないことが絶対的に人としてやってはいけない不埒な所業だからではなく、単に安全という便宜のために社会で取り決めた結果だからに過ぎない。それは、他の国へ行けば右側通行になっている場合もあることからも分かる。昔は大目に見られたことが現代では厳しく取り締まられることもあれば、昔は強く禁じられたけれど今は悪いことでもなんでもないこともあるように、善悪の基準はころころと変わり得ることも我々は経験上よく知っている。

何も懲罰が伴う善悪だけではない。マナーや礼儀がこれであり、慣習や風俗がこれであり、また多くの道徳はこれに類するのである。そしてオースティンは、まさにその小説の中でこうした社会の中に根づく不文律である道徳や振る舞いこそを問題にした作家なのである。いかにして道徳を体得し得るか、社会道徳に沿った人間になり得るかということを常に描いている。そして、オースティンに限らず小説というものは、こうした社会の中にある風俗を描き出し、その社会規範を浮き彫りにするものなのである。

ところが善悪にはもう一つ、まったく次元の違ったものがある。それは限定的なルールに沿った適否ではなく、時代や地理的な差を超えて、人として根本的に守るべき普遍的なる法(law)であり、それに基づいた善(good)と悪(bad)である(実際の英語の運用に際して、good—bad と right—wrong がそれぞれこうした意味でばかり使われるわけではないが、根本的にはそれぞれの概念が区別されている。またアンガス・ウィルスン(一九一三—九一)などは bad に代えて evil と称しているが同じことである)。これは人として守るべき根源的な原理原則であって、そもそも人の合意で作られるのではなく、その起源を考えると神から与えられたことに遡る。この善悪は、「この場所でならいい」とか「この人の場合はだめ」といった場合ごとの適用の加減はないし、判断に際して議論の余地もない、「絶対的な善」と「絶対的な悪」のことである。具体的には「人を殺してはいけない」とか、「人の物を盗んではいけない」など、十戒に刻まれているような、人として根本的なそれである。このように、その場の状況などと無関係に、原理原則に照らして善悪を無条件に断ずるのは、哲学者イマヌエル・カント(一七二四—一八〇四)が呼ぶところの「定言的命令」というものになる。

ファニー・プライスが物事を断じるときに拠って立つのは、ローカル・ルールの方ではなく、この原理原則の方なのである。ファニーの生きている社会そのものは特定のルールの下で回っているし、特定の風俗も持っているし、それに照らしての善し悪しという判断基準を備えている。しかし、ファニーは、そうした細やかな事情に照らしてそれぞれのことがらを検討してみようとするのではなく、間違ったことを間違ったこととして冷徹に断罪するのである。ファニーという人間がいつも寡黙だし無視されているから表面化しないで済んでいるが、ひとたび声に出して断罪したとしたらきっと大喧嘩になるだろう。芝居の上演をいけないと否定したり、どんな事情があろうと叔父の悪口を言うのはいけないことだと考えたり、絶対にこの人とは結婚しないと決意したりするなどの、一つひとつのファニーの判断は、社会を構成する他の人々とは反対の意見であったとしても、そんなことにファニーはお構いなしだ。絶対に人の言うことを聞かないし、周囲から浮き上がっても関係ない。うじうじもじもじしている割に、そこは頑固一徹なのである。こうした人物を、『説得』(一八一七年)のアン・エリオットの例を除けば、オースティンはほとんど他の小説には登場させていない。

社会というものは、それなりの歴史の積み重ねを持ち、それなりの経緯や事情のあれこれを考慮した上での、風俗や風習や道徳を持っており、その中で折り合って調和を保っているところへ、ファニーという人間は「定言的命令」を掲げて土足で踏み込み、正論を振りかざすというわけだ。これは風習や道徳をこそ描いてきたオースティンの他の小説にはない展開なのである。その時に人が感じるイライラこそが、みんながファニーを嫌いな気持ちの正体だとトリリングは言うのである。みんなというのは登場人物みんなに加え、読者もだ。ファニーの断罪は、我々には自分への侮辱と映り、現代人の心を深く傷つけるのであると。

考えてみれば、クローフォド兄妹はそんなにまで許せない存在だろうか。兄妹は二人とも社交的で明るい性格で、機知にも富んでいる。メアリーの冗談が行き過ぎてエドマンドが傷つくことがままあるとしても、相手を楽しませようという気持ちから出たことには違いない。こういう人材は社交の中で実に重要であるし、実際にこれはいろいろなところで評価されている資質であり、冗談の一つも言えないファニーならば逆立ちしても発揮できない一つの能力なのである。しかしファニーは、そんな一面を酌量することはなく、判断するのに遠慮はないのである。

我々がファニーの審判に傷つくとしたら、現代を生きる我々がすっかり弁証法というものに慣れてしまっているからである。この方法は分かりやすくは近代の議会制度に取り入れられているが、それ以外にも近代以降の我々の生活の隅々に入り込んでいる。そして、オースティンの小説で言うならば、弁証法ほど分かりやすく人同士が互いに高め合わない場合でも、異なる者同士の会話があるということが物語の基礎や互いの理解への道筋を構成していることは『高慢と偏見』を考えてもよく分かるところだろう（また、究極的には、ファニーが上演を拒絶する演劇というものも対話の集積から成っている)。

現代にはこの弁証法というのはすっかり常識として根を下ろしてしまっていて、これにどっぷり浸かっている我々が「まあ、まあ、それぞれの立場や事情もあるし、ここは一つ穏便に、ここまでの経緯も含めて話し合いましょうか」と言っているところへ、「理屈は関係なく、それは間違っている」とファニーが定言的命令で断じるに及んで、我々はうろたえるのである。あくまで表向きは声が小さく穏やかであるけれど、ファニーの断罪は「天誅」なのである。だからその意味で、『マンスフィールド・パーク』というのは、残酷非情な小説でもあるのだ。

しかし、ファニーがあらゆることについて、その白黒を常にはっきりと判断するにしても、その際、ファニーはどんな判断基準をもって、あらゆることを即断するのだろうか。それは、十戒に刻まれているような内容によるのだろうか。あるいは法に綴られているのだろうか。そうではなく、極めて定言的に判断されながらも、その根拠はファニーの直観なのである。「ファニーには判断基準が一つだけあり、それに従ってすべてが決まった」とあるように、他の登場人物と異なって、はっきりと何が正しいのかを自分で知っている(第三巻第十四章)。そして、その判断の拠り所となっているのは、ファニーがヘンリー・クローフォドに「私たちは常に自分の中で、よりよい導きの声を聞いています」と言っているように(第三巻第十一章)、ファニー自身の心の声なのである。ちなみにファニーの「心の声」は、心の中に刻まれた「神の教示」からくるものではない。ファニーは信仰心は厚くともその一つひとつの判断に際して神を参照するわけではないのである。自分の中に案内役がいて、その行動指針は明らかだというのだ。

そして実際、物語の進行を見ると、先に見たように、そんなファニーの判断がすべて正しかったことが次々と判明するし、その指針に従って行動していたファニーは報われる。まるでこの先の世の中がどうなるのか、その正解を予め知っているかのようである。物語の展開そのものがファニーの言う内容を次々と支持していくのだ。ファニーの予言がすべて当たり、世界が本来あるべき姿になっていく、予定論の小説になっているのである。あるいは見方を変えれば、ファニーの妄想が現実化していく物語でもある。ファニーの聞く心の声が根源的な意味での善ならば、その声に従ってこの世は正しい世界に整っていくのである。

ファニーに対するヘンリーの恋心や告白内容を、ファニーは「あなたのことが嫌だから」と言って拒絶するのではなく、「全部でたらめをおっしゃっているんでしょう。「中略」本当は、私のことを考えていらっしゃるわけではないのでしょう。みんなご冗談なのだということは承知しています」と、ヘンリーの発言内容そのものをまず信じることからして拒否している(第二巻第十三章)。つまり、ファニーの好みというレベルのことというよりは、「あるべきではない話」としてファニーは処理しているわけである。

したがって、この小説は、あるがままに観察された現実世界よりも、あるべき世界を描いており、リアリズムの旗手オースティンの手になる作品でありながら、リアリズムでないところがあるのだ。

そして、より重要なことに、ファニーのこうした行動指針というのは、ひとりオースティンのみが試しに書いてみたという程度のことではない。より大きな思想史という文脈の中に置いて考える時、大きな時代思潮と重なることが分かる。社会との対話を拒否して、根源的な善悪を自分の胸に問い、「自分に正直であること」。教養小説の成功者のように社会で成功することはなくとも、社会からはみ出しても精神が揺るがぬだけの声を自分の中に持ち、その声の中に真実を聞き取って、社会とは別のところで自ら立つこと。こうしたあり方は、実はこの時代に現れた一つの思潮傾向であり、やがて近現代世界を席巻してゆく大きな思潮と一致しており、それればかりか、今日の我々が日常的に抱く信条に決して少なからぬ影響をなお与えているものなのである。

それはまず、当時のヨーロッパ全体を覆ったロマン主義という文学思潮に見ることができる。その思想的影響の大きなきっかけにジャン＝ジャック・ルソー(一七一二―一七七八)がいる。自分本人や子どもの中に、それがどんなに社会的ではなくとも、信ずるべき真実を聞き、自己に忠実であるよう説いたのである。

また、十八世紀の英国に大流行を見たゴシック文学、つまり恐怖物語というものは、こうした思想と相性のよいものであると見ることができるだろう。生きるか死ぬかの極限状態に置かれると、人にとって社会の風俗だとかローカル・ルールだとかはあまり関係なく、「自分の人生とは」とか「自分の罪とは」とか「神の前にどう振る舞うのが善であるか」というような問題がむしろ提起されてくるからである。つまり、社会を離れたところでの人間の正義や罪を問題にするのである。

そして、人の根源的な善悪を多く描いてきたのはアメリカ文学である。十八世紀の建国時から、十九世紀になっても、ヨーロッパから移住した人々にとってアメリカという新天地はいまだ荒野であり、歴史の積み重ねで作られた風俗がない(例えば亀井俊介氏が繰り返し論じるように、荒野の上に文明を築いたのがアメリカであり、二十一世紀現在なおアメリカ大陸は荒野であり、未だに文化や風俗と呼べるものが育っていないという見方は広く認められる)。荒野にあって社会と呼べる社会は存在せず、自分が神と一対一で対峙する大陸となる。そこでは規則よりも根源的な法こそが重要であるし、文学においてもそういうことを問題にする作品が生み出されてきたことは、ナサニエル・ホーソーン(一八〇四―六四)の『緋文字』(一八五〇年)やハーマン・メルヴィル(一八一九―九一)の『白鯨』(一八五一年)を見ても分かるとおりである。それに先立つヘンリー・デイヴッド・ソーロウ(一八一七―六二)や、ラルフ・ウォールドウ・エマスン(一八〇三―八二)らに代表されるトランセンデンタリズム(超越主義)の動きを見るならば、社会を脇において自分の直観を見つめる考え方というのは、アメリカで一八二〇年代に大きな思潮として現れていたのである。

こうして、直観に耳を傾け、自分に忠実に生きることは、人々の至上命題となる。それまでの時代であれば、宗教における神が風俗と対になる根本原理を用意してくれていたので、それを頼りにすることができた(マルティン・ルター(一四八三―一五四六)に触発された宗教改革が「聖書に帰れ」をテーゼとしていたことは、この運動の前段と見ることができるだろう)。その宗教の担っていた部分に置き換わるものとして現れた「自分を信じ、自分に忠実に」という信条であるが、この信条が英国にも現れつつあったことの一つの証拠が『マンスフィールド・パーク』なのである。そして、『マンスフィールド・パーク』というのは、十八世紀末から十九世紀初頭にかけて各地に現れて世界中を包み込んでいくこうした思想の流行の中でも、それを、ジャンルが定着してまだ五十年ほどの小説というかたちで描いた最初の例ということになるのである。近代的自我が、自分に対して正直に、忠実に、誠実に生きようと志向する姿を捉えて、世界で初めて小説というかたちに表したものの内のごく初期の一つに数えることができるのである。

そういうわけで、『マンスフィールド・パーク』という小説には、オースティンの作品と思えぬほどに、社会的事情、時事的事情、演劇、戦争、植民地、奴隷、命に関わる怪我と病気、森という異界での男女の嬉戯、身内に関わる不倫・不貞、醜聞、家庭の瓦解といった非日常的な経験が題材として用いられ、直接間接に登場してくる必要がある。そして、風俗や道徳よりも自分の中の原理原則に重きを置くファニーというキャラクターこそが何にも増してこの小説の中のラディカルな存在だと言うことができる。ファニーがああした明るくない性格のヒロインとしてできあがることとなった最大の理由は、こうした直截な考え方をする人物造型にするためだったことに求められるかも知れない。狭い社会の道徳を描く筆致に打たれて、漱石が写実についての大きなヒントを得た、そのオースティンとはまったく違う側面のオースティンということになる。

この「自分に忠実であれ」という考え方は、必ずしもはっきりと思想として認識されないまでも、その後、あらゆるところに波及し、我々の思想生活の根幹に入り込むに至っている。ロック・ミュージックを見れば、「自分を信じて」というメッセージを掲げるものは現在でも枚挙にいとまがない。あるいはハリウッド映画に目をやれば十中八九にこの思想が染み込んでいるし、あまりにありふれていて認識しづらいほどに我々を取り巻いている。あるいは、「自分を信じて」(何かしらの)夢を目指していますという若者は今も少なからぬ数に上る。したがって、オースティン当時にのみ限られたことであるどころか、いかに自分に忠実に生きられるかというこの論題は現代の我々のテーマとして設定されたままになっていて、さらに深刻にして我々に関係のある問題になっているのである。二十世紀に入ってからいよいよ重要性を帯びてくる、自分への誠実さという問題をめぐって、その最初の報告者にオースティンが立っているのである。あるいは、報告に留まらない。重要ながら忘れられがちだが、文学の役割は、時代を報告することに留まらず、むしろ時代思想を先導することにもある。そういう意味では、まさにオースティンが我々の時代の考え方を方向づけるのに、この作品をもって大きな一役を買っている側面を認めることができるのである。

先に問題にした教養小説という枠組みからこのことを考えるに、どんな教養小説や人間の成長物語も、必ずや主人公が個人として持つ自我が社会の価値と対立を見ることになる。本来の教養小説というものは、当初は社会とのずれを感じたり社会からはみ出したりする主人公が、お行儀を覚えて社会に入って行くまでの物語ということになってい た。自分の中にある社会に適合させたくない部分を抑え、削って、消して、社会的な丸い人間になるのであるが、それは裏を返せば社会のルールに自分の方を合わせていくことに他ならない。この仕組みは現代でもそう変わらない。そのルールを作っている社会の中に入り込まねばその社会を変える力など得られようはずもない。

しかし、自我を一体どこまで抑え込むことができるだろうか、あるいは抑え込むべきだろうかという問題が出てくる。社会という巨大な相手が掲げる価値を前にして、自分の側が折れるということは、本当の自分に嘘をつくことでもある。人は、自分の中にある不誠実さを、自ら知りながら放っておくことができるだろうかという問題に直面するのである。十九世紀半ばまでに定着した教養小説は、やがて時代が経過すると、いかに個人が社会に編入されていくのかという問題から、社会のルールに順応しなかった個人そのものへ関心をシフトさせていく。このことは、近代日本で生まれたほとんどの私小説のテーマが「社会に順応できない私」であったことからも分かるだろう。また、特に文学というはしかにかかった文学青年に限らぬこととして、自我と社会の対立というものは、「どこまで自分に正直に生きることができるか」という課題とあわせて、我々、現代のほとんどの人間にいよいよ関係のある問題となっている。別に、自分に正直でなければ殺されたり、困ったりすることになるわけでもなく、むしろ都合がよくて楽なことの方が多いかも知れないのだが、少なくとも「自分に正直に生きているかどうか」が、無視することができない重要なこととみなされている時代に、我々は生きてきたのではないだろうか。

果たしてそんな風に自分自身を信じて、その声に忠実であることが、そんなに重要で意味のあることなのだろうか。社会の道徳律というものに背を向けてまで守り抜く価値のあることなのだろうか。もちろん、これに反する考え方も現れてくることになる。自己の追求が何よりも言われる反面、個人の自由意志が疑わしくなったのもまた二十世紀のことである。文学の中にも、自己の追求に意味を置かない文学、あるいは、自己そのものが幻想に過ぎないと主張する文学も現れた。もうすでにだいぶ前から「誠実な私」は思想として時代遅れになっている。誠実とか正直とかいう概念そのものが、叫べば叫ぶほどに眉唾と言われて久しい。また、今日では価値は多様化して、もはや根源的な善悪や絶対的な善悪などなく、すべては文明や社会ごとに異なるものとして相対化され尽くしたのかも知れない。ただ、そうした中でも、「これは人の道としてどうなのか」という理解は依然として健在であるし、物事に対するファニー的な方法による断じ方も大いに見られることを考えると、善悪の中身はさておいて、自分の中の声を聞く営みは今もなおその流行のただ中にあると見ていいのではないだろうか。今日の我々の中に、なお、「自分が思うことに忠実に生きられずに、社会の道徳にすべてを譲っているとしたら、それは不甲斐ないことなのではないか」という疑念が残るとしたら、それは、オースティンが本作で例示して見せた思想が根幹にまだ息づいているということの証左であろう。

＊

翻訳に際しては全編を訳者二人が共に担当をした。したがって、訳の内容の責任は両名にある。ここに特に書名を挙げないが、様々な書籍を参考にして翻訳、注や解説の執筆にあたった。

本作の翻訳をしようと最初に話をしてから、すでに十余年が経過した。大いに時間をかけたが、その間、訳者たちは文学その他に関する有意義な話をするかけがえのない時間を過ごすことができた。きっとその副産物としての研究成果をこれから世に問うことができることと思う。また、多くの時間をかけた分だけ、それが翻訳の質に反映していることを期待したい。そして、大いに時間をかけさせてもらった分だけ、編集担当の方々にはご迷惑をおかけした。小口未散さん、村松真理さん、大山美佐子さん、古川義子さん、岩波文庫編集担当の方々に深くお礼を言いたい。また、担当ではないもののお話をつけて下さった平田賢一さんにもお礼を申し上げたい。

通算四代にわたる編集担当の方々は、忍耐強さに加えてアイディアが豊富であり、その翻訳企画のはじめから付録やレイアウトの工夫まで幅広く大いにご意見を下さった。お陰で、従来の一つの読み物としての小説というだけではなく、英国の歴史や文化といった背景を多角的に考えるきっかけとなる書物として仕上がっていれば、訳者としては大いに喜ばしく思う次第である。

マンスフィールド・パーク（下）〔全2冊〕
ジェイン・オースティン作

2021年12月15日　第1刷発行

訳　者　新井潤美《あらいめぐみ》　宮丸裕二《みやまるゆうじ》

発行者　坂本政謙

発行所　株式会社　岩波書店
〒101-8002　東京都千代田区一ツ橋2-5-5

案内 03-5210-4000　営業部 03-5210-4111
文庫編集部 03-5210-4051
https://www.iwanami.co.jp/

印刷・三秀舎　カバー・精興社　製本・中永製本

ISBN 978-4-00-322228-7　　Printed in Japan

読書子に寄す

――岩波文庫発刊に際して――

岩波茂雄

真理は万人によって求められることを自ら欲し、芸術は万人によって愛されることを自ら望む。かつては民を愚昧ならしめるために学芸が最も狭き堂宇に閉鎖されたことがあった。今や知識と美とを特権階級の独占より奪い返すことはつねに進取的なる民衆の切実なる要求である。岩波文庫はこの要求に応じそれに励まされて生まれた。それは生命ある不朽の書を少数者の書斎と研究室とより解放して街頭にくまなく立たしめ民衆に伍せしめるであろう。近時大量生産予約出版の流行を見る。その広告宣伝の狂態はしばらくおくも、後代にのこすと誇称する全集がその編集に万全の用意をなしたるか。千古の典籍の翻訳企図に敬虔の態度を欠かざりしか。さらに分売を許さず読者を繋縛して数十冊を強うるがごとき、はたしてその揚言する学芸解放のゆえんなりや。吾人は天下の名士の声に和してこれを推挙するに躊躇するものである。このときにあたって、岩波書店は自己の責務のいよいよ重大なるを思い、従来の方針の徹底を期するため、すでに十数年以前より志して来た計画を慎重審議この際断然実行することにした。吾人は範をかのレクラム文庫にとり、古今東西にわたって文芸・哲学・社会科学・自然科学等種類のいかんを問わず、いやしくも万人の必読すべき真に古典的価値ある書をきわめて簡易なる形式において逐次刊行し、あらゆる人間に須要なる生活向上の資料、生活批判の原理を提供せんと欲する。この文庫は予約出版の方法を排したるがゆえに、読者は自己の欲する時に自己の欲する書物を各個に自由に選択することができる。携帯に便にして価格の低きを最主とするがゆえに、外観を顧みざるも内容に至っては厳選最も力を尽くし、従来の岩波出版物の特色をますます発揮せしめようとする。この計画たるや世間の一時の投機的なるものと異なり、永遠の事業として吾人は微力を傾倒し、あらゆる犠牲を忍んで今後永久に継続発展せしめ、もって文庫の使命を遺憾なく果たさしめることを期する。芸術を愛し知識を求むる士の自ら進んでこの挙に参加し、希望と忠言とを寄せられることは吾人の熱望するところである。その性質上経済的には最も困難多きこの事業にあえて当たらんとする吾人の志を諒として、その達成のため世の読書子とのうるわしき共同を期待する。

昭和二年七月

《イギリス文学》〔赤〕

ユートピア　トマス・モア　平井正穂訳
完訳カンタベリー物語 全三冊　チョーサー　桝井迪夫訳
ヴェニスの商人　シェイクスピア　中野好夫訳
十二夜　シェイクスピア　小津次郎訳
ハムレット　シェイクスピア　野島秀勝訳
オセロウ　シェイクスピア　菅泰男訳
リア王　シェイクスピア　野島秀勝訳
マクベス　シェイクスピア　木下順二訳
ソネット集　シェイクスピア　高松雄一訳
ロミオとジューリエット　シェイクスピア　平井正穂訳
リチャード三世　シェイクスピア　木下順二訳
対訳シェイクスピア詩集—イギリス詩人選(1)　柴田稔彦編
から騒ぎ　シェイクスピア　喜志哲雄訳
言論・出版の自由—アレオパジティカ 他一篇　ミルトン　原田純訳
失楽園 全二冊　ミルトン　平井正穂訳
ロビンソン・クルーソー 全二冊　デフォー　平井正穂訳

奴婢訓 他一篇　スウィフト　深町弘三訳
ガリヴァー旅行記　スウィフト　平井正穂訳
ジョウゼフ・アンドルーズ 全二冊　フィールディング　朱牟田夏雄訳
トリストラム・シャンディ 全三冊　ロレンス・スターン　朱牟田夏雄訳
ウェイクフィールドの牧師—むだばなし　ゴールドスミス　小野寺健訳
幸福の探求—アビシニアの王子ラセラスの物語　サミュエル・ジョンソン　朱牟田夏雄訳
マンフレッド　バイロン　小川和夫訳
対訳ブレイク詩集—イギリス詩人選(4)　松島正一編
対訳ワーズワス詩集—イギリス詩人選(3)　山内久明編
湖の麗人　スコット　入江直祐訳
キプリング短篇集　橋本槙矩編訳
対訳コウルリッジ詩集—イギリス詩人選(7)　上島建吉編
高慢と偏見 全二冊　ジェーン・オースティン　富田彬訳
ジェイン・オースティンの手紙　新井潤美編訳
対訳テニスン詩集—イギリス詩人選(5)　西前美巳編
虚栄の市 全四冊　サッカリー　中島賢二訳
床屋コックスの日記・馬丁粋語録　サッカレ　平井呈一訳

デイヴィッド・コパフィールド 全五冊　ディケンズ　石塚裕子訳
炉辺のこほろぎ　ディケンズ　本多顕彰訳
ボズのスケッチ 短篇小説篇 全二冊　ディケンズ　藤岡啓介訳
アメリカ紀行 全二冊　ディケンズ　伊藤弘之・下笠徳次・隈元貞広訳
イタリアのおもかげ　ディケンズ　伊藤弘之・下笠徳次・隈元貞広訳
大いなる遺産 全二冊　ディケンズ　石塚裕子訳
荒涼館 全四冊　ディケンズ　佐々木徹訳
鎖を解かれたプロメテウス　シェリー　石川重俊訳
ジェイン・エア 全二冊　シャーロット・ブロンテ　河島弘美訳
嵐が丘 全二冊　エミリー・ブロンテ　河島弘美訳
アルプス登攀記 全二冊　ウィンパー　浦松佐美太郎訳
アンデス登攀記 全二冊　ウィンパー　大貫良夫訳
ハーディ テス 全二冊　井上宗次・石田英二訳
緑の木蔭—和蘭派田園画　トマス・ハーディ　阿部知二訳
緑の館—熱帯林のロマンス　ハドソン　柏倉俊三訳
ジーキル博士とハイド氏　スティーヴンスン　海保眞夫訳
新アラビヤ夜話　スティーヴンスン　佐藤緑葉訳

南海千一夜物語　スティーヴンスン　中村徳三郎訳
若い人々のために 他十一篇　スティーヴンスン　岩田良吉訳
マーカイム・壜の小鬼 他五篇　スティーヴンソン　高松雄一・高松禎子訳
怪談 ―不思議なことの物語と研究　ラフカディオ・ハーン　平井呈一訳
心 ―日本の内面生活の暗示と影響　ラフカディオ・ハーン　平井呈一訳
ドリアン・グレイの肖像　オスカー・ワイルド　富士川義之訳
サロメ　ワイルド　福田恆存訳
嘘から出た誠　ワイルド　岸本一郎訳
童話集 幸福な王子 他八篇　オスカー・ワイルド　富士川義之訳
人と超人　バーナード・ショー　市川又彦訳
分らぬもんですよ　バァナード・ショウ　市川又彦訳
ヘンリ・ライクロフトの私記　ギッシング　平井正穂訳
南イタリア周遊記　ギッシング　小池滋訳
闇の奥　コンラッド　中野好夫訳
密偵　コンラッド　土岐恒二訳
コンラッド短篇集　中島賢二編訳
対訳 イエイツ詩集　高松雄一編

月と六ペンス　モーム　行方昭夫訳
人間の絆 全三冊　モーム　行方昭夫訳
サミング・アップ　モーム　行方昭夫訳
モーム短篇選 全二冊　行方昭夫編訳
アシェンデン ―英国情報部員のファイル　モーム　中島賢二・岡田久雄訳
お菓子とビール　モーム　行方昭夫訳
ダブリンの市民　ジョイス　結城英雄訳
荒地　T・S・エリオット　岩崎宗治訳
悪口学校　シェリダン　菅泰男訳
オーウェル評論集　小野寺健編訳
パリ・ロンドン放浪記　ジョージ・オーウェル　小野寺健訳
カタロニア讃歌　ジョージ・オーウェル　都築忠七訳
動物農場 ―おとぎばなし　ジョージ・オーウェル　川端康雄訳
対訳 キーツ詩集 ―イギリス詩人選(10)　宮崎雄行編
キーツ詩集　中村健二訳
阿片常用者の告白　ド・クインシー　野島秀勝訳
20世紀イギリス短篇選 全二冊　小野寺健編訳

オルノーコ 美しい浮気女　アフラ・ベイン　土井治訳
イギリス名詩選　平井正穂編
タイム・マシン 他九篇　H・G・ウェルズ　橋本槇矩訳
解放された世界　H・G・ウェルズ　浜野輝訳
大転落　イヴリン・ウォー　富山太佳夫訳
回想のブライズヘッド 全二冊　イーヴリン・ウォー　小野寺健訳
愛されたもの　イーヴリン・ウォー　中村健二・出淵博訳
フォースター評論集　小野寺健編訳
白衣の女 全三冊　ウィルキー・コリンズ　中島賢二訳
対訳 ブラウニング詩集 ―イギリス詩人選(6)　富士川義之編
灯台へ　ヴァージニア・ウルフ　御輿哲也訳
船出 全二冊　ヴァージニア・ウルフ　川西進訳
アーネスト・ダウソン作品集　南條竹則編訳
ヘリック詩鈔　森亮訳
フランク・オコナー短篇集　阿部公彦訳
たいした問題じゃないが ―イギリス・コラム傑作選　行方昭夫編訳
英国ルネサンス恋愛ソネット集　岩崎宗治編訳

《アメリカ文学》〔赤〕

ギリシア・ローマ神話 付インド・北欧神話　ブルフィンチ　野上弥生子訳
中世騎士物語　ブルフィンチ　野上弥生子訳
フランクリン自伝　松本慎一　西川正身訳
フランクリンの手紙　蕗沢忠枝編訳
スケッチ・ブック 全二冊　アーヴィング　齊藤昇訳
アルハンブラ物語 全二冊　アーヴィング　平沼孝之訳
ウォルター・スコット邸訪問記　アーヴィング　齊藤昇訳
エマソン論文集 全二冊　酒本雅之訳
完訳 緋文字　ホーソーン　八木敏雄訳
哀詩 エヴァンジェリン　ロングフェロー　斎藤悦子訳
黒猫・モルグ街の殺人事件 他五篇　ポオ　中野好夫訳
対訳 ポー詩集 ―アメリカ詩人選(1)　加島祥造編
ユリイカ　ポオ　八木敏雄訳
ポオ評論集　八木敏雄編訳
森の生活（ウォールデン） 全二冊　ソロー　飯田実訳
市民の反抗 他五篇　H・D・ソロー　飯田実訳

白鯨 全三冊　メルヴィル　八木敏雄訳
ビリー・バッド　メルヴィル　坂下昇訳
ホイットマン自選日記 全二冊　杉木喬訳
対訳 ホイットマン詩集 ―アメリカ詩人選(2)　木島始編
対訳 ディキンソン詩集 ―アメリカ詩人選(3)　亀井俊介編
不思議な少年　マーク・トウェイン　中野好夫訳
王子と乞食　マーク・トウェーン　村岡花子訳
人間とは何か　マーク・トウェイン　中野好夫訳
ハックルベリー・フィンの冒険 全二冊　マーク・トウェイン　西田実訳
いのちの半ばに　ビアス　西川正身訳
新編 悪魔の辞典　ビアス　西川正身編訳
ビアス短篇集　大津栄一郎編訳
ヘンリー・ジェイムズ短篇集　大津栄一郎編訳
あしながおじさん　ジーン・ウェブスター　遠藤寿子訳
荒野の呼び声　ジャック・ロンドン　海保眞夫訳
どん底の人びと ―ロンドン1902　ジャック・ロンドン　行方昭夫訳
死の谷 マクティーグ 全二冊　ノリス　石田英二　井上宗次訳

熊 他三篇　フォークナー　加島祥造訳
響きと怒り 全二冊　フォークナー　平石貴樹　新納卓也訳
アブサロム、アブサロム！ 全二冊　フォークナー　藤平育子訳
八月の光 全二冊　フォークナー　諏訪部浩一訳
オー・ヘンリー傑作選　大津栄一郎訳
黒人のたましい　W・E・B・デュボイス　木島始　鮫島重俊　黄寅秀訳
フィッツジェラルド短篇集　佐伯泰樹編訳
アメリカ名詩選　亀井俊介　川本皓嗣編
魔法の樽 他十二篇　マラマッド　阿部公彦訳
青白い炎　ナボコフ　富士川義之訳
風と共に去りぬ 全六冊　マーガレット・ミッチェル　荒このみ訳
対訳 フロスト詩集 ―アメリカ詩人選(4)　川本皓嗣編
とんがりモミの木の郷 他五篇　セアラ・オーン・ジュエット　河島弘美訳

《ドイツ文学》〔赤〕

- ニーベルンゲンの歌 全二冊 — 相良守峯訳
- 若きウェルテルの悩み — ゲーテ／竹山道雄訳
- ヴィルヘルム・マイスターの修業時代 全三冊 — ゲーテ／山崎章甫訳
- イタリア紀行 全三冊 — ゲーテ／相良守峯訳
- ファウスト 全二冊 — ゲーテ／相良守峯訳
- ゲーテとの対話 全三冊 — エッカーマン／山下肇訳
- スペインの太子 ドン・カルロス — シルレル／佐藤通次訳
- 改訳 オルレアンの少女 — シルレル／佐藤通次訳
- ヒュペーリオン ―希臘の世捨人 — ヘルデルリーン／渡辺格司訳
- 青い花 — ノヴァーリス／青山隆夫訳
- 夜の讃歌・サイスの弟子たち 他一篇 — ノヴァーリス／今泉文子訳
- 完訳 グリム童話集 全五冊 — 金田鬼一訳
- 黄金の壺 — ホフマン／神品芳夫訳
- ホフマン短篇集 — 池内紀編訳
- O侯爵夫人 他六篇 — クライスト／相良守峯訳
- 影をなくした男 — シャミッソー／池内紀訳

- 流刑の神々・精霊物語 — ハイネ／小沢俊夫訳
- 冬物語 ―ドイツ — ハイネ／井汲越次訳
- 芸術と革命 他四篇 — ワーグナー／北村義男訳
- ブリギッタ・森の泉 他一篇 — シュティフター／宇多五郎・高安国世訳
- みずうみ 他四篇 — シュトルム／関泰祐訳
- 村のロメオとユリア — ケラー／草間平作訳
- 沈鐘 — ハウプトマン／阿部六郎訳
- 地霊・パンドラの箱 ―ルル二部作 — F・ヴェデキント／岩淵達治訳
- 春のめざめ — F・ヴェデキント／酒寄進一訳
- ゲオルゲ詩集 — 手塚富雄訳
- リルケ詩集 — 高安国世訳
- 花・死人に口なし 他七篇 — シュニッツラー／番匠谷英一・山本有三訳
- ドゥイノの悲歌 — リルケ／手塚富雄訳
- ブッデンブローク家の人びと 全三冊 — トーマス・マン／望月市恵訳
- トオマス・マン短篇集 — 実吉捷郎訳
- 魔の山 全二冊 — トーマス・マン／関泰祐・望月市恵訳
- トニオ・クレエゲル — トオマス・マン／実吉捷郎訳

- ヴェニスに死す — トオマス・マン／実吉捷郎訳
- 車輪の下 — ヘルマン・ヘッセ／実吉捷郎訳
- 青春はうるわし 他三篇 — ヘッセ／関泰祐訳
- 漂泊の魂 ―クヌルプ — ヘルマン・ヘッセ／相良守峯訳
- デミアン — ヘルマン・ヘッセ／実吉捷郎訳
- シッダルタ — ヘッセ／手塚富雄訳
- ルーマニア日記 — カロッサ／高橋健二訳
- 若き日の変転 — カロッサ／斎藤栄治訳
- 幼年時代 — カロッサ／斎藤栄治訳
- 指導と信従 — カロッサ／国松孝二訳
- ジョゼフ・フーシェ ―ある政治的人間の肖像 — シュテファン・ツワイク／高橋禎二・秋山英夫訳
- 変身・断食芸人 — カフカ／山下肇・山下萬里訳
- 審判 — カフカ／辻瑆訳
- カフカ短篇集 — 池内紀編訳
- カフカ寓話集 — 池内紀編訳
- 三文オペラ — ブレヒト／岩淵達治訳
- 肝っ玉おっ母とその子どもたち — ブレヒト／岩淵達治訳

岩波文庫の最新刊

ジェイン・オースティン作／新井潤美・宮丸裕二訳
マンスフィールド・パーク（上）
オースティン作品中〈もっとも内気なヒロイン〉と言われるファニーを主人公に、マンスフィールドの人間模様を描く。時代背景の丁寧な解説も収録。（全二冊）〔赤二二二-七〕 **定価一三二〇円**

ポール・ヴァレリー著／塚本昌則訳
ドガ ダンス デッサン
親しく接した画家ドガの肉声と、著者独自の考察がきらめくたぐい稀な美術論。幻の初版でのみ知られる、ドガのダンスのデッサン全五十一点を掲載。〔カラー版〕〔赤五六〇-六〕 **定価一四八五円**

徳田秋声作
あらくれ・新世帯
一途に生きていく一人の女性の半生を描いた「あらくれ」。男と女の微妙な葛藤を見詰めた「新世帯（あらじょたい）」。文豪の代表作二篇を収録する。（解説＝佐伯一麦）〔緑二二-七〕 **定価九三五円**

バーリン著／松本礼二編
反啓蒙思想 他二篇
徹底した反革命論者ド・メストル、『暴力論』で知られるソレルなど、啓蒙の合理主義や科学信仰に対する批判者を検討したバーリンの思想史作品を収録する。〔青六八四-二〕 **定価九九〇円**

……今月の重版再開……

徳田秋声作
縮図
〔緑二二-二〕 **定価七七〇円**

幸田文作
みそっかす
〔緑一〇四-一〕 **定価六六〇円**

岩波文庫の最新刊

小町谷照彦・倉田実校注
拾遺和歌集

花山院の自撰とされる「三代集」の達成を示す勅撰集。歌合歌や屏風歌など、晴の歌が多く、洗練、優美平淡な詠風が定着している。
〔黄二八-二〕　定価一八四八円

深澤英隆編訳
ジンメル宗教論集

社会学者ジンメルの宗教論の初集成。宗教性を人間のアプリオリな属性の一つとみなすことで、そこに脈動する生そのものを捉えようと試みる。
〔青六四四-六〕　定価一二四三円

ポアンカレ著／伊藤邦武訳
科学と仮説

科学という営みの根源について省察し仮説の役割を哲学的に考察した、アンリ・ポアンカレの主著。一〇〇年にわたり読み継がれてきた名著の新訳。
〔青九〇二-一〕　定価一三二〇円

ジェイン・オースティン作／新井潤美・宮丸裕二訳
マンスフィールド・パーク（下）

皆が賛成する結婚話を頑なに拒むファニー。しばらく里帰りするが、そこに驚愕の報せが届き――。本作に登場する戯曲『恋人たちの誓い』も収録。（全二冊）
〔赤二二二-八〕　定価一二五四円

大塚久雄著／小野塚知二編
共同体の基礎理論 他六篇

共同体はいかに成立し、そして解体したのか。土地の占取に注目して、前近代社会の理論的な見取り図を描いた著者の代表作の一つ。関連論考を併せて収録。
〔白一五二-二〕　定価一一七七円

……今月の重版再開……

モリエール作／鈴木力衛訳
守銭奴
定価六六〇円
〔赤五一二-七〕

E・クレッチュマー著／内村祐之訳
天才の心理学
定価一一一一円
〔青六五八-一〕